लावा

(कहानी-संग्रह)

लावा

मराठी मूल

ह. मो. मराठे

हिन्दी अनुवाद

प्रकाश भातम्ब्रेकर

वाणी प्रकाशन ग्रुप

भारतीय ज्ञानपीठ

वाणी प्रकाशन : भारतीय ज्ञानपीठ की पुस्तकों के एकमात्र प्रकाशक एवं वितरक

राष्ट्रभारती लोकोदय ग्रन्थमाला : ग्रन्थांक 544

प्रथम संस्करण : 1992
दूसरा संस्करण : 2025

वाणी प्रकाशन : भारतीय ज्ञानपीठ की पुस्तकों के एकमात्र प्रकाशक एवं वितरक

वाणी प्रकाशन

4695, 21-ए, दरियागंज, नयी दिल्ली-110 002
दूरभाष : 011-23273167, 23275710
ईमेल : sales@vaniprakashan.in
www.vaniprakashan.com

ISBN : 978-93-7112-652-6

मूल्य : ₹ 495

लावा

(कहानी-संग्रह)

मराठी मूल : **ह. मो. मराठे**

हिन्दी अनुवाद : **प्रकाश भातम्ब्रेकर**

LAVA

(Collection of Stories)

by H.M. Marathe

Translated by Prakash Bhatambrekar

आवरण-शिल्प : पुष्पकणा मुखर्जी

मुद्रक : आर. टेक ऑफ़सेट प्रिंटर्स, दिल्ली-110 032

प्रस्तुति

भारतीय ज्ञानपीठ ने सदा भारतीय साहित्य में एक सेतु की सक्रिय भूमिका निभायी है। ज्ञानपीठ पुरस्कार की असाधारण सफलता का मुख्य कारण यही है। भारतीय भाषाओं में से चुने हुए किसी शीर्षस्थ साहित्यकार को प्रतिवर्ष दिये जाने वाले पुरस्कार का अनूठापन इसमें है कि यह भारतीय साहित्य के मानदण्ड स्थापित करता है। ज्ञानपीठ इन चुने हुए साहित्यकारों की कालजयी कृतियों का हिन्दी(और कभी-कभी अन्य भाषाओं में भी) अनुवाद पुरस्कार की स्थापना के समय से ही साहित्यानुरागियों को समर्पित करता आ रहा है। इसके अतिरिक्त विभिन्न भाषाओं के अन्य साहित्य-मनीषियों का हिन्दी अनुवाद के माध्यम से उनकी भाषायी सीमाओं के बाहर परिचय कराके ज्ञानपीठ एक अत्यन्त महत्त्वपूर्ण राष्ट्रीय दायित्व निभा रहा है। इस साहित्यिक अनुष्ठान को और अधिक प्रभावी बनाने के लिए ज्ञानपीठ विभिन्न साहित्यिक विधाओं की उत्कृष्ट कृतियाँ भी 'भारतीय कवि', 'भारतीय कहानीकार', 'भारतीय उपन्यासकार' आदि श्रृंखलाओं के रूप में प्रकाशित कर रहा है। प्रत्येक विधा के सभी अग्रणी लेखकों की कृतियाँ व संकलन इस योजना में सम्मिलित किये जाते हैं। हमारा अनुभव है कि किसी भी साहित्यिक (या अन्य भी) रचना का हिन्दी में अनुवाद हो जाने पर उसका अन्य भाषाओं में अनुवाद सुविधाजनक हो जाता है। इसके अतिरिक्त विभिन्न भाषाओं के नये और नवोदित लेखकों को उनकी भाषा-परिधि के बाहर लाने में भी हम सक्रिय हैं। हमारा विश्वास है कि यह सब प्रयत्न आधुनिक भारतीय साहित्य की मूल संवेदना उजागर करने में सार्थक होंगे।

'भारतीय कहानीकार' श्रृंखला के अन्तर्गत प्रकाशित प्रस्तुत कहानी-संकलन 'लावा' के लेखक ह. मो. मराठे आठवें दशक की मराठी के एक सशक्त हस्ताक्षर हैं। नयी पीढ़ी के अग्रणी कहानीकारों की तरह मराठे के बारे में भी कहा जा सकता है कि उनकी कहानी कल्पना के हवाई क़िले से दुनिया पर निगाह फेंकने के बजाय, पथरीले जंगल में दबी सिसकियों से साक्षात्कार कराने का सफल

प्रयास करती है। आधुनिकीकरण और उद्योगीकरण के दो पाटों में पिसती मानवता तथा परम्पराओं को तिलांजलि देने के चक्कर में समय के साथ क़दम-से-क़दम मिलाकर न चल पाने की असमर्थता—कुछ ऐसे ही 'त्रिशंकु' आदमी की आहों की आहट उनकी कहानियों से आती है।

महानगरीय नारकीय जीवन, आदमी को बेईमानी की खाई में धकेलती आधुनिकता, नारी शोषण, सामाजिक असमानता का शिकार हुई पीढ़ी का विलाप और अखबारी क्षेत्र के मगरमच्छी आँसू—अन्यान्य ऐसे ही विषय मराठे की कहानी के केन्द्र में होते हैं। दूसरे शब्दों में, आधुनिक जीवनबोध की मेड़ पर खड़ी ग़रीबी मानो मराठे की कहानी के माध्यम से समूची मानवता के सामने एक गहरा प्रश्न-चिह्न लगाती है और यही उनकी कहानी की सफलता है।

प्रस्तुत कृति के सरल सुन्दर हिन्दी अनुवाद के लिए हम श्री प्रकाश भातम्ब्रेकर के हृदय से आभारी हैं। ज्ञानपीठ की साहित्यिक गतिविधियों में उनका हमें निरन्तर सहयोग मिलता रहता है। आकर्षक आवरण-शिल्प के लिए पुष्पकणा मुखर्जी का साधुवाद। मुद्रण आदि कार्य में हमारे सहयोगी डॉ. गुलाबचन्द्र जैन ने अपने दायित्व का भली-भाँति निर्वाह किया है।

र. श. केलकर
सचिव

सम्पादकीय

मराठी कहानी की ऐतिहासिक भूमिका बाँधने वाले सम्पादकीय आलेख लगभग प्रत्येक अनूदित मराठी कहानियों के संकलन में पाये गये हैं। उन्हीं सब घिसी-पिटी बातों को फिर से दुहराना समीचीन प्रतीत नहीं होता। इसीलिए प्रस्तुत संकलन में मूल लेखक की अपनी रचना-प्रक्रिया, अपने सोच तथा अपनी धारणाओं के सम्बन्ध में आत्म-स्वीकृति से पाठकों को अवगत कराना अधिक आवश्यक समझा गया। श्री मराठे ने मराठी कहानी को प्रेम के त्रिकोणात्मक दायरे से तथा घिसे-पिटे सरोकारहीन कथ्य से बाहर निकालकर उसे आम आदमी की साँसों से जोड़ दिया। संघर्ष ज़िन्दादिली का पर्याय है और मराठे की कहानी के पात्र जूझने से नहीं चूकते, हथियार डालना नहीं जानते तथा गतिहीन नहीं होते। निरन्तर चलते रहना उनकी नियति है और यह गत्यात्मकता ही उनकी साँसों की ऊष्मा है।

श्री मराठे ने अपने आत्मकथन में कहा ही है कि उनकी कहानी पर रूखेपन का दोषारोपण किया जाता है। किन्तु क्या यह सच नहीं कि वस्तुतः आदमी का जीवन रूखा-सूखा और रसहीन बनता जा रहा है? क्या महानगरीय जीवन में आदमी आदमी के बीच कोई सरोकार रह गया है? क्या व्या र के दायरे में सिमटा आत्मकेन्द्रित इन्सान समष्टि के आँसुओं से बेख़बर नहीं हो गया? क्या आम आदमी को आम की तरह चूसकर फेंकने में धनवानों को मज़ा नहीं आता? क्या आधुनिक सुख-सुविधाओं से सम्पन्न तबका सत्ता और सम्पत्ति के मद में चूर होकर फटीचर मानवता की धज्जियाँ नहीं उड़ाता? ये तथा ऐसे कई सवाल मराठे की कहानी हमारे सामने प्रस्तुत करती है। सपाट-बयानी उनकी कहानी की विशेषता है, इसीलिए वह हम सबकी कहानी प्रतीत होती है।

दरअसल इतनी सारी भूमिका बाँधना भी निरर्थक है, क्योंकि मराठे की कहानी खुद बोलती है और हमारी अन्तर्रात्मा को झकझोरती है। मिल मज़दूरों के जीवन की विपन्नता, झूठ और मक्कारी के बीच दम तोड़ती आस्थाएँ तथा इन्हीं

सब विसंगतियों के वस्त्र पहनकर अपने हाथों से अपनी अर्थी सजाती मानवता··· इन्हीं सब समस्याओं के रू-ब-रू खड़ी मराठे की कहानी लेखकीय सफलता का सार्थक अहसास अवश्य कराती है।

एक लम्बे अर्से से मैं चाहता था कि श्री मराठे की कहानियाँ हिन्दी पाठकों के सामने आनी चाहिए। पत्र-पत्रिकाओं में तो उन्हें स्थान मिला, पर स्थायित्व के लिए उनका पुस्तकाकार ग्रहण करना आवश्यक था और डॉ. र. श. केलकर जी चुस्ती की वजह से यह सम्भव हुआ। अतएव भारतीय ज्ञानपीठ एवं डॉ. केलकर जी साधुवाद के पात्र हैं। डॉ. गुलाबचन्द्र के सहयोग को भुलाने की धृष्टता तो मैं नहीं कर सकता। ज़ाहिर है कि ह. मो. मराठे ने भी इस काम में गहरी दिलचस्पी ली, तभी तो यह संकलन आप तक पहुँच सका। यदि कहानी का आशय यथार्थ रूप से आप तक नहीं पहुंच पाये तो सम्पादक तथा अनुवादक के रूप में यह सर्वथा मेरी न्यूनता है।

प्रकाश भातम्ब्रेकर

ब-कलम खुद

लगभग बीस साल की उम्र में मैंने पहली कहनी 'मधुकरी' लिखी। उन दिनों मैं महाविद्यालयीन छात्र था। साहित्यिक अभिरुचि मन में पनपने लगी थी और अत्यन्त उत्कृष्टता, गहरी दिलचस्पी एवं चौकन्नेपन के साथ मैं मराठी साहित्य का अध्ययन कर रहा था। जिस उम्र में मैंने पहली कहानी लिखी वह तथा उससे पहले के दस-बीस वर्षों की अवधि को मराठी कहानी का स्वर्णकाल माना जाता है। गंगाधर गाडगिल, अरविन्द गोखले, पु. भा. भावे, व्यंकटेश माडगूलकर, दि. बा. मोकाशी, द. मा. मिरासदार, शंकर पाटील, कमल देसाई, जी. ए. कुलकर्णी, रणजित देसाई, विजया राजाध्यक्ष, शरचन्द्र चिरमुले, विजय तेंडुलकर, श्री. दा. पानवलकर, श्रीपाद काले आदि एक से बढ़कर एक दिग्गज कहानीकारों का उन दिनों बोलबाला था। ये सभी कहानीकार मराठी कहानी को बहुआयामी बनाने का सार्थक प्रयास कर रहे थे। इन महानुभावों का नया-पुराना साहित्य मैं बड़े चाव से पढ़ता था। उसी दौरान मैंने महसूस किया कि इनमें अधिकांश कहानीकारों ने पूर्ववर्ती घटनाप्रधान कहानी के ढाँचे को नकार कर मनोवैज्ञानिक ताने-बाने वाली कहानी को साकार करने में पहल की थी।

मेरी 'मधुकरी' कहानी 'किर्लोस्कर' नामक मासिक पत्रिका में प्रकाशित हुई। यह तत्कालीन अत्यन्त लोकप्रिय मासिक पत्रिकाओं में से एक थी तथा इस पत्रिका के पाठक देश के अन्यान्य भागों में फैले हुए थे।

मेरी पहली कहानी प्रकाशित होने के एक साल बाद ही 'सत्यकथा' में एक अन्य कहानी को स्थान मिला। विशुद्ध साहित्यिक पत्रिका 'सत्यकथा' की उन दिनों काफी धाक थी। तत्पश्चात् अन्यान्य पत्र-पत्रिकाओं में मेरी कहानियाँ प्रकाशित होती रहीं। इस प्रकार बारह वर्षों तक कलम घिसाई करने के बाद मेरी चुनिन्दा दस-बारह कहानियों का पहला संग्रह 1972 में प्रकाशित हो सका। मेरा यह कहानी-संग्रह महाराष्ट्र सरकार द्वारा पुरस्कृत हुआ। समयान्तर से मेरे सात-आठ कहानी-संग्रह प्रकाशित हुए, उनमें से कुछेक पुरस्कृत भी हुए।

कई कहानियाँ अन्यान्य भारतीय भाषाओं में अनूदित भी हुईं, सराही गयीं।

विगत पाँच-छह वर्ष मैं दो-चार पत्र-पत्रिकाओं के सम्पादकीय दायित्व से सम्बद्ध रहा। इस दायित्व-निर्वाह में आकण्ठ डूबे रहने के कारण मेरा कहानी-लेखन तो ठप्प-सा पड़ा रहा पर उससे मेरा वास्ता समाप्त नहीं हो सका। बल्कि मैं तो यूँ कहूँगा कि मेरा अभिव्यक्ति का ज़रिया बदल गया। सम्पादन एवं पत्रकारिता के रूप में मेरे मन की छटपटाहट को नया माध्यम प्राप्त हुआ। अतएव मेरे भीतर का कहानीकार, उपन्यासकार तनिक साँस लेता रहा। किन्तु अनुभव प्राप्त करने का सिलसिला तो बदस्तूर जारी था। इस प्रकार अनुभवों का मेरा दायरा अधिकाधिक व्यापक होता रहा। जाहिर है कि किसी भी दिन से मैं पुनः कहानी-उपन्यास लेखन की ओर मुखातिब हो सकता हूँ।

मैं कोंकण निवासी हूँ और यह तो आप जानते ही हैं कि समूचा कोंकण सागर-किनारे बसा है। साथ ही यह भी सच है कि कोंकणवासियों का अभाव-ग्रस्तता से अटूट रिश्ता है। सम्भवतया यह महाराष्ट्र का सबसे अधिक पिछड़ा हुआ तथा अभावग्रस्त इलाक़ा है। तथापि विभिन्न जातियों-सम्प्रदायों के लोगों को कोंकणी संस्कृति ने एक लड़ी में पिरोये रखने का महत्त्वपूर्ण काम किया है। दरिद्रता से कोंकणवासियों का चोली-दामन का साथ है और यह कोंकणी संस्कृति का अविभाज्य अंग बन चुकी है। क्या ब्राह्मण, क्या चमार-महार··· ग़रीबी के चंगुल से यहाँ कोई नहीं बच पाता। ग़रीबी के इन्हीं अनुभवों से समृद्ध होकर कोंकणवासियों की ज़िन्दगी आकार ग्रहण करती है। वहाँ के लोगों की स्थिति आज भी कमोबेश वैसी ही है।

मेरी धारणा तो यह है कि लेखक का बचपन तथा किशोरावस्था जिन परिस्थितियों की गवाह होती हैं, वही परिस्थितियाँ उस लेखक की अभिव्यक्ति का आधार बन जाती हैं। मेरे साथ ऐसे ही हुआ है। मेरी प्रारम्भिक कुछेक कहानियाँ तथा उपन्यास कोंकण के परिवेश को ही उजागर करते हैं। उस दौर में कोंकण का आदमी ही मेरी रचना-प्रक्रिया के केन्द्र में था। किशोरावस्था समाप्त होते-होते ही कोंकणी युवक रोजी-रोटी की तलाश में शहरों, विशेषकर मुम्बई की ओर दौड़ पड़ते हैं। इस प्रकार कोंकण के घरों में बचे रहते हैं छोटे-छोटे बालक या वृद्धजन। छोटा-सा मरीयल-सा खपरैल घर, बित्ता भर खेत, मुम्बई में नौकरी कर रहे युवजनों द्वारा अपने परिजनों को मनीआर्डरों के जरिए भेजे जाने वाले रुपए तथा छुट-पुट मजदूरी···बस, यही है कोंकणवासियों की पूंजी, और आजीविका का साधन। ब्राह्मण समाज तो नगरीकरण या शहरीकरण में पुरोधा बनकर अपनी मूल भूमि से कट-सा गया। तथापि कुछेक साधनहीन ब्राह्मण परिवार अभी भी मजबूरन अपने वतन का दामन थामे हुए हैं। बाकी लोग मेहनत मशक़्क़त के काम करते हैं और ब्राह्मण अध्यापन का। लेकिन सभी फटे-

हाल। मेरी प्रारम्भिक रचनाओं में इन्हीं परिस्थितियों का चित्रण है।

अध्ययन पूरा हो जाने पर एक अर्से तक मैं अध्यापन करता रहा। किन्तु मेरा मन न स्कूली न ही महाविद्यालयीन अध्यापन में रम सका। और हक़ीक़त यह है कि इसके लिए मुझे कोंकण छोड़कर कोल्हापुर आना पड़ा था। जल्द ही अध्ययन के क्षेत्र की ओर से मैंने मुँह फेर लिया और पत्रकारिता से जुड़ा गया, और मुम्बई के बजाय मैंने पुणे की राह पकड़ ली। महाराष्ट्र के इस शैक्षणिक-सांस्कृतिक केन्द्र में मैंने अपनी ठौर पा ली।

पेशान्तर एवं स्थलान्तर के दोराहे पर खड़े मुझ जैसे युवक को इन सभी, सर्वथा अनभिज्ञ स्थितियों के रू-ब-रू खड़ा होना पड़ा। कोंकण या कोल्हापुर की तुलना में यह शहर भी मेरे लिए नया था और व्यवसाय भी। अध्ययन-अध्यापन का यह केन्द्र क्रमशः अपना नूर बदलने लगा था। वह औद्योगीकरण की ओर तेजी से अग्रसर हो रहा था। महानगरीय समस्याओं का जाल पुणे के इर्द-गिर्द अनजाने में ही बुना जा रहा था। रहने की छोटी-सी जगह, नौकरीपेशा पति-पत्नी, छोटे बच्चों के देखभाल की समस्या··· इन सभी की वजह से ज़िन्दगी का ढाँचा बदलता चला जा रहा था। मैं अनायास इस नयी व्यवस्था का पुर्जा बनने लगा था। मेरा नया पेशा भी तो नया तेवरों वाला था। पत्रकार खुद को समाज के बौद्धिक परिवर्तन के शिल्पी या भाष्यकार मानने के बजाय महज औद्योगिक कामगार मानने लगे थे। इस मायने में मैं भी तो एक अदना-सा औद्योगिक कामगार ही था। वेतनवृद्धि, सेवा-शर्तें आदि की माँगों को लेकर शोषक वर्ग के ख़िलाफ़ आवाज़ बुलन्द करने लगा था।

मेरे भीतर का लेखक अब एक पत्रकार या औद्योगिक कामगार के तौर पर नया परिवेश, नयी समस्याएँ, नया अनुभव-संसार आदि से जुड़ने का प्रयास करने लगा था। मेरे सोच और दृष्टिकोण में बदलाव आता रहा। हड़ताल, तालाबन्दी, ले-ऑफ, कामगारों के सामूहिक संघर्ष, अस्तित्व के लिए उनकी कशमकश आदि बिषयों से मेरे सरोकार स्थापित होते रहे। ये सभी समस्याएँ सीधे मेरे जीवनानुभवों के केन्द्र में प्रतिष्ठित हुईं और मेरे सोच-समझ का रंग-रूप ही बदल गया। मेरे सरोकारों ने नया मोड़ ले लिया। मैं अपने भीतर की लेखकीय अनुभूति के साथ इस समूचे दौर से गुजरता रहा। इन अनुभूतियों को अभिव्यक्ति प्रदान किये बिना भला मुझे सुकून कैसे मिल सकता था। यही वजह है कि लेखन के दूसरे दौर में औद्योगिक माहौल की विसंगतियों को अधोरेखित करने का प्रयास मैंने किया। मराठी साहित्य में इस अछूत विषय को प्रतिष्ठित करने के इरादे से मैंने सम्बन्धित कहानियाँ अथवा उपन्यास नहीं लिखे बल्कि ये अछूत अनुभव मेरी साँस का अनुभव बन गये थे तथा अभिव्यक्ति पाने के लिए हरदम मुझे उकसाते रहते थे। मेरी इस अभिव्यक्ति में वायवीयता नहीं बल्कि आत्मप्रत्यय था। इस प्रकार

ये अनुभव मेरी समूची रचना-प्रक्रिया को झकझोरते रहे और मैं ईमानदारी से उन्हें शब्दबद्ध करता रहा।

अकसर मुझसे पूछा जाता है कि कारखाने, व्यापार-कार्यालय, व्यापारिक प्रतिष्ठान आदि संस्थाओं में तथा उनके इर्द-गिर्द घटने वाली घटनाओं का यथार्थ और सूक्ष्म चित्रण मैं कैसे कर पाता हूँ? पर मुझे लगता है कि इस सवाल का जवाब मैं उपर्युक्त पंक्तियों में दे चुका हूँ। माना, कि अपने हर कथन का मैं भुक्तभोगी नहीं हूँ, और कोई भी लेखक ऐसा दावा कर भी नहीं सकता। लेखक किसी विशिष्ट घटना को नहीं, उसकी भाव-भूमि को महसूस करता है। मेरी कहानियों में औद्योगिक तथा अखबारी क्षेत्र के ऐसे ही तीव्र अहसासों की सहज अभिव्यक्ति है। उदाहरण के तौर पर प्रस्तुत संकलन की **चक्रव्यूह**, **लाबा**, **चौथा**, **युद्ध**, **न्यूज स्टोरी** कहानियों को लिया जा सकता है। इनकी विषय-वस्तु, घटनाएँ, परिवेश, पात्र आदि रोजमर्रा की हमारी ज़िन्दगी के अंश हैं। मराठी कहानी-जगत् में मुझसे पहले शायद ही किसी ने इस विषयों को छुआ हो। इस सिलसिले में मैं अपने अग्रज कहानीकार मित्र श्री अच्युत बर्वे का जिक्र अवश्य ही करना चाहूँगा। आधुनिक विज्ञापन व्यवसाय के अनोखे परिवेश से सम्बन्धित कुछेक कहानियाँ उन्होंने लिखीं, तथा पाठकों द्वारा वे सराही भी गयीं। मैं भी उनकी कहानियों का कथ्य, परिवेश, शिल्प एवं परिवेशगत ताज़गी से अभिभूत हुआ हूँ। श्री बर्वे एक सुप्रतिष्ठित विज्ञापन कम्पनी में सर्वोच्च अधिकारी के पद पर कार्यरत थे। तथापि उनकी कहानियों के बारे में मैं तो कहना चाहूँगा कि व्यावसायिक उखाड़-पखाड़(बिजनेस गेम प्लान)के चित्रण के दायरे में ही वे उलझे रहे। (ध्यान रहे कि राजनीति की तरह औद्योगिक क्षेत्र में भी काफी उठा-पटक चलती है) किन्तु मैंने इस दायरे से बाहर झाँकने का प्रयास किया, इन समस्याओं की टोह लेने की कोशिश की। अत्याधुनिक व्यवसाय, वहाँ पायी जाने वाली कुर्सियों की खींचा-तानी, अखबारी नीतियाँ, कामगार आन्दोलन, उनकी यूनियनें आदि से घिरे इन्सानों की अन्तरात्मा में आयी खरौंचें तथा उनके चीत्कार सुनकर उनकी जड़ों में पहुंच कर हक़ीक़त जानने तथा उससे पाठकों को साक्षात्कार कराने का प्रयास मैंने किया है।

मेरी कहानियाँ औसत से अधिक लम्बी हैं। मराठी 'लघु-कथा' के ढाँचे में उन्हें फिट नहीं किया जा सकता। उनकी पात्र-रचना, घटनाचक्र आदि की दृष्टि से भी लघुकथा का दायरा नाकाफ़ी प्रतीत होता है। मेरी एक ऐसी ही लम्बी कहानी है— 'बातमी' (समाचार), जो प्रस्तुत संग्रह में शामिल नहीं है। उस कहानी में यह दिखाने का प्रयास किया है कि दरिन्दगी का शिकार हुई एक औरत की असहायता की ख़बर को पत्रकार से लेकर विपक्षी नेता तक कई लोग अपनी-अपनी तरह से किस प्रकार भुनाने की घिनौनी हरकतें करते हैं। मेरे पूर्व-

लेखकों की लघु-कथाओं में पात्रों के मनोव्यापारों के ताने-बानों को ही तरजीह दी जाती थी, जबकि जिस परिवेश में पात्र जी रहे हैं उसी परिवेशगत तनावों-दबाओं के फलस्वरूप बेलौस और बेनूर होने वाली ज़िन्दगी से साक्षात्कार कराना मेरी दृष्टि से अधिक आवश्यक है। सम्भवतया इसी वजह से मुझे लघु-कथा का ढाँचा नाकाफ़ी महसूस हुआ। इसका यह मतलब तो नहीं कि लघु-कथा ज्यादा असरकर नहीं होती। मराठी, हिन्दी तथा अन्य भारतीय भाषाओं में कई सिद्धहस्त लेखकों ने सशक्त लघु-कथाएँ लिखी हैं तथा लघु-कथा की सामर्थ्य का अहसास बख़ूबी कराया है। लघु-कथा के माध्यम से भी काफ़ी कुछ सम्प्रेषित किया जा सकता है। तथापि मेरी कुछेक कहानियों में विषय, आशय, पात्रों के परस्पर सम्बन्ध, उनकी परिवेशगत विशेषताएँ आदि का दायरा ही इतना अधिक व्यापक था कि मैंने तीव्रता से महसूस किया कि उन्हें लघु-कथा के चौखटे में समेटा नहीं जा सकता। अतएव बाज़ वक़्त मेरी अभिव्यक्ति कहानी के बजाय आत्मकथात्मकता की ओर अग्रसर होती दिखलायी पड़ेगी। किसी घटना विशेष को लेकर कथात्मक तल्खी को शब्दबद्ध करने की दृष्टि से, लघु-कथा के मौजूदा ढाँचे को अस्वीकार कर, उसके दायरे को विस्तृत बनाकर, उसकी सुघड़ता पर प्रहार कर उसे मनचाहा नया रूप प्रदान करना मैंने आवश्यक समझा।

इधर समीक्षकों तथा कुछेक पाठकों ने टिप्पणी की है कि इन दिनों मेरी भाषा में रूखापन कुछ अधिक आने लगा है। मिसाल के तौर पर **न्यूज़-स्टोरी** के निम्नलिखित अंश को लिया जा सकता है :

"दुर्घटना बहुत भारी नहीं थी, न ही मृतकों की संख्या इतनी अधिक। शहर में पाँच मंज़िला सांस्कृतिक भवन निर्माणाधीन था और उसी की एक दीवार ढहकर ढूह हो गयी थी। उसके मलबे में दबकर चार-पाँच लोग मर गये थे, जिनमें से दो-तीन तो वहीं के मज़दूर थे। बाक़ी दो-तीन लोग फुटपाथिये थे। यानी कि पास के फुटपाथ पर झोंपड़ी बनाकर रहने वालों में से थे। कुल मिलाकर चार मर्द, एक महिला और एक बच्चा...इतने ही लोगों के मारे जाने की ख़बर थी।"

थोड़ा-सा ग़ौर से सोचें, तो आप महसूस करेंगे कि इस क़दर रूखी भाषा का प्रयोग परिवेशगत आवश्यकता है। क्योंकि एक अख़बार के कार्यालय में कहानी आकार ग्रहण कर रही है, और निवेदक भी एक पत्रकार ही है। इसीलिए अखबारी भाषा का रूखापन इस कहानी का निवेदन-शैलीगत दोष नहीं, उसमें चार चाँद लगाने वाला अतिरिक्त गुण सिद्ध हुआ है।

चक्रव्यूह, न्यूज़-स्टोरी, युद्ध, लावा जैसी कहानियों (इनके अलावा **सॉफ़्टवेयर** तथा **मार्केट** उपन्यास भी) की समूची रचना-प्रक्रिया, विषय, शैली आदि को लेकर भी कुछेक समीक्षकों ने एक आरोप लगाया है कि विषय-वस्तु, भाषा, बुनावट इनके स्तर पर सतहीपन अधिक है। उसमें कृत्रिमता एवं दिखावा अधिक है और

यही साहित्य-कृति की गुणात्मकता में मारक है।

किन्तु मैं दावे के साथ कहना चाहता हूँ कि किसी सनसनाटी तरीक़े को अपनाकर पाठकों को कुछ 'नया' देने की भूल-भुलैया में फँसाने का यह मेरा नुस्खा कदापि नहीं है। छोटे-मोटे उद्योग, अख़बारी कार्यालय, व्यापारी कम्पनियाँ इनके इर्द-गिर्द मेरी कहानियाँ मँडराती हैं। अतएव उस परिवेश को जीवन्त बनाने के लिए भाषाई चाट-मसाला और चमक-दमक तो आवश्यक हो ही जाती है। इस चमक-दमक और मैनरिज़्म का यथार्थ चित्रण किये बिना नागरी व्यापारिक संसार के जीवनानुभवों को सम्यक् रूप से अभिव्यक्ति नहीं दी जा सकती। ग्राम-जीवन के चित्रण में भूमि, कृषि, फसल, वर्षा-सिंचाई सुविधाएँ इनसे जान आ जाती है। ठीक उसी तरह से औद्योगिक परिसर के पात्रों-घटनाओं में यन्त्रों, कल-पुर्ज़ों की बदौलत जीवन्तता आ जाती है। पुरानी तकनॉलॉजी के स्थान पर नयी तकनॉलॉजी अपनाये जाने के परिणामस्वरूप कामगारों की संख्या घटानी ही पड़ती है। इस छँटनी का शिकार हुए कामगारों की अन्तर्व्यथा को शब्दबद्ध करने तथा उन्हें अर्थवत्ता प्रदान करने के दौरान औद्योगिक परिसर का परिवेश, वहाँ की निर्णय-प्रक्रिया, किसी विशिष्ट नतीज़े पर पहुँचने वाले लोगों की जीवन-शैली, उनका सांस्कृतिक-सामाजिक मैनरिज़्म आदि का यथार्थ चित्रण कहानी की प्रभाविता को बढ़ाने के लिए आवश्यक हो जाता है। परिवेशगत अनुभव, विषय-वस्तु, कथ्यात्मक यथार्थता आदि से ये बातें अभिन्न रूप से जुड़ी होती हैं। परिवेशगत बारीकियों के चित्रण में नवीनता का दिखावा या कृत्रिम तामझाम कदापि नहीं होता।

एक लेखक के रूप में मैंने अपनी अधिकांश कहानियों में नागरी जीवन की जटिलता में उलझे-छटपटाते और दम तोड़ते इन्सानों की मजबूरी का अहसास कराने की कोशिश की है। इसके अलावा निरन्तर जटिलतर हो रही सामाजिक समस्याएँ, उनसे घिरा असहाय-लाचार इन्सान ऐसे समस्याग्रस्त लोगों के आपसी सम्बन्ध, उनके संघर्ष, उनकी हार-जीत'''बस, यही सब मेरी कहानियों के केन्द्र में होते हैं। मूल्यहीन एवं सरोकारहीन होते जा रहे अहसास ही तो हमारे सामाजिक उत्पीड़न की खाई हैं और मेरी कहानियों के सभी पात्र अपने तईं सामाजिक मूल्यों को ज़िन्दा रखने के लिए अपनी कुर्बानी देने वाले जुझारू किन्तु हतवीर्य योद्धा हैं।

ह. मो. मराठे

अनुक्रम

मधुकरी

आगाशे गुरुजी के घर से मैं बाहर आया—ख़ाली झोली लिये। झोली बायें हाथ में थी। किसी ज़माने में ख़रीदी अलमूनियम की एक छोटी थाली मात्र थी उसमें। हो सकता है, थाली के भी आँखें निकल आयी हों, जिनसे देखने का प्रयास वह यदा-कदा करती होगी। झोली अब दो साल पुरानी हो चुकी है। गाँव से यहाँ आया था तभी पिताजी का एक पुराना अँगोछा और यह झोली माँ ने मुझे थमायी थी। हरदो दिन बाद मैं इसे पानी में खँगाल लेता हूँ, पर साबुन के बिना वह साफ़ होती ही नहीं। ऊपर उसमें एक छेद भी हो गया है। पास से यदि कौआ उड़ता हो तो इस छेद में से भीतर की रोटी वह आराम से देख सकता है; पर मैं हूँ कि उस ओर ध्यान ही नहीं देता, क्योंकि दायें हाथ का पात्र ही मानो रुलाता है मुझे। माँ ने बताया था कि वह पाव सेर का ही है, पर इतनी देर तक प्रतिदिन पकड़े रहने में उँगलियाँ आनाकानी करती हैं। फिर भी किसी तरह चला लेता हूँ। एक हाथ में झोली, दूसरे में पात्र लेकर भरी दोपहरी में भाग-दौड़ करते हुए पसीना पोंछते भी नहीं बनता। हाथ ही ख़ाली नहीं रहता, फिर पसीना पोंछे हाथ से ही पात्र पकड़कर छाछ पीने का मन नहीं करता।

मैं एक मामूली बालक—माँगकर खाने वाला। उम्र होगी बारह-तेरह के आस-पास। कमर पर लँगोटी, एक हाथ में झोली, दूसरे में पात्र, गले में यज्ञोपवीत, जो तीन-चार वर्ष पूर्व पण्डितजी ने लटकाया था। उस समय बायें हाथ में पात्र के स्थान पर पीली चिन्दी लपेटा हुआ पलाश-दण्ड था। बस, हमारे धर्म में ऐसा ही बताया गया है।

सोचता था, आगाशे गुरुजी के यहाँ तो कम-से-कम पाव-रोटी मिलेगी, पर वहाँ भी निराशा ही हुई। आज का दिन ही मनहूस था। सबसे पहले होटल वाले परांजपे के घर गया, पर वहाँ भी ताला लगा था। उनकी पत्नी बाल-बच्चों सहित आज ही मैके गयी हैं, उनका मँझला बेटा बिना भूले मुझे छेड़ता है। होगा कोई सात साल का। वह अच्छे कपड़े का नेकर पहनता है। मेरे शरीर पर सिर्फ़ लँगोटी

होती है। झोली फैलाकर बैठा करता हूँ मैं वहाँ। एक बार ऐसे ही बैठा था। किवाड़ की आड़ में रसोइयन लेटी हुई थी। मेरे कारण उसे उठना पड़ा तो वह अण्ट-शण्ट कहने लगी। इतने में वह मँझला लड़का वहीं आ धमका। मेरी खुली हुई झोली और थाली देखकर उसने उसमें थूक दिया।

मेरे तन-बदन में आग लग गयी। तभी "माठी मिला, टेम पर क्यूँ नयी आताय रे मुँजले?" बोलती हुई रसोइयन आ गयी। उसने बच्चे को थूकते हुए देखा था, इसलिए लगा कि वह उसके मुँह पर एक तमाचा जड़ देगी, पर उसने मात्र इतना कहा, "बालासाब, ऐसा नईं करना जी!" उसके सामने जीभ निकालकर बालासाब वहाँ से चलते बने। मैंने थाली पोंछकर रसोइयन का दिया खाना उसमें लिया, साथ में चार गालियाँ भी। बुरा लगा, पर पी गया सब। दो कौर खाकर जिन्दा जो रहना था! लगभग हर रोज़ वहाँ मधुकरी मिलती है। बासी ही सही, पर आधी रोटी मिलती तो है। 'सम्मान से जिओ' आगाशे गुरुजी स्कूल में कहा करते हैं, पर अपमान यदि न सहें तो क्या भूखे रहें? हर घर में तो अपमान होता है।

होटल वाले परांजपे के यहाँ से आज ख़ाली हाथ लौट आया। दूसरा घर जोशीजी का है। वे कॉलेज में पढ़ाते हैं—पैसे का शास्त्र। उनके घर में एक प्लेट में भात-साग रखा रहता है। किवाड़ खोलकर उसे ले लेना और चलते बनना—प्रतिदिन का य[illegible] सिलसिला है। पर आज वहाँ जाकर देखता हूँ तो बिल्ली प्लेट साफ़ कर र[illegible] है। अब क्या किया जाये? बिल्ली का जूठा भी कहीं खाया जाता है? पर अन्न को फेंका भी तो नहीं जाता। इस अन्न के लिए ही तो कड़ी धूप में पसीने से लथ-पथ हो जाता हूँ। न लूँ तो कहेंगे, "हरामजादा! आज आया नहीं और खाना ख़राब हुआ।" इसी उधेड़बुन में था कि जोशीजी ने देख लिया। पूछा, "क्यों खड़ा है रे जब से? आज मधुकरी नहीं रखी है क्या?" मैं सकपकाया। वे बड़े मास्साब, मैं भला उनसे बात कर सकता हूँ! पर दिल थामकर आख़िर कह ही बैठा, "बिल्ली ने उसे जूठा किया है।" इस पर वे अँग्रेज़ी में कुछ बड़बड़ाये। फिर कहा, "तो आज मत ले उसे। और जगह मिली ही होगी न?"

मैं भी तपाक से बोला, "मिल गयी है।"

तीसरा घर है आगाशे गुरुजी का। उनके घर से ख़ाली हाथ कभी नहीं लौटा। रूखी-सूखी भले ही रहे, पर उसमें स्नेह छिपा रहता है। बड़े प्रेम से भाभीजी मेरी थाली में वह रख देती हैं। तीज-त्यौहार पर वह मीठा-वीठा मेरे लिए निकालकर अलग से रख देती हैं। किन्तु, वहाँ भी आज···

गुरुजी ने कहा, "भाई आज तुम्हारे लिए कुछ भी नहीं बचा।"

झोली-पात्र ज़मीन पर रखकर बैठ गया वहीं, मानो अपना ही घर हो। गुरुजी की गृहस्थी यानी एक कमरा मात्र—रसोई, खाना-पीना, उठना-बैठना, सब कुछ

वहीं। आज जूठे बरतन वैसे ही पड़े थे। उनमें थालियाँ ही पाँच-सात थीं। भाभी मेरे लिए माँ समान हैं। मैंने पूछा, 'भाभीजी, आज कुछ भी नहीं बचा ?"

"अरे, अभी तनख़्वाह नहीं मिली, कल शायद मिलेगी। उधार तो हम लेने से रहे। पाव भर चावल थे। उसी में पानी ज़्यादा डालकर पकाया और खाया। यह भला तुझे कैसे देती ? आखिर तू भी इन्सान है !"

मुझसे आगे सुना नहीं गया। लोटा भर पानी पीकर जाने लगा तो गुरुजी ने हाथ थामकर एक चवन्नी मुझे पकड़ायी और कहा, "लो, जो मर्जी हो खा लेना।" महीने भर से मैं देख रहा था, गुरुजी की धोती घुटने पर फटी हुई थी। मुझसे चवन्नी लेते नहीं बना।

वहाँ से भी हाथ हिलाते बाहर आया। मेरा जनम ही ऐसा हुआ है ! निरा कंगाल—इस झोली-सा ही फटीचर !

पिताजी ग़रीब पुरोहित, जैसे-तैसे पेट-पूजा करने वाले। परिवार में इने-गिने चार लोग। घर में नाममात्र का सामान। घर भी क्या, किसी तरह खड़ी चारदीवारी ! इसी में हमारा वात्सल्य था। घर में प्रतिवर्ष गणेशोत्सव पर सिर्फ़ एक बार चावल की खीर पका करती थी, बस ! उसके सिवा यदि कभी मीठा-बीठा खाने को मिलता तो पड़ोसियों का दिया हुआ ही। गुड़ के ढेले पर टूटती मक्खियों-से हम उस व्यंजन पर टूट पड़ते—पिताजी भी।

बताते हैं, मेरा एक बड़ा भाई था। मुझे भी धुँधली-सी याद है। छह-सात साल हुए, घर की ऐसी स्थिति से ऊबकर बम्बई चला गया। जाने से पहले उसने माँ के पैर छुए थे, मुझे खूब याद है। पता नहीं अब कहाँ है, कैसा है ! लगभग पन्द्रह मील है यहाँ से मेरा गाँव। चौथी कक्षा तक वहीं स्कूल में जाता रहा मैं। अब तीज-त्यौहारों पर जब कभी गाँव जाता हूँ, माँ से ज़रूर पूछता हूँ, "माँ, भैया की कोई चिट्ठी आयी ?"

आँखें पोंछती हुई माँ बताती है, "पता नहीं, कहाँ है तेरा भैया ! जहाँ भी रहे, सुखी रहे।"

पिताजी को गुज़रे चार साल हो गये। "वे भगवान के पास चले गये, बेटा ! वहाँ से तुझे देखते रहते हैं", माँ मुझसे कहती है, पर आसमान में मुझे कभी भगवान का घर दिखाई नहीं दिया। माँ से पूछता तो कहती, "बच्चों को नहीं दीखता, जब बड़े होगे तब दीखेगा।"

चौथी परीक्षा पहली श्रेणी में पास की तो पड़ोस के गप्पू बाबा मुझे यहाँ लिवा लाये, बड़ा बनने के लिए। चार घरों की मधुकरी (होनहार, ग़रीब छात्रों को दिया जाने वाला भोजन) और रहने के लिए गणेश-मन्दिर की व्यवस्था उन्होंने कर दी। वहीं पर एक छोटा-सा कमरा है। सुबह उठते ही डुबकी लगा लेता हूँ। फिर अथर्व शीर्ष कहते-कहते जैसे-तैसे भगवान को नहलाकर सीधे स्कूल का रास्ता

पकड़ता हूँ। मेरी कक्षा को आगाशे गुरुजी ही पढ़ाते हैं। उनका पढ़ाया मात्र ही दिमाग़ में रह जाता है, शेष सब कान से बाहर निकल जाता है।

आगाशे गुरुजी के घर से बाहर आया तो व्यर्थ की यादों ने हठात् मुझे घेर लिया। बारह-तेरह साल की उम्र भी कोई उम्र है! कुछ ज़्यादा समझता नहीं हूं, पर ग़रीबी से ऊब चुका हूँ। मुझे जन्म देने से पहले ही भगवान ने मेरे लिए प्रतिदिन आधा सेर अनाज की व्यवस्था कर दी है—लोग कहते हैं, पर इसी पाव-आधा सेर के लिए इतनी भागदौड़ करनी पड़ती है। हाथ में झोली लेकर भोजन माँगना पड़ता है।

वहाँ से और दो-चार घर हो लिया। खाने को कुछ मिल ही गया। एक जगह बासी आधी रोटी और दूसरे घर से दो कलछी छाछ और थोड़ा-सा भात मिला। बस मेरे लिए सुरक्षित आधा सेर में से आज इतना ही नसीब हुआ। भूख से कुलबुलाते पेट के लिए कुछ तो मिला, पर शाम के लिए प्रश्न ज्यों-का-त्यों है। लोग कहते हैं—पेट भरकर नहीं खाना चाहिए, कुछ कम खाना स्वास्थ्य के लिए लाभप्रद है। पर यह सीख उनके लिए है जिन्हें 'कम' शब्द ज्ञात ही नहीं। मेरे लिए उसका कोई मतलब नहीं।

बस, अब यह आख़िरी मकान है। यहाँ से गणेश-मन्दिर दो-एक फर्लांग होगा। वहाँ पहुँचकर ही मिला-मिलाया खाने का विचार था। फिर थोड़ा-सा पानी, बस। खाने का विचार आते ही भूख की आग और भी तीव्र हो गयी, तभी कान में शब्द पड़े—"चल···निकल जा यहाँ से छिनाल कहीं की!" परांजपे के यहाँ इतने ऊंचे स्वर में शायद ही बोला जाता हो। मैंने मुड़कर देखा, एक वृद्धा थी। कहते हैं पार्वती ने अपने शरीर के मैल से गणपति को बनाया था—उसकी यथार्थता अब जान पड़ती थी। उसकी गोद में एक रोता हुआ बच्चा था। बूढ़ी कह रही थी, "बाबा-माँ, बच्चा बहुत भूखा है···कुछ बासी-बूसी हो तो दे दो, बच्चे को।" उनका काला कुत्ता ऐसे भौंक रहा था जैसे शहर भर में आग लग गयी हो। ग़नीमत थी कि वह बँधा हुआ था। बुढ़िया डरी-डरी-सी बच्चे को गोद में दुबकाये हाथ पसार रही थी। परांजपे का नौकर मारे ग़ुस्से के लाल हो गया। वह नौकर भले ही हो, पर है तो बड़े घर का! बाज़ार जाते समय प्रेस किये हुए कपड़े पहना करता है। टेबिल साफ़ करते हुए भी रेडियो सुनने की उसकी आदत है। बुढ़िया के भीख माँगने से उसकी भौंहें तन गयीं। 'स्साली···' कहते हुए वह उसकी ओर लपका। बुढ़िया बच्चे को सँभालती हुई जैसे-तैसे फाटक के बाहर आयी। मेरे पास थोड़ा-सा ही सही, पर अन्न था। मैं वहाँ से जो भागा तो मन्दिर पहुँचकर ही साँस लिया। अपने कमरे के किवाड़ खोलकर कोने में झोली-पात्र रख दिया। लोटे में पानी भर लिया। झोली में से थाली निकालकर रखी और पद्मासन लगाकर बैठ गया। घड़ी ने बारह बजाये। उस आवाज़ के साथ ही फट से याद

आया कि शाम को गुरुजी इतिहास के प्रश्न पूछने वाले हैं। भारतीय गुप्त-साम्राज्य का स्वर्ण-युग याद करना था। उत्तर याद न करने पर आगाशे गुरुजी चमड़ी उधेड़ देते हैं। बासू इतिहास की पुस्तक पढ़ने के लिए देने वाला था। कुर्ता पहनकर भागते-भागते बासू के घर पहुँचा। पुस्तक लेकर दौड़ते-दौड़ते लौटा। थाली पर बैठकर बिना खाये ही उठ गया था, भूख की आग तड़पा रही थी। जब दो कौर निगलकर, लोटा भर पानी पीने के बाद डकार आयेगी तब आध-पौन घण्टा तबीयत से पढ़ाई करने का इरादा था। कमरे में आकर किताब रख दी। लोटे में पानी लेकर पैर धोने बाहर आ गया।

वही बुढ़िया वहाँ मौजूद थी—दुम दबाकर परांजपे के घर से भागी हुई। गोद में वही काला-कलूटा, कुनमुनाता बच्चा। बोली, "बेटे, खाना खाराय क्या ? अर्दी रोटी देने कू बोल जा तेरे अम्मा कू मेरा बच्चा कल से भुक्का च हय।"

बड़ा गुस्सा आया। इस बुढ़िया को भी यही समय था यहाँ आने का ! मेरे पेट में चूहे दौड़ रहे थे। मैंने फटाक से किवाड़ बन्दकर मुँह-हाथ पोंछे और बैठ गया—'सत्यंत्वर्तेन परिषिचामि' और पानी फेर लिया। बुढ़िया एक बार फिर चिल्लायी, "बेटे, थोड़ा-सा दे दो रेऽऽ" बच्चे का रोना जारी था। बुढ़िया ने बच्चे की पीठ पर एक मुक्का मारा, "मय वी तो भुक्कींच हूँ, मिल्या तो देतींव नईं तो कां से देवूँ तेरे को ?"

फिर एक कराहती हुई चीत्कार सुनाई दी। मैं पुनः खाने पर से उठ गया। ज्यों-की-त्यों थाली उठाकर बाहर आया और बुढ़िया की झोली में थाली ख़ाली कर दी। उसकी आँखों में आनन्दाश्रु छलछला आये। उसने तुरन्त दो-चार कौर अपने मुँह में डाले। बच्चे को भी खिलाया, फिर पानी पीकर चलती बनी। जाते हुए उसने मुड़कर मुझे देखा, जैसे भगवान की मूरत को ही ताक रही हो। फिर एक बार लोटा भर पानी पीकर डकार ली, मानो पेट भर गया। अब इतिहास की पुस्तक में आँखें गड़ायीं।

कक्षा का अन्तिम घण्टा चल रहा था। सामान्य विज्ञान का घण्टा। मनुष्य के पाचन-संस्थान की जानकारी दी जा रही थी। हम खाना क्यों खाते हैं ? भूख लगती है इसलिए—बालकों ने सीधा-सा उत्तर दिया, किन्तु विज्ञान की पुस्तक में शक्ति, उष्णता आदि उसके कुछ कारण बताये गये थे।

"आज क्या-क्या खाकर आये हो ?" गुरुजी ने प्रश्न किया। वासू गाडगिल ने आमलेट खाया था, गोडसे ने कुछ और तो तीसरे ने कुछ और। मेरी बारी आयी तो मैं खड़ा हुआ। कहा, "मैंने पूड़ियाँ खायी हैं—असली घी में तली हुई। साथ में आलू का रसेदार साग भी।"

टन-टन-टन—घण्टी बजी। छुट्टी हो गयी और मैं मन्दिर की ओर दौड़ पड़ा, बिना इधर-उधर देखे।

बदौलत

वह कमरे की दीवार से सटकर बैठी थी और भीतर-ही-भीतर जल-भुन रही थी। अनजले स्टोव का कड़ुवा धुआँ कमरे में व्याप्त था। ठीक उसी तरह उसके मन में अपने पति के बारे में क्रोध, तितिक्षा, हेयता आदि की भावना उफन रही थी।

उसका पति भी सामने ही, चारपाई पर बैठा था। और वह भी भीतर-ही-भीतर सुलग रहा था। लेकिन वह अखबार में उलझे होने का बहाना ज़रूर कर रहा था। उसका चेहरा अखबार की ओट में छुपा होने से पत्नी को वह दिखाई नहीं पड़ रहा। यदि वह दिखाई पड़ता तो क्रोध और तिरस्कार व्यक्त करने के बहाने पति के मुँह पर थूकने में भी नहीं हिचकती।

अभी-अभी पौ फटी थी। दूधिया दूध दे गया था और अखबार वाले ने अखबार भी रोशनदान से खिसका दिया था। आकाशवाणी से भक्ति-संगीत रिस रहा था। उनके कमरे से लगी चाल की दुनिया भी जगकर अपने-अपने कामों में लगी हुई थी।

हमेशा की तरह, झगड़े से ही उनका दिन शुरू हुआ था। एक-दूसरे पर खूब गाली-गलौज भी उन्होंने की थी।

स्टोव जलाने की पूरी कोशिश वह कर तो रही थी; लेकिन वह न जल पाने के कारण कमरे में धुआँ भर गया था। उसका पति अभी भी चारपाई पर लेटा हुआ ही था। वहीं से वह चिल्लाया, "धुआँ कम कर दो। निपट गँवार है, स्टोव जलाने की भी तमीज़ नहीं।"

स्टोव पर झुके हुए अन्दाज़ में बैठी पत्नी ने जवाब दिया, "यदि तकलीफ़ हो रही हो तो उठकर बाहर चले जाओ।"

पत्नी के मुँह से इतना सुनने की देरी थी कि वह उठा और फुर्ती से उसके पास पहुँच गया। दो क़दम के फ़ासले पर ही तो थी वह। वह स्टोव में पिन कर रही थी। उसने उसकी गर्दन पकड़कर ऊपर उठाया और गर्दन अपनी ओर मोड़

कर अपनी आग्नेय आँखों से उसे घूरते हुए कहा, "मुझे बाहर जाने की सलाह देने वाली तुम कौन होती हो ? यह कमरा मेरा है। मेरे नाम पर है। चाहो तो तुम यहाँ से दफा हो सकती हो।"

'कमीने, बदमाश'···आदि लफ़्ज पत्नी की जुबान पर आये तो थे। लेकिन वह चुप रही। नीचे बैठकर उसने स्टोव की हवा छोड़ दी। स्टोव को दीवार की ओर खिसकाते हुए उसने कहा, "न मैं चाय बनाऊँगी, न खाना। दूध भी गरम नहीं करूँगी।"

"न सही। होटलों-ढाबों की कमी थोड़े ही है ?···" कहकर वह लौट आया और फिर से चारपाई पर बैठ गया।

वह दीवार से सटकर वहीं बैठी रही···एक सुलगते हुए तूफ़ान को अपने भीतर दबाये···

वे पति-पत्नी ही थे; लेकिन अब लगभग हर रोज उनके दिन का शुभारम्भ इसी अन्दाज़ में होने लगा था। बल्कि दिन का समापन भी···आज का दिन इसका अपवाद नहीं था।

उनके कमरे से लगी चाल में बसी दुनिया को पता चल गया था और उनमें कानाफूसी होने लगी थी···इन दिनों मियाँ-बीवी हद से ज्यादा लड़ने लगे हैं। ज़ोरदार कहासुनी होती है उनमें। आपस में वे खूब ग़ाली-ग़लौज करते हैं। कभी-कभार तो हाथापाई की नौबत भी आ जाती है। कहते हैं कि अभी, परसों आधी रात को वह 'मुझे मत मारो, मुझे मत मारो' चीखती हुई कमरे से बाहर आयी। बीच-बचाव करने की जुर्रत किसी ने नहीं की।

यह सिलसिला दो साल पहले ही शुरू हुआ था। लेकिन वह विशिष्ट घटना तो अब दोनों को भी याद नहीं। तथापि किसी एक मौक़े पर पत्नी ने यह अवश्य महसूस किया कि अपने आपसी सम्बन्धों में दरार-सी पड़ती जा रही है।

शायद सवाल यह था कि फ़िल्म देखी जाये या नाटक। पति नाटक का आग्रही था और पत्नी फ़िल्म की। दोनों अपनी-अपनी बात पर अड़ गये थे। पति की दलील यह थी कि, "नाटक का आज आख़िरी दिन है और दुबारा ऐसा मौक़ा शायद ही मिल पाये। इसलिए आज नाटक देखने चलेंगे। फ़िल्म तो कल-वल भी देखी जा सकती है।"

पत्नी का कहना था, "आज फ़िल्म देखने का मूड है। फ़िल्म ही देखेंगे।" दोनों टस-से-मस नहीं हो रहे थे।

उस दिन उन दोनों की सहमति नहीं हो पायी। अन्ततः उन्होंने घर से बाहर क़दम ही नहीं रखा और दोनों का मूड भी बिगड़ गया।

पति ने कहा, "तुम मूर्ख हो।"

पत्नी ने कहा, "मैं नहीं, तुम मूर्ख हो।"

यहाँ से जो सिलसिला शुरू हुआ, तो ऐसे मामूली प्रसंगों, वारदातों और मतभेदों को, हर बार गम्भीर रूप मिलता गया। गम्भीर वारदातों की गम्भीरता बूँद-बूँद से इकट्ठा होती रही लेकिन अब वह दोनों के दिलों में सिमटकर रहने की स्थिति में नहीं थी।

शादी को अभी चार साल ही तो हुए थे।

दोनों में से किसी पर भी विवाह थोपा नहीं गया था। लेकिन ऐसा भी नहीं हुआ कि उन्होंने इश्क लड़ाया और अन्ततः रोमांचक विवाह में उसकी परिणति हुई थी। एक युवा परिचय-केन्द्र में वे मिले थे। दोनों ने एक-दूसरे को पसन्द किया। दोनों की पारिवारिक स्थतियाँ लगभग एक-सी थीं, दोनों नौकरी करते थे और वेतन भी ठीक-ठाक था। लेकिन मियाँ जी दो-एक मामलों में भारी थे। एक पुरानी चाल में उसकी एक 'खोली' थी और वह एक अर्द्ध सरकारी संस्था में सेवारत था। देवी जी की नौकरी प्राइवेट थी।

विवाह के बाद मियाँ-बीवी चाल के इस पुराने कमरे में रहने लगे। एक बड़े ही मामूली से 'जोड़े' की अत्यन्त साधारण-सी उनकी गृहस्थी थी। न गैस, न अपने लिए अलग से नल, न ग़ुसलख़ाने या लैट्रिन की व्यवस्था; न ही अन्य कोई सुख-सुविधा। कमरे की दीवार में केवल एक खिड़की थी। उस कमरे के इर्द-गिर्द चाल का शोर-शराबा।

साल-दो साल पहले ही उनकी अनबन का यह सिलसिला शुरू हुआ था। शुरू-शुरू में तो रूठ-मनौवल का दौर चला, फिर बहसबाज़ी और अन्ततः कहा-सुनी। बात इससे भी आगे बढ़ी तो तू-तू, मैं-मैं होने लगी और दोनों रातों को भूखे रहने लगे। कभी-कभार तो भोजन की थाली उड़ा देने से भी वे बाज़ न आते। लेकिन बाद में रोज़-रोज़ की खटपट और एक-दूसरे के साहचर्य से ऊब कर वे कटने लगे। उनके मन में वितृष्णा पैदा हुई। अब तो ग़ाली-ग़लौज से भी उन्हें कोई परहेज़ नहीं रहा।

रोज़ की तरह आज भी भक्ति-संगीत की सुमधुर स्वर-लहरियों पर ही उनकी आपसी ग़ाली-ग़लौज का दौर हिंडोले ले रहा था।

स्टोव यूँ ही पटककर वह दीवार के पास बैठी रही। भीतर की उथल-पुथल और तनाव को चेहरे पर उतार कर, अख़बार पढ़ने के बहाने वह कड़ुवे घूँट निगलते हुए चारपाई से चिपका रहा।

कहा-सुनी और ग़ाली-ग़लौज का दौर बाक़ायदा ज़ारी था।

लेकिन आज पति ने पत्नी को और भी बेबाक शब्दों में कहा था—"कमरा मेरा है, मेरे नाम पर है; जाना हो तो तुम यहाँ से बखुशी जा सकती हो।"

झगड़ा तो रोज़ाना होता ही था लेकिन टूटने की सीमा तक रबड़ खींचने की नौबत कभी नहीं आयी थी।

तथापि आज उसने बिना किसी लाग-लपेट के कह दिया था। बहुत दिनों से सँजोकर रखा हुआ तुरुप का पत्ता चलते हुए आज उसे कोई ग़म नहीं हुआ था और वह दीवार के पास बैठी सोच में डूबी हुई थी।

वैसे तो उसकी उम्र कोई ज्यादा नहीं थी। इसकी तीस तो उसकी छब्बीस। वह स्थिति का जायज़ा लेने की कोशिश कर रही थी। कई जवाब उसके हाथ लगे भी थे। 'यह अप्रिय स्थिति ख़त्म कर देनी चाहिए, मिल-जुलकर रहना चाहिए' से लेकर 'अब जुदाई के अलावा और कोई रास्ता नहीं···' तक हर मोड़ पर वह सोचती रही।

यह सिलसिला दस साल पुराना तो हो ही चुका था। पिछले एक साल से स्थिति और भी बदतर होती जा रही थी। आये दिन वही महाभारत। बातों से बात बढ़ने लगती और अन्ततः ग़ाली-ग़लौज की नौबत। एक-दूसरे पर बरस पड़ना और एक-दूसरे को नीचा दिखाने की कोशिश करना।

कुछ देर तक तो वह उद्विग्न-सी बैठी रही। लेकिन ज्यादा देर तक यह सम्भव नहीं था। क्योंकि साढ़े आठ से पहले फैक्टरी में भी तो जाना था। वह अपनी जगह से उठकर जाने की तैयारी करने लगी। मियाँ जी को तो उसके बाद जाना होता था। लेकिन आज वह जल्दी तैयार होकर उससे पहले ही दफ़्तर के लिए चल दिया।

जाते समय उसने कुछ कहा भी नहीं और दरवाज़ा धड़ाम् से बन्द कर वह दनदनाते हुए निकल गया।

वह कुछ कहना तो चाहती थी; लेकिन पति सुनने के लिए तैयार हो, तब न वह कुछ कहती।

वह भी फटाफट कपड़े बदलकर और चेहरे पर प्रसन्नता का लबादा ओढ़कर चल दी।

फैक्टरी जाते हुए, फैक्टरी में काम करते हुए उसके दिमाग़ में एक ही सवाल था कि आखिर इसका अन्त क्या होगा? इसका हश्र क्या होगा? दिन-भर यही सवाल उसे झकझोरता रहा।

ऐसी बात नहीं है कि यह सवाल पहली बार उसे इस क़दर परेशान कर रहा हो। उसे पहले से ही महसूस हो रहा था कि उनके आपसी मतभेद काफ़ी बढ़ गये हैं और सम्बन्धों में वह मधुरता नहीं रही है। एक दिन भी अमन-चैन से नहीं कटता था। और-तो-और, उनके लैंगिक सम्बन्धों में भी सुखात्मक अनुभूति नहीं रही थी। और आज तो उसने अपनी बीवी को एक नये यथार्थ से अवगत कराया था···कि वह तो महज़ एक आश्रित है और खोली का मालिक तो वह स्वयं है। उसने तो पत्नी से कह भी दिया था कि, "यदि तुम हर दिन इसी तरह से झगड़ना चाहो तो तुम्हारा यहाँ न रहना ही बेहतर होगा।"

ये सब बातें क्रमशः दिमाग़ में आते ही वह सहम गयी। आज सवेरे भी पति के मुँह से अशिष्ट भाषा सुनकर वह व्यथित हो गयी थी। उसके जवाब में वह भी अपने पति को बदतमीज़, कमीने, बदमाश कहने को थी। इस प्रकार वह अपने दिल की भड़ांस निकालना चाहती थी लेकिन वह ऐसी जुर्रत नहीं कर सकी। उससे पहले दो-एक बार तो वह बेहिचक सुना चुकी थी और पति को भी चुपचाप सुनना पड़ा था। झगड़ों के दौरान अकसर वह भी ऊल-जलूल बकवास करता, ग़ाली-ग़लौज भी करता। फिर तो बीवी भी उसी अन्दाज़ में उसे इसका जवाब देती थी।

लेकिन आज तो उसने कुछ अलग ही कहा था—"खोली मेरी है, मेरे नाम पर है। तुम चाहो तो कहीं भी जा सकती हो, रफा-दफा हो सकती हो।"

···चाहो तो···

"चले जाना बेहतर होगा?···" उसने अपने ही दिल से पूछा।

फैक्टरी में काम करते हुए आज दिन-भर वह इसी सवाल का जवाब ढूँढ़ती रही थी। दोपहर के भोजन के समय तो इस सवाल की तीव्रता और भी बढ़ गयी थी। क्योंकि सवेरे जो तमाशा हुआ, उसके परिणामस्वरूप वह घर से खाना बनाकर नहीं ला पायी थी। कैण्टीन में उसकी अन्य सहेलियों ने अपने-अपने डिब्बे खोल लिये और वे खाना खाने लगीं तो उसे एक साथ कई तरह की अनुभूतियाँ हुईं और उदासी ने उसे घेर लिया।

उसकी एक सहेली ने पूछा, "डिब्बा नहीं लायी हो?" उन तीनों का एक गुट था और वे साथ में खाना खाती थीं। खाने के दौरान हँसी-मज़ाक का दौर भी चलता था, बल्कि सुख-दुख की किसी बात पर वे आपस में सलाह-मशविरा भी करती थीं।

सहेलियों ने एक-एक रोटी और सब्जी उसे दी और खाने का आग्रह किया तो बरबस फूट पड़ी।

"खाने का डिब्बा क्यों नहीं लायी?"

"ऐन मौक़े पर गैस खत्म हुई होगी और स्टोव नहीं जला होगा। ओफो, बड़ा सरदर्द होता है ऐसे मौक़ों पर···"

उसने सहेलियों के सवालों के गोलमोल जवाब दिये—"हमारे पास तो गैस है ही नहीं।"

"तो फिर स्टोव नहीं जला होगा।"

"ऐसी भी कोई बात नहीं।"

"फिर?"

"झगड़ा हुआ।"

"अपने शौहर से? सो तो कभी-कभार हो जाता है! कौन से शौहर से हुआ झगड़ा?"

"तुम्हें कितने शौहरों से झगड़ने का अनुभव है?" तीनों में से एक सहेली के इस सवाल पर हँसी का फव्वारा फूट पड़ा और पति से हुए उसके झगड़े की बात पीछे छूट गयी।

लेकिन उसे लगा कि सहेलियों के सामने दिल खोलना ही बेहतर होगा। उनसे कोई उपयुक्त सलाह प्राप्त होने की उसे उम्मीद थी।

शाम को दफ़्तर के बाद वह अपनी दो सहेलियों के साथ एक होटल में आ गयी तो उन्होंने जिज्ञासा व्यक्त की, "आज क्या खास बात है?"

"मैं एक अजीब-सी उलझन में फँस गयी हूँ।" वह कहने लगी। सहेलियों के चेहरे पर भी चिन्ता की रेखाएँ उभर आयीं।

"कैसी उलझन?"

"पति के साथ रोजाना मेरे झगड़े होने लगे हैं। ग़ाली-ग़लौज भी हो जाती है, कभी-कभी तो वह पिटाई भी करता है। आज सवेरे भी दौर चला था। वजह सिर्फ़ इतनी थी कि स्टोव न जलने से कमरे में धुआँ भर गया था। वह मुझ पर बरस पड़ा और शुरू हुआ झगड़ा। धुआँ कम करने के लिए उसने कहा। धुएँ से तकलीफ़ हो रही हो तो मैंने उसे बाहर जाने के लिए कहा। लेकिन उसने जवाब दिया—तुम कौन होती हो मुझे आदेश देने वाली? यह खोली मेरी है, मेरे नाम पर है। चाहो तो तुम बेशक़ कहीं भी जा सकती हो···"

सवेरे-सवेरे झगड़ते हुए उसे कुछ अटपटा नहीं लगा था। लेकिन अब उस वारदात का ब्यौरा सुनाते हुए उसका गला भर आया था।

सहेलियों ने सुन तो लिया। लेकिन आनन-फानन में कोई सलाह देना सम्भव नहीं था। और वे इतनी अनुभवी भी नहीं थीं; न ही उन्हें कोई अधिकार था। उसका अफसाना सुनकर सहेलियाँ चुप हो गयीं और थोड़ी देर बाद एक सहेली ने पूछा, "कब से चल रहा है यह सिलसिला?"

"कम-से-कम दो साल तो हो गये होंगे!"

"तो फिर आज ही ऐसा कौन-सा पहाड़ टूट पड़ा? शौहर तो अकसर झगड़ते ही हैं।"

"लेकिन अब स्थिति विस्फोटक बन चुकी है!"

"शायद घर में नन्हा-मुन्ना न होने से···अब प्लानिंग-व्लानिंग छोड़ दो!"

"उसी ने तो प्लानिंग छुड़वायी···अभी, चार महीने पहले। लेकिन मैं इतनी जल्दी माँ नहीं बनना चाहती।"

"तुम भी अजीब-सी बातें करती हो। अब तुम्हें देर नहीं करनी चाहिए।"

"अभी हमारी आर्थिक स्थिति भी मजबूत नहीं है! हम दोनों का वेतन

मिलाकर महीने के कुल आठ सौ रुपल्ली ही तो घर में आते हैं।"

"तो भी कोई बात नहीं। रुपये कम नहीं पड़ेंगे। और फिर, वेतन तो हर साल बढ़ेगा ही।"

थोड़ी देर तक सहेलियों में इस तरह से बातचीत होती रही। अब उनके पास समय नहीं था। उन्हें समय से घर पहुँचना था। रोज़ाना जिस बस से वे जाती थीं, वह बस तो अब जा चुकी थी। लेकिन उसके बाद वाली बस तो कम-से-कम उन्हें मिलनी चाहिए थी। वे फुर्ती से कॉफी पीकर खिसकने को थीं, बस।

सहेलियों ने कोई विशिष्ट राय तो दी नहीं। उन्होंने तो सिर्फ़ गोलमोल जवाब दिये थे। इसलिए उसने पूछा, "अब उसके साथ रहने को मेरा दिल नहीं करता···"

"तो क्या उससे तलाक़ लोगी?"

"यही तो तुमसे पूछ रही हूँ कि मुझे क्या करना चाहिए?"

"इस सम्बन्ध में हम भला क्या राय दे सकते हैं? तुम्हारी जगह हम होते तो हम कतई अपने शौहर से तलाक़ नहीं लेते। कम-से-कम एकाध शौहर तो होना ही चाहिए!"

सहेलियों की इस सफ़ाई से वह कुछ सहम गयी। तथापि उसने झुँझलाहट व्यक्त नहीं होने दी। वरना सहेलियों के जज्बात को ठेस पहुँचती और अनावश्यक मुद्दे पर बहस छिड़ जाती।

कॉफी की प्याली ख़ाली कर सहेलियाँ उठ खड़ी हुईं। उनमें से एक सहेली बिल का काग़ज़ उलट-पुलट कर देखने लगी तो उसने कहा, "बिल मैं दे दूँगी। तुम लोगों को जल्दी हो तो तुम जा सकती हो। मैं कुछ देर बैठूँगी यहाँ।"

"क्यों? किसी का इन्तज़ार है क्या?" एक सहेली ने चिकोटी तो ली; लेकिन उसे हँसी नहीं आयी।

सहेलियाँ चली गयीं और वह शान्ति से बैठी रही।

काफ़ी देर तक वह सोचती रही। क्या किया जाय? कब तक यह सब बरदाश्त किया जाये? रोज़ाना सुबह-शाम झगड़ा, ग़ाली-ग़लौज, अविश्वास, झुँझलाहट, तिरस्कार, क्रोध, मनमुटाव। अब तो पति के साथ रहने को दिल ही नहीं करता। ख़त्म कर दिया जाये यह सिलसिला।

उसे लगा कि···वह निर्णय लेने की स्थिति में आ पहुँची है। उसे काफ़ी राहत-सी मिल गयी। सवेरे से चल रही कशमकश से मुक्ति मिलने का अहसास भी हुआ। दिल का बोझ हल्का हो जाने की सुखद अनुभूति भी।

बिल चुकाने के लिए उसने पर्स खोला। उसमें दस रुपयों का एकमात्र नोट बचा था। अभी-अभी तो उसने सहेलियों को बताया था कि दोनों के मिलाकर

कुल आठ सौ रुपये ही तो घर में आते हैं। उनमें से उसके तीन सौ हुआ करते थे। और आज उन्हीं तीन सौ में से बचा हुआ यह आखिरी नोट था। वेतन मिलने में अभी तो पूरे हफ़्ते-भर का समय था। यानी कि अब उधारी करना ज़रूरी था।

पति तो अपनी जेब से धेले की भी सहायता नहीं करता।

अब वह नयी दिशा में सोचने लगी···क्या तीन सौ में गुज़ारा हो सकेगा? क्यों नहीं होगा गुज़ारा? सोच-समझ कर ख़र्च करना पड़ेगा। कोई बात नहीं वैसे भी, फिलहाल कौन से रईसी ठाठ-बाट और ऐयाशी करते हैं हम? अब भी सोच-समझ कर ही तो ख़र्च चलाते हैं, तभी तो जैसे-तैसे महीने भर की गुज़र-बसर हो पाती है। थोड़ी और मुसीबत उठानी पड़ेगी। ख़ैर, कोई बात नहीं। लेकिन इस दुष्ट से तो पिण्ड छूटेगा। पति-पत्नी के बन्धनों से तो मुक्त हो जाऊँगी।

बड़े उत्साह से वह होटल से बाहर आ गयी। इस समय साइकिल पर सवारी करते हुए वह ख़ूब प्रसन्न थी। आज सुबह उसने अख़बारों में कुछ विज्ञापन पढ़े थे। एक-एक करके उनका मजमून उसे याद आने लगा।

नौकरी सम्बन्धी कई सारे विज्ञापन। वैसे भी, वह कई जगह आवेदन कर चुकी थी। लेकिन यहाँ से कहीं और जाने का मौक़ा उसे नहीं मिला था। लेकिन अब प्रयास तेज़ करना ज़रूरी था। तीन सौ के बजाय साढ़े तीन सौ मिल जायें तो भी नौकरी तो बदलनी ही पड़ेगी। ज़्यादा रुपये-पैसों की ज़रूरत जो थी! आज़ादी की क़ीमत चुकाने के लिए···

टाइपिंग तो आती ही है। इधर-उधर से टाइपिंग का थोड़ा-सा काम मिल जाये तो कुछ कमाई होगी। एकाध टाइपराइटर भी कहीं से मिल जाये तो और भी अच्छा होगा।

टाइपराइटरों की क़ीमतें पूछ कर अनुमानित ख़र्च को आँकने का मोह वह संवरण नहीं कर पायी। इसी क्रम में वह एक दुकान में गयी। वह एक टाइप-राइटिंग इन्स्टिट्यूट थी और कुछेक कम्पनियों के टाइपराइटर बिक्री के लिए भी रखे हुए थे।

नये टाइपराइटर की क़ीमतें तो उसके बस के बाहर ही थीं। पुरानी मशीनों की ख़रीद-फरोख़्त तो वहाँ नहीं होती थी। लेकिन उसने इन्स्टिट्यूट के मालिक से प्रार्थना की, "एकाध ठीक-ठाक सैकिण्डहैण्ड टाइपराइटर हाथ लगे तो मुझे याद कीजिए।"

'अवश्य'—कहकर उसका पता नोट करने के लिए वह डायरी के पन्ने पलटने लगा। पता लिखवाते समय वह कुछ हड़बड़ा गयी। कौन-सा पता लिखवाया जाये? पति के घर का पता—नानू चाल, कमरा नं० सत्रह···? हरगिज़ नहीं!

'···यह कमरा तो मेरे नाम पर है'—पति के ये शब्द उसके कानों में गूँज रहे थे और इससे वह बेचैन-सी हो रही थी।

मालिक ने उसे होश दिलाकर पता लिखवाने के लिए कहा तो उसने अपने मायके का पता बताया।

वहाँ से चलते हुए उसने कहा, "आपको पार्ट टाइम टाइपिस्टों की आवश्यकता तो ज़रूर पड़ती होगी ?"

"आवश्यकता क्यों नहीं पड़ती ! लेकिन फिलहाल ऐसी कोई गुंजाइश नहीं है।"

"भविष्य में जब कभी कोई गुंजाइश हो तो मुझे बताइएगा। मैं ऐसी ही किसी छोटी-मोटी नौकरी की तलाश में हूँ।"

मालिक ने उसे कोई आश्वासन नहीं दिया। क्योंकि ऐसे ग़र्जमन्द कई युवक रोज़ाना उस इन्स्टिट्यूट की खाक छानते थे। और जॉब वर्क मालिक खुद ही करता था। काम कुछ ज्यादा आ जाये तो वहीं से प्रशिक्षित अपने उम्मीदवारों को वे मौक़ा देते थे। इसलिए उसने उसे कोई आश्वासन नहीं दिया। वह भी समझ तो गयी। लेकिन दिल को तसल्ली देते हुए उसने मन-ही-मन कहा···आनन-फानन में थोड़े ही काम मिलेगा ? कई जगह कोशिश करने पर कहीं तीर लगा तो लगा···फिर भी प्रयास तो करने ही चाहिए। तलाक़ लेकर यदि अलग रहना हो तो···

यह विचार दिमाग़ में आते ही वह सिहर उठी। उसे लगा कि पहले से ही इस दिशा में सोचना उसने क्यों नहीं शुरू किया ? शुरू तो किया था लेकिन उसे निर्णायक रूप प्राप्त नहीं हुआ था। लेकिन अब किसी-न-किसी नतीजे पर पहुँचे बिना और कोई चारा नहीं था। बूढ़ी-बुजुर्ग औरतें ऐसी स्थिति में आत्मघात की दिशा में सोचती हैं और लोगों से कहती भी हैं। उसकी आत्मा भी ठीक उन्हीं की तरह छटपटा रही थी। इस भँवर से निकलने के लिए दिल छटपटा रहा था, लेकिन तलाक़ का निर्णय लेने की हिम्मत नहीं हो रही थी।

लेकिन अब तो निर्णय हो चुका है।

वह पूरे आत्मविश्वास के साथ पैडिल मारने लगी। और उसी झोंके में वह महिला छात्रावास में पहुँच गयी।

किसी ने उसे कहा था कि नौकरी-पेशा महिलाओं के लिए ही विशेष रूप से ऐसे छात्रावास बने हैं।

वहाँ पूछताछ करने पर पता चला कि, "फिलहाल तो हमारे पास कोई गुंजाइश नहीं है। क्योंकि यहाँ महिलाओं की संख्या हमारी क्षमता से अधिक हो गयी है, यानी कि मूल क्षमता से पचास प्रतिशत से अधिक महिलाओं को यहाँ हमने समा लिया है। अब एकाध महिला को भी प्रवेश देना क़तई सम्भव नहीं

होगा।"

"फिलहाल न सही, लेकिन ख़ाली हो जाने पर···"

"आप पूछताछ करते रहिए, यह तो कहा नहीं जा सकता कि गुंजाइश कब होगी। बीच-बीच में कुछेक औरतें चली जाती हैं। किसी-न-किसी का तबादला हो जाता है, किसी की शादी हो जाती है···किसी का इन्तज़ाम कहीं और हो जाता है···तब गुंजाइश हो सकती है; लेकिन इसकी कोई गारण्टी नहीं है।"

"एकाध जगह की गुंजाइश···मैं बहुत मुसीबत में हूँ।"

"मुसीबत में ? पति से लड़-झगड़ कर शायद यहाँ आना चाहती हैं आप। अब लड़कियों के बारे में कुछ कहना मुश्किल हो गया है। अब आप जा सकती हैं। यहाँ कोई जगह ख़ाली नहीं है।"

"महीने में कितना ख़र्चा आता है यहाँ ?"

"यहाँ चारपाई का भाड़ा ही फ़ी महीना दो सौ रुपया देना पड़ता है। एक कमरे में तीन-तीन की व्यवस्था। टेबुल-कुर्सी कुछ नहीं। लैट्रिन-बाथरूम कॉमन। टेबुल-लैम्प वगैरह कुछ नहीं। यदि सवेरे की चाय चाहिए तो पच्चीस और देने पड़ेंगे। भोजन या भोजन का डिब्बा चाहिए तो पौने दो सौ अलग से। रविवार को शाम का भोजन नहीं मिलेगा। महीने में एक बार दावत···वह भी लिमिटेड।"

ब्यौरा सुनकर बुझे दिल से ही वह वहाँ से लौट पड़ी।

शाम को वह माँ के घर पहुँच गयी थी। सेवानिवृत्त पिता जी आजकल घर पर ही थे। वे तो आज घूमने-फिरने के लिए भी नहीं गये थे। उसके भैया-भाभी तो अभी-अभी दफ़्तर से आ ही रहे थे। उसकी माँ सभी के लिए चाय की व्यवस्था कर रही थी। उसके दोनों भतीजे वहीं मँडरा रहे थे। हाँ, उसका छोटा भाई वहाँ दिखाई नहीं पड़ रहा था। शायद वह अभी आया ही नहीं था। इतना सारा परिवार पुराने बाड़े के एक कमरे में ही रहता था। उसके विवाह से पहले भाभी के एक ही लड़का था। दूसरे लड़के की उन्हें कोई जल्दी नहीं थी। दूसरा बच्चा उनके लिए बहुत महँगा पड़ सकता था। उसके भैया कहा करते थे : अब इस कमरे में नये आदमी के लिए जगह ही नहीं है। यहाँ से कोई बाहर चला जाये, तभी यहाँ नवागत की गुंजाइश हो सकती है। शादी के बाद वह घर से बाहर गयी और उसके बाद ही घर में किसी के आने की बात बन पायी थी।

उसके बाद ही उसके दूसरे भतीजे ने उस घर में प्रवेश किया था।

उसके माँ-बाप ने उसे हमेशा की तरह सामान्य मनःस्थिति में नहीं पाया। उन्होंने उसे पूछा भी, "क्यों, घर से झगड़ा-वगड़ा करके आयी हो ? या दफ़्तर में कुछ हो गया ?"

उनके सवालों से वह हड़बड़ा गयी। उसने सब कुछ सही-सही बता दिया और अन्त में कहा, "मैंने पति से अलग होने का फ़ैसला कर लिया है। मैं अब उसके साथ नहीं रह सकूँगी ! मैं तलाक़ लेना चाहती हूँ।"

उसने हक़ीक़त तो बयान की, लेकिन उसके परिजनों पर मानो ग़ाज़ गिर गयी। घर के हर व्यक्ति ने अलग-अलग प्रतिक्रिया व्यक्त की। माँ गहरी चिन्ता से घिर गयी और पिता के दिल को ज़बरदस्त सदमा पहुँचा।

भैया ने कहा, "पागल हो गयी हो क्या ? ऐसी मूर्खता मत करो।"

भाभी ने कहा, "ननद जी, इस तरह हिम्मत हारने से थोड़े ही काम चलेगा ? मर्दों को बड़बड़ाने की आदत तो होती ही है। आपके भाई साहब को भी तो हम झेल रहे हैं। मैं भी इन्हें चेतावनी देती हूँ कि मैं बित्ता-भर जगह में रहना नहीं चाहती। एक बार तो मैं मायके चली भी गयी थी; लेकिन बाद में लौटकर आ ही गयी !"

"पर मैं हरगिज़ नहीं जाऊँगी।"

"यानी कि तुम अब यहीं रहोगी ?" भैया ने आश्चर्य से पूछा। वे भीतर से डरे हुए भी थे।

"जी।" उसने इत्मीनान से जवाब दिया।

"हामी क्या भर रही हो ? यहाँ जगह कहाँ है इतनी ? तिल धरने की भी जगह है यहाँ ? माँ-पिता जी, हम दोनों, बच्चे, प्रवीण···इतने सारे लोग। बड़ी मुश्किल से तो ख़र्चा चलाते हैं···बड़ी जगह कहाँ से ले पायेंगे ? पुराने ज़माने में बाल-विधवाएँ अपने पीहर लौट आती थीं, तुम तो···!"

"फ़ालतू क्यों बक रहे हो ?"

माँ ने उसे टोका तो उसने जवाब दिया, "और नहीं तो क्या ? पुराने ज़माने में औरतें विधवा होने पर लौटती थीं, और अब तलाक़ ले-ले कर आती हैं। ससुराल में रहना ही नहीं चाहतीं। फिर भी ग़नीमत है कि हमने ज़बरदस्ती उसकी शादी नहीं करवायी !"

"ज़बरदस्ती शादी नहीं करवायी लेकिन तुमने यह तो कहा था कि यहाँ से एक आदमी बाहर चला जाये तो ही नवागत की कोई गुंजाइश हो सकती है। तुम्हें तो दूसरे बच्चे की जल्दी हो गयी थी न ?"

"हमारी बात छोड़ दो; लेकिन तुम्हें तो अभी एक भी नहीं हुआ ?"

भैया की इस बात पर माँ और पिता जी ने एक साथ उसे टोका। "ज़ुबान सँभाल कर बात करो बेटे। तुम्हारी सगी बहन है वह। अण्ट-शण्ट कुछ भी बकना तुम्हारे लिए शोभा नहीं देता।"

भैया ने दुबारा कुछ कहने की जुर्रत नहीं की। उन्हें चुप रहना पड़ा। लेकिन उसे वहाँ से न जाते देखकर उन्होंने कहा, "तुम मेहरबानी करके यहाँ मत रुको।

तुम जी-भर के खाओ-पीओ···वरना माँ और पिता जी मुझे कोसेंगे, लेकिन यहाँ रुकने का नाम मत लो। मुझे पूरा विश्वास है कि तुम अकाल में तेरहवाँ महीना नहीं बनोगी।"

"लेकिन बेटे···"

माँ कुछ कहना चाहती थी। लेकिन उसे बीच में ही टोकते हुए बेटे ने कहा, "अब इस सम्बन्ध में कोई बहस नहीं होगी, माँ ! मैं घर चलाता हूँ, मुझे सब मालूम है। मेरा निर्णय अन्तिम है। वह यहाँ नहीं रह सकेगी। वह तलाक़ ले सकती है··· उसे अपने रहने-करने का इन्तज़ाम खुद ही कर लेना चाहिए। इस घर में उसे पनाह देना सम्भव नहीं होगा।"

बेटे की बेबाक चेतावनी पर कोई भी टिप्पणी करने की जुर्रत माँ, पिता जी, बीबी, बहन—किसी ने नहीं की।

अपने पास बाक़ी बचे पैसों से एक ब्रेड ख़रीदकर वह चाल के अपने कमरे में लौट आयी। वह उससे पहले ही घर आ चुका था। उसने उसे आते हुए देखा; लेकिन न तो उसने उसे कुछ कहा, न कुछ महसूस होने दिया।

कपड़े बदल कर उसने स्टोव जलाया और दूध का पतीला उस पर रखना चाहा। लेकिन दूध फट चुका था···उसने दूध नाली में गिराकर पतीला पटक दिया।

"पहले आये थे तो दूध ही गर्म कर लेते। उससे आपकी मर्दानगी में कोई फ़र्क नहीं पड़ता।" उसने पति से कहा।

"मैंने ज़रूरी नहीं समझा।"

"लेकिन क्यों?"

"कह तो दिया, मुझे इसकी आवश्यकता नहीं थी।"

"आख़िर क्यों?"

"क्योंकि मैं होटल में खाना खा चुका हूँ।"

"तो जाओ जहन्नुम में।" उसने झुँझलाकर कहा और स्टोव बुझाकर गुस्से से दूर खिसका दिया। ब्रेड को एक डिब्बे में बन्द कर रख दिया और धुआँ उगलती ढिबरी के धुँधलके में कुछ इस अन्दाज़ में बैठी रही, मानो वह पूर्णतया लुट गयी हो।

थोड़ी देर बाद उसे याद आया कि आज तो उसे डॉक्टर के पास जाना है। दिल बुझा-बुझा-सा रहता है। कमज़ोरी-सी रहती है। इसीलिए डॉक्टर ने कुछ दिनों की दवा इकट्ठे ही उसे दे दी थी। अब दवा ख़त्म हो चुकी थी और उसे डॉक्टर के पास जाना था। उसे इच्छा नहीं हो रही थी और उतनी ताक़त भी नहीं थी। लेकिन उसके न जाने से डॉक्टर नाराज़ हो सकती थीं क्योंकि उनका

कहना था, "मैं तुम्हें तन्दुरुस्त करूँगी ज़रूर, बशर्ते कि तुम नियमित रूप से दवा लेती रहो।" वह इस क़दर प्यार-मनुहार से कहती हैं कि लापरवाही बरतना सम्भव ही नहीं हो पाता। डॉक्टर को ही मरीज़ की चिन्ता स्वयं उससे अधिक रहती है। कम-से-कम इस डॉक्टर के मामले में तो यही कहा जा सकता था।

उसे डॉक्टर की प्यार-मनुहार, उनका आग्रही अन्दाज़, उनका आत्मीय बरताव, स्नेहपूरित नज़रें—सब कुछ याद हो आया और भूखी-प्यासी, कमज़ोरी की स्थिति में भी डॉक्टर के पास जाने की उमंग उसके मन में जाग गयी। वह डॉक्टर के पास जाने के इरादे से कपड़े बदलने लगी।

"मैं डॉक्टर के पास जा रही हूँ। लेकिन मेरे पास पैसे नहीं हैं। आप यदि दे सकें तो···!"

लेकिन वह टस-से-मस नहीं हुआ। वही सवाल दुहराये जाने पर उसने कहा, "मुझे सिर्फ़ पाँच सौ मिलते हैं और इस वक़्त मेरे पास मुश्किल से दस-बीस रुपये बचे हैं। वह भी यदि दवा के लिए तुम्हें दे दूँ तो···?"

"मत दीजिए। मेरे जनाज़े के लिए रखिए···"

"तुम्हारे जनाज़े के लिए नहीं, मेरे ख़र्चे के लिए लगेंगे। तुम अपने माँ-बाप के घर में खा-पी सकती हो। लेकिन मुझे तो होटल का ही सहारा लेना पड़ता है···"

"ज़रूर जाइए, होटलों की खाक छानिए···" उसने कहा। लेकिन उसके अन्दाज़ में तिरस्कार, घृणा, क्रोध का मिला-जुला भाव था। उसकी नस-नस में पति के प्रति उपेक्षा का भाव कूट-कूट कर भरा हुआ था।

चारपाई पर लेटे हुए पति की ओर आग्नेय आँखों से कुछ देर वह देखती रही और वहाँ से चल पड़ी।

डॉक्टर ने उसकी जाँच की और खुशी में भरकर कहा, "आपके साहब नहीं आये आप के साथ?"

"जी नहीं, क्यों?"

"मैं उन्हें एक खुशख़बरी सुनाना चाहती हूँ, आपका पैर भारी है!"

डॉक्टर के मुँह से यह ख़बर सुनते ही उसके चेहरे पर मानो हवाइयाँ उड़ने लगीं।

वह जाँच-कक्ष से बाहर आयी और बाहर, बेंच पर निढाल-सी बैठी रही। उसके पीछे-पीछे डॉक्टर भी बाहर आयीं। उनके हाथ में कुछेक दवाइयाँ थीं और कुछेक दवाइयों का प्रिस्क्रिप्सन लिखते हुए उन्होंने कहा, "ये दवाइयाँ मैं दे रही हूँ, बाक़ी आप खरीद लीजिए! पिछले महीने आपको माहवारी नहीं हुई न? लगभग दो महीने पूरे हो रहे हैं। क्यों?"

डॉक्टर तो बड़ी ही प्रसन्न लग रही थीं। लेकिन उसके चेहरे पर तनिक भी

खुशी नहीं थी, न ही कोई इच्छा-आकांक्षा। उसकी इस स्थिति को भाँपकर उन्होंने कहा, "आपकी तबीयत नासाज़ है? कॉफी मँगाऊँ आपके लिए। या आप रिक्शा से चली जायेंगी?"

"जी धन्यवाद, मैं चली जाऊँगी, रिक्शा के लिए मेरे पास पैसे नहीं हैं।"

"तो मुझसे ले लीजिए।"

"वैसे भी आपकी फ़ीस और दवाइयों के पैसे तो मैं उधार रख ही रही हूँ। उसमें रिक्शा के पैसे···मैं जैसे-तैसे चली जाऊँगी।" कहकर वह उठ खड़ी हुई और चल पड़ी।

अन्ततः वह किसी तरह से घर लौट आयी।

उसका पति अभी सोया नहीं था, लेकिन चारपाई पर लेटे-लेटे कोई पत्रिका पढ़ रहा था।

इस बार भी उसने बीवी के आने को कोई महत्त्व नहीं दिया। उसकी खोज-ख़बर भी नहीं ली।

मुँह-हाथ धोकर उसने कपड़े बदल लिये और दीवार से सटकर बैठते हुए कहा, "डॉक्टर आपके लिए पूछ रही थीं···"

पति ने कोई उत्सुकता नहीं दिखाई तो उसने ही आगे कहा, "एक खुशख़बरी आपको सुनाना चाहती हूँ मैं···"

फिर भी उसने कोई प्रसन्नता व्यक्त नहीं की।

"आपने यह तो पूछा ही नहीं कि खुशख़बरी कौन-सी है?"

अभी भी उसके कानों पर जूँ नहीं रेंग रही थी।

हारकर उसी ने आगे कहा, "मेरा पैर भारी है। मेरे गले में आपने रस्सी बाँध दी··"

यह सुनने के बाद भी वह बुत की तरह ही लेटा रहा।

वह बेचारी, निढाल-सी···दीवार के सहारे बैठी रही। अब उसे अपने आप से ही नफ़रत होने लगी थी, अपनी मजबूरी और बेबसी पर वह तरस खा रही थी।

कशमकश

पिताजी ने भाँप लिया कि लड़का दफ़्तर जाने की तैयारी में है, उसकी गतिविधियों से इसका स्पष्ट आभास हो रहा था। वह बार-बार घड़ी की ओर भी देख रहा था। 'हो गया दफ़्तर जाने का समय ?' पिता जी ने पूछा तो उनकी आवाज़ कुछ भर्रायी-सी लग रही थी।

"जी", बेटे ने रूखे स्वर में कहा।

"मेरे खाने का क्या किया है ?"

"करना क्या है ! दाल-चावल मिलाकर पतीले में रखा है। खा लीजिए। साथ ही डबलरोटी में मक्खन लगाया है। दोपहर के लिए थर्मस में चाय भी है। वज्ञे भाभी अपने समय से आयेंगी और आपको प्याली में चाय देंगी, पी लीजिएगा।"

पिता जी ने चौके की ओर अनायास नज़र दौड़ायी। वहाँ से डार्यानिग टेबुल बाक़ायदा दीख रही थी। दो-तीन मीटर की ही तो दूरी थी। वहाँ सब चीजें वैसी ही रख रखी थीं, जैसा कि बेटे ने कहा था। मसलन दाल-चावल ढके हुए, डबलरोटी चाय की थर्मस आदि।

दाल सने लिजलिजे चावल को भूख लगने पर निगल लो, वे सिहर उठे। भीतर का असन्तोष और नापसन्दगी उनके चेहरे पर स्पष्ट झलक रही थी। माथे पर पड़ी शिकन देखकर लड़के ने पूछा, "नाक-भौं सिकोड़ने की क्या बात है इसमें ?"

लड़के के इस सवाल का एक लम्बा-चौड़ा जवाब उनके दिमाग़ में तैयार हुआ, लेकिन उन्होंने उसे भीतर ही दबाये रखा। प्रकट नहीं होने दिया।

उसकी तैयारी लगभग पूरी हो गयी। उसने ब्रीफकेस उठा लिया। ताजा अख़बार गाड़ी में पढ़ने के इरादे से अपने साथ रख लिया। ताला-चाबी रख ली।

"बाहर से ताला लगाओगे ?" उन्होंने आतंकित होकर पूछा।

"न लगाऊँ तो और क्या करूँ ?"

इस सवाल का कोई जवाब देने का मौक़ा दिये बग़ैर वह आगे कहने लगा, "आपका दिमाग़ तो कहीं और होता है। दरवाज़ा खुला छोड़कर ही आप सो जायेंगे। कोई भी ऐरा-ग़ैरा घर में घुस सकता है। चोरी-चपाटी का ख़तरा तो है ही। चोर आपकी जान भी ले सकते हैं। और दुर्भाग्य से ऐसा कुछ हो भी जाये तो रात नौ बजे से पहले मुझे पता नहीं चल सकेगा। हमेशा की तरह मैं बाहर से ताला लगाकर ही जाऊँगा। चाबी वझे भाभी को दे दूंगा। दोपहर में एक बार तो वे आयेंगी ही।"

लड़के ने भाँप लिया कि उसके इस रवैये से पिता जी नाराज़ हैं, दुखी हैं। उसने एकबारगी उनके चेहरे के भावों को गुनने की कोशिश की और रूखे, कड़े स्वर में कहा, "इसके लिए मैं मजबूर हूँ। इतना तो आपको सहना ही पड़ेगा।" उनके चेहरे के भाव कुछ ऐसे बने मानो वे कोई टिप्पणी करना चाहते हों, लेकिन उससे पहले ही खुद उसी ने स्पष्टीकरण प्रस्तुत कर दिया; "महरी के बारे में आप कुछ कहना चाह रहे हैं? यह प्रयोग भी कर चुका हूँ। आपकी ख़ातिर-तवज्जो करना आसान काम थोड़े ही है? तंग आते हैं लोग। एक-दो नहीं, तीन को आजमा चुका हूँ। तीनों छोड़कर चली गयीं। तीसरी शायद और भी रहती लेकिन पूरे तीन सौ माँग रही थी। सवेरे आठ बजे से रात के आठ बजे तक आपकी देखभाल करने के लिए तीन सौ रुपये माहवार। नकद तीन सौ। इसके अलावा दीवाली पर बोनस, चाय, भोजन आदि सब मिलाकर हिसाब लगाओ कि कितना महँगा पड़ता है? इतना पैसा ख़र्च करके भी रविवार को मुझे सुख-चैन से वंचित ही रहना पड़ता है। इस प्रकार कुल मिला कर एक महरी पाँच सौ के पेटे में पहुँच जाती है। कटौतियों के बाद कुल 1400 रुपये ही तो हाथ में आते हैं। उनमें से घर के लिए कर्ज़ की पाँच सौ की क़िस्त। बाक़ी नौ में महरी के जाते हैं तीन सौ। छह सौ में हम दोनों का ख़र्च, मेरा रेलवे का पास, जेब ख़र्च। फिर मीनू को क्या भेजूँ? या मीनू के लिए और कोई कर्ज़ा लूँ? कर्ज़ा, कर्ज़ा, कर्ज़ा! कर्ज़े से घिर गया हूँ। महरी का ख़र्च उठा नहीं पाऊँगा।"

"दूसरी शादी करने में ··" उन्होंने धीमे स्वर में कहा।

"एक की थी, क्या वही काफ़ी नहीं है? उसी हादसे से उबर नहीं पा रहा हूँ और आप दूसरी की सलाह दे रहे हैं? खुद तो चली गयी, मीनू को पीछे छोड़ गयी। मेरे लिए बची हैं आहें। मान लीजिए कि मैंने दूसरा विवाह किया भी तो आप से उसकी निभेगी ही, इसकी कोई गारण्टी नहीं। आपकी ख़ब्त का चलेगा किसी से?"

"तो फिर मेरे शव को किसी वृद्धाश्रम में पटक दो", उन्होंने क्रुद्ध होकर कहा। उनके इस वाक्य में वितृष्णा का भाव भी था।

"वहाँ भी रुपये गिनने पड़ते हैं बीस-पच्चीस हजार। कहाँ से लाऊँगा मैं इतनी

रक़म ?"

"दिये तो है मैंने फ़्लैट ख़रीदने के लिए। लौटा दो मेरे रुपये, हाँ ?" उन्होंने दिल की भड़ाँस निकाल दी।

"फ़्लैट तीस हज़ार में थोड़े ही मिला है ? उतनी रक़म तो ब्लैक में देनी पड़ी।"

"लेकिन रक़म तो मैंने ही दी थी ! लौटा दो मुझे वह रक़म। अपने बुढ़ापे की लाठी समझ कर मैंने तुम्हें रुपये क्या दिये, क़ैद ही मोल ले ली।" कहकर वे चुप हो गये। ग़ुस्से से उबलते हुए।

लेकिन लड़का और अधिक सुनने की स्थिति में नहीं था। उसने घड़ी देखी और चल दिया। फिर बड़ी निर्दयता से उसने ताला लगाया और चाबी, पड़ोसिन वझे भाभी को सौंप दी।

वे बिछौने से उठ खड़े हुए। कुछ तेज़ी से क़दम उठाते हुए वे दरवाज़े की ओर गये और दरवाज़ा हिला कर देखा कि कहीं ग़लती से खुला तो नहीं रह गया। लेकिन उन्हें निराश होना पड़ा। यानी कि अरुण ने वास्तव में बाहर से ताला लगाया था। अब वह फ़्लैट क़ैदखाना बन गया था। दिन ढलते वझे भाभी एक बार दर्शन ज़रूर देंगी, लेकिन अपनी सहूलियत से। अरुण ने तो स्पष्ट ही कहा था—"वे नौकरानी थोड़े ही हैं कि आपकी सुविधानुसार आयेंगी। अपनी सुविधा से जब मौक़ा मिलेगा आयेंगी। बल्कि वे आती हैं, यही मेहरबानी है ?"

बेशक़ मेहरबानी है। एक और मेहरबानी यदि वे कर सकें तो बेहतर होगा। थोड़ा-सा जहर ला दें या फन्दा लगा दें। बन्द दरवाज़े के पास ही वे कुछ देर ठिठके रहे। फिर एक बार उन्होंने दरवाज़ा खड़खड़ाया और उसके ताला बन्द होने से आश्वस्त हो जाने के बाद ही बुझे दिल से लौटे। जैसे-तैसे बिछौने तक पहुँचे। लेकिन इतने से ही उनकी साँस फूलने लगी थी।

अब रात के नौ बजे तक का कारावास ! कारावास ! जिसकी कल्पना मात्र से ही वे भयभीत हो गये। उनका दम घुटने लगा। उनका मुँह ठेढ़ा-मेढ़ा हो गया और चक्कर आने का-सा आभास उन्हें होने लगा।

वे बिछौने पर लुढ़क गये। तकिया कुछ ज़्यादा ही खिसक गया था। जिसे उन्होंने यथासम्भव तरीक़े से ठीक-ठाक कर लिया। चादर ओढ़ने की नाकाम कोशिश भी उन्होंने की। अपने इस असफल प्रयास पर खीज उठे। उनका दिल तार-तार हो गया। झुँझलाकर उन्होंने पैर मारे तो पूरी चादर खिसककर पैरों के पास सिमट गयी। इतने में ख़ाँसी का दौर शुरू हुआ। ख़ाँसते हुए उनके बदन का एक-एक अंग हिलने लगा। ख़ाँसी का यह दौर काफ़ी लम्बा चला।

खाँसी का यह दौर मानो उन्हें मौत के और क़रीब ले गया। साँस फूल गयी

उनकी। तकिये पर सिर रखकर वे फिर से बिछौने पर लेट गये और मुट्ठी भींच कर ठनकते माथे पर थपकियाँ देने लगे। साथ ही बुदबुदाने लगे—"क़ैद, क़ैद है पूरी! इससे तो गाँव ही बेहतर था। वहाँ छोटे से कमरे में मैं अकेला होते हुए भी बड़े मज़े में था। वहाँ इस तरह की क़ैद नहीं थी। कहीं भी जा सकता था मैं। खुले वातावरण में उन्मुक्त रूप से साँस भी ले सकता था। बाहर क़दम रखते ही हरे-भरे वृक्ष, आप्त-परिजन, पंछियों का कलरव, क्या नहीं था वहाँ? लोग प्यार से अभिवादन करते, मिल-बैठकर बातें होतीं। यहाँ तो फँस गया मैं। चौबीसों घण्टे घर में सड़ते रहो, बस। बाहर से ताला लगाता है कमबख़्त। इसे जेल नहीं तो क्या स्वर्ग कहें? ऊपर से कहता है, पिता जी, आप बम्बई चले चलिए। माँ के बिना यहाँ का अकेलापन आपको काटने दौड़ेगा। बम्बई में आप हमारे साथ रहेंगे तो दिल लगा रहेगा आपका। मीनू भी खुश रहा करेगी। स्कूल से लौटने के बाद घर में आया ही रहती है। आप यदि घर में रहेंगे तो मीनू खिल उठेगी।"

माँ की मृत्यु के बाद तेरहवीं के लिए अरुण अपनी पत्नी और बच्ची के साथ कोंकण के अपने गाँव गया था। सभी औपचारिकताएँ पूरी होने के बाद जब उसकी बम्बई लौटने की तिथि नजदीक आने लगी तो एक दिन अरुण ने कहा, "पिता जी, अब आप यहाँ अकेले क्या करेंगे? आपका स्वास्थ्य भी ठीक नहीं रहता। यहाँ कौन आपकी देखभाल करेगा? आप मेरे साथ बम्बई चलिए। वहाँ जगह छोटी तो है, लेकिन कर लेंगे। आपके लिए यहाँ रुपये भेजना भी सम्भव नहीं हो पायेगा। आप हमारे साथ ही चले चलिए। मीनू भी कुछ सीखेगी आप से।"

उसके अनुरोध पर वे बम्बई चले आये।

उससे पहले अरुण ने बम्बई के एक उपनगर में स्टेशन से एक किलोमीटर दूरी पर एक कमरे और किचेन का एक फ़्लैट ले रखा था। ज़िन्दगी भर जोड़-तोड़ करके उन्होंने बीस हज़ार रुपये जमा किये थे। जो उन्होंने अरुण को सौंप दिये। वह रुपये लेकर बम्बई के लिए रवाना हुआ तो एक तरह का खालीपन उनके दिल को छू गया—"ज़िन्दगी भर की पूंजी लड़के को सौंप दी। अब तो उसी के इशारे पर चलना पड़ेगा।"

तिस पर अरुण की माँ ने कहा था, "वह पराया थोड़े ही है?"

लेकिन अरुण की माँ अचानक चल बसी और वह उन्हें बम्बई लिवा लाया। एक कमरे-किचेन के इत्ते-से फ़्लैट में पति-पत्नी, मीनू और पिता जी! जगह कम होने के बावजूद वे यहाँ खुश थे। सवेरे वे दोनों नौकरी पर चले जाते। दोपहर को नटखट मीनू स्कूल की यूनिफॉर्म पहन कर, इत्ता-सा बस्ता लिये स्कूल चली जाती और दो-तीन घण्टे बाद लौट आती। उसके बाद शाम को माँ-बाप के लौट आने तक दादा जी के साथ बतियाने में दोनों का ही समय अच्छी तरह से बीत जाता।

बिछौने पर लेटे-लेटे ही उन्होंने सामने की दीवार पर टँगी उन तीनों की

तसवीर की ओर देखा। बेटा, बहू और मीनू। तसवीर ज्यादा बड़ी नहीं थी। उतनी दूरी से तसवीर की आकृतियाँ अस्पष्ट-सी दिखाई पड़ रही थीं उन्हें। लेकिन वह तसवीर उनकी इतनी अधिक परिचित थी कि उसमें मीनू की आकृति को बराबर पहचान सकते थे। वे उसी तसवीर की ओर टकटकी लगाये रहे।

मीनू बहुत ही प्यारी बिटिया थी। बेटे-बहू उसके लिए आकर्षक कपड़े सिलवाते। महकते हुए पाउडर, इत्र, फुलेल से उसे महकाते। नहाने के लिए महँगे, सुगन्धित साबुन। 'बड़ा स्वागत-सत्कार होता है।' शुरू-शुरू में उन्हें यह देखकर बुरा ही लगा था, लेकिन ज्यों-ज्यों उससे उनकी आत्मीयता बढ़ती गयी, यह अहसास कमज़ोर पड़ता गया।

एक बार मीनू को उसकी माँ नहला रही थी तो उसने कहा, "मैं तो दादा जी के हाथों नहाऊँगी।"

ज्यादा ही ज़िद पकड़ने पर उसकी माँ ने कहा था, "देख, मुझे जाने की जल्दी है। तेरे इशारे पर नाचने के लिए मेरे पास समय नहीं।"

फिर भी वह दादा जी के लिए ही ज़िद करती रही। रोने भी लगी। अन्ततः दादा जी को उसकी ज़िद पूरी करनी पड़ी। मीनू को नहला-धुला कर वे उसे गुसलखाने से बाहर लिवा लाये। तौलिये से उसका बदन पोंछ कर उन्होंने उसे कपड़े पहनाये, पाउडर लगाया, बिन्दी लगायी और बाल भी ठीक-ठाक किये। उसके बाद उन्होंने ही मीनू की माँ से कहा, "अब मीनू को नहलाने का काम मेरे ही ज़िम्मे रहने दो।" पति-पत्नी दोनों सवेरे आठ-सवा आठ बजे ही घर से चल देते, तब तक मीनू सो रही होती। अब वे निश्चिन्त होकर जाने लगे, क्योंकि मीनू की पूरी जिम्मेदारी पिता जी ने जो उठा ली थी। उसे जगाना, ब्रुश करवाना, दूध पिलाना, नहलाना, लंच बॉक्स देना, स्कूल भेजना आदि सभी तरह के दायित्व। साढ़े ग्यारह बजे उसके स्कूल जाते ही वे कहते, "दो-तीन घण्टे तो बड़े मज़े से बीत गये। थकान महसूस तो होती है लेकिन मीनू की मुसकान से वह मिटती भी है।"

उसके स्कूल चले जाने के बाद एक ही काम उनके लिए बचा रहता। उसके लौटने का इन्तज़ार करना। इसी बीच एक झपकी लेकर वे मीनू की राह में पलकें बिछाये बैठे रहते, कमरे में चक्कर लगाते, उसके आने का समय होते ही गैलरी में चले जाते। स्कूल-बस घर के सामने रुकी नहीं कि उनका जी मचलने लगता। मीनू फुर्ती से जीना पार कर ऊपर चली आती। तुरन्त वे उसे गोदी में उठाकर चूमते-पुचकारते और भीतर लिवा लाते। अपने हाथों से उसकी ड्रेस उतारकर उसे खिलाते-पिलाते। पलँग पर लेटकर उसे पैरों पर बिठाकर ऊँचा उठाते। उससे पढ़ाई करवाते। मीनू भी दुकान से उन्हें इत्ती बड़ी चॉकलेट खिलाकर ही मानती। उन्होंने एक दिन अपनी दिनचर्या बहू-बेटे को बतायी तो बेटे ने कहा, "अब आया की ज़रूरत ही क्या है?"

"बेशक़, कोई ज़रूरत नहीं। मैं मीनू को कोई तकलीफ़ नहीं होने दूंगा। क्यों मीनू ?"

मीनू दादा जी की ओर उछल पड़ी। उनसे गलबहियाँ डालते हुए उसने कहा, "ठीक कहते हैं दादा जी। कितने अच्छे हैं मेरे दादा जी। हमारी क्लास में किसी के भी दादा जी इतने अच्छे नहीं हैं।" पोती के मुँह से यह सुनकर वे कृतकृत्य हो गये। उनका हृदय भर आया और पोती से जुड़ी आत्मीयता से वे अभिभूत हो उठे। इस वक़्त भी मीनू की याद से उनकी आँखों में नमी छा गयी। क्या कर रही होगी वह इस समय वहाँ ? क्या वहाँ उसका दिल लगता होगा ? स्कूल में तो कड़ा अनुशासन होता है। अलस्सुबह उठना पड़ता है। प्रार्थना, पढ़ाई, पी० टी०, दिन भर की व्यस्तता और रात के नौ बजे विश्राम। अपनी टीचर की कड़ाई की शिकायत कर तो रही थी पिछली बार। क्या वहाँ वह खुश होगी ? वहाँ का खाना-पीना रास आता होगा उसे ? सवेरे उठते ही मेरी याद आती होगी ? पिछली छुट्टियों में वह आयी तो थी यहाँ। आते ही पहले वह उनसे लिपट गयी थी और एक चॉकलेट उनके मुँह में ठूँस दी थी उसने। छुट्टियों में उसने पूरी सेवा उनसे करवा ली। नहाना, बाल काढ़ना, खाना-भोजन। सब कुछ दादा जी के हाथों। जब लौटने का दिन आया तो मायूस-सी हो गयी, बल्कि जाते समय तो उनसे लिपट कर फूट पड़ी। किसी तरह स्टेशन चलने में देरी होने के बहाने अरुण ने मीनू को उनसे अलग किया और उसे लेकर चल दिया। जाते-जाते कहा भी, "पिता जी छोड़िए उसे। अब तो उसे आदत डालनी पड़ेगी हॉस्टल में रहने की।"

"लेकिन इस कदर निर्ममता···"

"मजबूरी है", किसी बड़े दार्शनिक के-से लहजे में अरुण ने कहा, "मीनू आपका आनन्द हो सकती है लेकिन मेरे लिए मात्र कर्तव्यपूर्ति है।"

पति-पत्नी में तलाक के बाद मीनू के बारे में केवल इतना ही कहना कि, "वह तो महज़ एक कर्तव्यपूर्ति है।" तलाक़ के समय पत्नी ने बिटिया का दायित्व अस्वीकार कर दिया, इसीलिए वह अरुण की मजबूरी बन गयी थी।

बहू-बेटे में तलाक़ की बात जब उन्होंने सुनी तो वे हक्के-बक्के रह गये। उनकी समझ में कुछ आता ही नहीं था।

एक दिन वह दफ़्तर से लौटी नहीं। उसकी सहेली एक चिट्ठी दे गयी। चिट्ठी पढ़ कर अरुण सकते में आ गया। उसके पैरों तले की ज़मीन खिसक गयी हो जैसे। वह धम से कुर्सी में बैठ गया।

"किसकी चिट्ठी है ?"

"मीनू की माँ की।"

"चिट्ठी भेजी है उसने ?"

"जी", बुझे-बुझे-से अन्दाज़ में उसने कहा, "अब वह यहाँ नहीं आयेगी ?"

"क्या मतलब ?"

"वह यहाँ कभी नहीं आयेगी। वह मुझसे और मीनू से अलग रहना चाहती है। तलाक़ माँग रही है वह।"

"तलाक़ ! हे भगवान !" वे हड़बड़ा गये, भौंचक्के-से रह गये।

"यह चिट्ठी पढ़िए", कहकर उसने चिट्ठी उन्हें थमा दी। चश्मा लगाकर उन्होंने एक-एक अक्षर ग़ौर से पढ़ा। उसमें लिखा था—"आप से अलग हो जाने का निर्णय मैं कर चुकी हूँ। मीनू आपके पास ही रहेगी। मैं अपने दोस्त से शादी कर अधिक बेहतर ज़िन्दगी जीना चाहती हूँ। आपकी पत्नी के रूप में सात-आठ साल मैंने बिताये। लेकिन अब एक दिन भी अधिक नहीं रह सकूँगी। कृपया मेरे रास्ते में मत आइए। मुझसे मिलकर नसीहत की घुट्टी पिलाने की कोशिश कतई न करें। तलाक़ के काग़ज़ात पूर्ण करने में आनाकानी न करें। कोई फ़ायदा नहीं होगा।"

पत्र पढ़कर वे हैरान रह गये। उनके दिमाग़ को जैसे काठ मार गया।

अरुण ने मीनू को सीने से लगा कर कहा, "मीनू, अब तुम्हारी माँ लौटकर नहीं आयेगी।"

"क्यों नहीं आयेगी ? कहाँ गयी है वह ?"

"हमें छोड़ कर चली गयी।"

"लेकिन कहाँ ?"

वह समझ नहीं पा रहा था कि उसके इस सवाल का जवाब क्या दे। और जवाब भी, ऐसा होना चाहिए कि मीनू समझ सके।

"बताइए न।"

"मर गयी वह", झुँझलाकर जवाब उन्होंने दिया। और असहनीय क्रोध में तिलमिलाते रहे।

अरुण ने मीनू को गोद में उठा लिया और वह कमरे में ही चक्कर लगाता रहा। वह असमंजस में पड़ गया था। अचानक ही इस एकाकीपन से घिर गया था। वह निपट अकेला महसूस कर रहा था। इसके अलावा मीनू की जिम्मेदारी भी सिर पर आ पड़ी थी।

काफ़ी देर तक वह ऐसे ही हतप्रभ-सा चक्कर लगाता रहा। फिर मीनू को गोद से उतारकर नीचे बैठाया और वह ख़यालों में कहीं खो गया। थोड़ी देर तक वह दौड़-फुदककर खेलती रही लेकिन उसके बाद माँ की याद करने लगी, "माँ कहाँ है ?"

"तलाक़ लेकर रफा-दफा हो गयी", अरुण ने खीजकर कहा।

उसके इस जवाब से मीनू की जिज्ञासा तो शान्त होने वाली नहीं थी।

फिर एक बार अपनी आवाज़ चढ़ा कर वह कहने लगी, "मुझे माँ चाहिए।"

"वह अब नहीं आयेगी", अरुण ने और अधिक हताश होकर कहा। फिर भी उसकी तसल्ली नहीं हुई। वह और अधिक ज़ोरों से रोने लगी, "माँ, तुम कहाँ हो?"

"माँ चाहिए तुम्हें ?" कहकर वह मीनू को पीटने लगा। आपे से बाहर हो गया था उस क्षण।

"अरे-अरे, बच्ची को क्यों मार रहे हो?" कहते हुए उन्होंने अरुण को शान्त किया। फिर मीनू को गोद में उठा लिया। उसे चीनी खिलायी, चॉकलेट दी, दुलारते रहे—पुचकारते रहे।

दूसरे दिन से, यह क्रम दोहराना उनकी दिनचर्या का एक भाग बन गया। अरुण सवेरे कुछ थोड़ा खाना बनाकर रखता। उसके दफ़्तर चले जाने के बाद मीनू को जगाना, उसको नहला-धुला कर तैयार करना, स्कूल बस तक उसे पहुँचाना, दोपहर को स्कूल से लौटने पर फिर से उसका खाना-पीना, पढ़ाई-लिखाई का ध्यान रखना, शाम को घूमने ले जाना, रामरक्षा का पाठ करवाना और रात के बाद थपकी देकर उसे सुलाना, आदि सब काम उनके जिम्मे आ गये।

मीनू की परीक्षा समाप्त हुई। परीक्षा परिणाम भी घोषित हुआ। छुट्टियाँ भी समाप्त होने को थीं। इसी बीच एक दिन अरुण ने कहा, "मीनू की कोई अन्य व्यवस्था करनी होगी अब। मैंने पता किया है रेजिडेंशियल स्कूल में हॉस्टल भी है। सभी सुविधाएँ हैं वहाँ। हमें सिर्फ़ रुपये भेजने होंगे, बस।"

"यानी कि मीनू यहाँ से चली जायेगी ?"

इससे उन्हें एक सदमा और लगा। कोशिश के तौर पर उन्होंने कहा, "यहीं ठीक रहता। मेरा भी जी लगा रहता है उसके साथ। बुढ़ापे के दुखों का मरहम है बस मेरे लिए।"

"आपको कोई विशेष तकलीफ़ नहीं होगी। बल्कि मीनू यहाँ रहेगी तो आप ज़्यादा दुखी होंगे। हो सकता है, उसे अगले साल उस स्कूल में प्रवेश न मिले।"

"लेकिन अभी तो वह बहुत छोटी है।"

"मैं मजबूर हूँ", उसने कड़े शब्दों में कहा।

मीनू के जाने का दिन नजदीक आ गया। अरुण ने उसके जाने की पूरी तैयारी की। अटैची भर दी। उसे पहुँचाने के लिए वह स्टेशन जाने लगा तो भरी आँखों से उन्होंने पूछा, "उसे हॉस्टल में भेजना ही है ?"

"बेशक़, अब निर्णय से पीछे नहीं हटना है।"

"लेकिन मैं चैन से नहीं रह सकूँगा यहाँ।"

"आदत डालनी होगी आपको।"

गाड़ी चलने को हुई। मीनू के साथ अरुण गाड़ी में जा बैठा। हाथ हिलाकर मीनू ने दादा जी से विदा ली। गाड़ी चल पड़ी और मीनू क्रमशः उनकी आँखों से ओझल होती गयी। वे स्टेशन पर ही फूट पड़े।

अरुण के लौटने के दो-चार दिन बाद उन्होंने कहा, "मुझे टिकट के पैसे दो। मैं गाँव जाना चाहता हूँ।"

"क्यों?"

"यहाँ मेरा दिल नहीं लगता। यहाँ का हर कोना मुझे काटने दौड़ता है। रात भयावह लगती है। पड़ोसी हैं तो, लेकिन मेरे लिए बेकार हैं। अकेले पड़े रहने से ऊब चुका हूँ मैं। मीनू थी तो···" मीनू की याद से उनकी आँखों में फिर नमी छा गयी।

"यों कब तक रोते रहेंगे आप?"

"मुझे आदत थोड़े ही है रोने की? लेकिन आँखों के सामने महाभारत हो रहा हो, और मैं चुप रहूँ?"

"आदत डालनी होगी, यह तो होना ही था। रोने-डकरने के लिए मेरे पास समय नहीं।" दूसरे दिन उन्होंने फिर से बात छेड़ी तो अरुण ने छूटते ही कहा, "पैसे-वैसे कुछ नहीं मिलेंगे। आप यहीं रहेंगे।"

"लेकिन यहाँ रहकर मैं करूँगा क्या?"

"गाँव जाकर भी क्या करेंगे? वहाँ कौन-सा आपका बँगला और माल-असबाब है? वहाँ भी भाड़े के कमरे में ही रहेंगे न? यानी यहाँ से रुपये भेजने पड़ेंगे; जो सम्भव नहीं। अब आप थक गये हैं। इस बुढ़ापे में आपको सम्पूर्ण आराम करना चाहिए। वहाँ कहाँ फँस रहे हैं आप जंजाल में?"

"तुम अपनी जेब से भले ही पैसे मत दो। लेकिन मेरी अमानत तो लौटाओगे या नहीं?"

"कैसी अमानत?"

"बीस हजार, जो मैंने तुम्हें दिये थे?"

"मैं कहाँ से दूँगा? फ़्लैट मुफ़्त में तो नहीं मिला", कहकर अरुण ने अपना अन्तिम निर्णय दे दिया, "आप यहीं रहेंगे। कहीं नहीं जायेंगे आप।"

सो बम्बई में रहना उनकी मजबूरी थी। अरुण सवेरे जल्दी-जल्दी में दाल-चावल-सब्जी बनाकर रखता। फास्ट विरार लोकल उसे पकड़नी ही पड़ती। घर लौटते-लौटते रात के आठ-साढ़े आठ बज जाते। यानी कि पूरे बारह घण्टे तक प्रतिदिन उन्हें अकेले रहना पड़ता। अरुण के लौटने पर किसी हद तक वह अकेलापन समाप्त हो जाता। घर में उनके अलावा भी कोई दूसरा व्यक्ति है, यह अहसास ही उन्हें काफ़ी राहत दिलाता। हालाँकि दोनों में कोई विशेष बातचीत नहीं होती।

अति संक्षिप्त वाक्य और सांकेतिक भाषा।

उन्होंने एक बार अरुण से कहा भी, "मीनू को यहाँ लिवा लाओ। मेरी साँस रुकने लगी है। यह अकेलापन किसी दिन मेरी जान ले लेगा।"

"लेकिन कोंकण के अपने गाँव में भी तो आप अकेले ही थे।"

"लेकिन वहाँ मैं दिल का राजा था। मैं कहीं भी आ-जा सकता था। कभी फूल लाने, तो कभी मन्दिर, कभी किसी के यहाँ भोजन करने, तो कभी तफरीह करने, लेकिन यहाँ परकटे पंछी-सा, चारदीवारी में ही छटपटाते रहना पड़ रहा है।"

"शहरों में ऐसा ही होता है। इसकी आदत डालिए।"

कुछ दिनों बाद फिर उन्होंने अपने अकेलेपन का तार छेड़ा तो झुँझलाकर अरुण ने कहा, "तो मैं कर ही क्या सकता हूँ?"

"दूसरी शादी तो कर ही सकते हो। घर में एक और आदमी तो रहेगा। साल-दो साल बाद फिर से किलकारियाँ सुनने को मिलेंगी।"

"इतना आसान नहीं है यह।"

किसी दूसरे मौक़े पर उन्होंने अरुण से साग्रह अनुरोध किया, "मुझे किसी पाग़लखाने में भर्ती कर दो या फिर ज़हर दे दो। या फिर मेरे गले में फन्दा कस दो।"

अरुण ने घूरकर उनकी ओर देखते हुए कहा, "यह अविचार होगा। मेरी परेशानी और बढ़ाने पर तुले हैं आप, समझे?"

और अरुण को जिस बात का डर था, वे वही कर बैठे। एक दिन, रात साढ़े आठ बजे के लगभग घर लौटने पर अरुण ने देखा तो दरवाज़ा खुला ही था, लेकिन वे भीतर नहीं थे। उसने आवाज़ें लगायीं, भाभी के यहाँ तथा अन्य दो-एक जगह पूछताछ की। सोसायटी अभी पूरी बनी न होने से चारदीवारी भी नहीं बनी थी। घबराकर उसने वहीं की दो-एक दुकानों में भी पूछताछ की, होटलों में भी पूछा। लेकिन कोई अता-पता नहीं मिला। अन्ततः पुलिस में रिपोर्ट लिखवाने गया तो वहाँ वे पहले से ही मौजूद थे।

"आप यहाँ बैठे हैं?" उसने ग़ुस्से से कहा।

अरुण को देखते ही वे सहम गये और फूट पड़े।

पुलिस वाले ने कहा, "आप अपने पिता जी को अकेले मत छोड़िए, वे दर-दर भटक रहे थे। अभी यहाँ की सड़कें नहीं बनी हैं, रास्ते ख़राब हैं, कितनी सारी इमारतें बन रही हैं। ठेकेदारों का सामान-वामान पड़ा रहता है। कुछ का-कुछ हो जायेगा। यहाँ से थोड़ी-सी दूरी पर किसी का शव पड़ा था, तो ये सज्जन वहीं पर थे। यहाँ-वहाँ पागलों-से घूम-फिर रहे थे। नाम तो इन्होंने बताया लेकिन पता नहीं बता पाये। सोसायटी का नाम भी इन्हें नहीं मालूम। अब यहाँ

इतनी सोसायटियाँ बन रही हैं और सीमेण्ट का जंगल फैल रहा है कि हम चाहते हुए भी कोई सहायता नहीं कर सकते। अब इन्हें ले जाइए अपने साथ और दोबारा कभी अकेले मत जाने दीजिए।"

अरुण उन्हें घर लिवा लाया। उस रात को वे बिलकुल ही चुप रहे, कुछ खाया भी नहीं। चादर ओढ़े, दुबक कर पड़े रहे। दूसरे दिन सवेरे अरुण दफ़्तर जाने की तैयारी करने लगा। उसने ब्रीफ़केस और ताला उठा लिया और जाते-जाते उसने कहा, "आज से मैं बाहर से ताला लगाकर जाया करूँगा। चाबी पड़ोस में वझे भाभी के पास रहेगी। आपके लिए चावल बना कर रखे हैं। डबलरोटी है, दूध है, थर्मस में चाय भी है। मुझे लौटने में रात हो जायेगी। वझे भाभी सुविधानुसार एक बार देख जायेंगी।"

"लेकिन बाहर से ताला ?"

"जी हाँ ताला। दफ़्तर में भी मैं अपने दिमाग़ को घर की समस्याओं से परेशान नहीं करना चाहता", कहकर वह चल दिया। बाहर से ताला लगाकर उसने चाबी वझे भाभी को सौंप दी।

वे भीतर अकेले ही रह गये।

उस दिन के बाद हर रोज…

इसी बीच खाँसी का फिर एक दौर चला और उनके गले में काफ़ी बलगम इकट्ठी हुई। खाँसी रुकने का नाम नहीं ले रही थी। पास में ही स्टूल पर रखा पीकदान तो उठाना आवश्यक था। वे उठ बैठे और हाथ आगे बढ़ाकर उन्होंने पीकदान उठा लिया। काफ़ी देर तक उसमें थूकते रहे, थूकते रहे। फिर उसे यथा स्थान रखकर सिरहाने के बल अधलेटे-से बैठे रहे। बन्द मुट्ठी से अपना माथा पीट लेने के अलावा और कोई चारा नहीं रह गया था उनके लिए।

काफ़ी देर तक वे उलटी कलाई से माथा पीटते हुए अपने भाग्य को कोसते रहे। खाँसी ने तो जैसे उनकी जान निकाल ली थी और दिमाग़ी कमज़ोरी ने आग में घी का काम किया था।

वे लेटे रहे। कई तरह के तूफ़ानों को भीतर समेटे हुए।

फिर उठ बैठे। भौंचक्के-से देखते रहे, चारों ओर। कमरे में पंखा चल रहा था। अरुण ने बाहर जाते समय चलाया था। पंखे की परिक्रमाओं के साथ-साथ उनका दिमाग़ भी घूमने लगा।

पास में ही स्टूल था और उस पर दवा की शीशियाँ। थूकदान भी वहीं रख रखा था। उन्होंने क्रमशः एक-एक वस्तु वहाँ से उठाकर नीचे रखी। अब स्टूल ख़ाली था। वे उठ खड़े हुए। उन्होंने स्टूल पंखे के नीचे तक सरकाया। स्टूल और पंखे के बीच की दूरी का अनुमान लगाया। होगी कोई चार हाथ की।

अनुमानित अन्तर से वे फिर एक बार आश्वस्त हो लिये। अन्ततः सन्तुलन बनाते हुए स्टूल पर खड़े होने की कोशिश करने लगे। लेकिन सम्भव नहीं हो पा रहा था उनसे। एक बार स्टूल हिल गया, गिर गया तो वे भी धराशायी हुए।

फिर उन्होंने सोचा कि किसी दूसरी चीज़ का सहारा लेना चाहिए। लेकिन ऐसी कौन-सी चीज़ हो सकती है ? उनकी निगाहें चारों ओर दौड़ने लगीं। वहाँ तो ऐसी कोई चीज़ दिखाई नहीं पड़ रही थी। भीतर के कमरे में कोई चीज़ हो सकती थी।

वे भीतर चले गये। कोने में एक डण्डा रख रखा था वहाँ। कपड़े रस्सी पर डालने-उतारने के लिए वह डण्डा काम में लाया जाता था।

उन्हें इस रूप में एक सहारा मिल गया। डण्डा लेकर वे बाहर के कमरे में आ गये।

डण्डे का सहारा लेकर वे स्टूल पर इतमीनान से खड़े हो गये। गर्दन उठाकर पंखे की ओर देखा। कोई ज़्यादा अन्तर नहीं था, उनके और पंखे के बीच में।

उन्होंने हाथ ऊँचा किया। लेकिन वह पंखे को छूता न था। लेकिन धोती फेंक कर फँसायी जा सकती थी।

उन्होंने फिर एक बार सही अनुमान लगाया और वे स्टूल से नीचे उतरे। धोती खोलकर लम्बाई में बल डालकर उसे रस्सी जैसा बँटा। पंखे का बटन बन्द करते ही पंखे की गति क्रमशः धीमी होती चली गयी और अन्ततः वह रुक गया। पुनः स्टूल पर चढ़कर डण्डे की सहायता से उन्होंने पंखे में धोती फँसाने की कोशिश की।

एक-दो बार सफलता नहीं मिली लेकिन तीसरे प्रयास में उन्हें सफलता मिल गयी। धोती के दोनों सिरों को एक-दूसरे की विपरीत दिशा में डालकर पंखे के गिर्द गाँठ पक्की कस दी। फिर अपने गले के आकार का फंदा बनाया, ठीक वैसे ही जैसे कि घड़े की गर्दन रस्सी में फाँस कर कुएँ से पानी निकाला जाता है।

फन्दे में गर्दन फँसाकर, फन्दा कसकर उसकी मजबूती का जायज़ा लिया उन्होंने। धोती खींचकर गाँठ पक्की होने की पुष्टि कर ली। स्टूल पर खड़े होकर वे नीचे की ओर देखने लगे। फन्दा ठीक तरह से कसकर स्टूल को गिरा देने की देरी थी कि पाँच मिनट में खेल खत्म हो सकता था। तत्काल स्टूल गिरा देने के लिए वे अधीर हो उठे। उनकी निगाहों और चेहरे के हाव-भाव में यह अधीरता बेशक़ व्यक्त हुई।

लेकिन नहीं।

अभी नहीं।

वे स्टूल से नीचे उतरे और फन्दा पंखे से ही लटकता रहा। इस बीच चिट्ठी लिखने के लिए काग़ज़ और पेंसिल ढूंढ़ ली। बड़े-बड़े हरफों में उन्होंने लिखा, "मैं

अपनी इच्छा से आत्महत्या कर रहा हूँ। इसके लिए किसी दूसरे को ज़िम्मेदार न ठहराया जाये।" काग़ज़ के दूसरी ओर भी वे कुछ लिखना चाहते थे। इसलिए काग़ज़ को पलटकर उन्होंने लिखा—"चि० मीनू को, खूब प्यार—तुम मेरी बहुत ही लाड़ली गुड़िया हो।" लिखने में ही उनकी आँखें भर आयीं।

दूसरे ही क्षण वे बुक्का फाड़कर रोने लगे। इसी बीच दरवाज़ा खुलने की आवाज़ हुई। वझे भाभी का आगमन हुआ था। भीतर क़दम रखते ही उन्हें पंखे से लटकता फन्दा और विलाप करते पिता जी दिखाई पड़े।

"क्या कर रहे हैं आप? फ़ाँसी?" सहमकर उन्हों ने पूछा। उन्होंने कोई जवाब नहीं दिया, बल्कि और अधिक दहाड़ें मार कर रोने लगे।

"चुप भी हो जाइए। आप बुजुर्ग हैं, समझदार हैं। चुप हो जाइए", वझे भाभी ने उन्हें शान्त किया। उसके बाद प्याली में गरम-गरम चाय भर कर स्वयं अपने हाथों से पिलायीं। सिसकियों के साथ ही वे चाय पी सके। वझे भाभी ने उन्हें चादर ओढ़ा कर ठण्डे दिमाग़ से सो जाने के लिए कहा। धीरे-धीरे उनका सिर दबाते हुए वझे भाभी ने कहा, "दोबारा ऐसा दुस्साहस ग़लती से भी मत कीजिए। आपको जो भी तकलीफ़ है, हमें बताइए। हम किस लिए हैं यहाँ?"

रात को अरुण घर लौटा। वझे भाभी को पिता जी के पास बैठी देखकर वह हैरान रह गया। उसने हड़बड़ा कर पूछा, "क्यों, क्या हुआ भाभी?"

वझे भाभी के मुँह से पूरी राम कहानी सुनने के बाद उसने अभिमत व्यक्त किया, "अच्छा होता यदि···?"

स्वप्नभूमि

अपने ही विभाग में चल रहे भ्रष्टाचार से वह सन्तुष्ट नहीं। भीतर से दिल उसे बाकायदा कचोटता है।

एम० एस-सी० पास करते ही उसे यह नौकरी मिल गयी थी। यह दस साल पुरानी बात है। गणित-भौतिकी के साथ उसने यह परीक्षा प्रथम श्रेणी में उत्तीर्ण की थी। नौकरी का विज्ञापन देखकर उसने आवेदन किया, उसे साक्षात्कार के लिए बुलाया गया और उसका चयन भी हुआ। नियुक्ति-पत्र भी शीघ्र ही प्राप्त हुआ।

किसी एक विशिष्ट विभाग में नौकरी करने या न करने का कोई विकल्प उसके सामने कभी नहीं रहा। शिक्षा पूरी हो गयी थी और नौकरी की आवश्यकता थी। सबसे पहले यह नौकरी मिली, तो इसमें वह आ गयी। सरकारी नौकरी थी और वेतनमान भी ठीकठाक था, अन्य सुविधाएँ भी थीं। तबादले की सम्भावना नहीं के बराबर थी।

नौकरी में आ जाने के बाद धीरे-धीरे असलियत उसके सामने आने लगी। यह विभाग तो राष्ट्रीय महत्त्व का था। इस विभाग के सूत्रधार स्वयं प्रधान मन्त्री ही थे। एक सलाहकार समिति प्रधान मन्त्री के निर्देशन में काम-काज चला रही थी। उसे हकीक़त मालूम पड़ने के बाद, वह अपने आपको गौरवान्वित महसूस करती रही। केवल इसके लिए नहीं कि एक राष्ट्रीय महत्त्व के विभाग में वह काम कर रही थी, बल्कि इसलिए कि एक महत्त्वपूर्ण कार्य में वह अपना दिमाग़ लगा रही थी। बीस-बाईस साल की उम्र में वह नौकरी में आयी थी। किशोर वय की सीमा-रेखा पार करके अब वह यौवन की दहलीज पर खड़ी थी। फिर भी किशोरवयीन उदात्त, रोमाण्टिक ध्येयवादिता अभी भी उसके दिल में धड़क रही थी। इसी बीच इस नौकरी की वजह से राष्ट्रीय कार्य में अपनी सहभागिता का एहसास उसे हुआ और वह सन्तुष्ट हो गयी।

इसने कई प्रतियोगिताओं में निबन्ध लिखे थे कि बुद्धिमान और होनहार

युवकों को चाहिए कि वे अपनी समूची चेतना को राष्ट्रीय विकास-कार्यों में लगायें। यार-दोस्तों के साथ अपनी बहसों के दौरान भी वह इसी की दुहाई देती रही थी। संयोग से जो नौकरी उसे मिली थी, वह उसके विचारों और बौद्धिकता के अनुरूप थी।

दो वर्षों तक इसी खुशफहमी में जी लेने के बाद मोहभंग की स्थिति क्रमशः उसके सामने उजागर होने लगी। पर्त-दर-पर्त जैसे-जैसे वह गहरे जाने लगी, उसका क्षोभ बढ़ने लगा···झुंझलाहट-सी होने लगी। भ्रष्टाचार···

प्रत्येक स्तर पर व्याप्त भ्रष्टाचार।

शुरू-शुरू में तो उसे लगा कि निम्न यानी चपरासी-बाबू के स्तर पर मामूली-सा हेर-फेर चलता होगा।

लेकिन असल में ऐसा नहीं था। चपरासियों-बाबुओं को बहुत कम चरने का मौक़ा मिलता था। इसलिए इस स्तर के कर्मचारी असन्तुष्ट ही थे; बल्कि ऐसे रद्दी विभाग में नौकरी करने की अपनी मजबूरी से परेशान भी थे। अपनी इस वास्तविकता को छुपाने के लिए वे कहा करते थे, "हमें तो नाज़ है कि ऐसे महत्त्वपूर्ण विभाग में काम करने का मौक़ा मिला, क्योंकि इससे हमारी मेहनत, बुद्धि राष्ट्रीय कार्य में लग जाती है।"

वरिष्ठ अधिकारी भी इन्हीं विचारों को कूट-कूटकर उनके दिमाग़ में भरने की कोशिश करते। लेकिन अकसर इस बात का मखौल ही उड़ाया जाता था।

बेचारे इस मखौल की ओर अनदेखी कर देते और वरिष्ठ अधिकारियों के बौनेपन को पी जाते।

लेकिन धीरे-धीरे वह वरिष्ठ अधिकारियों की असलियत भी जानने लगी। स्थानीय प्रयोगशालाओं के लिए आवश्यक रासायनिक पदार्थों तथा अन्य वस्तुओं की ख़रीद, स्टेशनरी की विभिन्न मदों की ख़रीद, रखरखाव, विभाग के काम, फर्नीचर···बाप रे। जहाँ क़दम रखो, वहीं गन्दगी। प्रत्येक स्तर पर भ्रष्टाचार और हेराफेरी। उसके दफ़्तर में एक भी वरिष्ठ अधिकारी ऐसा नहीं था, जो अवैध तरीके से अपनी झोली भरने में न लगा हुआ हो।

इस स्थिति से वाकिफ़ हो जाने पर उसके मुँह से बरबस निकल पड़ा, छीः! लेकिन उससे भी वरिष्ठ स्तर के भ्रष्टाचार का बोलबाला जब अख़बारों में हुआ और उसके सुनने में जो कुछ भी आया तो उसका निषेध व्यक्त करने के लिए कोई उपयुक्त शब्द उसे सूझ नहीं रहा था।

जब उसे मालूम पड़ा कि जानी-मानी हस्तियों, प्रतिष्ठित नेताओं का भी करोड़ों के इस भ्रष्टाचार में योगदान है, तो उसके दिमाग़ को जैसे काठ मार गया।

पिछले दस साल में ऐसी ही वारदातें उसके सुनने में आयीं, जो उसने कभी

सोचा भी नहीं था, जिसकी वह कल्पना भी नहीं कर सकती थी।···ऐसी ही वारदातों ने उसे झकझोर दिया था। इससे वह अत्यन्त व्यथित, उद्विग्न हो गयी थी।

और आज तो ग़जब हो गया था। उसके दफ़्तर के दो वरिष्ठ अधिकारियों में ठन गयी थी। दिघे और म्हसकर में जमकर तू-तू मैं-मैं, ग़ाली-ग़लौज होती रही, बल्कि हाथापाई की भी नौबत आ गयी। और अन्ततः एक-दूसरे के राज़ खोलने की धमकियाँ भी उन्होंने दीं।

दफ़्तर के लगभग चार सौ कर्मचारी यह तमाशा देख रहे थे। उनमें चौराहे के तमाशबीन भी शामिल थे। उसे भी किसी ने इसकी सूचना दी। जिज्ञासा-वश वह घटनास्थल पर पहुँच गयी और सभी तथ्य उसके सामने प्रकट हुए। उसके मुँह से बरबस निकल गया—"छी:।"

उसकी सहेली ने इसकी वजह उससे पूछी तो उसने जवाब दिया, "अपने विभाग में जितनी गन्दगी है उसे देखकर घिन आने लगती है।" यह वाक्य कहते हुए उसने 'अपने विभाग में' पर अधिक ज़ोर दिया था। राष्ट्रीय महत्त्व के इस विभाग में काम करते हुए उसे लगता था कि वह एक मामूली-सी राष्ट्रीय भूमिका अदा कर रही है।

"तो क्या तुम्हें इस बात का आज पता चला?"

"पता तो बहुत पहले से ही था। लेकिन आज यथार्थ बहुत ही घिनौने रूप में सामने आया। उच्च शिक्षित, विद्वान, वैज्ञानिक भी···! दे प्ले सच डर्टी गेम्स? आई जस्ट काण्ट बिलीव!"

उसके तन-बदन में जैसे आग लग गयी थी और ऐसा ही कोई हलाहल उसके भीतर से फूटने के लिए छटपटा रहा था।

वह लौट आयी और अपनी कुर्सी पर बैठ गयी। काम पूरा करते हुए उसे बड़ी तीव्रता से महसूस होता रहा कि अख़बारों में इसका भण्डाफोड़ हो जाना चाहिए। राष्ट्रीय महत्त्व के एक विभाग में वहीं के दो वरिष्ठ अधिकारियों में हुई हाथा-पाई, ग़ाली-ग़लौज···महज़ इस वजह से कि दोनों के दिलों में एक-दूसरे से अधिक घूस खाने का वहम! इस सार्वजनिक प्रदर्शन से किसी के भी मन में खीज, झुँझलाहट होना स्वाभाविक था। किसी-न-किसी अख़बारनवीस के सामने इन तथ्यों को उजागर करने की इच्छा होने लगी। कम्बख़्तों को नंगा हो जाने दो। उनकी वरिष्ठता की असलियत का पर्दाफाश हो जाने दो।

यह कल्पना उसके दिमाग़ में कुलबुलाने लगी। उसने तुरन्त टेलीफ़ोन का चोंगा उठाया और स्थानीय अखबार का नम्बर देने के लिए ऑपरेटर से कहा।

वहाँ उसका एक सहपाठी कार्य करता था। अख़बारी नुमाइन्दे की हैसियत भी कम नहीं होती। कॉलेज के ज़माने में वे वाक्-प्रतियोगिता में शामिल होते

थे। वह तो कई पुरस्कार भी प्राप्त कर चुका था। उसने टेलीफ़ोन पर अपने उस अख़बारी मित्र से कहा, "एक चटपटा बॉक्स आइटम दूँ तुम्हें ?"

"किस सम्बन्ध में ?"

"हमारे दफ़्तर में हाथा-पाई हो गयी है।"

"किस-किस में ?"

"दो वरिष्ठ अधिकारियों में। यह गप नहीं, हक़ीक़त है। ग़ाली-ग़लौज भी ख़ूब हुई···महज़ इसलिए कि किसने अधिक घूसखोरी की ! हाउ सिली !"

"क्या तुम सच कह रही हो ?"

"बेशक़।"

"लेकिन यह वारदात कब हुई ?"

"बस अभी-अभी। वे लोग अपने कपड़े ठीक-ठाक कर रहे होंगे।"

"मैं यदि घर आऊँ तो कुछ और ब्यौरा दे सकती हो ?"

"शाम को बेशक़ आ जाओ, मैं पूरा ब्यौरा दूँगी।"

"तो मैं आ रहा हूँ।"

"दे दो अख़बार में, छिड़ जाने दो चर्चा ! बड़ी चटपटी चीज़ होगी। बेशर्मी, बेहयाई और वाहियातपन की चरम सीमा है यह।" उसने तमतमा कर कहा और चोंगा पटककर वह अपनी जगह पर आ गयी।

"किससे बात कर रही थीं तुम ?" श्रीमती देशपाण्डे ने पूछा।

"रिपोर्टर से। मेरा एक सहपाठी है। कल के अख़बारों में ख़बर छप जायेगी।"

"आर यू टॉकिंग सीरियसली ?"

"आफ कोर्स !"

श्रीमती देशपाण्डे चिन्तित हो गयीं। वे मीरा राजे की ओर अपलक देखती रहीं।

"क्या देख रही हैं आप ? लोगों को पता तो चलने दीजिए इनका असली रूप। लोग इनके मुँह पर थूकेंगे।···"

"किनके मुँह पर ?"

"इन्हीं के।"

"यानी कि दिघे-म्हसकर के ?"

"बेशक़ !"

श्रीमती देशपाण्डे ने चिन्ता व्यक्त करते हुए फिर से कहा, "तुम जानती हो वे कौन हैं ?"

"येस, दि बिग बासेज ऑफ दिस ऑफ़िस।"

"और उन्हीं के बारे में तुम सब कुछ छपवाना चाहती हो ?···उन्हें नीचा

दिखाना चाहती हो ?"

"आज की घटना से उनकी क्या कम बेइज़्ज़ती हुई है ?"

"लेकिन वह तो चारदीवारी के भीतर हुआ।"

"तथापि चारदीवारी के बाहर के लोगों को भी तो मालूम पड़ना चाहिए।"

"इससे क्या हासिल होगा ?"

"आप बताइए।···"

"उन दोनों की निगाहों में तुम आ जाओगी। तुम्हें वे परेशान कर देंगे।"

"दिस इज़ अ गवर्मेण्ट ऑफ़िस।"

"उससे क्या फ़र्क़ पड़ता है।" श्रीमती देशपाण्डे ने अपने बुज़ुर्गाना अन्दाज़ में व्यावहारिक सलाह दी, "तुम्हारे इन्क्रीमेण्ट, प्रमोशन्स, सी. आर. आदि सब कुछ उन्हीं के हाथ में तो है ?"

"सो वॉट ?"

"वे बहुत कुछ कर सकते हैं। प्लीज़, इस फ़ालतू के झंझट में मत पड़ना। कल के अख़बारों में यदि ख़बर छप जाये तो क्या उन्हें मालूम नहीं पड़ेगा कि ख़बरची कौन है ? टेलीफ़ोन से हुई बातचीत को यहाँ बीसियों लोगों ने सुना है···"

दिन-भर पूरे दफ़्तर में इस बात पर चर्चा होती रही। इसके अलावा अन्य कई चटपटे मसाले भी आते रहे।

वह जिस अनुभाग में काम करती थी, वहाँ भी कमोबेश यही माहौल था। बातचीत, चर्चा, मनोरंजन और विचार-विमर्श। उनमें से किसी को भी न कोई मलाल था, न क्षोभ। एक भी कर्मचारी विचलित नहीं हुआ था। यहाँ भी वही घिसी-पिटी बातें सुनकर उसने झुँझलाकर पूछा, "आप लोगों को इस बात पर कोई मलाल नहीं होगा ?"

"मलाल ? सो किसलिए ?"

"आज जो कुछ भी हुआ या जिस मूल बात को लेकर आज का तमाशा हुआ उससे···! देश को घुन की तरह खोखला करता भ्रष्टाचार और अवांछित रूप से अपनी झोली भरने की बेहयाई···"

उसके सामने दो-चार पुरुष और चार-छः महिला कर्मचारी थे। उन सभी ने तालियाँ पीटकर उसे और उकसाना चाहा।

उसने झुँझलाकर कहा, "तालियाँ पीटने से क्या होगा ?"

"तो क्या करें ?"

"रिऐक्ट होना चाहिए। धिक्कार करना चाहिए। पोल खोलनी चाहिए···।"

फिर एक बार तालियों का दौर चला और वे खिलखिलाये भी। वह बिल्कुल ही अलग-थलग पड़ गयी। भीतर-भीतर से वह उफन रही थी। वह मन-मसोसकर फ़ाइलों में उलझने का बहाना करती रही।

लेकिन विद्रोह की भावना जब आपे से बाहर हो गयी, तब बाक़ी लोगों के सामने जाकर उसने कहा, "क्या आप लोगों को इसमें ग़लाज़त की बू नहीं आती?"

"बेशक़ आती है। लेकिन आजकल तो पूरा माहौल ही बदबूदार हो गया है। आप दो लोगों के ख़िलाफ़ जिहाद छेड़ेंगी, लेकिन बाक़ी तीन सौ अट्ठानबे के बारे में क्या आप चुप रहेंगी। और हमसे ऊपर वाले अन्य हज़ारों लोगों के बारे में···?"

"एक-एक का भण्डाफोड़ कर दिया जाना चाहिए।"

"बेशक़ कीजिए···कीजिए खोजबीन···जुटाइए सबूत और छपवाइए अख़बारों में। आन्दोलन, नारेबाज़ी···" श्रीमती देखमुख ने कहा।

"लेकिन उससे पहले इस्तीफ़ा दीजिए। क्योंकि पानी में रहकर मगरमच्छ से दुश्मनी···" एक अन्य सहयोगी ने सलाह दी।

फ़ाइलों में आँखें गड़ाकर वह उन लोगों की ओर कान लगाये हुए थी। यकायक पिनक में आकर उसने एक काग़ज़ पर कुछ लिखा और उठ खड़ी हुई।

"ठीक कहते हैं आप लोग। पानी में रहकर मगरमच्छ से बैर नहीं कर पाऊँगी मैं। पानी से बाहर आने के बाद ही क्रियाशील होना मेरे लिए सम्भव हो पायेगा। तभी मैं बता पाऊँगी कि यह पानी गंगा का है या गटर का है। मैं ऐसा ही करने जा रही हूँ। मैंने इस काग़ज़ पर इस्तीफ़ा ही लिखा है। इस बन्धन से मुक्त हो जाने के बाद मैं प्रत्येक स्तर पर व्याप्त भ्रष्टाचार और घूसखोरी को रोशनी में ला खड़ा करूँगी।"

उसके सहयोगी सब सकते में आ गये थे। कुछ अनोखा ही घट रहा था। मानो साफ़-सुथरे आसमान में बिजली कड़कने का आभास उन्हें हो गया था। उसके इन सहयोगियों की आँखों में यक़ीनन बिजली कौंध गयी थी।

वह वाकई अपनी जगह से उठकर, हाथ में इस्तीफ़े का काग़ज़ लिये बड़े साहब की केबिन की दिशा में चली गयी। बाक़ी लोगों के मुँह पर भी अब ताले पड़ चुके थे।

वह अपने कारख़ाने में बैठा था। इण्डस्ट्रियल एस्टेट में मिली शेड को पूरी क्षमता के साथ उत्पादनक्षम बनाने की कोशिश ही तो वह पिछले पाँच साल से करता रहा था।

शाम का धुँधलका हो चला था। मशीनों की खड़खड़ाहट अब थम गयी थी। कारख़ाने के कामकाज का समय समाप्त हो चुका था। कामगार अपने-अपने घरों के लिए रवाना हो चुके थे। उसने कारख़ाने में ही अपने लिए एक छोटी-सी

केबिन बनवा ली थी। इसी केबिन में वह बैठा था। उसके साथ उसका एकाउण्टेण्ट-कम-प्रोडक्शन मैनेजर भी था और दोनों हिसाब-किताब में उलझे हुए थे।

कितने के ऑर्डर हैं, कितना माल तैयार है, माँग पूरी करने के लिए कितना अधिक उत्पादन करना पड़ेगा, कामगारों को वेतन देने लायक निधियाँ जुटायी जा सकेंगी या नहीं, क्या और भी आदेश प्राप्त किये जा सकेंगे···आदि बातों पर उनका विचार-विमर्श चल रहा था।

अपना खुद का एक छोटा-सा यूनिट चलाने के इरादे से ही उसने पाँच साल पहले नौकरी छोड़ी थी! वह इलेक्ट्रॉनिक इंजीनियर था। एक बड़े कारखाने में उसे नौकरी मिल गयी थी। लेकिन उसे तो अपना उद्योग शुरू करने में अधिक रुचि थी; वह भी एक ऐसा उद्योग जो छोटा हो और नोट अधिक दिलाता हो।

पाँच साल पहले अपने इस यूनिट को शुरू करते समय उसने कहा था, "इसके परिणाम सामने आने में कम-से-कम पाँच साल तो लग ही जायेंगे। धन्धे में तेज़ी-मन्दी तो चलती ही है, जबर्दस्त होड़ भी होती है, मार्केट का रुख भी बदलता रहता है। यानी कि यहाँ सब कुछ अस्थिर ही रहता है। इन्हीं सब बातों को देखते हुए तुम्हें नौकरी में रहना ही पड़ेगा। अपनी छोटी-सी गृहस्थी का दायित्व तुम्हारे ही कन्धों पर है। घर के अपने ख़र्चे, बच्चों का ख़र्चे, मकान की किश्तें···"

पाँच साल तक तो सब ठीक-ठाक चलता रहा। कारोबार भी ठीक-ठाक चलता रहा। उसके कारख़ाने में तैयार होने वाला माल अति विशिष्ट क़िस्म का होने के कारण उसकी माँग भी ठीक-ठाक थी। सरकारी विभागों में ही उसका माल थोक के भाव बिकता था। वह अपने माल की गुणता की ओर भी विशेष ध्यान देता था। विभाग के बड़े-बड़े अधिकारियों को उसने पटा रखा था। एक ही बड़े ग्राहक को उसने अपनी मुट्ठी में कर रखा था। लेकिन पाँच साल में काफ़ी पानी बह चुका था। अब तो कई इकाइयाँ इस तरह का उत्पादन करने लगी थीं, प्रतियोगिता बढ़ गयी थी। और माँग में भी कमी आ गयी थी। क्योंकि उससे भी कम दाम में सप्लाई करने के लिए कई उत्पादक तैयार थे।

वह और उसका अकाउण्टेण्ट दोनों में काफ़ी देर तक बहस होती रही। खपत बढ़ानी चाहिए, कम-से-कम उसमें कमी तो नहीं आनी चाहिए, अन्यथा···अन्यथा क्या होगा, यह सोचकर दोनों चिन्तित हो गये।

घूमने वाली कुर्सी में सुस्ताने के अन्दाज़ में वह आराम से कुछ देर बैठा रहा। फिर खिड़की से बाहर देखते हुए टेबल की ओर हाथ बढ़ाकर उसने एक नम्बर घुमाया।

"हैलो, इज़ इट मिस्टर दिघे?"

"स्पीपिंग।"

"हैलो सर, मैं अशोक राजे बोल रहा हूं।"

"बोलिए।"

"मैंने तो बस, आज के कार्यक्रम की याद दिलाने के लिए आपको टेलीफ़ोन किया था।"

"अरे हाँ! मैं तो भूल ही गया था। अच्छा हुआ आपने याद दिलाया।"

"यही सोचकर···"

"ओहो! बहुत-बहुत धन्यवाद!"

"तो वहाँ आप आ जाइए। वहाँ से हमारे घर चले चलेंगे। और उसके बाद सब साथ में ही चलेंगे। आइ होप योर कार इज़ आलराइट।"

"हाँ, हाँ। आप निश्चिन्त रहिए। मेरी गाड़ी में ही चले चलेंगे।"

"थैंक यू सर, राउण्ड अबाउट ऐट थर्टी आप तैयार रहिए।"

"राइट। आइए!"

चोंगा रखकर अशोक राजे ने अकाउण्टेण्ट से कहा, "बिजनेस मिल जाना चाहिए। मस्ट।"

वह घर आयी। आज उसे कुछ अलग-अलग-सा लग रहा था। उसके भीतर एक भयंकर तूफ़ान-सा उमड़ रहा था। दमघोंटू वातावरण से बाहर आ जाने की खुशी हो रही थी। लीक से हटकर, कुछ अनोखा कर गुज़रने का अहसास उसे उद्वेलित कर रहा था, वह इसे एक नये लोमहर्षक पर्व का शुभारम्भ मान रही थी।

घर में बच्चे उसका इन्तज़ार कर ही रहे थे। माँ को सामने देखकर वे उससे लिपट गये, एक-दूसरे की शिकायतें, रुसवाइयों का दौर चला। सवाल-जवाब भी होते रहे।

उसके आते ही आया घर जाने लगी तो उसने कहा, "थोड़ी देर और रुक सकोगी तुम? एक मेहमान आने वाले हैं।" अभी उसका वाक्य पूरा हुआ नहीं था कि उसका अख़बारी मित्र वहाँ आ पहुँचा।

"अरे आओ, कितनी ही मज़ेदार बातें करनी हैं तुमसे···" वह बड़े ही उत्साह के साथ उसे एक-एक बातें बताने लगी। दिन में हुई वारदात का पूरा ब्यौरा उसने अपने दोस्त को सुनाया।

"मैं तो कई रहस्यों का पर्दाफाश करना चाहती हूँ। ऊपर से नीचे तक एक-एक की नस मैं पहचानती हूँ। मैं उन सबको बेनक़ाब कर दूँगी। उनकी करतूतों का कोई सबूत तो मैं नहीं दे पाऊँगी लेकिन मेरी बातें ग़लत नहीं हैं, इतना तो मैं दावे के साथ कह सकती हूँ। देश की आन-बान माने जाने वाले इस विभाग में इस क़दर बदबू और दलदल। तन-बदन में आग लग जाती है। टॉप मिनिस्टर

इज़ इन्वाल्वड् इन हाइ लेवल करप्शन ! मुझे तो बहुत कम मालूम है। छनकर, ग़लती से जो ख़बरें नीचे तक पहुँचती हैं, मुझे केवल उन्हीं का पता है। लेकिन ऐसी बातें भी कम नहीं हैं। मैं तुम्हें स्रोत बता सकती हूँ। तुम खोज-ख़बर लेना शुरू करो, आइ विल हेल्प यू। कम्बख़्तों को जड़ से उखाड़ फेंकना चाहिए। मैंने दफ़्तर में अपने साथियों के सामने यह सब कहा तो वे मुझे पानी में रहकर मगर-मच्छ से बैर न करने की सलाह देने लगे। मैंने उनकी सलाह मान ली। और तुरन्त पानी से बाहर आ जाने का फ़ैसला कर लिया। यह तो नाली का गन्दा पानी है··· बदबूदार पानी ! 'तेरी भी चुप, मेरी भी चुप' वाली स्थिति होने से सभी चुप हैं। लेकिन तुम इनके खिलाफ़ आवाज़ उठाओ। ऐसे लोगों से मुझे नफ़रत-सी होने लगी है। बड़ी उम्मीदों से मैंने दस साल इस विभाग में बिताये। लेकिन अब स्थिति मेरी बर्दाश्त के बाहर हो गयी थी।···अन्ततः मैंने आज इस्तीफ़ा दे दिया।"

अशोक राजे ने घर में प्रवेश किया तो यही आख़िरी वाक्य उसे सुनाई पड़ा। सहज-स्वाभाविक जिज्ञासावश उसने पूछा, "किसने दिया इस्तीफ़ा ?"

"मैंने !" उसने उत्तेजित किन्तु सन्तुलित अन्दाज़ में कहा।

"वॉट ?"

"येस, मैंने इस्तीफ़ा दिया है।"

"कब ?"

"आज, अभी।"

"लेकिन क्यों ?"

"वहाँ काम करने की इच्छा ही नहीं हो रही थी—हद दर्जे की घूसखोरी और भ्रष्टाचार।···" वह खीज-भरे अन्दाज़ में फिर से कहने लगी, "आज की ही बात लीजिए···हमारे दो बिग बॉस···सालों में हाथापाई की नौबत आ गयी। बात बहुत ही मामूली-सी थी, घूस में अधिक पैसा किसने बनाया। नॉनसेन्स। उसी घटना का ब्यौरा सुनाने के लिए मैंने इन्हें यहाँ बुलाया है। ही इज़ वरुण··· माई फ्रेण्ड, अ जर्नलिस्ट, अ रिपोर्टर। हमारे बॉसेज़ की काली करतूतों का भण्डाफोड़ करने और अख़बारों में अहमियत देकर इसे छापने की सलाह मैंने इन्हें दी। इसके अलावा भी और कुछ ब्यौरे देने का वादा मैंने इनसे किया था। एट लीस्ट आइ विल लेट हिम नो दि सोर्स· ही शैल इन्वेस्टिगेट दि मैटर। हम सब लोग मिलकर करेंगे यह काम। दि होल एडमास्फियर इज़ सो डर्टी···मैं तो उकता गयी हूँ इस माहौल से।"

वह और भी उत्तेजित होकर फिर वही बातें दुहराने लगी थी। अशोक भौंचक्का-सा सुनता रहा। वह अभी भी खड़ा ही था। नीचे बैठने की हिम्मत उसे नहीं हो रही थी। उसने भी बुझे-बुझे से, झुंझलाहट-भरे अन्दाज़ में कहा, "क्या

महज़ इसलिए तुमने इस्तीफ़ा दे दिया ?"

"आक्रोश व्यक्त करने का यही तो एक तरीक़ा मेरे पास बचा था। इसके अलावा मैं कर ही क्या सकती थी ?"

"आइ सी !" कहकर अशोक सोफ़े पर बैठ गया।

वह चाय बनाने भीतर चली गयी।

अशोक राजे अनिर्णय की स्थिति में न घर का रह गया था, न घाट का। उसके मुँह पर ताले पड़ गये। अतएव पत्रकार को भी चुप रहना पड़ा।

वह चाय की प्यालियाँ लेकर आयी तो अशोक ने कहा, "तुम इनसे बतियाती रहो, तब तक मैं बच्चों को माँ के पास छोड़ आता हूँ। हमें ठीक आठ बजे चलना है। मेरे लौटने तक तुम तैयार हो जाओ। नयी, मेरुन कलर की सलवार-कमीज़ तो लायी हो न ? वही पहन लो। मेरा झब्बा प्रेस तो नहीं करना है ?···"

"लेकिन जाना कहाँ है ?"

"ऑफकोर्स फॉर डिनर। मैंने टेबल रिज़र्व करवायी है, आइ हैव टु एण्टरटेन अ बिग क्लाएण्ट।" कहकर वह बच्चों के साथ फ़ुर्ती से चला गया।

उसके लौटने तक वह पूरी तरह से तैयार हो चुकी थी। अशोक का कुर्ता-पाजामा प्रेस होकर उस पर सेण्ट छिड़क दिया गया था। उसकी अपनी सलवार-कमीज़ भी प्रेस की हुई, कटे हुए बाल बखूबी सेट किये हुए और भीनी-भीनी खुशबू।···

बच्चों को माँ के पास छोड़कर लौटते ही उसने नहा लिया। इसके बाद उसने दाढ़ी बनायी और प्रेस किये कपडे बदलकर वह भी तैयार हो गया।

"पूरी तैयारी के साथ आप जा रहे हैं। किसको एण्टरटेन करना है ?"

"अ बिग गय, अ बिब बॉस।"

"फिर भी···"

"मि. दिघे, यू नो हिम ?"

"मैं ? मैं कहाँ उन्हें जानती हूँ ?"

"वे तो तुम्हारे ही विभाग के बिग बॉस हैं।"

"यू मीन, हमारे दिघे साहब ?"

"येस मैडम !"

वह भौंचक्की-सी अशोक का मुँह देखती रही। वह अपने कपड़ों पर खुशबू स्प्रे कर रहा था। बीवी की घूरती निगाहों की ओर उसका ध्यान नहीं था। वह पूछ रही थी, "उन्हें किसलिए एण्टरटेन करना है ?"

"क्योंकि वह मुझे बिजनेस दिलवायेंगे। ऑर्डर प्लेस करेंगे···"

"इसीलिए उन्हें एण्टरटेन करना है ?"

"बेशक़, आजकल यही बात आम-फ़हम हो गयी है।"

"एण्टरटेनमेण्ट में क्या-क्या शामिल है ?"

"सबसे पहले तो होटल में खाना-पीना। वह और उनकी पत्नी···खाने के दौरान उनसे बतियाना। इसी बातचीत के ज़रिए उनकी अपेक्षाओं को जानना। और उसी के अनुसार अगला कार्यक्रम···"

"यानी कि···"

"तभी तो मुझे पता चलेगा कि वह कितना बड़ा आॅर्डर देंगे। उसमें उन्हें कितना हिस्सा अपेक्षित है, यह भी मालूम पड़ेगा। उसी के अनुसार नक़द या भेंट-वस्तु···" वह बड़ी सहजता के साथ कहता रहा।

"अब वह पति के और भी क़रीब आकर कहने लगी, "आज दफ़्तर में जो तमाशा हुआ, आप तो जानते ही होंगे ?"

"अभी कुछ देर पहले तुमने ज़िक्र तो किया था, लेकिन मेरा ध्यान नहीं था उस समय।"

"आप का ध्यान बराबर था और आपको घटना का पूरा ब्यौरा भी मालूम है।"

"तो फिर ?"

"फिर भी···"

"क्या मतलब ?"

"फिर भी आप उन्हें एण्टरटेन करेंगे ? घूस देंगे आप ?" उसकी आवाज़ में अब खीज और झुंझलाहट थी।

"तुम उसे घूस कहो या कुछ और। मैं वैसा नहीं मानता।"

"तो इसे आप क्या कहेंगे ?"

"मैं कुछ नहीं कहूँगा। मैं तो सिर्फ़ इतना ही जानता हूँ कि दिघे साहब की सहायता से मुझे दो वर्षों की विभागीय सप्लाई का ठेका मिलेगा। दो वर्षों में कम-से-कम दस लाख का कारोबार हो जाना चाहिए। इसके लिए पाँच-दस हज़ार ख़र्च भी करने पड़ें तो क्या होगा।···"

"हम इसे ही घूस कहते हैं···"

"लेकिन हमारे लिए यह बिजनेस डेवलपमेण्ट प्रैक्टिस है।"

अब वह लगभग चलने को था। यकायक घड़ी में देखकर उसने कहा, "प्लीज, जल्दी करो। हमें ठीक सवा आठ बजे उनके बँगले पर पहुँचना है। वहाँ से उन्हीं की गाड़ी में बैठकर होटल ··साढ़े आठ बजे से टेबल रिज़र्व की है।"

वह बड़े आराम से कुर्सी में बैठी थी; जबकि उसका पति उसे जल्दी चलने के लिए कह रहा था। लेकिन वह न जाने के अन्दाज़ में ही बैठी रही और उसने कहा, "मुझे नहीं चलना है।"

उसके मुँह से यह सुनकर वह उखड़ गया और उसने कहा, "लेकिन

क्यों ?"

"क्योंकि मैं इसे गवारा नहीं कर सकती।"

"न सही। लेकिन तुम्हारे गवारा करने की बात कहाँ आती है ?"

"क्यों नहीं आयेगी ?"

"तुम बताओ, कैसे आती है।"

"जिस तरीक़े से आप अपना कारोबार बढ़ाना चाहते हैं, उससे मुझे सख्त नफ़रत है। अपने दफ़्तर में फैली ऐसी बदबू से ऊबकर ही मैंने इस्तीफ़ा दे दिया और आप मुझे फिर उसी दलदल में ले जाना चाहते हैं ? आप मि. दिघे से कमीशन की बात न करें और वह भी मेरी मौजूदगी में ?"

"लेकिन तुम्हें तो उसमें कुछ नहीं करना है।"

"मौजूद तो रहना पड़ेगा।"

"लेकिन बातचीत में हिस्सा तो नहीं लेना है।"

"तो फिर ?"

"उनका दिल बहलाने के लिए। मैं अकेला जाऊँ तो वे प्रसन्न नहीं होंगे। उन्हें महिलाओं के साथ रहना अधिक पसन्द है।"

"केवल साथ रहना ?"

"बेशक़ !"

"लेकिन किस रूप में ?"

"मेरी पत्नी के रूप में।"

"केवल पत्नी के···?"

"बेशक़, कम-से-कम आज की पार्टी में तो मेरी पत्नी के तौर पर ही। मुझे अपना काम निकालना है और उनसे काम निकालने के लिए उनकी पसन्द-नापसन्द का ध्यान तो रखना ही पड़ेगा।"

"इस क़दर घटिया स्तर के विचार आपके दिमाग़ में आ सकते हैं ?"

"ये सब बेकार की बातें मैं नहीं जानता। यह मेरी एक आवश्यकता है। अब ज्यादा वक़्त बरबाद मत करो। हमें देर हो रही है।" कहकर वह चल पड़ने के इरादे से उठ खड़ा हुआ।

"मैं अपने बारे में कोई गारण्टी नहीं दे पाऊँगी।"

"क्या मतलब ?"

"हो सकता है कि आप लोगों की बातचीत रास न आये ! मैं शायद उल्टा-सीधा कुछ कह दूँगी और आप इसे अशिष्टता कहेंगे।···"

"नो डार्लिंग, प्लीज़ ! वैसा कुछ मत करो। प्लीज़, इस समय बिजनेस प्राप्त करना ज्यादा महत्त्वपूर्ण है। दिस इज दि ओनली वे।···"

वह लगभग गिड़गिड़ाने के अन्दाज़ में उसे मना रहा था, इसलिए उसे पार्टी

में जाना पड़ा।

लेकिन पार्टी में वह कटी-कटी-सी बैठी रही। उसने न तो ड्रिंक सर्व किया, न तो मुसकराते-इठलाते हुए, अभ्यागतों से आँख मिलायी। श्रीमती दिघे से भी उसने बहुत ही औपचारिक बातचीत की।

दो पैग गले से नीचे उतारने तक तो दिघे ने इन्तज़ार किया। लेकिन तीसरे पैग के दौरान उन्होंने कहा, "मिसेज राजे कुछ नाराज लग रही हैं।"

"ठीक कह रहे हैं आप। तबीयत ठीक न होने के बावजूद मेरे आग्रह पर पार्टी में आयी हैं···जस्ट टु मीट अ वेरी चार्मिंग पर्सनैल्टी!"

"अच्छा! थैंक्स फॉर द काम्लिमेण्ट्स।" दिघे साहब ने खुश होकर कहा और श्रीमती राजे की ओर देखा, लेकिन श्रीमती राजे ने कोई प्रतिक्रिया व्यक्त नहीं की।

अशोक काफ़ी देर तक मन-ही-मन सोचता रहा कि अपनी पत्नी उन्हीं के दफ़्तर में काम करती है, यह तथ्य उनके सामने उजागर किया जाये या नहीं? अन्ततः चौथे पैग के दौरान उसने कह दिया।

"दिघे साहब, मेरी श्रीमतीजी आपके ही विभाग में, बल्कि आपके ही दफ़्तर में काम करती हैं।"

"अच्छा!" आश्चर्य व्यक्त करते हुए दिघे ने कहा, "मुझे लग ही रहा था कि इन्हें कहीं देखा है लेकिन मुझे याद नहीं आ रहा था। दरअसल औरतें दफ़्तर में विभिन्न तरह की पोशाकें पहनकर आती हैं···अब यही देखिए न, श्रीमती राजे सलवार-कुरते में यहाँ आयी हैं···एण्ड शी इज़ लुकिंग सो यंग···सो चार्मिंग···पूछिए नहीं! मैं तो इन्हें पहचान ही नहीं पाया।"

दिघे ने स्नेहद, कसैली और कामुक निगाहों से श्रीमती राजे की ओर देखा, तो श्रीमती दिघे के दिमाग़ में हूक-सी उठ गयी।

उसने कहा, "लेकिन मैंने आपको पहचान लिया। अच्छी तरह से पहचान लिया है···आप वही दिघे हैं जो दफ़्तर में म्हसकर से महज इसलिए उलझ गये थे कि किसने ज्यादा घूस ली···"

दिघे साहब को काटो तो ख़ून नहीं। उनका चेहरा तो जैसे गिर गया। उन्होंने झुंझलाकर कहा, "क्या मतलब?"

"मतलब यही कि आप घूस लेते हैं और उसी बात पर बड़ी ही बेशर्मी से लड़ाई-झगड़ा करते हैं!" उसने बेबाक टिप्पणी की।

"यह तो बदतमीज़ी है।"

"लेकिन यह हक़ीक़त है।"

"कोई सबूत है आपके पास?" दिघे ने चढ़ी आवाज़ में पूछा तो वहाँ की मदमाती चिल्ल-पों के बीच भी उनकी आवाज़ सबने सुन ली।

"इसके लिए सबूत की क्या ज़रूरत है ?"

"सबूत के बिना इल्जाम लगाना तो सरासर नाइन्साफी है, अपमान है।" दिघे साहब ने और भी ऊँची आवाज़ में कहा। आस-पास के चार-छह टेबलों पर बैठे लोग भी इससे चौंक गये।

अब अशोक राजे अपनी बीवी को शान्त करने की कोशिश करने लगे। बल्कि इससे अधिक कुछ भी न कहने की गुज़ारिश अपनी बीवी से करने लगे। लेकिन वह पति का कहना मानने की स्थिति में नहीं थी। वह आगे कहने लगी।

"आप जैसे भ्रष्ट और घूसखोर लोगों को तो सरेआम फटकारा जाना चाहिए। आपकी काली करतूतों का भण्डाफोड़ अख़बारों में किया जाना चाहिए। आप लोगों को एक्स्पोज़ किया जाना चाहिए।" उसकी आवाज़ में भी अब तेज़ी आ गयी थी। हाल के लगभग सभी लोग ठिठककर उसकी ओर देखने लगे।

"मिसेज राजे, आप शायद भूल रही हैं कि आप मेरे अधीन काम करती हैं…" दिघे ने धमकाने के अन्दाज़ में कहा।

"मैं इस्तीफ़ा दे चुकी हूँ मिस्टर दिघे, फॉर योर इन्फॉरमेशन…आप अब मेरे बॉस नहीं हैं !" उसने भी उतने ही बेबाक़ी से जवाब दिया।

ऊँची आवाज़ में हुई इस बातचीत से सभी लोगों ने यह अनुमान लगा लिया कि यह तो बॉस और उसकी लेडी असिस्टेण्ट के बीच का बड़ा ही दिलचस्प 'लफड़ा' है। इसलिए हॉल के लोग अब इसी नज़रिये से उनकी ओर देखने लगे।

इस अप्रिय स्थिति के कारण अशोक शर्मिन्दा हो गया। उसकी पत्नी ने एक प्रतिष्ठित ग्राहक और एक वरिष्ठ अधिकारी को बहुत बुरी तरह से अपमानित किया था। पति के लाख समझाने-बुझाने के बावजूद वह शान्त नहीं हो पा रही थी।

"अब तुम अपना मुँह बन्द रखोगी या…" अशोक ने अपनी बीवी को डाँटते हुए कहा।

लोग चटखारे ले-लेकर देख-सुन रहे थे। बल्कि दो-चार लोग तो गिलास हाथ में थामे अशोक के पास आकर खड़े हो गये। एक-दो लोगों ने तो हिम्मत करके अशोक को सलाह भी दी, "यदि आपकी बीवी पर उसके इस बॉस की निगाह हो तो साले की धुनाई कर दीजिए।…"

स्थिति अब हद से ज़्यादा बिगड़ती जा रही थी। इसलिए अशोक उठ खड़ा हुआ और क्षमा-याचना के लहजे में उसने दिघे साहब से कहा, "दिघे साहब, मुझे सख़्त अफसोस है। अपनी बीवी को साथ लाकर मैंने बहुत बड़ी ग़लती की। अब हमें यहाँ से चलना चाहिए। हम कहीं और चले चलेंगे।"

श्रीमती दिघे भी यही चाहती थीं, वे तुरन्त उठ खड़ी हुईं और उन्होंने अपने

पति से कहा, "चलिए।"

दिघे साहब उठकर चुपचाप चल दिये और उनके पीछे-पीछे अशोक-मीरा भी।

वहाँ से चलकर गाड़ी में बैठने तक अशोक राजे, "मुझे अफसोस है, माफ़ कीजिए साहब।" यही कहता रहा।

दिघे साहब गाड़ी में बैठ गये। उन्होंने यजमान दम्पति को भीतर बैठने का अनुरोध नहीं किया।

अन्ततः साहब का हाथ अपने हाथ में लेकर घुटने टेकने के अन्दाज़ में अशोक ने कहा, "साहब, मेरी बीवी ने आपको अपमानित किया, यह तो सच है। लेकिन मैं आपसे हाथ जोड़कर माफ़ी माँगता हूँ। हम लोग कल फिर मिलेंगे। कल मैं आपके घर आ जाऊँगा। किसी भी हालत में मेरा काम हो जाना चाहिए, साहब ···ईवन एट हायर परसन्टेज···"

लेकिन अशोक राजे के गिड़गिड़ाने का कोई लिहाज़ किये बिना दिघे ने गाड़ी शुरू की और वे चल दिये।

मीरा-अशोक घर लौट आये। रास्ते-भर दोनों में से किसी ने भी मुँह नहीं खोला। घर का दरवाज़ा खोलकर वे भीतर आये। भीतर घुसते ही अशोक तो सोफ़े पर ही 'धम्' से बैठ गया। वह भीतर-ही-भीतर सुलग रहा था। जब अंगारों की आँच उसे झुलसाने लगी तो वह दिल के फफोले फोड़ने लगा।

उसने मीरा से कहा, "तुम मेरी बात को समझती क्यों नहीं? तुम्हारी ऐसी ज़्यादतियों से क्या होगा, पता है? मेरा दस लाख का ऑर्डर चला गया। शायद उसके बाद भी बात न बने। बल्कि सप्लायरों की ब्लैक लिस्ट में मेरा नाम शामिल किया जायेगा। मेरा सबसे ज़्यादा माल तुम्हारे विभाग को ही तो सप्लाई होता था। दैट वाज़ दि श्योर मार्केट···अब हाथ से निकल गया। कारोबार चौपट हो गया। मार्केट में प्रतियोगिता बहुत ज़्यादा है। केवल बढ़िया माल के उत्पादन से ही इस प्रतियोगिता में सफलता नहीं मिलती और भी बहुत-सी ऐसी बातें हैं··· अभी-अभी तो जैसे-तैसे मेरे पैर जमने लगे थे। बैंक का कर्ज़ा, कामगारों का वेतन, अन्य बहुत सारे ख़र्चे···इट इज़ नॉट ओनली दि टैलेण्ट एण्ड क्वालिटी दैट इज़ सोल्ड इन दि मार्केट। देयर आर गिमिक्स···टेक्निस···टैक्टिक्स···"

मीरा उसकी एक-एक बात चुपचाप सुनती रही। उसकी आँखों के भाव वह पढ़ रहा था। उसमें यक़ीनन खीज, भर्त्सना, घृणा थी। काफ़ी देर तक सोच-विचार करने के बाद आख़िरी प्रयास के तौर पर उसने तीखे स्वर में कहा, "मुझसे पिण्ड छुड़ा लेने का केवल एक ही तरीक़ा हो सकता है—तलाक। मुझसे जुदा होकर तुम अपने उसूलों और सिद्धान्तों की स्वप्नभूमि में बड़े ठाठ से विचरण कर सकोगी। मैं तो इस दलदल में फँसा हूँ।···"

अब वह सुबकने लगा था। उसकी सहन-शक्ति जवाब दे गयी थी। अपने दुख-दर्द, निराशा और प्रत्याशित भय के साये को जब्त कर पाने में अब वह असमर्थ सिद्ध हो रहा था।

मीरा उठकर उसके पास आयी। उसने अशोक को अपनी बाँहों में भर लिया और उसके बालों को सहलाते उसने कहा, "कल सबेरे दिघे साहब के घर जाकर मैं उनसे माफ़ी माँग लूंगी और अपना इस्तीफ़ा भी वापस ले लूंगी···"

और यह कहते हुए वह भी फूट पड़ी।

अनुत्तरित प्रश्न

देवी जी, मैं आपसे कब से एक ही सवाल कर रहा हूँ और आपके जवाब की प्रतीक्षा में हूँ।

अब तक कम-से-कम तीन-चार बार मैं अपना सवाल दुहरा चुका हूँ और आप चाहें तो फिर से···

आपको जब पता चला कि आपका लाड़ला बेटा पुलिस की गोलीबारी में मारा गया, तो आपके दिल पर क्या बीती ?

देखिए, आप अपनी सूनी गोद को टटोलने की कोशिश मत कीजिए। क्योंकि आपका लाड़ला आपकी गोदी में यक़ीनन नहीं है। कल शाम को ही उसकी जड़ देह चार कन्धों पर जा चुकी है। इसमें लोगों का भी कोई क़सूर नहीं। बच्चा गोलीबारी में मरा हो या अन्यथा, जब उन्हें ख़बर मिली तो शव का अन्तिम संस्कार करना उनका फ़र्ज बनता था, सो आपके लाड़ले को भी वे उठा ले गये। इसमें अन्तिम क्रिया करने वालों को क़सूरवार नहीं ठहराया जा सकता। इसीलिए अब अपनी सूनी गोद को घुटना-टटोलना बेकार है। यह हक़ीक़त है कि वह आपकी गोदी में नहीं है, और हक़ीक़त से मुँह मोड़ना यानी अपने आपको धोखा देना है। बेहतर यही होगा कि आप संभल जाइए और मेरे सवाल का जवाब दीजिए। जब आपको पता चला कि आपका बेटा पुलिस की गोली का निशाना बन गया है, तो आपको कैसा लगा ?

मैं जानता हूँ कि वह आपका इकलौता बेटा और आपकी आँखों का तारा था। आप यह मत समझिए कि मैं कुछ नहीं जानता। अभी, कुछ देर पहले, यानी लगभग घण्टा-भर पहले मैंने आपके पतिदेव से भी बातचीत की। क्या आपका वही एक मात्र बेटा था ? मेरे इस सवाल के जवाब में उन्होंने हामी भरी। उसके बाद मैंने उनसे कुछ नहीं पूछा। मेरा अनुमान है कि एक लड़का और एक लड़की—आपकी ये दो ही सन्तानें होंगी। फिर भी आश्वस्त हो लेने के इरादे से ही मैंने आपके साहब से पूछा था। मेरा अनुमान सही निकला। यक़ीनन आपकी

दो ही सन्तानें होंगी। क्योंकि आप दोनों सुशिक्षित हैं और रईस न सही, लेकिन आराम से गुज़र-बसर करने लायक स्थिति में हैं। वैसे तो आप दो से अधिक सन्तानों को भी एफोर्ड कर सकते हैं। लेकिन आपने तीसरे के आने पर रोक लगा दी है। आपने समझदारी दिखलायी है। देश की बढ़ती हुई आबादी की समस्या को आपने महसूस किया। आवश्यकता से अधिक एकाध बालक का जन्म लेना भी राष्ट्रीय समस्या को आंशिक रूप से ही सही, बढ़ावा देना हुआ। बल्कि अन्तर्राष्ट्रीय स्तर पर भी इसी व्यापकता को आपने महसूस किया, यह तो और भी अच्छा हुआ। इसीलिए 'हमारे दो' के बाद आपने परिवार नियोजन का सहारा लिया। इससे यह भी निष्कर्ष निकाला जा सकता है कि आप सोचते हैं और ज़िम्मेदार तथा जागरूक नागरिक के तौर पर सोचते हैं। अपनी इसी ज़िम्मेदार जागरूकता का परिचय देते हुए आप बताइए कि अपने बेटे के शहीद होने की ख़बर सुनकर आप पर क्या गुज़री ?

अरे हाँ, मैं तो बार-बार यही कह रहा हूँ कि आपका बेटा पुलिस की गोली का शिकार बना। क्या महज़ इसलिए आप जवाब देने में आना-कानी कर रही हैं ? यदि यह सही है तो अपनी ग़लती पर मुझे सख़्त अफसोस है। मैं अपनी भूल सुधारते हुए कहना चाहूँगा कि आपका बेटा पुलिस की नहीं, सेना की गोली का शिकार बना। ख़ैर, गोली पुलिस ने चलायी हो या सेना ने, गोली चली, यह तो हक़ीक़त है। और उसमें आपका इकलौता बेटा मारा गया, यह भी सत्य है। अतएव इस सच को स्वीकार करते हुए आप मुझे बताइए कि गोलीबारी में अपने बेटे को खोकर आपको कैसा लगा ?

सेना ने युद्धभूमि पर नहीं, बल्कि शहर में, अपने इस महानगर में गोली चलायी। यह महानगर आपका और मेरा—हम दोनों का है। परसों सुनने में आया कि सेना इसे शहर मानने को ही तैयार नहीं। उन्होंने इस शहर को युद्ध-भूमि बना डाला। नागरिकों को दुश्मन समझकर सेना के जवानों ने उन्हें अपनी गोलियों का निशाना बनाया। इस पूरे अभियान में केवल आपका बेटा ही शहीद नहीं हुआ, बल्कि कई अन्य लोगों की जानें गयीं। कल-परसों और आज के अख़बारों में मृतकों की तसवीरें छपी हैं। सड़कों पर पड़ी लाशों की भी तसवीरें हैं। बन्दूकें ताने जवान और इन बन्दूकों से चली गोलियों का निशाना बने नागरिकों की तसवीरें भी हैं। उन्हीं में आपका लाड़ला भी शामिल है। उसका मासूम चेहरा तो तसवीर में और भी आकर्षक लग रहा था। छायाकार ने ग़ज़ब का जादू दिखाया तसवीर खींचने में, कैमरे के इत्ते से चौखटे में कितने ही ब्यौरे वह समेट पाया है। बन्दूक तानकर खड़े जवान हैं, उनकी वर्दी, हेल्मेट, कीमोफ्लाज··· आदि एक-एक कैमरे में क़ैद हैं। मानो देश की सीमा पर, किसी घने जंगल में घमासान युद्ध चल रहा हो। जवान के हाथ में तनी बन्दूक, आपके बेटे की ओर

मुखातिब बन्दूक की नाल आदि साफ़-साफ़ दिखाई पड़ रही थी। गोलियों की बौछार तो दिखाई नहीं पड़ी, पर आपका बेटा धराशायी होते हुए साफ़ दिखाई पड़ रहा था। उसके चेहरे पर व्याप्त भय और आतंक के साये को वह इस ख़ूबी के साथ क़ैद कर पाया, मानो तसवीर देखने वाले को उस बालक की चीख़-पुकार सुनाई पड़े। मौत के साये का भयावह अहसास उस बालक को तो ख़ैर क्या होगा, लेकिन उसकी आँखों के और चेहरे के भावों से साफ़ ज़ाहिर होता था कि'''। अब भी आप कुछ बोलेंगी या गुमसुम ही बैठी रहेंगी? आपका बेटा मौत के मुँह में जाते हुए कैसा दिखाई पड़ रहा था, इसका भी हूबहू वर्णन मैं कर चुका हूँ। कम-से-कम अब तो आप अपना मुँह खोलिए और हमें बताइए कि तेरह साल के अपने बेटे की दर्दनाक मौत की ख़बर सुनकर आपने क्या महसूस किया?

मैंने तो अनुमान लगाया कि वह तेरह साल का रहा होगा। उसकी उम्र ग्यारह भी हो सकती है। लेकिन शायद अच्छी गिजा, समय से दवा-दारू और माँ-बाप के लाड़-प्यार की वजह से सेहतमन्द लगता होगा। इसीलिए अपनी असली उम्र से दो साल बड़ा लगता होगा। तथापि, इस बात से इनकार नहीं किया जा सकता कि अभी भी उसके चेहरे पर मासूमियत बरकरार थी। खिलते हुए फूल-सी उमंग और बेपनाह कमसीनी उसके चेहरे पर साफ़ झलकती थी, तसवीर में भी इस बात का अहसास बाक़ायदा होता है। सुबह-शाम आपकी आँखों में समाये होने के कारण आप तो इसे और भी तीव्रता से महसूस करती होंगी। क्यों, मैं ग़लत तो नहीं कह रहा हूँ? अब तो आप बताइए कि गोलीबारी में मारे गये अपने बेटे से बिछुड़ने की ख़बर सुनकर आपको कैसा लगा?

स्कूल जाने के बहाने आपका बेटा घर से चल पड़ा। आपने प्यार से उसे विदा किया। उसे चूमकर पुचकारा और उसकी पीठ थपथपाकर आश्वस्त भी किया। इस प्रकार सावधानीपूर्वक स्कूल जाने की हिदायद भी आपने उसे दी। स्कूल में पढ़ाई की ओर बराबर ध्यान देने के लिए भी आपने उसे कहा। क्यों, मैं ठीक कह रहा हूँ न? आप दोनों को अपने इस होनहार बेटे से बहुत-सी उम्मीदें थीं। आपको यक़ीन था कि आपका बेटा डटकर पढ़ाई करेगा और यक़ीनन डॉक्टर या इंजीनियर बनेगा। हो सकता है कि वह इससे अलग कुछ बनने की उम्मीद रखता हो, आपको उससे भी कोई एतराज़ नहीं था। शायद वह कोई वैज्ञानिक, अनुसन्धानकर्ता, खिलाड़ी, लेखक या कार्यक्षम अधिकारी बनता। अभी-अभी तो वह अपने भविष्य की रूपरेखा बनाने लगा था। हर रोज़ वह अपनी पढ़ाई-लिखाई की ओर पूरा ध्यान देने लगा था। कल शाम भी यदि वह स्कूल से सही-सलामत लौटता तो आप उसी आत्मीयता से उसे खिलातीं-

पिलातीं, स्कूल में बिताये लमहों की कार्रवाई के बारे में उससे पूछतीं, उसके यार-दोस्तों की वजह से बसी उसकी छोटी-सी दुनिया के हालचाल पूछतीं। उसके बाद उसका होक वर्क और इधर-उधर की बातें। अख़बारी समाचारों पर चर्चा। इन सबके ज़रिए आप उसके दिमाग़ और सोच को एक विशिष्ट दिशा प्रदान करना चाहती थीं। आप उसकी राह में पलकें बिछाये रहती थीं, लेकिन वह घर लौटा तो लाश बनकर। बन्दूक की गोली का निशाना बनकर, अपनी जान गँवाकर। शाम को दरवाज़े पर दस्तक पाते ही आप दौड़कर गयीं लेकिन वह दूसरों के कन्धों पर सवार था और उसकी ज़ुबान को काठ मार गया था। सवेरे आपने उसे बड़े ही प्यार-मनुहार से स्कूल भेजा था लेकिन शाम को वह शव बनकर घर लौटा। कम-से-कम अब तो आप बताइए कि आपको उस समय कैसा लगा?

शायद आप मुझसे यह पूछना चाहती हों कि गोलीबारी की शुरुआत कैसे हुई? देखिए, इस महानगर में किसी भी क्षण कुछ भी हो सकता है। क्या आप नहीं जानतीं यहाँ की विशेषताएँ? यहाँ यकायक मूसलाधार बारिश होने लगती है तो दूसरे ही क्षण पीने के पानी की एक-एक बूंद के लिए इंसान तरसता है। यहाँ किसी भी क्षण हड़ताल शुरू हो जाती है और उसके तुरन्त बाद पत्थरबाज़ी का दौर भी शुरू हो जाता है। यात्रियों से खचाखच भरे रेल के डिब्बों में यहाँ यकायक आग लग जाती है, तो पुख्ता-से-पुख्ता जल वाहिनी भी यहाँ किसी भी क्षण फट जाती है। ऊँची-ऊँची इमारतें यहाँ पल-भर में धराशायी हो जाती हैं, तो स्थिर-से-स्थिर मन्त्रिमण्डल भी देखते-ही-देखते बरखास्त हो जाते हैं। यहाँ चन्द मिनटों में करोड़ों का चन्दा इकट्ठा हो जाता है, तो पल-भर में ही नेतृत्व-परिवर्तन भी हो जाता है। यहाँ किसी भी क्षण दंगे भड़कते हैं और गोली चलने लगती है···बेक़सूर लोगों की लाशें बिछने लगती हैं। अचानक अपने बेटे की आहुति के समाचार से आपको उस समय कैसा लगा?

आपके चेहरे के भावों से तो ऐसा लगता है, मानो आप पूछना चाह रही हों कि यकायक दंगा शुरू कैसे हुआ? दंगा यकायक नहीं शुरू हुआ। यानी कि विस्फोट अचानक हुआ। कल-परसों के अख़बारों में आपने पढ़ा होगा, दो-चार मोर्चे निकलने वाले थे। सामान्यतया आदमी यही सोचता है कि उसमें घबराने या चिन्ता करने की भला क्या बात है? यदि आम आदमी मोर्चा के डर से घर में बैठना चाहे तो साल के छः महीने तो उसे छुट्टी लेनी पड़ेगी। बच्चों को भी तो स्कूल जाने से रोका नहीं जा सकता। हर मोर्चा, बन्द और हड़ताल के दिन यदि बच्चों को स्कूल न भेजा जाये तो इस महानगर में न स्कूलों की आवश्यकता होगी, न स्कूलों की प्रबन्ध समितियों की। अतएव आपने अपने बेटे को स्कूल भेजकर कोई ग़लती नहीं की, यह बात तो सही है।

आपकी ही तरह अन्य अभिभावकों ने भी अपने-अपने बच्चों को स्कूल भेजा था। स्कूल भी तो बन्द नहीं रखे जा सकते थे। यानी फिर वही सफ़ाई देनी पड़ेगी। बन्द, मोर्चा, हड़ताल का समर्थन न करते हुए भी एहतियात के तौर पर यदि स्कूल बन्द रखे जायें तो स्कूलों के दरवाज़े ही नहीं खुलेंगे और तालों में जंग लग जायेगी। इसलिए स्कूल बन्द रखना भी सम्भव नहीं था। शहर में मोर्चों के बावजूद स्कूल चल रहे थे। बच्चे स्कूल जा रहे थे। कुछ स्कूल में पहुँच चुके थे, कुछेक आ रहे थे तो कुछेक बस के इन्तज़ार में खड़े थे। आपका बेटा भी बस की ही प्रतीक्षा में खड़ा था। साढ़े नौ या दस बज रहे होंगे। रोज़ की तरह निर्धारित समय पर बस के न आने से वह अनमना-सा हो रहा था। और भी उसके दो-चार साथी वहाँ खड़े थे। बेचैनी उन्हें भी सताने लगी थी। आख़िर बस क्यों नहीं आयी? स्थानीय अख़बार में या आकाशवाणी से कोई घोषणा नहीं की गयी थी। बच्चों को स्कूल में न भेजने की भी हिदायत नहीं दी गयी थी। तो फिर बस के आने में इतना विलम्ब क्यों? लेकिन बच्चों को ज़्यादा देर तक इन्तज़ार नहीं करना पड़ा। आख़िरकार बस आ गयी। विलम्ब के बारे में पूछने पर बस वाले ने बताया कि रास्ते में मोर्चा का बोलबाला था और उन लोगों ने बस को रोक लिया था। उसके बाद भी बीच-बीच में रुकावटें आती गयीं। इसीलिए विलम्ब हुआ। बच्चों को समय से स्कूल पहुँचाने की पुरजोर कोशिश ड्राइवर कर रहा था लेकिन बाधाओं का सिलसिला अभी ख़त्म नहीं हुआ था। मोर्चों से किसी भी तरह बीच-बचाव करते हुए ड्राइवर बस को स्कूल तक पहुँचाने में सफल हो पाया। स्कूल में आधे से भी कम छात्र थे। अधिकांश अभिभावकों ने अपने बच्चों को स्कूल भेजा ही नहीं था। लेकिन अपने बच्चे को स्कूल न भेजने की बात आपके दिमाग़ में आयी ही नहीं। क्योंकि बच्चे स्कूल जाने में अनियमितता बरतें, आपको गवारा नहीं। इसीलिए तो आपने कल भी उसे स्कूल भेजा। स्कूल खुला था इसलिए चल रहा था, बस। कक्षाओं में आधे से अधिक छात्र अनुपस्थित होने के कारण अध्यापकों को पढ़ाने में कोई विशेष उत्साह नहीं था। ज़ाहिर है कि पढ़ाई में ढिलाई के कारण बच्चे बहुत खुश थे। उन्हें राहत-सी मिल गयी थी। इसी बीच, शहर में दंगे शुरू हो जाने की ख़बर आ पहुँची। शहर में कानून और व्यवस्था बनाये रखने के लिए और हिंसक वारदातों को नियन्त्रित करने के लिए सेना की सहायता ली जा रही थी। आकाशवाणी से जब आपने यह ख़बर सुनी तो सबसे पहले आपको अपने बच्चे की याद आयी होगी। उसके सही-सलामत घर पहुँचने के बारे में आप चिन्तित हो गयी होंगी। बल्कि स्कूल के प्रधानाध्यापक, अध्यापक, सेवक आदि के मन को भी इसी चिन्ता ने घेर लिया हो, तो आश्चर्य नहीं होना चाहिए। इसी भय के बारे उन्होंने स्कूल की छुट्टी कर दी। फिर क्या था, बच्चे चारों दिशाओं में दौड़ पड़े। यद्यपि, स्कूल के चौकीदार ने बच्चों को

रोकने की असफल कोशिश की। लेकिन किसी भी शहर में एक बार इस तरह की हलचल मच जाये तो अच्छे-अच्छों की अक्ल ठिकाने लग जाती है, फिर ये तो स्कूली बच्चे थे। लेकिन आश्चर्य की बात है कि आपका बेटा संयमित था। उसने उतावली नहीं की। क्योंकि उसका घर स्कूल से काफ़ी दूर था। वह पूरी तरह से शान्त और संयत था। वह इन्तज़ार करता रहा···स्कूल बस का या शायद अपने पिता जी का। लेकिन न बस आयी, न पिता जी। आकाशवाणी से ख़बर सुनते ही आपने पति को टेलीफ़ोन से हिदायत दी और बच्चे को लेने स्कूल जाने की सलाह दी। आप बड़ी ही बेचैन हो गयी थीं। लेकिन कुछ भी तो किया नहीं जा सकता था। उसके पिताजी का दफ़्तर भी स्कूल से काफ़ी दूर था। लगभग सभी मुख्य सड़कों पर आतंक छाया हुआ था। बसें, रेल, टैक्सियाँ या अन्य सभी वाहनों की आवाजाही रुक-सी गयी थी।

मुझे मालूम नहीं कि इसमें से आप क्या कुछ जानती हैं, लेकिन मुझे तो चौकीदार ने ही सब कुछ बताया। आपका बेटा काफ़ी देर तक स्कूल के बाहर प्रतीक्षा करता रहा···बस या पिता जी में से किसी की भी। उसके अन्य संगी-साथी वहाँ से कभी के नदारद हो चुके थे। या तो वे सुरक्षित घर पहुँच गये होंगे, या उनमें से किसी की मौत हो गयी हो तो अभी लोगों को उसका पता नहीं चला था। अन्ततः निराश होकर आपका बेटा भी छिपते-छिपते वहाँ से खिसकने की कोशिश करने लगा। सड़कों पर आतंक और भय का साया मँडरा रहा था। वह अपना भारी-भरकम बस्ता पीठ पर लादे भाग रहा था।

इस बीच हिंसा और भी उग्रतर होती जा रही थी। लूट-खसोट, आगजनी, पत्थरबाजी पूरे ज़ोरों पर थी। शहर पर सेना का कब्ज़ा होने के बावजूद लोगों की उत्तेजना को नियन्त्रित नहीं किया जा सका था। इतनी जल्दी यह सम्भव भी नहीं था। इस घटनाक्रम से आपने भी महसूस किया होगा कि लाखों महानगर-वासियों के मन में हरदम एक तरह का असन्तोष व्याप्त रहता है। उसमें बरसों से दबी पड़ी दमित इच्छाएँ, खीज़, मायूसी, मजबूरी आदि शामिल रहती हैं। किसी-न-किसी बहाने मौक़े-बेमौक़े उसका विस्फोट हो जाता है, बस। ठीक ऐसा ही हुआ। पूरे शहर में आगजनी, लूटपाट, पत्थरबाज़ी का सिलसिला शुरू हुआ। भीड़ अनियन्त्रित होती देखकर 'सूट एट साइट !'—कोई भी सामने आया नहीं कि चला दो गोली। जान बचाकर, छुपते-छुपाते घर की ओर आ रहा आपका बच्चा जवानों को नज़र आया और उन्होंने बेरहमी से गोली चला दी। आपका लाड़ला उसी गोली का शिकार बना। अब तो आप बताइए कि उस समय आपको कैसा लगा ?

यह बात तो सही है कि हम सेना के जवानों पर बदमिजाजी का आरोप नहीं लगा सकते। यानी कि आपके बच्चे पर गोली चलाकर उसकी जान ले लेने का उनकी मंशा कतई नहीं थी। सवाल कानून और व्यवस्था की स्थिति बनाये रखने का था। जन-जीवन सामान्य होने की पुष्टि सरकार को देनी थी। मुख्यमन्त्री जतलाना चाहते थे कि सरकार ने हिंसा को पूरी तरह नियन्त्रित कर लिया है। इसलिए 'शूट एट साइट' के आदेश दे दिये गये थे। मुझे पता है कि इन दंगों से आपके बेटे का दूर-दूर से भी कोई रिश्ता नहीं था। ग्यारह बरस के आपके मासूम लड़के ने कानून और व्यवस्था को यक़ीनन कोई ख़तरा पैदा नहीं किया था। फिर भी वह जवानों के सामने आया और उनकी गोली का निशाना बन गया। कुछ बोलिए भी, यह समाचार सुनकर आपको कैसा लगा?

शायद आप मुझसे पूछना चाहती हैं कि शहर में दंगे की शुरुआत होते ही यहाँ बागडोर सेना के हाथ में सौंपने की ज़रूरत ही क्या थी? लेकिन आप ही सोचिए, इसके अलावा और किया ही क्या जा सकता था? कानून और व्यवस्था, शान्ति और मनोबल बनाये रखने वाले पुलिस के सिपाही उस दिन विद्रोही हो गये थे। स्वयं मुख्यमन्त्री ने ही यह तथ्य उजागर किया है। पुलिस के सिपाही जब बग़ावत पर उतर आयें तो सेना को बुलाने के अलावा और क्या करना चाहिए था? उस दिन और भी कई अन्य मोर्चे थे। साल-भर के हड़ताली कर्मचारी हज़ारों की संख्या में मोर्चे में शामिल हो रहे थे। परीक्षा-परिणाम विलम्ब से घोषित करने की सरकारी नीति से छात्रों के होने वाले नुकसान के विरोध में छात्रों का मोर्चा निकला था, सामूहिक अत्याचार के विरोध में दलितों का भी एक मोर्चा निकला था, सरकारी कर-भार से दबे व्यापारी आक्रोश व्यक्त करने के लिए सड़क पर आ गये थे···अब आप ही मुझे बताइए, क्या इसमें कोई भी मोर्चा असमर्थनीय था? जी नहीं। कम-से-कम मैं तो ऐसा नहीं मानता। एक दिन में इतने सारे मोर्चे निकल रहे हों तो थोड़ी-बहुत अव्यवस्था होना लाजिमी है। पुलिस की सहायता से स्थिति को बख़ूबी नियन्त्रित किया जा सकता था। लेकिन पुलिस के सिपाहियों ने यकायक हड़ताल की और हथियारबन्द अवस्था में ही मोर्चा निकाला। ऐसी स्थिति में सेना को बुलाने का ही विकल्प मुख्यमन्त्री के सामने था। आपने उनका निवेदन सुना होगा न? उन्होंने स्पष्ट रूप से कहा—यह विद्रोह मेरे राजनीतिक विरोधियों की साजिश है। पूर्व मुख्यमन्त्री ने पानी की तरह पैसा बहाकर पुलिस बल में असन्तोष फैलाने का काम किया। उन्होंने मेरे और सरकार के खिलाफ़ जंग छेड़ने की सलाह पुलिस वालों को दी। मुख्यमन्त्री के इस बयान पर यक़ीन करते हुए आप मुझे बताइए कि सार्वजनिक असन्तोष के इस दावानल में आपका बालक राख हो गया। यह समाचार सुनते ही आपको कैसा लगा?

इन दो मुख्यमन्त्रियों की आपसी अनबन की पृष्ठभूमि की थोड़ी-सी जानकारी यदि आपको मिल जाये तो शायद आप मेरे सवाल का जवाब सुचारु रूप से दे पायेंगी। इसलिए संक्षेप में आपको बतलाता हूँ। विस्तार से बतलाने की कोई ज़रूरत नहीं। अखबारों में आपने थोड़ा-बहुत पढ़ा ही होगा। उससे आपको अनुमान हो जायेगा।

रातोंरात राज्य को नया नेता मिल गया। वह भी एक ऐसा नेता मिला, जिसका नाम भी कभी लोगों ने नहीं सुना था। होनहार पूर्व मुख्यमन्त्री को अपमानित होना पड़ा तो वे उत्तेजित हो गये, क्षुब्ध हो गये। वे गुप्त रूप से कारगुजारी करते रहे। उन्होंने छात्रों, कामगार नेताओं तथा अन्य क्षेत्रों के नेताओं को वश में कर लिया। पुलिस के नेताओं से साँठ-गाँठ की और सभी तरफ़ से एक साथ धावा बोलने की ज़ोरदार योजना बनायी। पूरे शहर में आग भड़क उठी। पुलिस भी यदि बग़ावत करने पर उतर आये तो फिर क्या कहने! शहर क्षुब्ध-भूमि बन गया और आम जनता जान बचाकर भागने लगी। उनमें से कई लोगों को अपनी जान गँवानी पड़ी। आपके बेटे का भी यही हश्र हुआ। आपका प्यारा, इकलौता बेटा। देखिए, अब तो मुझे बताइए कि गोली से मरे अपने बालक का शव सामने देख कर आपको कैसा लगा?

मेरे सवाल का कुछ तो जवाब दीजिए। कितना सीधा-सादा सवाल है। इस सवाल का छोटे-से-छोटा किन्तु समुचित जवाब चाहिए। ज़ुबान खोलिए। जल्दी कीजिए। कल के अख़बार में आपका बयान मुझे छापना है। मेरे अन्य पत्रकार साथी अलग-अलग कामों में जुटे हुए हैं। कोई आगजनी के शिकार हुए लोगों से साक्षात्कार करने गया है तो कोई अस्पतालों में इलाज करवा रहे घायलों से कैफ़ियत लेने गया है। मुझे आपसे मुलाकात करने का काम सौंपा गया है। होनहार मुख्यमन्त्री कई मामलों में हमारे मालिक के अनुरूप हैं। इसीलिए हमारे मालिक ने सम्पादकों को हिदायत दी है—मौजूदा सरकार की क्रूरता और बर्बरता तथा जन-विरोधी रुख को हाइलाइट कीजिए। इसी क्रम में आपसे साक्षात्कार करने मैं यहाँ आ गया हूँ। बताइए न—वह दृश्य देखते ही आपको कैसा लगा?

देखिए, लगभग घण्टे-भर से मैं ही बकबक करता जा रहा हूँ। आप भी तो कुछ बोलिए। मुझे आपसे लम्बे-चौड़े भाषण की उम्मीद नहीं है। मैं तो गिने-चुने शब्दों में आपकी प्रतिक्रिया जानना चाहता हूँ। क्या आपको वर्तमान मुख्यमन्त्री अयोग्य प्रतीत नहीं होते? क्या उनके शासन-काल में आम आदमी असुरक्षित महसूस नहीं करता? क्या यह सरकार बेक़सूर लोगों के कत्लेआम पर आमादा नहीं है? उस समय आपको कैसा लगा? बेटे को अपनी आँखों के सामने ढेर होते देखकर···

कल शाम अपने बेटे को इस हालत में देखते ही आपकी जुबान पर जो ताले पड़ गये, तो अभी भी आपकी जुबान बन्द ही है। आपके पतिराज ने मुझे यह बताया। इस क़दर चुप रहना उचित नहीं। यह तनाव आपको कहीं का नहीं रहने देगा। कुछ बोलिए, दिल की भड़ाँस निकालिए। एकाध वाक्य भी काफ़ी होगा···लेकिन मुंह तो खोलिए अपना। आपको उस समय कैसा लगा ?

आपको अपनी चुप्पी तोड़नी चाहिए। आपके सीने में अंगारे दहक रहे हैं, क्रोध, सन्ताप, दुख आपको भीतर से झकझोर रहे हैं। आप पागल हो जायेंगी। यह ख़तरा टालने के लिए ही सही···

इन्तज़ार

पूरे दो दिन लगातार बारिश होती रही और महानगर जलमय हो गया। बम्बई में बारिश के दिनों में ऐसा होता ही है। सड़कों पर कमर तक पानी जम गया। रेल की पटरी पानी में होने तथा प्लेटफ़ार्म की सतह तक पानी भर जाने से रेल यातायात ठप्प हो गया। समूचा जन-जीवन अस्त-व्यस्त हो गया। मकान ढह गये, बड़ी-बड़ी इमारतें धराशायी हो गयीं, झोंपड़ियों में पानी भर गया और फुटपाथों पर बसी गृहस्थियाँ भी पानी में तैरने ल ीं।

उस झोंपड़पट्टी का नामकरण तो अभी नहीं हुआ था। अकसर 'संजय गाँधी झोंपड़पट्टी', 'अम्बेडकर झोंपड़ी संघ' आदि नाम देखे जाते हैं, पर इस बस्ती में यही एक कमी थी।

फिलहाल तो वह फुटपाथिया झोंपड़पट्टी थी—'आकाश किरण' नामक अट्टालिका के ठीक बग़ल में। 'आकाश किरण' यानी आकाश में धँसी बहुमंज़िली इमारत। उसकी रंगीनी, उसकी शान-ओ-शौकत और उसका तामझाम देखते ही बनता था—आख़िर साधन-सम्पन्न धन्नासेठों की पनाहग़ाह जो थी। उस इमारत के चारों ओर लाल ईंटों की पक्की चारदीवारी थी और चारदीवारी से बाहर सड़कें, राहगीरों और वाहनों की आवाजाही···

ठीक इस अट्टालिका की दीवार से सटी इस झोंपड़पट्टी को 'आकाश किरण' झोंपड़पट्टी ही कहा जाता था। आकाश किरण की लम्बी-चौड़ी दीवार के सहारे, तिरपाल तानकर बनी बौनी-सी झोंपड़ियाँ। कहीं छत की जगह मोमजामा था तो कहीं प्लास्टिक के टूटे-फूटे गत्ते। कुछ लोग तो खुले में ही चूल्हा जलाकर काम चला लेते थे। रोज़ी-रोटी के चक्कर में दिन-दिन भर दर-दर की खाक़ छान कर रात को दीवार के साये में सजी फटीचर गृहस्थी की शरण में आने वाले सैकड़ों लोग वहाँ रहते थे। कोंकण, पठारी प्रदेश, कर्नाटक, आन्ध्र प्रदेश, तमिलनाडु, उत्तर प्रदेश, बिहार आदि इलाक़ों तथा राज्यों से आये बड़े-बूढ़े, जवाँ-बच्चे, औरत-मर्द सभी को उस दीवार का सहारा था।

लेकिन दो दिन की निरन्तर वर्षा ने अपना जलवा दिखा दिया था। कइयों की गृहस्थी पानी पर तैरती रही तो कइयों की बह गयी। आबाल-वृद्ध पानी में भीगते रहे, ठिठुरते रहे, सिकुड़ते रहे। बदन पर गीले वस्त्र, पाँव तले पानी और पेट ख़ाली। बर्तन-भाँडे बिखर कर बह गये, लकड़ी का भी वही हश्र हुआ, बचा-खुचा अनाज भी ठिकाने लग गया। न कोई रोज़गार, न रोटी का इन्तज़ाम। कुछ लाना चाहें तो दुकानें भी बन्द। चारों ओर पानी का सैलाब।

फुटपाथों को अपने आगोश में लेकर पानी दीवारों से जा भिड़ा था। दीवार के भीतर तो पानी पहले से ही रिसा हुआ था। यानी कि उसमें भी घुन लग चुकी थी। सारे व्यवहार पानी में ही सम्पन्न होने लगे थे। ख़ासकर बुजुर्ग लोग, छोटे-छोटे बच्चे, गर्भवती महिलाएँ ख़ाली कनस्तरों, टूटी-फूटी चारपाइयों और स्टूलों पर जैसे-तैसे टिके हुए थे। बादल तो अभी भी घुमड़ ही रहे थे। बारिश तो अभी भी रुकने का नाम नहीं ले रही थी।

आधी रात का वक़्त। बारिश की मार से सहमा-सहमा-सा शहर अब शान्त हो गया, धूसर-मद्धिम रोशनी में खो गया। बेसहारा लोग दीवार से चिपककर कुछ सुकून पाने का विफल प्रयास करते रहे। कुछ ही देर के बाद ड़गड़ाहट-सी हुई, पानी में कुछ गिरने की छप्प-छप्प सुनाई दी।। दीवार ढह गयी थी। दीवार से सटकर बैठे वे लोग···उनकी आर्त चीख़···उनके कराहने के करुण स्वर धुआँधार बारिश की आवाज़ में वहीं-के-वहीं विलीन हो गये। तथापि 'आकाश किरण' में कुछ लोगों तक उनका यह विलाप अवश्य पहुँचा था। वहीं से किसी ने दमकल वालों का नम्बर मिलाया। वे लोग आये भी, राहत कार्य शुरू हुआ। मलबे से दबकर मरे लोगों के शव उन्होंने बाहर निकाले। घायलों को अस्पताल में पहुँचाने की व्यवस्था कर दी।

पौ फटने से पहले यह मालूम ही नहीं हो सका कि किसका कौन रिश्तेदार या परिजन ज़िन्दा है अथवा मर गया है। लेकिन यह सही है कि हर एक का कोई-न-कोई रिश्तेदार अवश्य मरा हुआ था। पाँच सौ फीट लम्बाई के दायरे में बसी झोंपड़पट्टी से अँटे उस फुटपाथ पर लगभग पच्चीस लोगों के छिन्न-विच्छिन्न शव बिखरे पड़े थे। दिन निकलने तक इतना भर मालूम हो सका। किसी की माँ, किसी का बाप, भाई, बहन, बीवी···गर्भवती महिला, दो-दो, चार-चार महीने के अबोध बालक···कोई भी तो नहीं बच पाया था इस चपेट से।

बारिश की वजह से हैरान-परेशान फुटपाथिया झोंपड़ीवासियों का हौंसला इस हादसे के बाद और भी पस्त हो गया, चीख़ना-चिल्लाना, स्यापा, आतंक, विलाप, भगवान को, अपने मुक़द्दर को कोसना, निर्मम, वर्षा की बेरहमी को उलाहना देना, गाँव की बेहतर ज़िन्दगी को छोड़कर सीमेण्ट के जंगल में लावारिस मौत का भागीदार होने के लिए ख़ुद को दोषी ठहराना···बस, इसी का दौर वहाँ

चल रहा था।

लगभग सौ फीट लम्बी दीवार ढह गयी थी और उसके सहारे बसे लोगों में से पच्चीस को उसने मौत के घाट उतार दिया था। सौ-पचास लोग घायल हो गये थे। पास-पड़ोस की झोंपड़ियों में आतंक छा गया था। वहाँ के लोग हतप्रभ और मायूस हो गये थे। उनमें से किसी का कोई नुकसान तो नहीं हुआ था, पर भीतर-ही-भीतर उन्हें ख़तरा महसूस हो रहा था। तथापि, बेहतर स्थिति में होने के कारण वे भगवान को दुआ दे रहे थे।

शंकर तो विशेष रूप से ख़ुदा का शुक्र मना रहा था, क्योंकि उसकी झोंपड़ी बाल-बाल बच गयी थी। वह और उसके परिजन सलामत थे। बूढ़ी माँ, जवान बीवी, दो बच्चे···सभी महफ़ूज थे। दीवार का कुछ और हिस्सा यदि ढह जाता तो उसकी झोंपड़ी भी चपेट में आ ही जाती···किन्तु ऐसा कुछ नहीं हुआ था।

उसी के पड़ोस की एक झोंपड़ी तबाह हो चुकी थी। उसमें मद्रासी परिवार रहता था। उसका छः महीने का मासूम बालक···भोर से पहले पानी की सतह कुछ कम हो गयी थी। शंकर और उसके परिजन टूटे खटोले पर सिमटे-सिकुड़े-से बैठकर एक-दूसरे की ऊष्मा महसूस करने लगे थे। नींद आने का तो सवाल ही नहीं था। लेकिन लगातार दो रातों का जागरण, दिन में हुई छीछालेदर और चिन्ता के कारण उसे झपकी ज़रूर आने लगी थी और ऐसा स्वाभाविक भी था।

इसी बीच आवाज़-सी आयी, कोलाहल मच गया और वह चौंककर उठ बैठा। अन्य लोग भी हड़बड़ा कर जाग गये। भागमभाग शुरू हो गयी, क्योंकि अभी-अभी गिरी दीवार का कुछ और हिस्सा ढह गया था तथा अब वह खण्डहर बन गयी थी। मलबे का ढेर लग गया था। फिर वही चीख़-चिल्लाहट स्यापा, मौत···तथापि शंकर और उसके परिजनों को ख़रौंच तक नहीं आयी थी।

यह सही है कि सुबह से पहले बारिश रुक-सी गयी थी, पानी की सतह भी कम होने लगी थी, तथापि कीचड़ और ग़न्दगी का माहौल तो फिर भी था। 'आकाश किरण' की चारदीवारी के रहने से कई आदमियों के मौत की चपेट में आ जाने की ख़बर अब पास-पड़ोस की अन्य पक्की इमारतों में पहुँच गयी थी और अब धीरे-धीरे वहाँ तमाशबीन इकट्ठे होने लगे थे। कुछ लोग सहायता भी करने लगे थे। पुलिस, समाजसेवी आदि सब तरह के सैकड़ों लोगों का मजमा था वहाँ। शंकर हक्का-बक्का-सा उस भीड़ को देख रहा था। वह असमंजस में पड़ गया था कि सहायतार्थ इतने लोगों की पलटन होने के बाद अब उसकी ज़रूरत ही क्या है। इसीलिए वह हतप्रभ-सा टकटकी लगाये बैठ गया। उसकी माँ, बीवी और बच्चों ने भी उसी का अनुकरण किया।

उसी दीवार के सहारे प्लास्टिक का मोमजामा तानकर ही तो उसकी झोंपड़ी बनी थी। उस मोमजामे पर अब मिट्टी, रोली आदि जमा हो गये थे। यदि उसे

सफ़ा नहीं किया गया तो मोमजामा फट सकता था। पेट में भी चूहे दौड़ रहे थे। दो दिन से घर में ही क़ैद थे, इसलिए फ़ाके हो गये थे। लेकिन अब भूख की आग बाक़ायदा महसूस होने लगी थी। माँ-बीवी-बच्चे सभी व्याकुल थे। अतएव अब कोई-न-कोई व्यवस्था करना लाज़िमी हो गया था, कम-से-कम बच्चों के लिए···

उसके दोनों बच्चे दो दिन की इस क़ैद से बेहद परेशान हो गये थे। बड़ा बेटा दस का और छोटी बिटिया तीन साल की थी। बेटे के बाद दो बच्चे जाते रहे थे। पूरे दो दिन वे पानी से घिरे रहे। बारिश की बौछारें झेलनी पड़ी थीं और झोंपड़ी में नमी छायी हुई थी।

उसका अनुमान सही निकला, क्योंकि खटोले पर बैठी उसकी बीवी ने विवश होकर आखिर कह ही दिया, "शोभा को डॉक्टर के पास ले जाना पड़ेगा।" वह इर्द-गिर्द देखकर ही दिल को तसल्ली दिलाता रहा। बीवी की बातों की ओर उसका ध्यान ही नहीं था, इसलिए उसे 'अजी' कहकर बुलाते हुए अपनी ओर पति का ध्यान आकर्षित करना पड़ा। उसके क़रीब आ जाने पर बीवी ने उसे कहा, "शोभा को डॉक्तर के पास ले जाना पड़ेगा। उसकू कित्ता भोत बुख़ार हय। दो दिन से पानी में भिगेली है। अच्छे-अच्छों की हालत ख़राब हुए ली है, फिर ये तो बच्ची है···"

उसने बच्ची को छूकर देखा। उसे वाकई बहुत ज्यादा बुख़ार था। इसे महसूस करने के बावजूद पति पर कोई प्रतिक्रिया न होते देख बीवी ने फिर से कहा, "डॉक्तर के पास ले जाव जी बच्ची कू···"

"इत्ती जल्दी कौन-सा डॉक्तर आयेगा···"

"पैले देख को तो आव। अब अक्खी बम्बई में बिमारी फैलेगी। डॉक्तर दवाखाने में आया हैगा।"

"दिन तो निकलने दे। यहाँ क्या हुएला है और तू क्या बोलतीय···"

"तो बच्चों को मार डालिगे क्या?"

"ले जाताय, पर थोड़ा ठैर तो सरी। यहाँ का क्या होताय देकने दे।"

"उसमें क्या देकने का हय? पोलिस वाले हैं। सरकार के लोग हैं। सायब लोग हैं···"

"ले जाताय, पर पैसा लगींगा। डॉक्तर मुफ़्त में देकताय क्या बिमार कू?"

"तुमारे पार इत्ता पैसा भी नय है?"

"कहाँ से रहींगा? दो दिन से तो तू देक रहेली हय नू, माँ, मैं···सब घर में बैठेले हैं न? पयसा कहाँ से आयींगा? सुबो कू कमाने का, शाम कू खाने का, शाम कू कमाने का, सुबो कू खाने का। तू देकती नय क्या अपना क्या चलनाय सो? फिर भी मेरे कू पूछतीय···" उसने झुँझलाकर कहा।

अब चुप हो जाने के अलावा उसकी बीवी के सामने और कोई चारा नहीं

था। बुख़ार से तप रही बिटिया को गोदी में लिटाकर अपने आँचल से वह उसे ढके रही।

शवों पर अन्तिम संस्कार करने की दृष्टि से अब हलचल शुरू हो गयी थी। सभी शवों को एक ही मरघट में सामूहिक रूप से अन्तिम संस्कार करने की सलाह किसी ने दी थी। पुलिस वाले भी भागमभाग कर रहे थे। लोग भी उनकी सहायता में लगे हुए थे। नगर निगम के कूड़ा उठाने वाले वाहन शवों को ढोने के लिए तैयार खड़े थे।

मलबे के नीचे दबकर मरने वालों की संख्या तो पच्चीस थी ही, किन्तु चिन्ताजनक स्थिति में जिन लोगों को अस्पताल पहुँचाया गया था, उनमें से भी कुछ लोगों ने दम तोड़ दिया था।

शंकर के मद्रासी पड़ोसी का एक अन्य परिजन अस्पताल में हलाक़ हो चुका था। उसका बच्चा तो पहले ही इस हादसे का शिकार हो चुका था। अब अस्पताल में उसका बाप···ख़बर सुनते ही वह मद्रासी दहाड़ें मार कर स्यापा करने लगा। उसकी बीवी और लड़कियों ने भी विलाप करना शुरू कर दिया।

और उनके कुछ साथियों की झोंपड़ियों के तबाह हो जाने से वहाँ मातमी साये मँडराने लगे थे। घोर अवसाद ने वहाँ के लोगों को जैसे घेर लिया था।

सहमे-सहमे-से अन्दाज़ में शंकर ने भीतर झाँककर देखा। माँ, बीवी और उसकी गोदी में बुख़ार से परेशान बिटिया···वह उसके क़रीब चला गया और उसने बड़े प्यार से, संजीदगी के साथ कहा, "ले जाइंगे इसे डॉक्तर के पास। पयसे तो अपने पास नय है, पर बोल कू देंगे उनकू।"

सवेरे के नौ-साढ़े नौ बज रहे थे। बारिश थम गयी थी। बम्बई में अब मौसम साफ़-सुथरा था। बादल छँट चुके थे। सड़कों पर जमा हुआ पानी भी अब क्रमशः नदारद हो रहा था। सड़कें आवाजाही के लायक़ होने लगीं। वाहनों की आवाजाही भी शुरू हो गयी।

दुर्घटना-स्थल का मुआइना करने के लिए खास-खास लोग आने लगे।

नगर निगम के पार्षद।

विधायक गण।

नगर निगम के अधिकारी।

अखबारी नुमाइन्दे।

फोटोग्राफर।

दूरदर्शन के प्रतिनिधि।

इन सब महानुभावों के बाद एक महत्त्वपूर्ण ख़बर आ पहुँची—"मुख्यमन्त्री महोदय खुद ही स्थिति का जायज़ा लेने आ रहे हैं।"

ख़बर सुनने में आते ही पूरा महकमा चुस्ती से काम करने लगा। राहत कार्य

में मुस्तैदी-सी आ गयी।

किसी ने सुझाव दिया—"बाक़ी झोंपड़ीवासियों को सुरक्षित स्थान पर भेज़ दीजिए।"

किसी ने कहा—"उन्हें यहीं रहने दीजिए, ताकि मुख्यमन्त्री उनकी हालत देख सकें।"

किसी ने सिफ़ारिश की—"पहले शवों को यहाँ से फ़ारिग करवाइए। कूड़ा-गाड़ियों में भर कर शवों को श्मशान ले जाइए।"

किसी ने विरोध किया—"जी नहीं, शवों को यहीं पड़े रहने दीजिए, वरना माहौल असरदार नहीं होगा।"

इसी बीच मुख्यमन्त्री का सन्देश आ गया—"राहत कार्य ज़ारी रखिए, पर दृश्य बदलिए मत। मुख्यमन्त्री हक़ीक़त देखना चाहते हैं। आध-पौन घण्टे में वे घटना-स्थल पर पहुँच जायेंगे।"

यह लोगों की उत्सुकता की चरम सीमा थी। नये मुख्यमन्त्री को देखने के लिए जनता तरस रही थी।

अभी, पिछले सप्ताह ही तो नये मुख्यमन्त्री ने पद-भार ग्रहण किया था। उनका हुलिया कैसा है, बोल-चाल में वे कैसे हैं, उनके मिज़ाज कैसे हैं···

शंकर की बीवी ने शंकर को आवाज़ दी, "देको जी, बच्ची का बुख़ार भोत बढ़ गयेला है। उसके पेट में कुच नय, भोत भुक्की है। खाने कू कुच मिलता हैगा तो लेके आव। डॉक्तर आयाय क्या देको···"

"तेरे कू तो जल्दीच रहतीय, अभी मुख्यमन्त्री आने वाले हैं। उनकू आ को जाने दे, फिर जाताय मैं···"

मुख्यमन्त्री 'मलबार हिल' से चलने लगे तो उनके प्रेस सचिव ने उन्हें संक्षिप्त जानकारी दी। उसने उन्हें आगाह किया, "यह आपका पहला सार्वजनिक प्रयास है। मैं पहले ही अख़बार-टी. वी. वालों को टेलीफ़ोन कर चुका हूँ। वे लोग वहाँ पहुँच गये होंगे। प्रचार विभाग के दो प्रेस फ़ोटोग्राफर भी वहाँ तैनात हैं। आप कोई चिन्ता न करें···सोच-समझ कर···"

आख़िरकार मुख्यमन्त्री आ पहुँचे। पुलिस अधिकारी, सरकारी अफ़सर, पार्षद, मुख्यमन्त्री की पार्टी के कार्यकर्ता आदि का वहाँ जमघट लग गया। मुख्यमन्त्री ने इस्तमीनान से मुआइना किया। झोंपड़ियाँ, दीवार का मलबा, तबाह हुई गृहस्थियाँ, ढके हुए शव आदि हर चीज़ उन्होंने बारीक़ी से देखी। उन्होंने एक छोटा-सा भाषण भी दिया और इस हादसे के प्रति दुख भी व्यक्त किया।

भाषण के अन्त में उन्होंने घोषणा की—"मृतकों के परिवार को दस-दस हज़ार रुपये नकद दिये जायेंगे।"

मुख्यमन्त्री की यह घोषणा अनपेक्षित थी और सहायता-राशि भी काफ़ी बड़ी

थी, इसलिए गम्भीर और ग़मगीन मौक़ा होने के बावजूद कुछ उत्साही जनों ने तालियाँ पीटकर उनकी इस घोषणा का स्वागत किया। दुर्घटनाग्रस्त लोगों के चेहरों पर भी रौनक़-सी आ गयी। मुख्यमन्त्री की घोषणा के अनुसार उसी दिन शाम को सहायता राशि दी जाने वाली थी।

मृतकों के सम्बन्धियों का सही-सही ब्योरा प्राप्त करने की हिदायत सचिव, पुलिस आयुक्त आदि अफ़सरों को देकर मुख्यमन्त्री अपनी वातानुकूलित, चकाचक गाड़ी में बैठ गये।

क़तारबद्ध रखे गये शवों के सम्बन्धियों की सम्पूर्ण जानकारी अधिकारियों ने प्राप्त की और उनके नाम आदि लिख लिये।

शंकर अपनी झोंपड़ी के किवाड़ की आड़ से यह नज़ारा देख रहा था। उसका पड़ोसी मद्रासी का दुख-दर्द अब काफ़ूर हो गया था। अब तो उसके चेहरे पर खुशियाँ-ही-खुशियाँ थीं।

उसके परिवार के दो सदस्य इस हादसे का शिकार हो गये थे और उसे बीस हज़ार का मुआवजा मिलने वाला था। अब अन्तिम संस्कार के लिए शवों के साथ जाते हुए उसकी आँखों में आँसू नहीं थे।

वह मद्रासी शंकर से कह रहा था, "बीस हज़ार मिलते ही मैं गाँव चला जाऊँगा। वहाँ ज़मीन ख़रीदूँगा और चैन से रहूँगा।"

दोपहर के बाद शंकर की बिटिया का बुख़ार और भी तेज़ हो गया। अब और इन्तज़ार करना फिजूल था, इसलिए वह उसे नगर निगम के अस्पताल में ले गया। वहाँ काफ़ी भीड़ थी। दो दिन की बारिश से बच्चों में बुख़ार छूत की बीमारी की तरह फैल गया था। बच्ची को गोदी में लेकर उसे अपनी बारी आने का इन्तज़ार काफ़ी देर तक करना पड़ा।

बुख़ार से तप रही अपनी बेटी को वह थपकियाँ दे रहा था किन्तु उसके जेहन में पड़ोसी मद्रासी का मुआवजा था। अब तो उसकी चाँदी-ही-चाँदी थी। बीस हज़ार रुपये थोड़े तो नहीं होते। वह आराम से गाँव जायेगा। खेती-बाड़ी करेगा। मकान बनायेगा। गाँव के प्रतिष्ठित व्यक्तियों में गिना जायेगा। लेकिन शंकर के लिए यह सम्भव नहीं था। न उसका कोई गाँव था, न ठिकाना। पुश्तैनी ज़ायदाद भी तो नहीं थी उसकी। न ही वह ख़ुद कुछ कमा सका था। गाँव में तो रोटी के भी लाले पड़ने लगे थे, इसीलिए उसे यहाँ आना पड़ा था। फ़ुटपाथ पर, सड़क के किनारे, खुली ज़मीन पर, धूप, वर्षा की मार झेलते हुए वह इस मुकाम तक पहुँच गया था। उसे यक़ीन था कि उसकी मौत भी लावारिस ही होगी।

इसी बीच उसकी बारी आ गयी।

डॉक्टर ने बच्ची को छूते ही कहा, "बाप रे! इसे तो बहुत तेज़ बुख़ार है। इसका बदन तो जल रहा है। इसे बारिश में भीगने मत देना। भीगने से ही तो

इसकी यह हालत हो गयी है। दवा ठीक समय से पिला दिया करना···"

"जी साहब···" कहकर उसने दवा की शीशी उठायी और चल दिया। वह अपने ठौर लौट आया। बच्ची को उसने बीवी के हवाले किया। "इसका बदन तो जल रहेला है जी···" कहकर माँ ने उसे अपनी गोदी में समेट लिया।

शवों पर सामूहिक अन्तिम संस्कार कर लोग लौट रहे थे। मृतकों के रिश्तेदारों को लाइन में खड़ा कर सरकारी अधिकारी और पुलिस वाले उन्हें क्रमशः सहायता-राशि का भुगतान कर रहे थे।

उसका पड़ोसी मद्रासी अपना बचा-खुचा सामान बाँधकर तैयार बैठा था। बड़े ही इतमीनान से गड्डी के नोट गिनते हुए वह भावी योजनाएँ बना रहा था। अब उसे इस दोज़ख से बाहर निकलने की जल्दी थी। उसने अपने घर वालों से कहा, "चलो, फुर्ती करो, वरना गाड़ी चली जायेगी अपनी, दोबारा बम्बई का मुँह भी नहीं देखेंगे।" तमिल मिश्रित टूटी-फूटी हिन्दी में उसके कहने का मतलब कुछ ऐसा ही था। उसने शंकर से भी यही कहा, "गाँव जाऊँगा, खेतीबाड़ी···" और वह अपने सामान के साथ चला भी गया।

शंकर की बीवी ने शंकर को आवाज़ देकर कहा, "बच्ची तो बच्ची, अब माँ जी को भी बुखार चढ़ने लगाय···"

उसने बिटिया की ओर मायूस निगाहों से देखा। वह बेहोश-सी थी और उसकी पलकें भारी थीं।

शंकर ने बुढ़िया को छू कर देखा। वह भी धीरे-धीरे बुखार की चपेट में आती जा रही थी। घुटने पेट में दबा कर दीवार के सहारे पड़े रहने के अलावा उसके लिए और कोई चारा नहीं था। शंकर की बीवी भी वहीं पर बैठी थी और उसकी गोदी में मानो आग का गोला था।

शंकर की निगाहें सहायता-राशि के लिए क़तारबद्ध खड़े व्यक्तियों पर गड़ी थीं। उसकी आँखों में माँ, बेटी और झोंपड़ी का टूटा हिस्सा···बस यही तैरने लगा था।

आज रात भी जमकर बारिश होगी। दीवार का बाक़ी हिस्सा भी ढह जायेगा और उसके मलबे के नीचे दबकर माँ और बिटिया···लेकिन अब बम्बई की आबोहवा में दूर-दूर तक बारिश का कोई अन्देशा नहीं था।

चक्रव्यूह

एम. डी. से आनन-फानन में बुलावा आते ही उसके पैरों तले की ज़मीन खिसक गयी।

एक हॉल में पाँच-सात मेज़ें थीं और लगभग उतने ही कर्मचारी वहाँ काम कर रहे थे। तीन पुरुष, चार औरतें। उन्हीं में से वह भी एक था—सुधाकर बापट—टाइपिस्ट।

चपरासी ने एम. डी. का आदेश उसे क्या सुनाया, बाक़ी लोगों की आँखें उसी पर गड़ गयीं। हर एक की आँखों में संशय था, सवाल था और जिज्ञासा भी।

बाबुओं से सीधा सम्पर्क एम. डी. रखते नहीं थे। अपना आदेश, अपनी योजना वे अपने विभाग प्रमुख को सुनाते और उन्हीं के ज़रिए यथावश्यक कार्रवाई करवाते। इसी तरह का ढर्रा उन्होंने बनाया था। वे किसी भी मामले में सीधे ही दख़लन्दाज़ी नहीं किया करते थे। पत्र का प्रारूप ग़लत हो जाय, एकाध डिलीवरी समय से न हो, उगाही में विलम्ब हो जाये या ऐसा ही अन्य कोई प्रमाद ···वे सम्बन्धित व्यक्ति से तलब करने के बजाय विभाग प्रमुख से जवाब माँगते थे। उसी के ज़रिए क़सूरवार व्यक्ति पर कार्रवाई करायी जाती थी। विभाग प्रमुख को ही वे उस विभाग के कार्य निष्पादन के लिए ज़िम्मेदार मानते थे। वे कहा करते थे, "बाबुओं से बात करने के लिए मेरे पास फ़ालतू वक़्त नहीं। मेरा एक-एक पल बेशक़ीमती होता है। मैं उसे यूँ ही गँवाना नहीं चाहता।"

इसके बावजूद सुधाकर बापट को उनसे बुलावा आया था। पता नहीं क्यों, एम. डी. उससे फ़ौरन मिलना चाहते थे।

अतएव उसे जाना ही था। इसके अलावा और कोई चारा ही नहीं था। वह उठ खड़ा हुआ। टॉयलट हो आया। पुनश्च अपनी मेज़ के पास खड़े होकर उसने रूमाल से अपने मुँह का पसीना पोंछा।

उसके बाक़ी सहयोगियों ने अपना-अपना काम रोककर मिले-जुले अन्दाज़ में

उसे विदा किया। हो सकता है कि एम. डी. उसकी बखिया उधेड़ दें या एकाध वेतन वृद्धि भी रुकवा दें। वैसे तो वह बड़ा ही होनहार और उम्दा युवक था।

एम. डी. की केबिन तक पहुँचने में उसे तीन-चार मिनट लगे। दूरी इतनी ज़्यादा तो नहीं थी, पर उसके क़दम ही धीमे पड़ रहे थे। मार्गिका के दोनों ओर काठ के पार्टीशन से बने छोटे-बड़े चकाचक केबिन थे। बिक्री प्रबन्धक, वित्त प्रबन्धक, कार्यालय अधीक्षक, कारोबार प्रबन्धक तथा और भी कई अधिकारी।

सबसे अन्त में एम. डी. का कक्ष। दुहरा, बड़ा-सा। बाहर की ओर अभ्यागतों के लिए प्रतीक्षा-कक्ष था। फ़र्नीचर बड़ा ही आकर्षक। महँगे मोल की सजावट। फ़र्श पर कालीन बिछी हुई। इसी अभ्यागत कक्ष में एक छोटा-सा पार्टीशन था, जहाँ एम. डी. साहब की ख़ूबसूरत स्टेनो बैठती थी। उसी पार्टीशन के बग़ल में शीशे का एक बड़ा-सा दरवाज़ा था और उस पर एक तख़्ती लगी थी—जी. एस. केजी, मैनेजिंग डाइरेक्टर। दरवाज़ा शीशे का होने के बावजूद बाहर से केजी साहब को देखा नहीं जा सकता। क्योंकि केबिन के एक कोने में उनकी मेज़ सजी है। इसलिए बाहर से मेज़ का एक कोना तथा कुछेक कुर्सियाँ ही दिखाई देती हैं, बस। अलबत्ता, लाली लाल मोटी-सी कालीन ज़रूर दिखाई देती है।

"साहब ने बुलाया है," उसने मिसेज़ कार्लेकर से दबे-दबे-से अन्दाज़ में कहा। मिसेज़ कार्लेकर साहब की स्टेनो थी।

"जस्ट वेट…" कहकर वह भीतर गयी, तो उसकी पृष्ठाकृति की ओर वह ग़ौर से देखता रहा।

अभ्यागत-कक्ष में कूलर की घूँ-घूँ सुनाई दे रही थी। उसे कूलर की हवा कुछ ज़्यादा ही ठण्डी लग रही थी।

"गो इन।" कहते हुए मिसेज़ कार्लेकर बाहर आयीं। चपरासी ने दरवाज़ा खोला।

"मे आई कम इन सर…"

यह पाठ उसे स्कूल में पढ़ाया गया था, जिसका उपयोग प्रत्यक्ष जीवन में वह पहली बार कर रहा था। इस मौक़े पर उसे अंग्रेज़ी पढ़ानेवाली अध्यापिका की याद बरबस आयी। वे कहा करती थीं, "कम्बख़्तो, अंग्रेज़ी के दो-चार जुमले तो कम-से-कम याद करो। ग़लती से कहीं नौकरी मिल जाये, तो उस समय काम आयेंगे। जैसे—मे आई कम इन सर, आई एम सॉरी सर, एक्सक्यूज़ मी सर… आदि।"

केजी साहब भला 'एस' और 'नो' क्यों कहने लगे! उसने जवाब की प्रतीक्षा भी नहीं की और भीतर चला गया।

चप्पलें पहनने के बावजूद कालीन के माखनी स्पर्श को वह बाक़ायदा महसूस

कर रहा था। रेत में खड़े होने पर जैसे तलुवों में हल्की-सी गुदगुदी होने लगती है, ठीक उसी तरह का सुखद अहसास।

"सर, आपने मुझे याद किया था···" उसकी रुँधी हुई आवाज़ में कुछ ज़्यादा ही मायूसी थी।

केजी साहब फिर भी नीचे देखकर अपने काम में व्यस्त रहे। वह खड़ा था और वे कुर्सी में बैठे थे। वह उनके चश्मे की ओर देखता रहा। उनकी बूटीदार टाई उसे ख़ूब पसन्द आयी। मन-ही-मन उसने निश्चय किया कि वह वैसी टाई ज़रूर ख़रीदेगा···वेतन बढ़ने पर। साहब की मेज़ लम्बी-चौड़ी थी और उस पर पूरे आकार का, मोटा-सा शीशा भी था। वहाँ तीन टेलीफ़ोन थे—लाल, काला, सफ़ेद। उसी के पास एक रैक थी। खिड़कियों पर पूरे आकार के झिलझिल परदे थे। उनके पीछे की दीवार पर एक पेण्टिंग था। अथाह नीलाकाश में कुलाँचें भरता हुआ पक्षी। उस पेण्टिंग की रंग-संगति अति आकर्षक थी। केबिन काफ़ी बड़ी थी और मशीन की ठण्डक से लबालब भी।

सुधाकर बापट को लगा कि वह ठिठुरने लगेगा। ऐसे में वहाँ का सन्नाटा मानो उस पर धावा बोलने लगा था।

"सर···" वही दबी-दबी-सी आवाज़।

फिर भी केजी साहब ने गरदन उठाकर देखा तक नहीं। उनके सामने एक फ़ाइल थी और उसके किसी पृष्ठ पर आँकड़े देखने में वे व्यस्त थे। उनके हाथ में पेंसिल थी।

उस केबिन में वह पहली बार आया था। वातानुकूल कक्ष में, कम्पनी के सर्वोच्च अधिकारी के सामने वहाँ की ख़ामोशी को पीते हुए खड़े होना उसके लिए दूभर होता जा रहा था।

सुधाकर बापट समझ नहीं पा रहा था कि क्या करे। आख़िर कब तक वह बुत बना रह सकता था!

इसी बीच केजी साहब ने फ़ाइल निपटा दी और स्टेनो को बुलाकर कहा, "नोट कर रखो।"

"यस सर···"

उन्होंने चश्मा उतारकर मेज़ पर रखा। दोनों आँखों की पुतलियों पर एक-एक उँगली रखकर उन्होंने आँखें बन्द कीं। लेकिन कुछ ही क्षणों में फिर से चश्मा पहनकर उन्होंने पेपरवेट उठा लिया और उससे अठखेलियाँ करते हुए आग्नेय आँखों से उसकी ओर देखा और पूछा, "तुम खुद को मार्क्स समझते हो या लेनिन?"

इस अनपेक्षित सवाल से सुधाकर बापट बौखला गया। उनके इस सवाल का रुख वह समझ नहीं पा रहा था।

वह गुमसुम खड़ा रहा। वहाँ की ठण्डक उस पर जैसे हावी होती जा रही थी। वह केजी साहब की ओर देखता रहा।

"बी. ए. या बी. काम. पास होने का मतलब यह तो नहीं कि आदमी समझदार हो जाता है···" कहकर वे गुस्से के मारे थरथराने लगे।

"मैं समझा नहीं, सर···"

पूरे तैश में आकर कड़कते हुए उन्होंने कहा, "हड़ताल करवाना चाहते हो? माइण्ड वेल, मेरी फैक्टरी में रोड़े अटकाने का प्रयास किया जाता हो, तो आई वोंट टॉलरेट। धक्के मार-मारकर भगा दूँगा स्सालों को। तनिक भी अक़्ल नहीं, और हड़ताल की भाषा करता है, कम्बख़्त···"

"लेकिन सर···"

"नो अरगुमेण्ट। कल की तुम्हारी पूरी बकबक सुन चुका हूँ।"

"लेकिन सर, मैं तो यूँ ही···"

"यूँ ही?" तनकर बैठते हुए केजी साहब ने कहा, "हड़ताल के लिए उकसाने की भाषा ज़ुबान से यूँ ही निकलती है? यही तो मुसीबत की असली जड़ होती है। मैं अपनी फैक्टरी में तनिक भी डिस्टरबेंस बर्दाश्त नहीं कर सकता। हरगिज़ नहीं। यदि इस तरह की बेज़ा हरक़त कोई करे, तो उसके गम्भीर परिणाम उसे भुगतने होंगे। समझे?"

"लेकिन सर, मैंने किसी को उकसाया···"

"मैं कुछ नहीं सुनना चाहता, यू सी। यू कैन गो नाउ···"

"लेकिन सर, मेरी बात तो···" वह कुछ कहने की कोशिश करता रहा।

"बात? किसकी बात? तुम्हारी बात सुनने के लिए मैं यहाँ नहीं बैठा हूँ। बल्कि मैंने अपनी बात सुनाने के लिए तुम्हें यहाँ बुलाया है।"

"यस सर, स्टिल···"

"शटप। मैं एक शब्द भी सुनना नहीं चाहता।"

केजी साहब ने बेल का बटन दबाया। चपरासी से उन्होंने कहा, "जोग और दास्ताने को फ़ौरन बुलाओ यहाँ···"

केजी साहब चुप हुए। उन्होंने पेपरवेट नीचे रखा। सिगरेट मुँह में रखी तथा लाइटर से उसे जलाकर भाप के इंजिन की तरह भकाभक धुआँ उगलने लगे। उसके मुँहाने की राख को झटकने लगे।

सुधाकर बापट अभी भी वहीं खड़ा था।

जोग और दास्ताने—दोनों वहाँ पहुँचे तथा केजी साहब के सामने की कुर्सियों में विराजमान हुए। जोग ही तो बापट के विभाग प्रमुख थे और दास्ताने श्रम विभाग के प्रभारी थे।

"धिस फेलो···बापट···" केजी साहब उन दोनों से कहने लगे, "इसने कल

हड़ताल के लिए उकसाने का प्रयास किया···"

"हमने सुना है, सर !"

"मैं उसी के बारे में इससे पूछ रहा हूँ, नॉट एक्सप्लनेशन। जस्ट ह्वाट हैपण्ड···बट ही इज़ ट्राइंग टु डिनाय···"

"लेकिन मैंने तो देखा है उसे उकसाते हुए···" जोग ने पुष्टि की।

"राइट। आपने सूचित किया, तो मैंने और लोगों से भी पूछा। दे आल्सो टोल्ड कि इसने हड़ताल के लिए उकसाने का प्रयास किया।" केजी साहब ने ज़ोर देकर कहा।

"लेकिन सर···" उसने फिर से कुछ कहने की कोशिश की। अब एक के बजाय तीन-तीन लोगों की खूँख्वार नज़रें उस पर गड़ी थीं।

"डोंट अटर अ सिंगल वर्ड···" केजी साहब ने गरजकर कहा, तो जोग और दास्ताने और भी सतर्क होकर बैठ गये। "आई वार्न यू···दोबारा ऐसी कोई हरक़त करोगे तो तुम्हारी छुट्टी कर दी जायेगी। गेट आउट···"

केजी बापट को डपटते रहे और तिस पर जोग-दास्ताने की प्रतिक्रिया जानने के लिए उन्होंने उन दोनों की ओर देखा।

"राइट सर !" दोनों ने संयुक्त राय दी। अब तीनों की जुबान बन्द हुई। कानों के भीतर गहराई तक चोट करने वाला सन्नाटा। केजी सिगरेट के गुबार छोड़ते रहे। जोग-दास्ताने बापट को तथा उसके सिर की ऊँचाई पर, खिड़की के परदे को टकटकी बाँधे देखते रहे।

सुधाकर बापट को अब वहाँ से खिसक जाना चाहिए था। केजी साहब तो आदेश पहले दे चुके थे।

पर उसे मलाल था तो यही कि वह कुछ बोल ही नहीं पाया। वह कुछ-न-कुछ बोलने को बेताब था। उस पर जब इतने सारे आरोप लगाये गये थे, तो कम-से-कम उसकी दलील तो उन्हें सुननी ही चाहिए थी। इसके विपरीत दो वरिष्ठ अधिकारियों को बुलवाकर···उनके सामने अपमानित···फिर भी उफ़ तक न करे।

"सर···मेरी बात तो···"

"कोई ज़रूरत नहीं। जाओ, काम करो अपना···" केजी साहब ने दृढ़तापूर्वक कहा।

सुधाकर बापट मन मसोसकर बाहर चला आया। दरवाज़ा खोलने के लिए चपरासी था ही। और फिर मिसेज़ कार्लेकर भी तो थीं। किन्तु उनकी ओर देखे बिना ही बापट आगे निकल गया। वैसे तो उनकी आँखों से आँखें मिलाने के लिए सभी लालायित रहते थे; बापट भी। तथापि इस बार उसकी हिम्मत नहीं हुई। वह चुपचाप वहाँ से आगे निकल गया।

उसने अपना स्थान ग्रहण किया। उसको आते देखकर, उसके आसपास बैठने वाले छहों सह-कर्मियों की निगाहें उस पर गड़ गयीं।

"क्या हुआ रे बापट ?"

पर उसने कोई जवाब नहीं दिया। नीची निगाहों से वह टाइपराइटर की कुंजियाँ खड़खड़ाता रहा। टू, दि सेल्स मैनेजर, जे. के. केमिकल्स···विद रेफरन्स टु योर लेटर डेटेड···

बापट से कोई रिस्पॉन्स न पाकर उन लोगों ने निगाहें हटा लीं।

इसी बीच जोग वहाँ आये। उसे लगा कि वे सोद्देश्य वहाँ आये हैं। पर उसने आँख उठाकर उनकी ओर देखा भी नहीं।

दो-एक मिनट वे उसका काम देखते रहे। वह पूरी ताक़त से कुंजियाँ खड़-खड़ा रहा था।

"बापट, इस तरह से तो कम्पनी के टाइपराइटर का कबाड़ा हो जायेगा।"

"ऐसी तो कोई बात नहीं, सर···" उसने बौखलाकर कहा। किन्तु दरअसल वह कहना चाहता था—कबाड़ा हो जायेगा, तो अपनी बला से। मुझे उससे क्या लेना-देना ?

"इतनी ताक़त क्यों लगा रहे हो। काग़ज़ पर इम्प्रेशन आ जाये तो काफ़ी है। टाइपिंग तुम जानते तो हो न ? वरना फिर एक बार ट्रेनिंग कर लो। कम्पनी को सुप्रशिक्षित एवं कार्यक्षम लोगों की आवश्यकता है—मुँहज़ोरी करने वालों की नहीं···बड़े साहब ने अभी-अभी तो डोस पिलाया, क्या इतना काफ़ी नहीं है ?"

बापट ने अपना काम रोककर उनकी ओर देखा। नाटा-सा क़द। इत्ती बड़ी तोंद। चमचमाता खल्वाट। पीली डण्डियों वाला चश्मा और उसकी इत्ती मोटी लेंस। चेहरे पर शिकन। लच्छेदार मूँछों में छिपी नाक। बापट को लगा कि उनकी नाक पर एक ज़ोरदार घूँसा जमाकर उन्हें लहू-लुहान कर दिया जाये। केजी साहब जब उस पर बरस रहे थे, तो जनाब को गुदगुदी हो रही थी। वे मन्द-मन्द मुसकरा रहे थे।

उसने निगाहें झुकाकर कहा, "आई एम सॉरी सर···" और वह सामान्य रूप से टाइपिंग करने लगा।

"इट्स ओ. के.।" कहकर जोग चले गये।

बापट के छहों सहकर्मियों ने काम रोककर एक-दूसरे की ओर देखा। क्या हुआ होगा ? जोग साहब ने जिक्र तो किया था पर···एम. डी. ने बापट को बुलाकर क्या कहा होगा ?

बापट अपने काम में व्यस्त रहा।

जी हाँ, उन्होंने फटकारा। सुधाकर बापट, टाइपिस्ट को यूनिवर्सल

इंजीनियरिंग प्रा. लि. के मैनेजिंग डाइरेक्टर श्री एस. जी. केजी ने अपनी केबिन में बुलाकर वहाँ के ठण्डे-ठण्डे, खुशनुमा माहौल में जमकर फटकारा·· दो गवाहों के सामने ।

बापट यकायक ठिठक गया और टाइपराइटर पर सिर रखकर बैठा रहा ।

मिसेज़ आम्बेकर उसके सहकर्मियों में से एक थीं । वे सबसे वरिष्ठ सहकर्मी थीं और बातूनी भी । उनका व्यवहार भी संजीदा था । सप्ताह में दो-तीन बार वे खाने की कोई-न-कोई चटपटी चीज़ लाकर सबको बड़े प्यार से खिलातीं । उन्होंने ही पहल करके पूछा, "क्यों बापट, सरदर्द से परेशान हो ? अॅस्प्रो है मेरे पास, दूँ ? बहुत ज़्यादा तकलीफ़ है क्या ?"

"सिर में दर्द नहीं है···"

"तो फिर ?"

"फटा जा रहा है···" कहकर उसने फिर से टाइपराइटर पर सिर टिकाया ।

मिसेज़ आम्बेकर सहित सभी सहकर्मी चुप हो गये । वे बापट के ही मुँह से आपबीती का ब्यौरा सुनने के इच्छुक थे ।

वे जैसे बेताब थे । क्योंकि आख़िरकार बापट उन्हीं के सेक्शन का सहकर्मी था । जो उसके साथ हुआ, वह अन्य किसी के साथ भी हो सकता है । वी मस्ट शेयर···

तनिक रुककर मिसेज़ आम्बेकर ने फिर से पूछा, "बापट, कुछ बोलोगे भी ?"

"आप लोगों को पता नहीं चला ?" बापट ने ही उल्टे सवाल किया । फिर भी सहकर्मियों की सवालिया निगाहें बापट को बराबर घूरती रहीं ।

बापट पसोपेश में पड़ गया कि कहे या न कहे ?

बता देना ही बेहतर होगा । वैसे भी इन्हें कभी-न-कभी मालूम तो हो ही जायेगा ।

"कुछ तो बोलो यार···" सबका सामूहिक अनुरोध ।

"एम. डी. ने तबीयत से फटकारा । बाक़ायदा बखिया उधेड़ दी । मुझे यहाँ से बुलवा लिया अपनी वातानुकूलित केबिन में···और अपने सामने खड़ा कर उन्होंने मुझे आड़े हाथों लिया ।"

"लेकिन तुम्हारी ग़लती क्या थी ? तुम्हारा काम तो परफ़ेक्ट होता है ।"

"काम में भला ग़लती कैसे होगी ? मुफ़्त में नहीं सीखी है टाइपिंग···"

"तो फिर ?"

"हड़ताल की भाषा । यानी हड़ताल के लिए प्रोत्साहित करना, उकसाना । जैसे फैक्टरी में कामगारों ने आग लगा दी हो···"

सुनने वालों को काटो तो खून नहीं ! बापट उठकर चला गया ।

भोजनावकाश में कर्मचारी कुछ फ़ुर्सत में थे, पर कल की वह घटना ही मुख्य रूप से उछाल पर थी। अन्तरंगता के अनुसार वे समूहों में बँट गये। कामगारों का तथा महिलाओं का गुट अलग। विभाग, उम्र, वरिष्ठता, पदनाम इयादि सभी मदों को ध्यान में रखकर ही अनायास वे गुटों में विभाजित हो गये थे। सुधाकर बापट युवकों के एक गुट में शामिल था। वह सादा खाना खाता है। सब्ज़ी और दो-तीन रोटियाँ। आम तौर पर हरी सब्ज़ी या फिर आलू-प्याज़···। बाक़ी लोगों के डिब्बों में भी अमूमन यही होता था। आधे घण्टे में इतना ही खाना इत्मीनान से खाया जा सकता था। इसमें भी आदान-प्रदान का दौर चलता। गप-शप, हँसी-मज़ाक, छींटाकशी के साथ इस सामूहिक भोजन का स्वाद मानो और भी बढ़ जाता था। इसके अलावा किसी अन्य कम्पनी में नौकरी के प्रयास, उस सम्बन्ध में एक-दूसरे का मार्गदर्शन, वेतन में पाया जानेवाला अन्तर, पदोन्नति के अवसर, विशेषज्ञता कैसे, कहाँ, किस अवधि में प्राप्त की जा सकती है, उसका ख़र्चा कितना है, इत्यादि विषयों पर बहस केन्द्रित रहती थी। तथापि आम तौर पर सभी युवा-कर्मियों की यही राय होती थी कि उन्हें अन्यत्र किसी अच्छी नौकरी की तलाश ज़रूर करनी चाहिए। यूनिवर्सल इंजीनियरिंग कम्पनी में रहना बेकार है। वाणिज्य स्नातकों को चाहिए कि वे बैंकों को टटोलें, प्रशिक्षु इंजीनियरों को चाहिए कि वे किर्लोस्कर का दरवाज़ा खटखटाएँ या टेल्को की ओर मुख़ातिब हो जायें। क्योंकि यूनिवर्सल में वेतन-वृद्धि होना टेढ़ी खीर है। मालिक हमेशा यही रोना रोयेंगे कि "कम्पनी इज़ मेकिंग हेवी लॉसेस।" और इस बिना पर हमारा बोनस परवान चढ़ेगा। अतएव इस कम्पनी से यथाशीघ्र पिण्ड छुड़ा लेना चाहिए। सभी की अवसाद भरी राय यही थी कि यहाँ भविष्य अन्धकारमय है। न बोनस, न ढंग का वेतन, न ही भविष्य की कोई सम्भावना! न सही, पर अन्य कुछ सुविधाएँ? वह भी नहीं। विशेष रूप से भोजनावकाश के दौरान वे इस बात को तीव्रता से महसूस करते। क्योंकि किर्लोस्कर, टेल्को तथा अन्य कम्पनियों में रियायती दरों पर बढ़िया खाना जो मिलता है। और यहाँ की कैण्टीन में बैठने की उचित व्यवस्था भी नहीं···फिर बेहतर खाने की भला क्या उम्मीद की जाये! कुल मिलाकर युवा-कर्मियों के पास शिकायतों का पुलिन्दा ही था। कल भी इन्हीं सब मुद्दों पर जमकर बहस हुई। एक कर्मचारी ने कहा, "हमारे कामगार भी तो लल्लू छाप हैं। न उनकी यूनियन में कोई दम है, न यूनियन के नेताओं में। उनकी माँगों को सेठ लोग हवा में उड़ा देते हैं और यूनियन उफ़ तक नहीं कर पाती···"

एक अन्य कर्मचारी ज़्यादा अनुभवी था। कहने लगा, 'हमारे कामगारों में तो इतनी ताक़त आ ही नहीं सकती।"

"वजह?"

"यूनियन के नेता स्साले, मालिकों के कुत्ते हैं। वे भला क्या आवाज़ उठायेंगे ?"

सुधाकर बापट ने नहले पे दहला दे मारा—"हड़ताल करनी चाहिए। सभी कामगारों में हवा भर दी जानी चाहिए।"

संयोग से श्री जोग ठीक उसी वक़्त वहाँ से गुज़र रहे थे। जिन्होंने उन्हें वहाँ से गुज़रते देखा, वे सहम गये। हवा तो सुधाकर बापट की भी निकल गयी थी, फिर भी उसने कहा—"अरे जाने भी दो यारो। कुछ नहीं होगा।"

और आज यह हो गया था।

भोजनावकाश से पहले ही दफ़्तर के लगभग सभी कर्मचारियों तक ख़बर पहुँच चुकी थी। बिक्री विभाग, प्रशासन, कारोबारी कक्ष, लेखा, भण्डार···आदि सभी विभागों के कर्मचारियों को पता चल गया था। 'एम. डी. ने बापट के एक ज़ोरदार तमाचा जड़ दिया' से लेकर 'बापट ने एम. डी. के पैर पकड़कर माफ़ी माँग ली'—यहाँ तक कई तरह की ख़बरें उनके सुनने में आयी थीं।

भोजनावकाश की घण्टी बजने तक सुधाकर बापट गरदन झुकाकर चुपचाप टाइपराइटर खड़खड़ाता रहा।

और घण्टी बजते ही टिफ़िन बॉक्स लेकर अपने खेमे के लोगों में वह जा बैठा।

बाक़ी लोगों की आँख बराबर उसके तेवर पर थी। वह जैसे भीतर-ही-भीतर उफ़न रहा था। उसका चेहरा तमतमाया-सा लगता था।

आज गपशप में उफ़ान नहीं था। ख़बर तो सब लोगों तक पहुँच ही चुकी थी। पर अधिकांश लोगों को अपराध-बोध हो रहा था। क्योंकि कल भोजनावकाश के दौरान सामूहिक बातचीत होती रही थी। किन्तु बलि का बकरा बनना पड़ा बापट को। सभी लोग चाहते थे कि इस विषय पर बातचीत का सिलसिला कोई शुरू तो करे। बापट से ही हक़ीक़त का ब्यौरा पूछ लिया जाये।

अन्ततः एक सहयोगी ने पहल की, "बापट, सुना है कि आज एम. डी. ने···"

"अपने वातानुकूलित कक्ष में बुलाकर मुझे ख़ूब फटकारा। तुम लोगों तक तो बात पहुँच गयी होगी!···" बापट ने वाक्य पूरा किया।

"कल हम लोग तो अनायास बातें कर रहे थे। लगता है, किसी ने चुगली कर दी···"

"किसी ने क्यों ? मैं बता सकता हूँ उसका नाम। दि ग्रेट चमचा इज़ मि. जोग···" बापट ने सीधे ही जोग पर आरोप लगाया। उन्हें 'चमचा' कहा। सुनने वालों को एक और झटका लगा।

पर अधिक नुक़्ताचीनी करने का वक़्त ही कहाँ था। भोजनावकाश ख़त्म होने की भी घण्टी बजने लगी थी। कर्मचारी फ़ौरन अपने-अपने विभागों में चले गये।

सुधाकर बापट भी फिर से अपने काम में जुट गया। पर उसकी तल्ख़ी अभी भी बरकरार थी। टाइपराइटर फिर से खड़खड़ाने लगा। जोग की टिप्पणी—'इस तरह से तो टाइपराइटर कबाड़ा हो जायेगा'—उसके कानों में बार-बार गूँजने लगी थी। फिर भी टाइपराइटर के साथ उसका व्यवहार पूर्ववत् था।

दफ़्तर की छुट्टी होने से पाँच-सात मिनट पहले खुद जोग ही उसके पास आये और उन्होंने कहा, "यह एक बहुत ज़रूरी चिट्ठी है, फ़ौरन टाइप करके दे दो।"

"आज मैंने बहुत ज्यादा काम किया···"

"मैं जानता हूँ। फिर भी यह कर दो। फ़ालतू बहस मत करो।"

जोग उसके विभाग प्रमुख थे और इससे पहले कभी भी वे उसके साथ इतनी कड़ाई से पेश नहीं आये थे।

बापट को लगा कि एम. डी. के सामने मेरी इज्ज़त का फालूदा करनेवाले से हिसाब चुकाने का यही सुअवसर है। इसलिए उसने प्रतिप्रश्न किया—"आख़िर एक आदमी को निचोड़ने की कोई सीमा तो होनी चाहिए···"

उसकी अनपेक्षित दलीलबाज़ी से अन्य छः सहकर्मी सहम गये। आज तक उनमें से कोई भी ऐसी जुर्रत नहीं कर सका था।

"तुम जब कामगार नेता बनोगे, तब यह सवाल पूछना। समझे?" जोग ने तिक्ततापूर्वक कहा। उनका अन्दाज़े-बयाँ हिकारत भरा था।

और उसकी ओर से कोई दूसरा सवाल आने से पहले उन्होंने ही उसकी ओर काग़ज़ खिसकाते हुए कहा, "आई वाण्ट इट जस्ट नाऊ। यू मस्ट डू इट।"

इतने में दफ़्तर की छुट्टी हो जाने की घण्टी बजने लगी।

"आज तो यह काम नहीं होगा। माई ड्यूटी अवर्स आर ओवर···" बापट ने साफ़-साफ़ कह दिया।

जोग भी दंग रह गये तथा अगली चाल चलने की योजना बनाने लगे। बापट के छहों साथी हकबकाये-से देख रहे थे। किसी अप्रिय, अद्‌भुत घटना का अन्देशा उन्हें हो रहा था···जो अब तक कभी न हुआ हो।

पल, दो पल तनाव व्याप्त रहा।

इसी बीच मिसेज़ आम्बेकर आगे आयीं और उन्होंने कहा, "जोग साहब, लाइए मुझे दीजिए, मैं टाइप करूँगी।"

"ओ नो। आई वाण्ट इट फ्रॉम बापट ओनली। जस्ट नाऊ।"

"इम्पॉसिबल···" बन्दूक की गोली दागने के अन्दाज़ में कहकर बापट तीर

की गति में वहाँ से चला भी गया।

दूसरे दिन पुनः उसे एम. डी. के पास से बुलावा आया। फिर एक बार बारहों आँखें उस पर गड़ गयीं। उसे घूरने के आज के उनके अन्दाज़ में जिज्ञासा, कुतूहल, संशय नहीं बल्कि चिन्ता और भय था।

कल एम. डी. की केबिन में जाते हुए वह सहम गया था, कुछ-कुछ डरा हुआ था। पर आज उसकी स्थिति लगभग सामान्य थी।

वह एम. डी. के सामने जा खड़ा हुआ···सधे हुए अन्दाज़ में।

आज उनके सामने फ़ाइल नहीं थी, न ही उन्होंने भूमिका बाँधने में समय गँवाना उचित समझा।

"कल शाम तुमने मिस्टर जोग की बात नहीं मानी। उनका काम करने से इनकार कर दिया—ही हैज़ रिपोर्टेड मी। इसका मतलब यह हुआ कि तुम्हें कम्पनी के हितों की कोई चिन्ता नहीं। और वरिष्ठों के साथ तुम उद्दण्डता से पेश आते हो?"

"लेकिन सर, मेरे ड्यूटी अवर्स समाप्त हो चुके थे। और फिर वे भी तो अशिष्टतापूर्वक ही बोल रहे थे···"

सुधाकर बापट ने महसूस किया कि आज वह सीमा-रेखा लाँघ गया है।

"मैं कुछ नहीं सुनना चाहता। धिस इज़ सेकण्ड वारनिंग। मैं खुद दे रहा हूँ। माइण्ड वेल। मेमो भले ही न दिया गया हो, पर चीजें तो बराबर रेकॉर्ड हो रही हैं। तुम चाहो तो, मेमो दिलवाने की भी व्यवस्था की जा सकती है। तीसरी बार···यू विल बी थ्रोन आउट। गो···"

वह लौट आया, तो उन बारहों आँखों को तीव्रता से महसूस हुआ कि वह बेचारा बिला वजह हलाल होने की फ़िराक़ में है।

मिसेज़ आम्बेकर ने कहा, "बापट, कल तुम बेकार में अड़ गये। उतना टाइप कर देते तो मामला वहीं समाप्त हो जाता। बातों को तूल देने से भला क्या फ़ायदा? जब हमें नौकरी करनी है तो पानी में रहकर···"

"मुझे नहीं रहना यहाँ आख़िर तक···" सुधाकर बापट ने जैसे आनन-फानन रहस्योद्घाटन किया।

"लग ही रहा था कि···" बारह में से दो जनाना आँखों ने तर्क पेश किया।

"कहीं और बात पक्की हुई लगती है।" किसी अन्य व्यक्ति ने टिप्पणी की।

"आपको तो बीस प्रतिशत बोनस वाली किसी भी कम्पनी में बड़े आराम से मिल सकती है नौकरी···" लम्बे अर्से से उसी कम्पनी में काम कर रहे एक बुजुर्ग कर्मचारी ने अपनी राय ज़ाहिर की।

इतना सारा भाष्य होने के बाद लोगों ने चुप हो जाना ही बेहतर समझा। सब लोगों ने ईर्ष्या और सराहना युक्त निगाहों से उसे देखा और अपने काम में लग गये।

वैसे तो वह तलाश में था ही। बी. ए. उत्तीर्ण होते ही वह इसी जोड़-तोड़ में लगा रहा था। रोज़ाना सात-आठ अर्जियाँ भेजना जारी था। सरकारी दफ़्तर, बैंक, प्राइवेट कम्पनियाँ आदि। स्नातक परीक्षा उत्तीर्ण होने के बाद एक साल तक बेरोज़गारी और अर्जियाँ भेजने का सिलसिला चलता रहा। बढ़िया, सफ़ाईदार टाइपिंग, अंग्रेज़ी पत्र-लेखन में भी महारत। कॉलेज में अंग्रेज़ी के प्राध्यापक ने परीक्षा होते ही उससे कहा, "बापट, तुमने बी. ए. में अंग्रेज़ी साहित्य लिया, अच्छा हुआ। लेकिन यथाशीघ्र नौकरी प्राप्त करना चाहते हो, तो पहले टाइपिंग सीख लो। इसके अलावा कारोबारी पत्राचार में भी महारत हासिल करने का प्रयास करो। नौकरी में यही सब काम आयेगा, शेक्सपीयर या ईलियट नहीं।" उसने गुरुजी की सलाह मान ली और फ़ौरन टाइपिंग सीखना शुरू किया। कारोबारी पत्राचार सम्बन्धी विशेष पाठ्यक्रम में भी उसने दाख़िला लिया। वह जान गया था कि साहित्य का विद्यार्थी होने के बावजूद प्रत्यक्ष व्यवहार में उसे बाबूगिरी ही करनी है।

यूनिवर्सल कम्पनी की मौजूदा नौकरी भी उसे इतनी आसानी से नहीं मिली थी। विज्ञापन प्रकाशित होने के तीन-चार महीने बाद साक्षात्कार। पहले टाइपिंग की और उसके दो हफ़्ते बाद लिखित परीक्षा। उसके एक पखवाड़े बाद मौखिक परीक्षा। तब कहीं उसका चयन हो सका। नियुक्ति-पत्र मिला, तो शर्तें थीं कि—एक साल का प्रोबेशन, पद पूर्णतया अस्थायी, सदाचार और सुव्यवहार, कड़ा परिश्रम करने के लिए तत्पर···कई शर्तें नियुक्ति-पत्र में दी गयी थीं। फिर भी वेतन सिर्फ़ चार सौ बत्तीस रुपल्ली। सवेरे साढ़े सात से उसकी परेड शुरू हो जाती। इस नौकरी के पहले ही दिन उसकी प्रतिक्रिया थी— ज़िन्दगी में पहली नौकरी मिली भी, तो ऐसी फटीचर! धीरे-धीरे वह समझ गया कि वह अकेला ही नहीं, बल्कि कम्पनी के और भी कई कर्मचारी असन्तुष्ट ही हैं। वेतन, बोनस, सेवा-शर्तें, सुख-सुविधाएँ आदि सभी दृष्टि से बदतर। भोजनावकाश के दौरान युवा-कर्मचारियों के गुट में अक़सर इसी बात पर बहस होती कि—यहाँ भविष्य अन्धकारमय है। हमें किसी दूसरे ठौर की तलाश करनी चाहिए।

सुधाकर बापट भी इसी तलाश में था।

सोनालकर इण्डस्ट्रीज के मुख्य लेखाकार के लिए पत्र टाइप करते हुए उसका दिल किसी अन्य कम्पनी के इर्द-गिर्द ही मंडराता रहा था। आकर्षक यानी आठ सौ

रुपये वेतन, बीस प्रतिशत बोनस, दफ़्तर आने-जाने के लिए कम्पनी का वाहन, वातानुकूलित कक्ष, लम्बी-चौड़ी, पॉश मेज़, बढ़िया कैण्टीन-सुविधा। पचास पैसों में लज़ीज़ खाना और भोजन के बाद लौंग-इलायची-सौंफ।

भोजनावकाश के दौरान एक दोस्त ने पूछा, "सुना है कि आज भी एम. डी. ने तुम्हें फटकारा…"

"लेकिन उसकी वजह मालूम नहीं हुई? कल शाम, दफ़्तर का समय समाप्त होने के पश्चात् जोग चाहते थे कि मैं एक पत्र टाइप कर दूं। बट आई फ्लैटली रिफ्यूज़्ड। आई सेड, माई ड्यूटी अवर्स आर ओवर। नथिंग डुईंग। फिर क्या था, जोग को शिकायत का मौक़ा मिल गया। कल का बैक ग्राउण्ड तो था ही," और तनिक ठिठककर आगे उसने कहा, "प्राइवेट कम्पनियों में बेलाग लोगों को टिकने ही कहाँ दिया जाता है। उन्हें तो जी-हुजूरी करने वाले चमचों को पालने की आदत होती है।"

सुधाकर बापट को ज़्यादा चबर-चबर करने के उपलक्ष्य में दो बार फटकार सुननी पड़ी थी। बाक़ी लोगों की जुबान पर तो ताले पड़े हुए थे। फिर भी उनमें से एक साथी ने सलाह दी, "बापट, ज़्यादा अड़ियल मत बनो। धिस हैज हैपण्ड फॉर दि सेकण्ड टाइम। एम. डी. बहुत ही कड़क हैं। रघुनाथ सोमण को दूध में गिरी मक्खी की तरह उन्होंने निकाल फेंका। याद है तुम्हें?"

सुधाकर बापट ने सुना तो था कि रघुनाथ सोमण ने एम. डी. के साथ ऐसी ही बहसबाज़ी की और उसी वक़्त एम. डी. ने उससे त्यागपत्र लिया तथा चौकीदार से कहकर उसे बाहर निकलवाया। उस वक़्त सोमण फूट-फूटकर ऐसे रोया था, जैसे उसका बापू मर गया हो। नौकरी से हाथ धो बैठने के बाद उसे स्यापा करते देखकर बाक़ी लोगों का कलेजा तार-तार होता रहा था।

दोपहर भर वह रघुनाथ सोमण के साये में ही साँस लेता रहा। सोमण तो पूरा लल्लू था, जो उसने इस्तीफा दिया। पर वह तो ऐसा नहीं करेगा। उनकी मेहरबानी की बदौलत थोड़े ही वह नौकरी में था? पूरे आठ घण्टे खटने के बदले ही तो रुपल्लियाँ मिलती हैं। वह भी हाँफते-कराहते दी जाती हैं। सोमण के साथ ज़्यादती हुई पर उसने उफ़ तक नहीं किया। अ पुअर गय! इस अन्याय के खिलाफ़ वह आवाज़ उठाता, हल्ला-गुल्ला करता…! इतने बड़े हादसे के ख़िलाफ प्रतिक्रिया भी नहीं व्यक्त कर सकता था वह? यूनियन वालों के पास जा सकता था, श्रम आयुक्त का दरवाज़ा खटखटा सकता था। किन्तु लगता है एम० डी० की ख़ूंख़्वार आँखों से खौफ़ खा गया…

ठीक इसी वक़्त बापट को एम. डी. की आग्नेय आँखें याद आयीं। कल उन्होंने अपनी केबिन में उसे बुलाकर अपनी इसी खौफ़नाक नज़र का तोहफ़ा उसे दिया था। दहशती निगाहें! उफनता हुआ लावा…खौफ़…ख़ूंख़्वारी…बेरुखी।

एम. डी. की निगाहों में अमानवीय दहशत है···गुमानी ठण्डापन और तीव्रतर बेरहमी···

दफ़्तर का समय समाप्त होने तक उसके दिल को एम. डी. की वे मनहूस निगाहें ही झकझोरती रहीं।

वह अपनी जगह से उठने ही वाला था कि चपरासी एक लिफ़ाफ़ा उसे थमा गया।

वह मेमो था।

अननुशासन तथा लापरवाही बरतने के आरोप।

उसने वह काग़ज़ हिफ़ाजत से नहीं रखा, बल्कि उसे तोड़-मरोड़कर लंच-बॉक्स की थैली में घुसेड़ दिया।

शाम को उसकी माँ ने टिफिन बॉक्स धोने के लिए निकाला तो काग़ज़ का वह गोला मिला। "सुधाकर, तुम्हारा कोई काग़ज़ इसमें रह गया है···" कहकर माँ ने उसे वह दिया।

उसे लेते हुए उसने कहा, "काम का तो नहीं है। रद्दी की टोकरी में जाने की बजाय ग़लती से इस थैली में आ गया, लगता है।"

"किन्तु उस पर तुम्हारा नाम जो था! मेमो-वेमो तो नहीं है?" उसकी बहन ने टिप्पणी की। वह बेरोज़गार स्नातिका थी। ज़्यादा पढ़ी-लिखी लड़की की शादी जल्दी नहीं हो पाती इसलिए उसकी उच्च शिक्षा पर पिताजी ने रोक लगा दी थी।

"मेमो?" पिताजी ने वही सवाल दुहराया। वे अभी-अभी तो दफ़्तर से आये थे और आराम कुर्सी में सिमटे-सिकुड़े-से बैठे, अख़बार पढ़ रहे थे। उनके लिए मेमो शब्द बम से कम विस्फोटक नहीं था।

सुधाकर की ओर से कोई जवाब न आने के कारण उनके सन्देह की मानो पुष्टि हुई थी। अतएव चिन्ता व्यक्त करते हुए उन्होंने दोबारा पूछा, "बोलते क्यों नहीं? मेमो ही है न?"

सुधाकर फिर भी चुप रहा, तो वे खुद उठ खड़े हुए। उन्होंने उसके हाथ से वह काग़ज़ छीन लिया और पढ़ने लगे।

उनके तन-बदन में जैसे आग लग गयी। वे अपमानित महसूस करते रहे।

"सुधा, यह मेमो है। तुम्हें मिला है। अगले महीने मैं सेवा-निवृत्त हो रहा हूँ। इन पैंतीस वर्षों में मेमो तो क्या, साहब से मैंने कभी डाँट तक नहीं सुनी। कितने महीनों से इस नौकरी में हो तुम? मेरे ख़याल में सात-आठ महीने नहीं हुए होंगे। फिर भी मेमो! अनुशासनहीनता और लापरवाही। नौकरी के प्रारम्भ से ही इतनी प्रगति! फिर तो हुई तुम्हारी पदोन्नति। नौकरी बच गयी तो भी

काफ़ी है। आखिर किया क्या तुमने ? अपने बॉस से उल्टा-सीधा कुछ कहा होगा। दिमाग़ तो तुम्हारा वैसे भी जल्दी गर्म हो जाता है। तुम्हारे दिमाग में क्रान्ति ज़ोर मारती है। लेकिन भाई मेरे, क्रान्ति से पहले अपनी परिस्थिति के बारे में सोचो, अपनी औक़ात तो देखो। बड़ी मुश्क़िल से तो मिली है यह नौकरी। छूट जायेगी तो रोटी के लाले पड़ जायेंगे। अब मिलती ही कहाँ हैं नौकरियाँ ? आये दिन अख़बारों की सुर्खियों में बेरोज़गारों की संख्या छपती रहती हैं। पढ़ते हो कि नहीं ? हमारे विभाग में चार पद ख़ाली हैं, तो सुर्वे साहब बता रहे थे कि सभी राज्यों से कोई तेईस हज़ार अर्जियाँ आयी हैं। अपने देश में करोड़ों की संख्या में लोग निठल्ले हैं। सुर्वे साहब को अपनी बेटी के लिए मिनिस्टर से सिफ़ारिशी पत्र लाना पड़ा। अब बताओ···! लड़की नौकरी वाली हो तो ही उसकी सादी हो पाती है। वरना···"

सुधाकर की बहन वहीं बैठी थी। अब वह उठकर भीतर चली गयी। सुधाकर ठीक-ठाक कपड़े पहने हुए था, उन्हीं वस्त्रों में वह चल दिया।

रात को वह देर से ही घर लौटा। उस समय तो पिताजी ने उसे टोका नहीं, पर सवेरे उठते ही उससे पूछा, "मेमो ही था न वह ?"

"जी।"

"क्यों दिया गया तुम्हें ?"

"हड़ताल के लिए उकसाने की वजह से। एम.डी. को लगा, जैसे मैंने फ़ैक्टरी में आग लगा दी···"

"इस तरह ऊल-जलूल बकने से क्या फ़ायदा ? ढंग से बात बताओ तो कुछ किया जा सकेगा। तुम्हारे जोग को हमारे सुर्वे साहब पहचानते हैं। उन्हीं के अधीन काम करते हो न तुम ? तुमसे कोई ग़लती-वलती हो गयी हो, तो सुर्वे साहब के ज़रिए कहलवाया जा सकता है। मामला सुलट जायेगा। आई कैन रिक्वेस्ट मि. सुर्वे···"

"उसकी कोई ज़रूरत नहीं। मैं खुद ही निपट लूँगा। मुँह से हड़ताल के बारे में तनिक भी कुछ नहीं कहें ? इससे मालिकों की धड़कनें बढ़ जाती हैं ?···"

"हर मालिक की यही स्थिति होती है। कामगारों तक तो ठीक है। लेकिन बाबुओं के मुँह से हड़ताल की भाषा शोभा नहीं देती। बताओगे नहीं मुझे ? शुड आई नॉट यूज माई क्रेडिट ?"

"जी नहीं। कह तो दिया कि मैं खुद ही निपट लूँगा। वरना नौकरी छोड़ दूंगा।"

इस बीच माँ वहाँ पहुँच गयी थी। नौकरी छोड़ने की बात उसके मुँह से सुनते ही वह चौंक गयी, "क्या कहा ?"

"यही, कि नौकरी···"

"नौकरी छोड़कर क्या करोगे ?" पिताजी ने पूछा।

"कोई और नौकरी···"

"रखी हैं तुम्हारे लिए नौकरियाँ। यह नौकरी प्राप्त करने में ही दम निकल गया। सुर्वे साहब की बात तो मैं कह ही चुका हूँ···"

"लेकिन मुझे वहाँ नौकरी करनी ही नहीं।"

"पर क्यों नहीं ?" अब पिताजी की आवाज़ चढ़ गयी थी।

"वहाँ के लोग घटिया हैं। ठीक तरह से पेश नहीं आते। वहाँ कैण्टीन भी नहीं है। साहब लोग मनमानी करते हैं। कर्मचारियों का ख़ून चूसते हैं। वहाँ तो बोनस भी बहुत कम मिलता है···"

"देखो, ऊटपटाँग बकने से आदमी बड़ा नहीं बन जाता। मेमो प्राप्त करना बहादुरी तो नहीं हुई। तुमने तो अपना रिकॉर्ड ख़राब कर ही लिया। तीसरी बार वैसी ही हरक़त करने पर तुम्हारी छुट्टी भी हो जायेगी।"

"कोई बात नहीं। मैं निपट लूँगा···" कहकर वह दफ़्तर के लिए चल पड़ा।

उसे मालूम था कि भोजनावकाश के दौरान ज़रूर ज़िक्र आयेगा। पर उसके लिए मानसिक रूप से वह तैयार था। विगत दो दिनों से एम. डी. द्वारा उसे फटकारे जाने की ख़बर उछाल पर थी। आज मेमो की ख़बर···

वह भोजन के लिए आया। निर्धारित गुट में उसका स्थान ख़ाली था। वह वहाँ बैठ गया। पर आज उनकी बहस का मुद्दा कुछ और ही था। यानी कि अमिताभ की नयी फ़िल्म, कि एक फ़िल्म में काम करने के वह बीस लाख रुपये लेता है, कि इस दर से उसकी भूमिका वाली पचास या एक सौ अनुबन्धित फ़िल्मों की कुल रक़म, कि यह सब एकनम्बर का पैसा है या दो नम्बर का इत्यादि मुद्दे जो 'उल्लू' फ़िल्मी पत्रिका में छपे थे।

उसके मेमो का ज़िक्र ही नहीं आया। आख़िरकार उसी ने कहा, "नयी ख़बर आपके सुनने में आयी या नहीं ?"

सब लोग प्रश्नसूचक निगाहों से देखते रहे, बस। किसी की ज़ुबान ही नहीं खुलती थी।

लेकिन हिम्मत करके उनमें से एक साथी ने कहा, "तुम अपने साथ हमें भी ले डूबना चाहते हो ?"

"क्या मतलब ?"

प्रश्नकर्ता ने तनिक रुककर कहा, "एम.डी. हैज टेकन इट वेरी सीरियसली। नो इनडिसिप्लीन विल बी टॉलरेटेड। कल नोटिस बोर्ड पर देख लेना। दास्ताने बाज़ टेलिंग। जो भी बोलना-सुनना हो, परिसर से बाहर। और हम सभी लोग अपनी-अपनी नौकरियों से हाथ धोना नहीं चाहते। तुम्हें भले ही उसकी

जरूरत न हो···वी डोंट नो योर बैक ग्राउण्ड···" और सब लोग उठकर चले गये ।

भोजनावकाश के बाद वह रोज़ की तरह काम करता रहा । लेकिन उसके छहों सहयोगी उससे कटे-कटे-से रहे ।

क्या उन्होंने उसे बहिष्कृत कर दिया था ?

वह भीतर-ही-भीतर सहम गया । उसी समय उठकर यूनियन नेता से जा मिलने तथा अपनी कैफ़ियत पेश करने की इच्छा उसे हुई ।

जगन्नाथ राणे फायर ब्राण्ड नेता था ।

सुधाकर बापट ने एक बार उसका भाषण सुना था । यूनिवर्सल कम्पनी के कामगार को यकायक नौकरी से निकाल दिये जाने का नोटिस मिला था । उसी सिलसिले में आयोजित निषेध-सभा में राणे का भाषण उसने सुना था । कम्पनी के मालिक को जी भरकर कोसता रहा था । उसके लगभग हर वाक्य का स्वागत तालियों से हुआ था । अपने भाषण के अन्त में उसने कहा, "इस ग़रीब कामगार को अचानक नौकरी से निकालने का कोई अधिकार कम्पनी को नहीं···"तालियों की गड़गड़ाहट ।

साथ ही उसने चेतावनी भी दी थी—"कल वह कामगार काम करने अवश्य आयेगा । कम्पनी ने अपना आदेश वापस नहीं लिया, तो अनिश्चित कालीन हड़ताल ।" फिर से तालियों की अनुगूँज ।

दूसरे दिन वह बराबर आया और कम्पनी ने उसका मुअत्तिली आदेश बाक़ायदा वापस लिया । यानी स्वयं केजी साहब ने ही उस काग़ज़ के टुकड़े-टुकड़े कर दिये ।

"जगन्नाथ राणे, फिर एक बार मि. केजी को अपनी औक़ात दिखा दीजिए । जब देखो डाँट-डपट, मेमोबाज़ी, किसी-न-किसी की मुअत्तिली । एक तो ज़्यादती और ऊपर से डाँट-फटकार···नहीं चलेगी यह दादागिरी ।

"नहीं चलेगी, नहीं चलेगी, तानाशाही नहीं चलेगी···" नारे लग रहे हैं । प्रचण्ड मोर्चा निकला है । लोगों में बेहद जोश है । सुधाकर बापट गला फाड़कर चिल्ला रहा है ।

ऐसा तो होना ही चाहिए ।

दफ़्तर के बाद वह हठात् जगन्नाथ राणे से मिलने गया । अपने पैसों से उसे चाय पिलायी, उसके अनुरोध पर उसे दोसा भी खिलाया ।

"तो समझ गये न ?"

"क्या ?"

"हड़ताल पर सिर्फ़ बहस की, एम. डी. ने मेमो दिया···"

"अच्छा ! कब दिया ?"

"परसों।"

राणे दोसा खाता रहा। न घटना का ब्यौरा उसने पूछा, न ही कोई उत्साह दिखाया।

"तुम्हें इस केस को हाथ में लेना ही होगा।" बापट ने ही उससे अनुरोध किया, "इत्ती-सी बात पर मेमो। नौकरी से निकालने की धमकी। कामगारों को वैसे भी अत्यल्प वेतन मिलता है। बोनस भी नाममात्र का। कैण्टीन सुविधा नहीं। अन्य फैक्टरियों में तो पचास-साठ पैसों में कामगारों को बढ़िया खाना मिलता है। क्या हमारी कम्पनी को भी ऐसा ही नहीं करना चाहिए ?"

"बापट भाई, तुम्हारी बात तो बिलकुल जायज़ है। कैण्टीन ज़रूर होनी चाहिए और वहाँ नाम मात्र की दर पर बढ़िया खाना मिलना चाहिए। बोनस की रक़म भी···"

बापट फूलकर कुप्पा हो गया। उसने राणे को और भी चढ़ाया, "तुम माँगें करो ! माँगें मंजूर करवा लो। मुझे पता है कि एक अभागे कामगार को तुमने न्याय दिलाया था। उस दिन तुमने मालिकों को आड़े हाथों लिया था। उन्हें नाकों चने चबवाये। बड़ा मज़ा आया। झख मारकर उस आदमी को काम पर लेना पड़ा था। कुछ ऐसा ही करो। बेमुद्दत हड़ताल, कारख़ाना बन्द हो जाना चाहिए···"

"दोसा-चाय के बाद राणे जाने के लिए उठ खड़ा हुआ। उस समय सुधाकर बापट उसे हड़ताल करवाने की सलाह दे रहा था। राणे कहने लगा, "अब चलेंगे। मुझे भोसले साहब से मिलने जाना है। विधायक भोसले हमारी पार्टी के हैं और महानगर पालिका के चुनाव अब नज़दीक आ गये हैं।"

जगन्नाथ राणे मोटरसाइकिल पर बैठकर चला भी गया।

दूसरे दिन राणे उससे नहीं मिला। तीसरे-चौथे दिन जैसे-तैसे बापट ने राणे का दामन आख़िर थाम ही लिया।

"क्या हुआ ?"

"किस बारे में ?"

"पिछले दिनों मैंने अपना क़िस्सा सुनाया तो था···"

"हाँ-हाँ।"

"मैं भी एक कामगार हूँ और तुम्हारी यूनियन को मेरे बारे में कुछ-न-कुछ करना ही चाहिए।"

"इसमें दो राय नहीं कि कुछ-न-कुछ करना चाहिए। पर टुच्ची-सी बात को

लेकर थोड़े ही हड़ताल की जाती है? बोलो, क्या यह जायज़ होगा। हड़ताल करवाने में हम नहीं डरते, पर उसका ठोस आधार भी तो होना चाहिए। उचित मौक़ा भी···"और उसे छोड़कर राणे चला भी गया।

बापट धोबी के कुत्ते की तरह अधर में ही लटकता रहा।

दो-एक दिन बाद मिसेज़ आम्बेकर ने हौले-से उससे पूछा, "बापट, तुम अपने मामले को बेकार में क्यों उलझा रहे हो?"

"क्यों? क्या हुआ?"

"तुम जगन्नाथ राणे से मिले थे। तुमने उसे हड़ताल करवाने की सलाह दी थी?"

"लेकिन तुम्हें कैसे पता चला?"

"क्यों नहीं पता चलेगा? अब तक तो पूरे दफ़्तर को पता चल चुका होगा।"

लेकिन कैसे? क्या स्वयं राणे ने बताया होगा? आम्बेकर तक बात पहुँच गयी है, इसका मतलब यह हुआ कि जोग, दास्ताने के रास्ते वह एम. डी. तक भी···

वह काम रोककर सोच में पड़ गया।

मिसेज़ आम्बेकर ने आगे कहा, "कहीं और नौकरी की बात पक्की हो जाये, तब तो ठीक है। लेकिन उससे पहले बेज़ा हरकतें करना उचित थोड़े ही है? मैं सात वर्षों से यहाँ हूँ और अच्छे-अच्छों को एम. डी. के हाथों मटियामेट होते देख चुकी हूँ। बुरा मत मानो। तुम्हारी चिन्ता हो रही थी, इसलिए दोस्ताना सलाह···"

चिन्ता? यानी कि लोगों को अब उसकी चिन्ता भी होने लगी थी? जल्दी ही वे तरस भी खाने लगेंगे।

नहीं, हरगिज़ नहीं।

सुधाकर बापट ने श्रीपादराव कानविन्दे के दरवाज़े पर दस्तक दी। उस समय कानविन्दे घर में ही थे और दूरदर्शन के सामने बैठे थे।

पहले तो उन्होंने अपना मुँह खोला ही नहीं। कार्यक्रम देखते रहे। ज़ाहिर है कि बापट भी कोई बात नहीं कर पाया।

काफ़ी देर बाद केवल आश्वस्त हो लेने के अन्दाज़ में उन्होंने यूँ ही चिल्लाकर पूछा, "दिलीप शायद घर में नहीं है न?"

"दिलीप न सही। मुझे आप ही से काम है।" उसने साहस बटोरकर कहा।

उन्होंने आँखों-ही-आँखों में पूछा—"क्या बात है?"

"मैंने पिछले दिनों नौकरी के बारे में आपसे बात की थी। यदि बात बनती

हो तो···"

"नौकरी ! अरे बाप रे ! अभी तक तो कोई गुंजाइश नहीं बन सकी। यू सी, देश की अर्थव्यवस्था में ठहराव-सा आ गया है। नौकरियों की गुंजाइश बने तो कैसे ? उत्पादन वृद्धि तभी होगी, जब उसकी माँग ज़्यादा हो। बाज़ार में माँग ही नहीं है। इसलिए औद्योगिक मन्दी का दौर शुरू हो गया है। एक नये आदमी को नौकरी में लेने से पहले बीसियों बार हमारे जी. एम. को सोचना पड़ता है। हमें कड़ी हिदायत दी गयी है—नो फ्रेश रिक्रूटमेण्ट।"

"लेकिन टाइपिंग स्पीड टेस्ट तो लीजिए···"

"स्पीड टेस्ट लेकर करूँगा क्या ?···ह्वेन वी डोंट नीड न्यू हैण्ड्स। फिर भी मान लो कि नये आदमी को ले लिया, तो जो पहले से है, उसका क्या अचार डालें ? उसे भी तो वेतन देना ही पड़ेगा। तुम्हारा टेस्ट लेकर व्यर्थ ही तुम्हें आस दिलाने से क्या फ़ायदा ? तुम मेरे दफ़्तर के चक्कर काटते रहोगे। इसलिए फिलहाल रहने दो। यदि क्लियर वेकेन्सी होगी और किसी दूसरे का क्लेम नहीं होगा, तो आई विल लेट यू नो। तब तो मेरी ओर से काम बन गया, समझ लो।"

इसी बीच चाय आ गयी, तो चुस्की लेने के बहाने वे रुक गये तथा उसे टालने के किसी अन्य मुद्दे के बारे में सोचने लगे। और उन्होंने कहा, "फिलहाल तुम कहीं काम पर हो न ?"

"जी। यूनिवर्सल···"

"तो फिर ? दैट इज़ दि बेस्ट—हमारे केजी हैं न वहाँ ?"

उसने कोई जवाब नहीं दिया।

"तो क्यों छोड़ना चाहते हो ?"

"फॉर बेटर प्रॉस्पेक्ट्स···"

"युवकों को लेकर यही तो दिक्क़त होती है," कानविन्दे ने उसे डोस पिलाना शुरू किया, "हमारी कम्पनी में भी लड़के बीच में ही छोड़-छाड़कर चले जाते हैं। फॉर बेटर प्रॉस्पेक्ट्स···लेकिन कम्बख़्तों से पूछो कि पचास रुपल्ली ज़्यादा मिल जाय तो हो गया बेटर···। आख़िर काम तो टाइपिंग का ही करना है न ? एक ही कम्पनी में टिके रहो, ईमानदारी से काम करो तो यथासमय उसका फल ज़रूर मिलता है। वरिष्ठों से मधुर सम्बन्ध होने चाहिए। जब भी कोई पद रिक्त हो जाय, ऐसे लोगों को मौक़ा ज़रूर दिया जाता है। बल्कि आवश्यकता पड़ने पर नया पद बनाया जाता है···"

"वो तो ठीक है सर ! लेकिन वहाँ का माहौल, सेवा-शर्तें, बॉसिंग, अन्याय···"

"देखो बापट, ये कहाँ नहीं हैं ? बाबू के सिर पर बड़ा बाबू होता है। कनिष्ठ

मैनेजर के सिर पर वरिष्ठ मैनेजर, उसके ऊपर जनरल मैनेजर और उससे भी ऊपर चेयरमैन होता है, निदेशक बोर्ड होता है और इन सबका सिरमौर तो सरकार होती है। मज़े की बात यह है कि इस व्यवस्था में हर निचला व्यक्ति ऊपर वाले से ख़फ़ा होता है। इट डिपेण्ड्स, हाउ यू लुक अॅट इट। इसलिए मेरी तो राय यही है कि मौजूदा नौकरी छोड़ने का इरादा बदल दो। इट्स ओ. के. इफ यू ईजिली गेट अनदर जॉब।···अदरवाइज़···समझे?"

इतना कहकर वे खुद ही उठकर दरवाज़े की ओर चले गये। इसलिए बापट को भी मजबूरन उठना ही पड़ा।

"दिलीप के लिए कोई मैसेज़?"

"मैसेज़ तो कोई ख़ास नहीं। बोल दीजिए कि मैं आया था···"

"और सुनो···" कानविन्दे निजी और आत्मीय सलाह देने लगे, "तुम दिलीप के मित्र हो इसलिए कह रहा हूँ, जहाँ हो वहीं बने रहो। नौकरी बदलने का इरादा छोड़ दो। इट इज़ नॉट ईजी टु गेट अनदर ज़ॉब। इस देश में कितनी बेरोज़गारी है, जानते हो तुम? बॉस एकाध बार डाँटता भी है, तो सुन लो चुपचाप···"

"लेकिन बिला वजह मेमो···"

"ऐसे मामूली मुद्दों को प्रतिष्ठा का विषय मत बनाओ। मेमो का जवाब दो, संजीदगी के साथ। सम्भव हो तो माफ़ी माँग लो और मामला ख़त्म कर दो।"

माफ़ी माँगकर मामला ख़त्म कर दूँ!

कोई ख़ास शब्द मुँह से निकालने भर के लिए माफ़ी!

दिल की तल्ख़ी को अभिव्यक्ति प्रदान करने के लिए माफ़ी!

सफलता की नयी कुंजी है—क्षमा-याचना!

रात को पिताजी ने फिर उससे पूछा, "मेमो का क्या किया तुमने?"

"करना क्या है?"

"या तो उसका स्पष्टीकरण दो; ज़रूरी हो तो। लेकिन मुझे नहीं लगता कि तुम्हारे पास कोई यथार्थ स्पष्टीकरण होगा। मेमो देने वाले इतने मूर्ख तो नहीं होते। दे थिंक ट्वाइस, बिफोर टेकिंग एनी अॅक्शन। है तुम्हारे पास उस मेमो का कोई जवाब?"

उसने कोई जवाब नहीं दिया।

"इसका मतलब हुआ कि तुम्हारे पास कोई जवाब नहीं है। और फिर तुम्हारे खिलाफ़ अनुशासनहीनता तथा लापरवाही बरतने के आरोप लगाये गये हैं। इन आरोपों का भी कोई सब्जेक्टिव जवाब होता है? क़तई नहीं। साहब लोग जिसे अनुशासनहीनता का लेबल चिपका देते हैं वह अनुशासनहीनता ही होती है और

लापरवाही यक़ीनन लापरवाही। तुम क्या कर लोगे?"

"कुछ नहीं।"

"कम-से-कम खिसियानी हरकतें तो न करो। ग़लती हो गयी हो तो उसे स्वीकार करो और माफ़ी माँग लो।"

"माफ़ी माँग लूँ मैं? असम्भव।"

"असम्भव! क्या असम्भव? दुनिया में कुछ भी असम्भव नहीं। तुम्हें तो सिर्फ़ 'आई एम सॉरी सर' यही तो कहना है। उसमें क्या असम्भव है?"

"मुझे सोचना पड़ेगा।"

"सोचने के लिए अब बचा ही क्या है? इस मामले में मैंने अपना निर्णय तुम्हें बता दिया है। तुम अपना निर्णय खुद लेने के काबिल नहीं हो। अगले महीने मैं सेवा-निवृत्त हो रहा हूँ। यह तो बिलकुल तय है कि नो एक्स्टेंशन। बाबुओं को भला कौन एक्स्टेंशन देगा? अगले महीने से घर का पूरा ख़र्चा तुम्हें चलाना है। भविष्य निधि की कोई ख़ास रक़म तो नहीं मिलेगी। तुम्हारी बहनों की शादियों के लिए उसमें से काफ़ी पैसा मैं पहले ही ले चुका हूँ। जो बचे हैं, वह नन्दा के लिए हैं। इस साल उसके हाथ भी तो पीले करने हैं। निवृत्त होते ही मुझे इसी अभियान पर निकलना होगा। घर की ओर तुम्हें ध्यान देना होगा। घर-ख़र्च के लिए हर महीने सात-आठ सौ लगते हैं! तुम्हारे वेतन से तो गुज़ारा होगा नहीं। इसलिए मेरी राय है कि तुम कोई पार्ट टाइम नौकरी देख लो। या फिर घर में बैठकर जॉब-वर्क करो। टाइपिंग तो तुम अच्छी करते हो। एकाध टाइपराइटर ख़रीद लेंगे। मैं तो अब चुक गया हूँ, रीत गया हूँ। तुम्हारे भरोसे ही…"

सुधाकर के पिताजी हतबल से नीचे बैठ गये, सो बैठे ही रहे।

वह कुछ देर तक पिताजी की ओर टकटकी लगाये खड़ा रहा। और कुछ भी बताये बिना बाहर चला गया।

उसकी टाइप की हुई चिट्ठियाँ जोग साहब ने 'री टाइप' टिप्पणी के साथ लौटा दी थीं। वे अधिक आकर्षक और सुपाठ्य टाइपिंग चाहते थे।

सुधाकर बापट ने वापस आये उस पुलिन्दे को ग़ौर से देखा। उनमें कोई नुक़्स नहीं था। हमेशा की ही तरह टाइप की हुई थीं वे चिट्ठियाँ।

फिर भी उन्हें लौटाने की वजह?

वजह और कुछ नहीं, सताना। हरॅसमेण्ट, तकलीफ़ देना।

यह तो सरासर ज़्यादती हुई। अन्याय को चुपचाप सहते चले जाओ, तो वैसी ही आदत पड़ जाती है। इसलिए वह गूँगी गुड़िया नहीं बनना चाहता था। उसने मन-ही-मन निश्चय किया—आई मस्ट रेजिस्ट अॅट एनी कॉस्ट।

वह फुर्ती से उठा और मि. जोग के सामने जा खड़ा हुआ!

"अच्छा हुआ तुम आ गये। तुम्हें बुलवाने भेज ही रहा था मैं···"

"टाइप की हुई इन चिट्ठियों में क्या नुक़्स है? और कितना आकर्षक एवं सुपाठ्य टाइपिंग हो सकता है?"

उसे घूरते हुए, जोग साहब ने भर्रायी-सी आवाज़ में कहा, "मैं तुम्हें किसी दूसरे काम से बुलवाने जा रहा था।"

"क्या?"

"मि. सुर्वे ने फ़ोन किया था। यू नो हिम?"

"मेरे पिताजी के बॉस?"

"यस।"

उसने तनिक भी जिज्ञासा व्यक्त नहीं की। उनके टेलीफ़ोन को लेकर जिज्ञासा प्रकट करने का मतलब था उस पर रहम खाने वाले के प्रति अधीर हो उठना।

मि. जोग ने फ़ौरन कोई भी ब्यौरा नहीं बताया। पहले तो वे उसे अपलक घूरते रहे। मानो वे उसकी थाह लेना चाहते थे।

"तुम्हारे पिताजी के कहने से ही उन्होंने फ़ोन किया था।" इतना कहकर वे ठिठक गये। फिर भी उसने कोई उत्सुकता नहीं दिखायी।

"वे अनुरोध कर रहे थे कि हम तुम्हारे साथ सख़्ती न बरतें···" वे पुनः ठिठक गये और यथावश्यक साँस लेकर आगे कहने लगे "वे यानी तुम्हारे पिताजी अगले महीने सेवा-निवृत्त हो रहे हैं न? इसलिए तुम्हारे कन्धों पर ही पूरा भार है। अतएव तुम्हारा नौकरी में होना बहुत ज़रूरी है। और इसलिए हम तुम्हें माफ़ करें···"

वह आँखें फेरकर खड़ा सुन रहा था।

जोग साहब फिर से ठिठक गये हैं। अब उनकी निगाहें पैनी हो गयी हैं। आँखों में ख़ून उतर आया है। नथुनें फड़क रहे हैं।

"डोंट यू थिक—यू आर अ शेम टु योर फादर? तुम्हें अपना बेटा कहते हुए तुम्हारे पिताजी को शर्म आती होगी। बेटों के अपराधों को अनदेखी कर उसे माफ़ करने तथा नौकरी में बरकरार रखने का विनम्र अनुरोध···वह भी बॉस के ज़रिए···इससे अधिक शर्मनाक स्थिति और क्या हो सकती है!"

मि. जोग से नज़र चुराकर वह चुपचाप खड़ा था। पर कनखियों से एकाध बार उनकी झलकी देख ही लेता था। उनके खल्वाट पर पसीने की कुछेक बूंदें उभर आयी थीं।

बापट को लेकर गुस्सा आने की वजह से ऐसा हुआ था?

मि. जोग ने कुर्सी पर गरदन टिकायी और एक उसाँस छोड़ा, मानो तल्खी असहनीय हो रही हो।

पल-दो पल सन्नाटा रहा।

बाद में मि. जोग पूर्व स्थिति में आये और तनिक आगे झुककर अमेरिकी अन्दाज़ में कन्धे उचकाते हुए उन्होंने कहा, "यू नो, मेरे हाथ में कुछ नहीं। तुम अपने पिताजी से कहो कि एम. डी. ही सर्वेसर्वा हैं। उस दिन की उन दोनों घटनाओं की रिपोर्ट करना मेरा फ़र्ज़ था। उन्होंने ही तुम्हें मेमो सर्व करने के आदेश दिये थे। तुम्हारे खिलाफ़ चल रहे मामले की फ़ाइल बनाने की हिदायत भी उन्होंने ही दी। नवीनतम जानकारी के अनुसार पता चला है कि तुमने जगन्नाथ राणे से शिकायत की। कम्पनी के लिए भारी पड़ सकने वाली माँगें पेश करने का अनुरोध तुमने उससे किया। और हड़ताल करवाने का भी आग्रह किया। एम. डी. हैज गॉट एवरी रिपोर्ट। अब तो मेरे हाथ में कुछ नहीं रहा। गो एण्ड सी एम. डी. साहब। उनसे माफ़ी माँगो। उनके सामने लोट जाओ। डू ह्वाटेवर यू लाइक। कम-से-कम 'आई एम सॉरी, दोबारा ऐसी ग़लती नहीं करूँगा'—इतना तो कहो। अब जाओ और ये चिट्ठियाँ फिर से टाइप करो। रिजेक्टेड चिट्ठियाँ भी मुझे दे दो। ओ. के. ?"

सुधाकर बापट बाहर आया और सभी मैनेजरों की केबिन को देखता हुआ एम. डी. की केबिन तक पहुँचा। वहाँ मिसेज़ कार्लेकर थीं ही।

"एम. डी. से मिलना है।"

"आपको बुलाया है ?"

"जी नहीं। मैं ऐसे ही आया हूँ।"

"क्या काम है ?"

वह पसोपेश में पड़ गया कि काम का स्वरूप उसे बतायें कि नहीं बतायें। पर बाद में उसने कहा, "उन्हीं से बात करनी है।"

"ओ. के.। जस्ट वेट।"

मिसेज़ कार्लेकर कूल्हे मटकाती हुई भीतर चली गयीं।

वातानुकूलित अभ्यागत-कक्ष में उसे कँपकँपाने लायक ठण्ड लग रही थी। फिर भी वह वहाँ खड़ा रहा।

"ह्वेन ही सेज़...ही इज़ बीजी...यू काण्ट डिस्टर्ब हिम। यू शुड सिम्पली गो बैक।"

वह फिर से अपनी जगह पर आ बैठा। टाइपराइटर में उसने काग़ज़ फँसाया और उसकी कुंजियाँ खड़खड़ाने लगा। टु दि मार्केटिंग मैनेजर, इण्डियन एग्रीकल्चरल प्रोड्यूस कम्पनी...कुंजियाँ खड़कती रहीं। खट्। खट्। खट्। खट्। खट्खट्...खट्...दफ़्तर का समय समाप्त हो जाने का सायरन बज चुका था। काफ़ी समय बीत गया फिर भी टाइपराइटर बजता ही रहा।

चौथा

वे चारों उस घटना के गवाह थे, बल्कि कहना चाहिए कि वे चार ही उसके गवाह थे।

घटना है केमिकल प्लाण्ट में विस्फोट होने की···

वहाँ कुल मिलाकर सात कामगार काम कर रहे थे। रसायनों को यहाँ से वहाँ लाना-ले जाना, कुछेक रासायनिक प्रक्रिया करना या रसायनों को गरम करना—ऐसा ही कोई काम चल रहा था।

सात कामगार और वे चार।

एक केमिकल इंजीनियर। एक प्रोडक्शन इंजीनियर, एक सुपरवाइजर और एक मामूली-सा क्लर्क—भावे, जो स्टोर्स विभाग में था।

काम काफ़ी देर तक चलता रहा। शिड्यूल के अनुसार वह चलना भी चाहिए था। लेकिन यकायक विस्फोट हुआ। ज़ोरदार धमाका हुआ और चारों ओर लपटें ही लपटें···

ज़मीन से लावा फूटकर बिखर जाने की-सी स्थिति थी। जलता हुआ रसायन फव्वारों की तरह बिखर रहा था।

वही उबलता हुआ रसायन उन सातों पर भी वार करने लगा। चीख़ना-चिल्लाना, आहें, भागम-भाग।

वे चारों लपककर वहाँ गये।

वे सातों छटपटा रहे थे। ज़िन्दगी और मौत के बीच झूल रहे थे। बिलबिला रहे थे। कराह रहे थे। चारों असमंजस में पड़े हुए थे।

वैसे तो वे सुशिक्षित थे। अनुभवी थे। इंजीनियर थे। लेकिन इस क़दर भीषण दुर्घटना से पहली बार उनका पाला पड़ा था।

हड़बड़ाकर उनमें से एक ने सुरक्षा प्रहरी को बुलाया। दूसरा टेलीफ़ोन की ओर लपक पड़ा और डॉक्टर का नम्बर घुमाने लगा। उनमें से श्री कुलकर्णी इंजीनियर थे और वरिष्ठ थे। वे कहने लगे, "अरे भाई, पहले जी. एम. को

ख़बर कर दो।"

इस वजह से डॉक्टर को टेलीफ़ोन करने की बात खटाई में पड़ गयी। जी. एम. घर गये थे। इत्तिफ़ाक से उनके यहाँ कुछ मेहमान आये थे। वरिष्ठ इंजीनियर कुलकर्णी ने ही टेलीफ़ोन किया। "सर, भीषण दुर्घटना हुई है। केमिकल की टंकी में विस्फोट हो गया। कामगार झुलस गये हैं।"

"झुलस गये हैं? कितने हैं?"

"कुल सात हैं, सर···जस्ट नाऊ। सभी-के-सभी मौत से जूझ रहे हैं। दे नीड इमीजिएट हेल्प, सर! क्या किया जाये, सर?"

जी. एम. अभी-अभी तो घर आये थे। वे ख़ुद भी पसोपेश में पड़ गये थे कि आदेश क्या दें।

"सर, डॉक्टर को बुलायें?"

"?"

"या पुलिस में ख़बर कर दें?"

"?"

"वैसे तो जनरल अस्पताल भेजा जा सकता है। लेकिन वह काफ़ी दूर पड़ता है, सर···"

"?"

"एम्बुलेन्स को टेलीफ़ोन करें? एण्ड सर, फ़ायर ब्रिगेड भी यहाँ नज़दीक नहीं है···"

"लोकली आप जो कुछ भी कर सकते हैं कीजिए—डोन्ट इनफॉर्म एनी वन। मैं अभी आ रहा हूँ।"

जी. एम. का घर फैक्टरी से दो-तीन मील की दूरी पर था। फिर भी वे फ़ौरन अपनी गाड़ी में चल पड़े। लेकिन स्टार्टिंग ट्रबल तो होना ही था। पिछले चार दिनों से वे ड्राइवर को बराबर आगाह करते रहे थे। लेकिन उसने कोई ध्यान ही नहीं दिया। गाड़ी स्टार्ट होने में पूरे पाँच मिनट लगे···बस्तीनुमा कस्बाई अधकचरी सड़क से फैक्टरी तक पहुँचने में पूरे दस मिनट लग गये।

फैक्टरी का गेट बन्द था।

साहब की गाड़ी देखते ही चौकीदार दौड़कर आया और बड़े अदब से उसने गेट खोला।

साहब की गाड़ी हौले से भीतर चली गयी। फैक्टरी के अहाते में सन्नाटा था। उन्होंने घड़ी में देखा — राइट। फैक्टरी का काम अभी, आधा घण्टा पहले ही तो ख़त्म हुआ था। फिलहाल तो एक ही शिफ़्ट में काम चलता था। और पारी ख़त्म होते ही कामगार वहाँ से चले गये थे। अन्य कर्मचारियों में से भी वहाँ कोई नहीं था।

साहब के दिल पर बहुत ज़्यादा टेंशन तो नहीं आया। यहाँ बाक़ी कामगारों के होते हुए यदि···

उन्होंने अपनी गाड़ी एक ओर खड़ी की और दुर्घटना-स्थल की ओर चल पड़े। रसायनों की टंकियाँ पीछे के हिस्से में थीं। वे उसी दिशा में जाने लगे। उन्हें आते देखकर वरिष्ठ इंजीनियर कुलकर्णी दौड़कर उनके पास आये।

"सर, व्हेरी सीरियस···ऑल दि सेवन वर्कर्स···" उन्होंने हाँफते हुए, सहमे-सहमे से अन्दाज़ में कहा।

"डोण्ट बी पैनिकी"—साहब ने कहा।

"घबरा जाने से स्थितियाँ नियन्त्रित नहीं हो सकतीं। ऐण्ड फॉर अ सीनियर मैनेजर लाइक यू···" दस-पाँच क़दम चलने के दौरान भी जनरल मैनेजर ने कुलकर्णी को सुना ही दिया। कुलकर्णी अपने साहब के साथ दुर्घटना-स्थल तक आ गये।

"सर···ऑल दि सेवन···ऑल ऑफ़ देम हैव डाइड सर···" वे हड़बड़ाकर, सहमे-सहमे से अन्दाज़ में बताने लगे, "सर, जब मैंने आपको टेलीफ़ोन किया था···उस समय वे सभी लोग चीख़ रहे थे, चिल्ला रहे थे, बिलख रहे थे · लेकिन दस-पन्द्रह मिनटों में ही···"

साहब ने क़रीब जाकर देखा—अधजले, झुलसे हुए विरूप चेहरों वाले शव।

इतना भयंकर, दिल दहला देने वाला दृश्य देखने के लिए साहब अभी मानसिक रूप से तैयार नहीं हुए थे—सभी शवों पर नज़र फेरते ही उन्होंने आँखें मूँद लीं। चश्मा उतारा और जेब से रूमाल निकालकर आँखें पोंछने के बाद फिर से चश्मा पहन लिया।

अब वे वहाँ से हट गये। उन्होंने कुलकर्णी को अपने पास बुलाकर पूछा, "क्या काम चल रहा था ?"

"केमिकल ट्रांसफर···"

"वाज़ इट नेसेसरी ?"

"यस सर, वह बहुत ज़रूरी था।"

"लेकिन फ़ैक्टरी का काम तो ख़त्म हो चुका था···"

"यस सर, लेकिन यह काम अर्जेण्ट होने से मैंने ही उन्हें रुकने के लिए कहा था···"

"ओवर टाइम ?"

"नो सर अभी, आधा घण्टा पहले ही तो पारी ख़त्म हो गयी थी—ज़रूरत पड़ने पर ओवर टाइम···लेकिन दिस हैपण्ड सो अन-एक्स्पेक्टेडली···"

"यहाँ कौन-कौन थे ?"

"सर, दिस ढोबले, दैट पवार, रामू···"

"मुझे कामगारों की सूची नहीं चाहिए। बाक़ी कौन-कौन लोग थे?"

"मैं था, लोखण्डे, पाटील और ये भावे···"

"यानी कि आप चारों लोग इस घटना के चश्मदीद गवाह हैं?"

"यस सर! हमारी आँखों के सामने···अभी हम देख ही रहे थे कि···"

उन दोनों के मन में फिर एक बार उन कामगारों की चीख़-पुकार गूँजने लगी और वे सिहर उठे।

भावे कुछ ज़्यादा ही सहम गया। उसके हाथ-पाँव काँपने लगे।

"सर, उन्हें तुरन्त कुछ मेडिकल हेल्प···"

"अब यह सवाल बेकार है···ह्वेन दे आर नो मोअर।" साहब ने कहा, "अब आगे की सोचिए···कि डिस्पोज़ल ऑफ डेड बॉडीज़···"

वह नज़ारा देखकर साहब के दिमाग़ को जैसे काठ मार गया। लेकिन कुछ ही मिनटों में वे सँभल गये। उन्होंने कहा, "वी मस्ट कॉल दि पुलिस···"

"स्टेशन को टेलीफ़ोन करें?" लोखण्डे ने पूछा।

"नो। सो तो मैं देख लूँगा···" साहब ने कहा।

स्वयं उन्होंने टेलीफ़ोन किया। एक पुलिस अधिकारी उनका परिचित था। बाद में अपने एक डॉक्टर मित्र को भी उन्होंने टेलीफ़ोन किया। डॉक्टर-पुलिस के आने में अभी कुछ समय तो लग ही सकता था। कम्पनी के प्रधान कार्यालय को भी इसकी सूचना देना आवश्यक था। इसलिए उन्होंने लाइटनिंग कॉल बुक किया। ठाणे का वह नम्बर तुरन्त मिल गया। कम्पनी के प्रबन्ध निदेशक से ही उन्होंने बात की।

"सर, इट्स व्हेरी पँथेटिक। ऑल दी सेवन वर्कर्स···लेकिन सर, आइ नो। आइ मस्ट बी प्रैक्टिकल···मुझे यक़ीन है सर,··· आई विल हैण्डिल दि सिच्यूएशन विद काम एण्ड पेशन्स···डोंट वरी सर···डोंट डिस्टर्ब योर रूटीन···नो सर। नॉट नेसेसरी टु कम···यस सर···सम कॉम्पेन्सेशन मस्ट बी गिवन···थैंक यू, सर···"

प्रधान कार्यालय में ख़बर कर देने से साहब को थोड़ी-सी राहत महसूस होने लगी थी। डॉक्टर-पुलिसवालों का अभी भी कोई अता-पता नहीं था। साहब ने अपनी जेब से सिगरेट निकाल ली और कुर्सी में इतमीनान से बैठकर वे कश खींचने लगे।

कुलकर्णी ने भी सिगरेट जलायी और पाटील-लोखण्डे को भी उन्होंने एक-एक सिगरेट थमा दी। लेकिन भावे ने "नो सर, नो सर···" कहकर लेने से मना कर दिया।

"क्यों? मना क्यों कर रहे हैं आप?"

"ऐसी कोई बात नहीं सर···लेकिन इस मौक़े पर···"

जी. एम. ने उसकी ओर देखकर महसूस किया कि वह काफ़ी बेचैन हो गया है। उन्होंने कहा भी, "भावे, सिगरेट पी लो। तनाव कम हो जायेगा और तरो-ताज़ा महसूस करोगे। ऐसे मौक़ों पर ठण्डे दिमाग़ से कार्रवाई करनी चाहिए। घबराने से काम और भी चौपट हो जाता है···"

"सर, ज़िन्दगी में पहली बार मेरी आँखों के सामने ऐसा हुआ है···एक साथ सात लोगों का जलकर राख हो जाना···"

भावे भावावेग में आकर दिल की बेचैनी व्यक्त करने लगा था। वह समझ नहीं पा रहा था कि जो देखा, जो महसूस किया उसे किन शब्दों में व्यक्त किया जाये। उसके दिल की बात आँखों से, चेहरे के हावभावों से व्यक्त हो रही थी। वह काँप रहा था।

"भावे, तुम डर गये हो···"

"यस सर···यह सब···" वह आगे कुछ बोल ही नहीं पाया।

"भावे, तुम घर क्यों नहीं चले जाते?" साहब ने पूछा।

"लेकिन सर, यहाँ किसी तरह की कोई सहायता···सात कामगार यहाँ···"

"भावे, तुम घर जाओ।" साहब ने उसे लगभग आदेश दिया।

"नो सर! मैं यहीं रहूँगा। इतनी बड़ी दुर्घटना यहाँ हो गयी और मैं घर चला जाऊँ तो नाइंसाफी होगी···"

"आइ टेल यू टु गो होम, भावे···" साहब ने कड़ककर कहा।

अब भावे के सामने और कोई चारा नहीं रहा। उसने अधजले विरूप शवों पर एक बार नज़र दौड़ायी और वह चल दिया।

गेट से बाहर आने के बाद वह साइकिल पर सवार हो गया।

वह एक छोटा-सा क़स्बा था। पिछड़े इलाक़ों में उद्योगों को बढ़ावा देने के लिए सरकार की ओर से काफ़ी सुविधाएँ उपलब्ध थीं। इसी को ध्यान में रखकर बम्बई की एक बड़ी कम्पनी ने यहाँ एक मँझोले आकार का केमिकल प्लाण्ट लगाया था। नौकरी की तलाश में भावे यहाँ आया और यहीं का होकर रह गया। यहाँ वह स्टोर कीपर था। माल का लेन-देन, स्टॉफ, टूट-फूट, तैयार माल आदि दर्ज़ करने का काम उसका था। रहने के लिए एक सामान्य-सा कमरा उसे मिल गया था। खाना वह एक ढाबे में ही खाता था। किफ़ायत से रहते हुए वह बची-खुची रक़म अपने घर भेजने लगा। घर के लोगों को हर माह उसके मनी ऑर्डर का ही इन्तज़ार रहता था। निर्धारित तारीख़ तक मनीऑर्डर न आने पर चिट्ठियों का सिलसिला शुरू हो जाता। चिट्ठियों में लिखा रहता था—

"कारख़ाना बन्द हुआ, तुम्हें नौकरी से निकाल दिया गया, या ऐयाशी करने लगे हो, या···? तुम अपने माँ-बाप और अन्धी-अपाहिज बहन को इतनी जल्दी

भूल गये ?"

इस नौकरी में आने के बाद पिछले डेढ़ साल की अवधि में कम-से-कम चार बार उसके बाप ने उससे यह सवाल किये थे। और बार-बार यही सवाल सुनकर वह उखड़ गया था, उसकी साँस घुटने लगी थी। जन्मान्ध और अपाहिज़ बेटी का बोझ सिर पर लिये उसके माँ-बाप जैसे-तैसे गुज़र-बसर कर रहे थे। कोख से बेटी क्या पैदा हुई, उसने हमारे पैरों में बेड़ियाँ डाल दीं—यही धारणा उसके माँ-बाप की बन गयी थी। और इस क़ैद की यन्त्रणाएँ बचपन से ही भावे के हिस्से में आयी थीं। नौकरी के चक्कर में इतनी दूर आने के बावजूद उसके दिल को भला चैन कहाँ था। महीने-दो महीने में एक बार, किसी-न-किसी चिट्ठी में कमनसीबी का ज़िक्र होता ही था। घर से दूर रहकर उसने इस झंझट से मुक्ति पा तो ली, लेकिन वे···

भावे भोजन करने के लिए अपने ढाबे में गया। थाली उसके सामने आ गयी। दो-एक कौर अभी उसने खाये ही थे कि उसकी आँखों के सामने अधजले, विरूप, झुलसे हुए चेहरे आ गये। मुँह का कौर गले में अटक गया। भरी थाली वैसे ही छोड़कर वह उठ खड़ा हुआ और जाने लगा। उस ढाबे में भोजन के लिए आने वाले एक अन्य साथी ने उससे पूछा भी, "क्यों भावे, आज थाली में खाना छोड़ दिया? तबीयत तो ठीक है न?" लेकिन उसने कोई जवाब नहीं दिया। वह साइकिल पर सवार होकर अपने घर लौट आया।

गाँव से चिट्ठी आयी पड़ी थी। उसने खट्टे दिल से ही लिफ़ाफ़ा खोला—विषय वही था···अन्धी-अपाहिज़ बहन की राम-कहानी और अतिरिक्त रक़म की माँग।

उसने चिट्ठी एक ओर रख दी और किताब खोलकर पढ़ने लगा। अन्धी-अपाहिज़ बहन की मज़बूरी और कारख़ाने में जल-मरे सात लोग···इन दोनों बातों को दिमाग़ से निकाल फेंककर पढ़ने लगा। लेकिन उसकी आँखों के सामने अँधेरा छा गया, दिल बेचैन होने लगा। उसने अधखुली किताब अपनी छाती पर यूँ ही पड़ी रहने दी। और माथे पर कलाई धरकर वह कुछ सोचने लगा।

उन सातों में से किसी को भी वह अच्छी तरह से जानता नहीं था। उनके निकट सम्पर्क में आने का कोई मौक़ा ही उसे नहीं मिला था। कभी-कभार एक-दूसरे के हाल-चाल पूछना या फिर यूनियन की बैठकों में साथ-साथ बैठना। उनसे इससे अधिक उसकी आत्मीयता कभी नहीं रही। एक ही कारख़ाने में काम करने के बावजूद उनके बीच एक विशिष्ट दूरी बरकरार रही।

लेकिन अब उसके मन में उनके प्रति सहानुभूति पनप रही थी, उनकी याद से आँखों में नमी छाने लगी थी और दिल में तूफ़ान उमड़ रहा था। उसका अंग-अंग एकबारगी सिहर उठा।

उनकी आखिरी चीख़-पुकार उसके कानों में अभी तक गूँज रही थी। उनका छटपटाना, कराहना, बिलखना···रात-भर यही दृश्य उसकी आँखों के सामने साकार होते रहे। थोड़ी-सी आँख लगी नहीं कि हड़बड़ाकर जाग जाता था।

सवेरे, दफ़्तर के निर्धारित समय से काफ़ी पहले वह घर से चल पड़ा। वह जानना चाहता था कि उन शवों का क्या हुआ, उन्हें किस तरह और कहाँ ठिकाने लगा दिया गया, आदि। एक बार उसे लगा कि रात में ही उसे एकाध चक्कर लगाना चाहिए था। शायद उसकी सेवाओं की आवश्यकता भी पड़ी हो। शायद वह भी किसी के कुछ काम आ सकता था। मैनेजर या उन कामगारों के रिश्तेदारों के काम आ सकता था।

उन सातों कामगारों की पारिवारिक पृष्ठभूमि के बारे में आज पहली बार उसने कुछ सोचा। वह ख़ुद ही हैरत में पड़ गया था कि उन सातों के बारे में अब क्यों इस क़दर चिन्तित हैं। कल ही तो उसने दिल दहला देने वाला दृश्य देखा। पूरी रात-भर उस घटना की स्मृतियों से वह बेचैन रहा, लेकिन इस बीच एक बार भी उनके परिवारों के बारे में उसे कोई ख़याल क्यों नहीं आया? उनके रिश्तेदारों को इस भीषण दुर्घटना का समाचार मिला होगा तो उन पर क्या गुज़री होगी—अपने पति—अपने पिता—अपने बेटे की दर्दनाक मौत की ख़बर से रिश्तेदार चीख़ पड़े होंगे? क्या उन्होंने छाती पीटते हुए स्यापा किया होगा? कारख़ाने के दरवाज़े में धरना देकर बैठे होंगे? अपने स्वजनों की हत्या करने की वजह पर प्रकाश डालने की ज़िद्द उन्होंने की होगी?···

रसायनों की टंकियों के बीच काम करना खतरनाक था। उस सम्बन्ध में कोई विस्तृत जानकारी तो उसे थी नहीं। लेकिन इधर-उधर से 'कानों सुनी' के बल पर उसने यह अनुमान लगाया था कि वहाँ काम करना आफ़तज़दा है। किसी भी समय जान का ख़तरा हो सकता है। टंकियों का रखरखाव समुचित तरीक़े से नहीं होता। वे रसायन विस्फोटक और ज़हरीले हैं। सुरक्षा की पर्याप्त व्यवस्था नहीं है···

शायद इसी वजह से सात कामगारों को अपनी जान गँवानी पड़ी···उसे लगा कि उत्तेजित कामगार फ़ैक्टरी के सामने अवश्य जमा हो गये होंगे। साइकिल तेज़ी से दौड़ाते हुए वह फ़ैक्टरी में दाख़िल हुआ।

फ़ैक्टरी का गेट तो बन्द था। पर वहाँ एक नोटिस ज़रूर लगा था—आज फ़ैक्टरी बन्द रहेगी।

कम्पनी के एक विदेशी निदेशक की मृत्यु के कारण···यह छुट्टी घोषित की गयी थी।

चौकीदार गेट के पास ही था। वह क़रीब आया और कहने लगा, "आज छुट्टी है। फ़ैक्टरी बन्द है···जाओ। वापस जाओ। मौज मनाओ···"

"लेकिन···" उसने कुछ कहने का प्रयास किया।

"कुछ नहीं···"

"कल का एक्सीडेण्ट···"

"मुझे कुछ भी मालूम नहीं—तुम लौट जाओ···बाक़ी सभी कामगार ऐसा ही करेंगे···स्टाफ भी···" चौकीदार कड़ककर कहने लगा।

भावे के बाद और भी दो-एक कामगार आये। उनके पीछे-पीछे कुछ और··· सभी ने नोटिस पढ़ा। चौकीदार की बात सुन ली और अप्रत्याशित छुट्टी की खुशी में वापस चले गये।

दूसरे दिन भावे आया, फिर भी फैक्टरी का गेट उसे बन्द ही मिला। उस दिन वहाँ एक और नोटिस लगा था—'आज कारख़ाने को एक अतिरिक्त छुट्टी दी जा रही है। कल साप्ताहिक अवकाश रहेगा। परसों फैक्टरी पूर्ववत् चालू हो जायेगी।'

—आज्ञा से—

चौथे दिन फैक्टरी का कामकाज शुरू हुआ। अनपेक्षित रूप से मिले तीन दिन के अवकाश से कामगार ख़ुश होने के बजाय उकता गये थे। लेकिन काम पर तो आना ही था। नेमी काम-काज शुरू हो गया, दफ़्तरी कामकाज भी यथावत् चलने लगा। टाइपराइटरों की खड़खड़, टेलीफ़ोन की घनघन, लोगों की आवा-जाही···टेलीफ़ोन, टेलेक्स पर सन्देश आने लगे, फ़ाइलें बन गयीं। काम में हुई प्रगति के आलेख बनाये जाने लगे।

लेकिन भावे के मन में अभी भी वही जिज्ञासा थी कि उस दिन बाद में क्या हुआ? उन शवों का हश्र क्या हुआ? उनके रिश्तेदारों के आक्रोश को किस प्रकार नियन्त्रित किया जा सका?

वह अपने विभाग का काम सुचारु रूप से करने लगा था। बाक़ायदा रिकॉर्ड रख रहा था। माल का उत्पादन···स्टॉक···बिक्री के लिए बाहर भेजा गया माल···डिलीवरी का माल···वह नोट करता रहा।

इतने दर्दनाक हादसे का वहाँ कोई ज़िक्र नहीं था। उसे तो लगा था कि दुर्घटना के बाद वहाँ काफ़ी हंगामा हो जायेगा स्थिति तनावपूर्ण बनेगी। चारों ओर इसी के चर्चे होंगे···

लेकिन ऐसा कुछ नहीं हुआ, सबकी ज़ुबान को जैसे काठ मार गया था। सबके मुँह पर जैसे ताले पड़ गये थे। मानो कहीं कुछ हुआ ही नहीं था। दोपहर के भोजनावकाश में एक छोटी-सी सभा का आयोजन था और उसमें सभी को शामिल होने की हिदायत दी गयी थी। सभा किस सिलसिले में है, इस बात का कोई उल्लेख नहीं था।

उसे बड़ी उत्सुकता थी। वह ठीक समय से वहाँ पहुँचा। उसने खाना भी नहीं खाया था। वह छोटी-सी सभा थी।

अध्यक्ष की कुर्सी पर जनरल मैनेजर बैठे थे। यूनियन के नेता भोसले भी उनके पास ही बैठे थे।

पहले कामगार नेता का भाषण हुआ। उन्होंने कहा, "साथियो, अभी तीन-चार दिन पहले अपने कारख़ाने में एक दुर्घटना हुई। हमारे दो कामगार साथियों की उसमें मृत्यु हो गयी। अपने जनरल मैनेजर साहब ने उनकी जान बचाने की बहुत कोशिश की। लेकिन भाग्य ने साथ नहीं दिया। हमारे साथी बच नहीं पाये। भगवान् उनकी आत्मा को सद्‌गति प्रदान करे। उनकी स्मृति में खड़े होकर हम एक मिनट का मौन रखेंगे। उससे पहले हमारे जनरल मैनेजर साहब मृतकों की विधवाओं को हर्ज़ाने की नक़द रक़म प्रदान करेंगे। मैं साहब से प्रार्थना करता हूँ कि इस मौक़े पर वे भी दो शब्द कहें।"

भावे सब सुन रहा था। उसे लगा कि भोसले ग़लत बयान दे रहे हैं। ज़ोरों से चिल्लाकर असलियत बताने को उसका दिल करने लगा था…कि दो नहीं, सात कामगारों की मौत हो गयी है…उस दुर्घटना में वे जलकर राख हो गये। मैंने अपनी आँखों से वह दृश्य देखा है।

इसी बीच जनरल मैनेजर खड़े होकर बोलने लगे, "पिछले दो-तीन दिन लगातार अपनी फैक्टरी बन्द रही। एक छोटी-सी दुर्घटना घटी। उसके बाद कम्पनी के एक विदेशी डाइरेक्टर की मृत्यु हुई। एक अतिरिक्त छुट्टी दी गयी। और उसी क्रम में साप्ताहिक अवकाश की वजह से फैक्टरी बन्द रही। इन्हीं सब कारणों से शोक-सभा विलम्ब से करनी पड़ रही है। श्रद्धांजलि तो अर्पण करनी ही है। लेकिन एक और भी काम है। एक खुशख़बरी भी सुनानी है। पिछले छः महीनों में कम्पनी को दस लाख का मुनाफ़ा हुआ। हमारे कामगार साथी भी इस मुनाफ़े के हक़दार हैं। इसीलिए मैं हर कामगार को पाँच-पाँच सौ रुपये अनुग्रह-राशि की घोषणा करता हूँ।

सभी कामगारों ने तालियाँ पीट-पीटकर घोषणा का स्वागत किया।

अब यूनियन के नेता उन दो विधवाओं को मंच पर ले आये और उन्हें जनरल मैनेजर के सामने उन्होंने खड़ा किया। जी. एम. ने उनके हाथ में नक़द रुपयों वाला एक-एक पैकेट थमाया।

फिर एक बार तालियों का दौर चला।

भावे के मन में सवाल उठा—बाक़ी पाँच कामगारों का क्या हुआ? लेकिन किसी के भी पास इस बात का जिक्र करना उसके बस का नहीं था, न ही उसकी बात पर कोई यक़ीन करता। इसी बीच मौन श्रद्धांजलि के लिए खड़े रहने का आदेश मिला। उसके बाद काम की छुट्टी। आधे दिन की अतिरिक्त छुट्टी।

सभा समाप्त हुई। कामगार बाहर जाने लगे। अन्य कर्मचारी भी वहाँ से चल दिये।

अनुग्रह-राशि के लिफ़ाफ़े तैयार थे। लिफ़ाफ़ा लेकर ही फैक्टरी से बाहर जाना था। कामगारों ने बख़ुशी यह तोहफ़ा स्वीकार किया और 'अलविदा' कहा। उसके बाद अन्य कर्मचारी। उसके बाद कुछ ज्यादा रक़म के लिफ़ाफ़ों के साथ अधिकारी वर्ग···इसमें कुलकर्णी, लोखण्डे, पाटिल आदि शामिल थे।

भावे वहाँ से बाहर आ गया। दरअसल वह लिफ़ाफ़ा लेना नहीं चाहता था। लेकिन अन्य कर्मचारियों के साथ उसे भी क़तारबद्ध हो जाना पड़ा। सौ-सौ के पाँच नोटों वाला पतला-सा लिफ़ाफ़ा लेकर वह घर आ गया।

आज भी गाँव से चिट्ठी आयी पड़ी थी···उसने पहले तो उधर ध्यान ही नहीं दिया। लेकिन उससे रहा नहीं गया। उसने लिफ़ाफ़ा खोला। मज़मून वही था। अभी तक रुपये क्यों नहीं आये ? पिछले हफ़्ते घर की मरम्मत में काफ़ी ख़र्च हुआ। नये ओझा ने कुछ उपाय बताये हैं।

वह फ़ौरन वहाँ से डाकखाने गया। सम्पूर्ण अनुग्रह-राशि का मनीऑर्डर कर जब वह घर लौटा तब कहीं उसे थोड़ी-सी राहत महसूस हुई।

शाम को अनमने भाव से ही वह ढाबे में खाना खाकर आ गया। फैक्टरी से घर आते समय ही वह अपने प्रिय लेखक की एक पुस्तक साथ लाया था। 'कोयले के खदान में हुई दुर्घटना में मारे गये दो सौ लोगों की करुण कहानी'···उस उपन्यास के मुखपृष्ठ पर यही शीर्षक छपा था। शीर्षक के ये शब्द देखते ही उसकी आँखों के सामने वे सात चेहरे तैरने लगे। रसायनों के विस्फोट का शिकार बने निरीह चेहरे···

वह बेचैन हो गया। उसे लगा कि यह बेचैनी उसे कहीं का नहीं रहने देगी। वह उस पुस्तक की एक पंक्ति भी नहीं पढ़ पाया। बेचैनी कम करने के इरादे से वह कमरे में ही चक्कर लगाता रहा।

मृत्यु सात की हुई और श्रद्धांजलि सिर्फ़ दो के प्रति ! केवल दो के मरने का ही फ़तवा दिया गया। हर्ज़ाने की रक़म केवल दो विधवाओं को···फिर बाक़ी पाँच का क्या हुआ ? क्या वे नहीं मरे ? क्या उनकी चीख़-पुकार किसी ने नहीं सुनी ?

दूसरे दिन किसी काम से वह इंजीनियर कुलकर्णी के पास गया। जिस काम से वह गया था, वह पूरा होने के बाद भी वह उनके सामने ही बैठा रहा।

"और कोई बात है ?" कुलकर्णी ने कहा।

"सर, उस दिन तो सात की मौत हो गयी थी···"

"छोड़ दो उस विषय को !" उसके मुँह से यकायक इस विषय का ज़िक्र सुन कर वे कुछ हड़बड़ा गये। उन्होंने रूमाल से अपना चेहरा साफ़ किया और उसी से पूछा, "तो उसका क्या ?"

"कल की शोक-सभा में केवल दो के प्रति ही श्रद्धांजलि···दो को ही हर्जाना···बाक़ी पाँच का क्या हुआ ?"

"वे पाँच कैजुअल लेबर थे "

"लेकिन मर तो गये न···"

"सो तो सही है, पर···"

"क्या उन पाँचों के प्रति कम्पनी की कोई देयता नहीं है ? क्या उन्हें हर्जाना नहीं दिया जायेगा ? क्या उनकी जानें नहीं गयीं ?"

भावे की उत्तेजना को कुलकर्णी भाँप गये। उन्हें लगा कि भावे कुछ पेचीदा सवाल ज़रूर करेगा। उस स्थिति से बचने के लिए उन्होंने कहा, "यू सी भावे, ये बातें साहब लोगों के सोचने की हैं।"

"यस सर ! आप साहब ही तो हैं। आपको सब पता होगा।"

"भावे, तुम्हारे साथ बहस करने के लिए मेरे पास वक़्त नहीं। तुम जाओ और अपना काम करो।"

संयोग से दूसरे दिन भी भावे को कुलकर्णी के पास जाना पड़ा। काम हो जाने पर भी वह कल की ही तरह बैठा रहा। उन्होंने भावे को चले जाने का इशारा तो किया था। फिर भी वह बैठा रहा। उसने पूछा, "वरिष्ठ स्तर पर क्या तय हुआ सर ?"

"किस सम्बन्ध में ?"

"बाक़ी पाँच कामगारों के बारे में ?"

कुलकर्णी कुछ प्रतिक्रिया व्यक्त करने ही जा रहे थे। लेकिन उससे पहले ही भावे ने कहा, "सर, आप तो दुर्घटना के समय वहाँ मौजूद थे। आपको कुछ तो करना चाहिए सर···"

"मैं भला क्या कर सकता हूँ ? मैं ख़ुद यहाँ से जा रहा हूँ।"

"क्या मतलब ?"

"मेरा तबादला हो गया है। कम्पनी का गुजरात में एक प्लाण्ट है। वहाँ डिप्टी जनरल मैनेजर के रूप में···इट्स अ सॉर्ट ऑफ़ प्रमोशन···" कहकर भावे से हाथ मिलाने के लिए उन्होंने अपना हाथ आगे बढ़ाया। लेकिन भावे ने उनसे हाथ मिलाने में कोई उत्सुकता नहीं दिखलायी। कुलकर्णी भाँप गये और उन्होंने भी हाथ हटा लिया। टेबुल पर पड़े काग़ज़ों को उलटते-पुलटते हुए उन्होंने कहा, "अच्छा, तो तुम चलो, अब मुझे भी कई काम निबटाने हैं। कल सवेरे ही मुझे जाना है।"

भावे उठ खड़ा हुआ। कुलकर्णी ने उसकी ओर आँख उठाकर देखा तक नहीं। भावे को अपनी इस उपेक्षा का अहसास ज़रूर हुआ।

दो दिन बाद उन्होंने पाटील से पूछा, "पाटील साहब, उस दिन कुल सात

कामगार…"

पाँच-छः दिनों के अन्तराल के कारण अब पाटील के दिमाग़ में यह विषय बासी पड़ गया था। उस पर विस्मृति की परतें जमने लगी थीं। लेकिन दुर्घटना के समय उन्हें गहरा सदमा पहुँचा था। काफ़ी दुख भी हुआ था। लेकिन अब उसकी तीव्रता बहुत ही कम हो गयी थी। तथापि, भावे ने याद दिलाया और उनके दिमाग़ में वह दृश्य फिर साकार हुआ। उन्होंने कहा, "रियली अ सॅड इन्सिडेण्ट। किसकी मौत कहाँ, कैसे…"

"आध्यात्मिक धरातल पर सोचने से यह समस्या हल हो जायेगी ? आपको क्या लगता है साहब ?"

भावे के इस सवाल का कोई जवाब उन्हें सूझता न था। दरअसल इस सवाल का मतलब ही वे समझ नहीं पा रहे थे। इसलिए उन्होंने पूछा, "क्या मतलब ?"

"उस दिन सात कामगार हलाक़ हो गये थे। हम चारों उस दुर्घटना के चश्मदीद गवाह थे।"

पाटील जैसे-तैसे मुसकराये। इस विषय का ज़िक्र करने का हल्का-सा संकेत उन्होंने दिया। अन्ततः पूर्णतया विषयान्तर करने की दृष्टि से उन्होंने कहा, "अच्छा, बोलो क्या काम है ?"

"वैसे तो मेरा कोई काम नहीं है। आपको अकेले देखकर यूँ ही चला आया। अभी भी मैं समझ नहीं पा रहा हूँ कि सात कामगार हलाक़ हुए और हर्जाना केवल दो को ! बाक़ी पाँच का क्या हुआ…" भावे ने कहा।

"किसकी मौत कहाँ, कैसे…" अपने इस कथन पर भावे शायद वही अभिप्राय व्यक्त करेगा—यह सोचकर उन्होंने स्पष्टीकरण देते हुए कहा, "मेरा मतलब आध्यात्मिक से नहीं है।"

"तो फिर ?"

"सिच्यूएशन—पता नहीं, कौन किस सिच्यूएशन में…"

"इसका मतलब भी लगभग वही होता है…"

पाटील सोच में पड़ गये। इस विषय पर यहाँ बहस नहीं की जानी चाहिए थी। लेकिन जो हो रहा था, वह भी तो उन्हें नागवार गुज़र रहा था। इसीलिए अपनी अकर्मण्यता को व्यक्त करते हुए उन्होंने कहा, "हम सिर्फ़ देखते रहने के अलावा कर ही क्या सकते हैं ?"

"प्रश्नचिह्न तो लगा सकते हैं।"

"किस बात पर ?"

"बाक़ी पाँच की मौत की अनदेखी पर…"

"किसकी ओर से ?"

"क्या मतलब ? उन कामगारों की ओर से। आखिरकार वे कामगार हैं।

इंसान हैं। उनकी दर्दनाक, बेसहारा मौत···" भावे भावावेग में बहा जा रहा था। उसे यदि इसी तरह से बोलने की छूट दी गयी तो अच्छा-ख़ासा ड्रामा तैयार हो सकता था। इस आशंका से पाटील कुछ-कुछ सहम गये। बहस यहीं रोकते हुए उन्होंने कहा, "भावे, इस सम्बन्ध में यहाँ बहस नहीं की जानी चाहिए। उन लोगों की दर्दनाक मौत के बारे में मुझे पूरी हमदर्दी है। लेकिन···"

"लेकिन क्या ?"

"इससे अधिक कुछ नहीं···"

भावे ने पाटील की आँखों में झाँककर देखा। उनकी बातों में रूखापन था लेकिन आँखों में नमी थी। घटना की तीव्रता उन्हें महसूस हो रही थी। तथापि उनका मुँह बन्द था; बल्कि वे उन्हें बन्द ही रखना चाहते थे। इसके ठीक विपरीत, भावे ख़ूब बोलना चाहता था। चिल्ला-चिल्लाकर कहना चाहता था। उसके दिल में बहुत बड़ा तूफ़ान उमड़ रहा था।

ढाबे में भोजन करने के दौरान अपने पड़ोस में ही बैठे एक साथी से उसने कहा भी, "परसों जो भयावह दृश्य देखा, वह अभी सोते-जागते में आँखों के सामने आ जाता है···"

"कौन-सा दृश्य था ?"

"सात कामगार जलकर राख हो गये···"

"अजी साहब, आप सात की बात कर रहे हैं, लेकिन एक साथ सैकड़ों लोगों को अपनी जान से हाथ धोना पड़ता है।"

भावे चाहता था कि कोई उससे पूछे कि ऐसा क्यों हुआ, कब हुआ, कैसे हुआ, उन सात शवों को कैसे ठिकाने लगाया गया आदि। लेकिन भावे का साथी तीसरी ही कोई बात कहने लगा था। इसलिए भावे ने ही कहा, "आपने यह नहीं पूछा कि वे कहाँ मरे, कैसे मरे—आगे क्या हुआ···"

"उसमें ऐसी कौन-सी नयी बात है ?" उस भोजन-साथी ने ही सवाल किया और कहने लगा, "किसी तरह से मर गये। आगे उनका क्या होना है ? ज़्यादा-से-ज़्यादा पोस्टमार्टम। यदि किसी ने दग़ाबाज़ी की हो तो मुक़दमा। पुलिस वालों की ज़ेब भर दो तो मामला रफादफ़ा हो जाता है। उसमें कौन-सी बड़ी बात है ? देखिए, ऐसी वारदातें आये दिन होती रहती हैं। आप अख़बारों में पढ़ते ही होंगे। जहाँ सैकड़ों की कोई चिन्ता नहीं करता, वहाँ आपके सात लोगों की कौन सुनेगा ? दरअसल अब मौत बहुत सस्ती हो गयी है, किसी की मौत पर आजकल हमें कोई ग़म ही नहीं होता···"

भोजन-साथी की इन बातों से भावे की विचार शक्ति को काठ मार गया। उन्होंने कहा, "यही तो हमारा दुखड़ा है। आदमी लावारिस मरते हैं फिर भी किसी के कानों पर जूँ तक नहीं रेंगती।"

"आपका दिल कितना पसीज रहा है? बताइए, ज़रा मैं भी तो सुनूँ···सात लोगों के जलकर राख हो जाने की ख़बर क्या आपके ज़िगर को बींध गयी?"

लेकिन शब्दों में इन सवालों का जवाब भावे नहीं दे पाये। जो महसूस हो रहा है, उसे ठीक ज्यूँ-का-त्यूँ व्यक्त करना भावे के बस में नहीं था।

रात-भर उसके दिल में यही सवाल मँडराता रहा। उसे क्या महसूस हो रहा था? उस घटना के बारे में, उन कामगारों की मौत के बारे में···?

सवेरे उन्होंने अपना जवाब बना लिया, कि यह सरासर अन्याय है। सात कामगार जलकर राख हो गये। लेकिन हर्जाना सिर्फ़ दो को मिला और बाक़ी पाँच के बारे में कोई ज़ुबान खोलने को भी तैयार नहीं! यह सरासर अन्याय है। बर्बरता है। क्रूरता है। इन्सानी ज़िन्दगी को ही झुठलाने का घिनौना प्रयास है यह।

उसने पाटील साहब से कहा, "क्रूरता, अमानुषता और बर्बरता···इन्हीं शब्दों में उस घटना का वर्णन करना होगा।"

"कौन-सी घटना?"

"वे सात कामगार···"

"अभी भी आप भूले नहीं हैं?"

"जी नहीं, मुझे नहीं लगता कि ज़िन्दगी में मैं कभी भूल पाऊँगा···सदा ही मेरी आँखों के सामने···"

"आदत डालने पर भूल सकेंगे।"

"लेकिन···"

"कोशिश कीजिए, कोशिश करने से हर चीज़ साध्य हो जाती है। मेरी ही बात लीजिए, अब मैं भूल जाने का आदी हो चुका हूँ। दैट इज़ अ डिवाइन इन मॉडर्न साइकिएट्री। तापदायक, क्लेशदायक, तनाव पैदा करने वाली हर बात भूल जानी चाहिए। विस्मृति घावों पर मरहम का काम करती है। ऐसा किसने कहा है?···आप ज़्यादा ही पढ़ते-वढ़ते हैं इसलिए···"

भावे समझ गया कि पाटील इज़ टेकिंग लाइटली। उनका अन्दाज़ मज़ाकिया था। वह चुपचाप वहाँ से चल दिया। नया उत्पादन, स्टॉक, डिलीवरी, आपूर्ति आदि का हिसाब रखना ही भावे की नियति थी।

पाटील साहब ने उसे सुख का गुर तो बता दिया, लेकिन भावे उस घटना को क़तई नहीं भूल सकता था। दफ़्तर में, भोजन के समय, घर में घूमते-फिरते हुए···उसकी आँखों के सामने वे अधजले, विरूप, लावारिस चेहरे ही तैरते रहते। उनकी करुणा और बेबस चीख़-पुकार उसके कानों में गूँजती रहती। और भावे बेचैन हो उठता था।

फैक्टरी का एक छोटा-सा कैण्टीन था। दूसरे या तीसरे दिन लोखण्डे से

वहाँ मुलाक़ात हुई। वे चाय पी रहे थे। उस समय कैण्टीन में सिर्फ़ वे दो ही थे।

"कहिए लोखण्डे साहब···" उसने आवाज़ दी और उनके क़रीब आ गया। उसकी आवाज़ से लोखण्डे चौंक गये थे।

"बोलिए। ख़ैरियत तो है न ?"

"जी नहीं। मैं क़तई मज़े में नहीं हूँ।"

"क्यों भला ? आपको तो ज़्यादा ख़ुश रहना चाहिए। न बीवी, न बच्चे। न बच्चों के एडमीशन का चक्कर, न कैपिटेशन फ़ीस की चिन्ता···" लोखण्डे ने मुसकराते हुए कहा।

भावे को अचरज भी हुआ और झुँझलाहट भी हुई। क्या बच्चों के एडमीशन और कैपिटेशन फ़ीस ही चिन्ता के विषय हो सकते हैं ? इनसे अधिक महत्त्वपूर्ण विषय चिन्ता के कारण ही नहीं बन सकते ? उसने कहा, "शुक्र है कि इन चिन्ताओं से मैं मुक्त हूँ।"

"तो फिर ? अपनी शादी की चिन्ता है ?"

"जी नहीं।"

"कमाल है ! तो फिर ऐसी कौन-सी उलझन है आपको, जिसके रहते आप ज़िन्दगी का आनन्द नहीं ले पा रहे हैं ?" लोखण्डे ने अनायास यह सवाल किया। इसका करारा जवाब भावे ने दिया।

"मेरे हिसाब से इस दुनिया में अमन-चैन, ज़िन्दगी की खुशियाँ आदि के बारे में सोचना भी हमारे लिए शर्म की बात है। लेकिन मुझे इसकी चिन्ता नहीं। मेरी चिन्ता का कारण कुछ और ही है···"

"ज़रा हमें भी तो पता चले···"

"उन पाँच कामगारों का हश्र क्या हुआ ? जिस दुर्घटना में वे जलकर मर गये, उसके चश्मदीद गवाह हैं हम लोग···"

लोखण्डे को क़तई यह उम्मीद नहीं थी कि इस वक़्त भावे इसका ज़िक्र करेगा। उसके अप्रत्याशित सवाल से लोखण्डे हड़बड़ा गये। वे सहमकर इधर-उधर देखने लगे···किसी ने देखा तो नहीं···किसी ने सुना तो नहीं ?

"आगे मुझे कुछ भी पता नहीं चला, इसलिए पूछ रहा हूँ···" उनकी हड़बड़ाहट को भाँपकर भावे ने कहा।

"आप जानकर करेंगे भी क्या ?"

"क्या करूँगा ? मैं जानना चाहता हूँ, बस···"

"क्या जानना चाहते हो ?"

"यही कि अन्ततः उन कामगारों का हश्र क्या हुआ ? उनके शवों को किसने कब्ज़े में लिया ? उन्हें किस प्रकार ठिकाने लगा दिया गया ? उन्हें हर्जाना क्यों नहीं दिया गया ?" भावे ने सवालों का सिलसिला शुरू किया।

"लोखण्डे अब सावधान हो गये। उसके सवालों का रुख़ वे भाँप गये थे। वे कुछ असमंजस में पड़ गये थे कि उसके सवालों का जवाब क्या दिया जाये। थोड़ा-सा सोचकर उन्होंने कहा, "कम्पनी ने उस दिन नक़दी सहायता जो दी थी ?"

"लेकिन सिर्फ़ दो को···"

"तो कितनों को दी जानी थी ?"

"मरे हुए सभी को।"

"कितने मरे थे ?"

"सात···सात लोग मरे थे हम चारों इसके गवाह थे।" लोखण्डे ने चाय पीकर कप प्लेट में रख दी और जाने के लिए वे उठ खड़े हुए, "मुझे तो कुछ याद नहीं पड़ता।"

"आपको याद नहीं ? हम चारों वहाँ मौजूद तो थे···"

"देखिए मि. भावे, अनचाहे झंझट में खुद को न फँसा लेना···" और वे वहाँ से चल दिये।

भावे कुछ सोचते हुए बैठा था। आज वह लाइब्रेरी से एक किताब लाया था, उसे ही वह उलट-पुलटकर देखने लगा था। इसमें भी उसका दिल नहीं लग रहा था···वे सात कामगार···उनके अधजले शव और बाक़ी पाँचों का हश्र ?

उसे लग रहा था कि—

इस सवाल का जवाब सिर्फ़ मुझे ही मालूम नहीं है।

कुलकर्णी को पता है।

पाटील को मालूम है।

लोखण्डे को मालूम है।

सिर्फ़ मैं ही अनभिज्ञ हूँ।

सीनियर इंजीनियर कुलकर्णी अचानक उसे रास्ते में टकराये।

"क्यों साहब ? अभी आप गये नहीं ?"

"अचानक कुछ घरेलू दिक्क़त आ गयी। दो-चार दिन में चला जाऊँगा। मैंने सहूलियत माँग ली है···" कहकर वे चल दिये। ज्यादा देर रुकना यानी भावे के साथ अनावश्यक बहस को छेड़ना था। लेकिन भावे उनका पीछा थोड़े ही छोड़ने वाला था ? शाम को उनके घर जाकर उन्हें पकड़ लिया। यदि भावे के आने का अन्देशा होता तो दरवाज़ा क़तई न खोलने की सख़्त हिदायत उन्होंने घर वालों को दी होती। लेकिन अप्रत्याशित रूप से दरवाज़ा खुल गया।

वह समझ गया कि उसके आगमन से कुलकर्णी को कोई प्रसन्नता नहीं हुई है। उन्होंने औपचारिक बातचीत की और चुप हो गये। भावे ने सीधे ही चोट की, "सर, आप मुझे असलियत क्यों नहीं बताते ?"

"कौन-सी असलियत ?" उन्होंने झुंझलाकर कहा।

"उन पाँचों के बारे में ?"

बार-बार यही सवाल दुहराने से वे चिढ़ गये थे। उन्होंने झल्लाकर कहा, "वे मर गये।"

"सो तो मैं देख चुका हूँ सर·· वे सिर्फ़ मरे नहीं, जलकर खाक़ हो गये, यह तो मुझे पता है। लेकिन मैं उसके आगे की बात जानना चाहता हूँ।"

"जानकर क्या करोगे ?"

"बस यूँ ही। या फिर उनके प्रति सहानुभूति है इसलिए···उनकी लावारिस मौत ने मेरा चैन हर लिया है इसलिए···"

कुलकर्णी को लगा कि अब वह फिर से उत्तेजित होगा, बेचैन हो जायेगा।

"देखो भावे, ऐसी बातों की गहराई में जाने से···"

"फिर भी मैं जानना चाहता हूँ···"

"लेकिन उससे क्या हासिल होगा तुम्हें ?"

"पता नहीं, सर !"

कुलकर्णी ने उसे घूरकर देखा। यह इस क़दर दृढ़ता से बात कर सकता है ? थोड़ी-सी उद्दण्डता और धृष्टतापूर्ण अन्दाज में ? आख़िर यह सब जानकर वह करेगा क्या ? किसी से जवाब-तलब तो नहीं करेगा ?

"आपकी पारिवारिक पृष्ठभूमि क्या है, मि. भावे ?" कुलकर्णी ने सहानुभूतिपूर्वक पूछा।

"किसलिए सर ?"

"यूँ ही।"

"सामान्य है सर ! माँ-बाप गाँव में हैं। खण्डहरनुमा मकान और अन्धी-अपाहिज़ एक बहन।"

उसकी पारिवारिक स्थिति का ब्यौरा सुनकर कुलकर्णी का दिल पसीज गया। उन्होंने पूछा, "फिर भी आप उन पाँचों के बारे में जानना चाहते हैं ?"

"बेशक, सर !" उसने फिर उसी दृढ़ता से कहा।

"वे सातों वहीं-के-वहीं जलकर राख हो गये थे। हम लोगों ने देखा भी तो था।"

"उसके बाद जी. एम. ने मुझे वहाँ से चले जाने के लिए मजबूर कर दिया था।"

"राइट। उसके बाद कोई ख़ास बात नहीं हुई। जी. एम. के एक डॉक्टर मित्र आये। पुलिस अफ़सर भी आये। वे भी उनके मित्र ही थे। रिपोर्ट लिखी गयी। उसमें उल्लेख किया गया कि दुर्घटना में दो कामगार मारे गये। बाक़ी पाँच अपनी ग़लती से···वे ग़लत तरीक़े से रसायनों का प्रयोग कर रहे थे। दे वर नॉट

टोल्ड ऑर रिक्वायर्ड टु डू दैट जॉब। वे मजदूर थे। टेम्परेरी लेबर। अतिरिक्त कार्य की वजह से उसी दिन उन्हें काम पर लिया गया था। उन्हें घर जाने के लिए कहा गया था। फैक्टरी की पारी भी ख़त्म हो चुकी थी। पुलिस वालों ने ही उनके शवों को ठिकाने लगाया। यस। बाद में काफ़ी देर तक रोने धोने की आवाज़ें आती रहीं—लेकिन यू सी, पुलिस वाले तो सहायता के लिए थे ही··· और फिर उन्हें नक़द पाँच-पाँच सौ दिये जा चुके हैं···नॉट ॲज कॉम्पेन्सेशन··· लेकिन सहायता के तौर पर···वे अपनी ग़लती से मारे गये—ऐसी स्थिति में कम्पनी भला कर क्या सकती है ?"

"क्या वाक़ई वे अपनी ग़लती से मारे गये ? मेरी जानकारी के अनुसार आपने उन्हें रोक लिया था···और उन्हें केवल अतिरिक्त काम निबटाने के उद्देश्य से सिर्फ़ एक दिन के लिए ही काम पर नहीं लगाया गया था। वे नियमित रूप से काम के लिए फैक्टरी में आ जाया करते थे। दरअसल रसायनों की टंकियाँ पर्याप्त सुरक्षित नहीं थीं।" भावे अपने तईं जानकारी देने लगा।

"आप कहना क्या चाहते हैं ?"

"यही कि आप जो कुछ बता रहे हैं वह सही नहीं है—आप लीपापोती कर रहे हैं। पुलिस की रिपोर्ट असत्य है···" वह भुनभुनाया।

"गेट आउट···गेट आउट फर्स्ट।" खड़े होकर कुलकर्णी ने कड़ककर कहा, "तुम्हारे जैसा एक जूनियर क्लर्क···वर्किंग इन अवर स्टोर्स डिपार्टमेण्ट। इस तरह के आरोप करने की जुर्रत कर सकता है—बेशरम···नालायक···गेट आउट, आइ से गेट आउट···" वे ग़ुस्से के मारे काँपने लगे। उनकी आवाज़ सुनकर घर के अन्य व्यक्ति उस कमरे में आ धमके। उनकी ओर देखते हुए उन्होंने कहा, "दिस रास्कल···हमारी फैक्टरी में दो कौड़ी का क्लर्क है और यहाँ आकर मुझे पट्टी पढ़ा रहा है···हमारी बिल्ली और हमसे म्याऊँ···!"

"फैक्टरी के चौकीदार को बुलाऊँ या सीधे पुलिस-स्टेशन को ही ?" टेलीफ़ोन की ओर जाते हुए कुलकर्णी के बेटे ने कहा।

"कोई ज़रूरत नहीं। मैं तो वैसे भी चला जाऊँगा···" भावे उठकर चल दिया।

वह भीतर-ही-भीतर सुलग रहा था।

उसने अब पाटील का दामन थामना चाहा। लेकिन भावे को देखते ही पाटील ने निगाहें फेर लीं। उससे बातचीत करना तो दूर, वे फ़ाइलों में गड़ गये।

"पाटील साहब···" भावे ने आवाज़ दी।

"कहिए···" आँखें ऊपर उठाये बिना ही पाटील ने कहा।

"मुझे कुछ-कुछ पता चल गया है···"

"किस सम्बन्ध में···?" जानकर भी वे अनजान बन रहे थे।

"उन पाँच कामगारों के बारे में···पुलिस और डॉक्टर की मिली-भगत से ग़लत रिपोर्ट बनवायी गयी। उनके अपनी ही ग़लती का शिकार होने की बात लिखवायी गयी। यक़ीनन उनकी मौत लावारिसों की मौत थी। पाटील साहब।"

अब पाटील उनकी ओर देखने लगे। भावे को एक मामूली-से क्लर्क के रूप में पिछले डेढ़ साल से वे देख रहे थे। लेकिन उनके लिए उसका यह रूप बिलकुल नया था।

"आख़िर आप कहना क्या चाहते हैं?" पाटील ने सौम्यतापूर्वक पूछा।

"यह सरासर अन्याय है पाटील साहब···अपने कुलकर्णी साहब ने उन्हें रोक लिया था। अपनी फैक्टरी की टंकियाँ ही दोषपूर्ण थीं। वे अपनी ग़लती से नहीं मरे। उन्हें मारा गया।"

"भावे, क्या आप नहीं जानते कि यह कम्पनी के प्रशासन पर बहुत बड़ा आरोप है?" पाटील ने पूछा।

"यह आरोप नहीं, हक़ीक़त है," भावे ने उतनी ही दृढ़ता से कहा। इसके जवाब में कोई दलील पेश करने की दृष्टि से वे सोचने लगे। लेकिन इस बीच भावे ने कहा, "उनकी लावारिस मौत से आपका दिल पसीज गया था···हमें कुछ करना चाहिए···लेकिन मेरे अकेले के सोचने से क्या होता है···आपको जो लगता है वही···"

पाटील ने तिस पर कोई टिप्पणी नहीं की। वे मन-ही-मन कुछ गुनते रहे।

"मैं जानता हूँ। उनके लिए आपके मन में करुणा है, दर्द है लेकिन लाचार रहम नहीं है। उन्हें न्याय दिलाने के लिए···"

"देखिए भावे, हम किस-किस को न्याय दिलायेंगे?"

"जहाँ तक सम्भव है और जिन्हें इसकी आवश्यकता है उन्हें···" भावे ने आत्मीयता से कहा।

"माफ़ कीजिए मि. भावे, लेकिन मुझे लगता है कि आप अति आदर्शवादी कल्पनाओं की ऊँची-ऊँची मीनारों में रहते हैं—आप जिसे अन्याय कहते हैं वह शायद अन्याय नहीं भी हो सकता है···"

"सो कैसे?"

"क़ानून की भाषा में उसे अन्याय सिद्ध नहीं किया जा सकता।"

"फिर भी, कुछ-न-कुछ करने का सन्तोष···"

'लेकिन इससे क्या फ़ायदा होगा?"

"कोई जवाब-तलब करता है—निषेध करता है—अन्याय का प्रतिकार करने के लिए सिद्ध हो जाता है···"

"क्या आप अकेले ही काफ़ी नहीं हैं? बाक़ी लोगों को इस झंझट में क्यों

फँसा रहे हो?"

"आप इसे झंझट कह रहे हैं?"

"बेशक़। क्योंकि जो मरे सो मुक्त हो गये। उन्हें यथासम्भव वित्तीय सहायता दी गयी। बात खत्म। हमें उस कढ़ी में उफान लाने की क्या ज़रूरत है?" पाटील सफ़ाई पेश करने लगे। और भावे के मन में कुछ नया युक्तिवाद सुनने से पहले ही उन्होंने आगे कहा, "मोर ओवर, मैं वाक़ई इस झमेले में नहीं पड़ना चाहता। क़ानूनन यह मामला रफ़ादफ़ा हो चुका है। यदि साहब लोगों के ध्यान में यह बात आ गयी कि मैं बाग़ियों के पक्ष में हूँ, तो प्रशासन विभाग को मेरे बारे में ग़लतफ़हमी हो सकती है। मैं विदेश-गमन का मौक़ा हाथ से नहीं जाने देना चाहता—विदेश में प्रशिक्षण के लिए मुझे चुना गया है···"

पते की बात भावे समझ गया। आगे कुछ भी कहे बिना भावे उठ खड़ा हुआ और उसने कहा, "बधाई हो, मुबारक़ हो। आपकी विदेश-यात्रा के लिए अनेकानेक शुभकामनाएँ···"

"और हाँ···" पाटील ने भावे को बुलाकर कहा, "प्लीज़! दुबारा यह विषय मत छेड़ना। वरना मैं चक्कर में पड़ जाऊँगा। मेरा पूरा कैरियर चौपट हो जायेगा···"

"प्रॉमिस···" पाटील से हाथ मिलाकर भावे चल दिया।

सुपरवाइज़र लोखण्डे ने भी उसे वही कहा, "भावे, मान लिया कि आपका कहना सही है। लेकिन यू सी—यह निर्णय जी. एम. ने लिया था। वैसे तो मामला बड़ा ही पेचीदा था। लेकिन जी. एम. मज़बूत थे इसलिए वे मैनेज कर सके वरना सौदा बड़ा महँगा पड़ता। कामगारों को तथा हम लोगों को भी जो अनुग्रह-राशि मिली···वह पूरी की पूरी इन भिखमंगों की मौत पर खर्च हो जाती। उस दिन मुझे दो हज़ार रुपये मिले। उन्हीं रुपयों से ही तो ये स्टीरियों ख़रीद सका। वैसे तो हर एक आदमी की मौत दर्दनाक ही होती है। जिसकी तक़दीर उसके साथ··· हम चुप बैठने के अलावा और कर भी क्या सकते हैं?"

लेकिन भावे चुप रहने को क़तई तैयार न था। कुछ-न-कुछ किया जाना चाहिए। उन पाँच लावारिस···

वहाँ से उठकर वह कामगार-नेता भोसले के पास चला गया। उसे लगा कि जो अन्दर की बात वह सुनायेगा उससे भोसले दंग रह जायेंगे। आगबबूला हो जायेंगे। लेकिन ऐसा कुछ नहीं हुआ। लेकिन उसके मुँह से ब्यौरा सुनने के बाद भोसले ने कहा, "यह कोई नयी बात थोड़े ही है, भावे?"

"यानी कि आप हक़ीक़त जानते हैं?"

"बेशक़ जानता हूँ! कामगारों के हितों की रक्षा करनी हो तो सब बातें मालूम हो ही जाती हैं।"

"आपके कामगार-हितों में उन पाँच कामगारों का हित भी शामिल है या नहीं ?" भावे ने बिना लाग-लपेट के पूछ लिया।

"शामिल क्यों नहीं है ? वे उससे अलग थोड़े ही हैं। लेकिन दुख की बात है कि वे कामगार हमारे नहीं थे।"

"क्या मतलब ?"

"वे असंगठित कामगार थे और उन्हें न्याय दिलाना असंगठित कामगार संघ का काम है, हमारा नहीं। हम तो अपने संगठित कामगारों के मामले में दखल देते हैं। हमारी ताक़त भी कितनी है ? हमारा दायरा भी तो सीमित है। अपनी क़ूबत से अधिक का काम भला हम कैसे कर पायेंगे ? और हाँ, अपना काम करने/करवाने में हम किसी से नहीं डरते। लेकिन हम किसी और जगह टाँग नहीं अड़ायेंगे। बिलावजह किसी की मार थोड़े ही खानी है ? कौन, किस समय, कैसे चोट करेगा, क्या पता ?"

"यानी कि···"

"यानी यही कि हम तो केवल अपने सदस्यों का हित देखेंगे। इस साल बीस प्रतिशत बोनस मिलना ही चाहिए। यह काम हमारे ज़िम्मे है। जी. एम. साहब तो उसी दिन राज़ी हो गये थे···"

"उसी दिन, यानी कब ?"

"जिस दिन शोकसभा हुई थी। उनकी केबिन में हमारी बाक़ायदा बातचीत हुई। कहने लगे—'भोसले जी, इस साल वर्कर्स को ट्वेन्टी पर्सेन्ट देंगे।' अब तो ख़ुश हैं न आप ? और क्या चाहिए ?"

"जी नहीं। और कुछ नहीं चाहिए।" कहकर भावे वहाँ से चल दिया।

रात को देर तक अपने कमरे में किताब पढ़ता रहा। लेकिन पढ़ते समय उसकी आँखों के सामने बार-बार वही दृश्य तैर जाता था—भयंकर विस्फोट, चीख़-पुकार, अधजले शव। उस महाभयंकर अनुभव ने उसकी आस्था को जड़ समेत झकझोरा था। और फिलहाल उसकी बेचैनी की भी यही वज़ह थी।

दिल के उखड़ेपन को कम कराने की दृष्टि से वह अपने एक दोस्त को चिट्ठी लिखने लगा। पहले तो उसे लगा कि अपने माँ-बाप को इस पूरी घटना के बारे में लिखा जाय···कि आप एक अन्धी-अपाहिज़ सन्तान का पूरा दुख वहाँ उठा रहे हैं तो मैं यहाँ गुलछर्रे थोड़े ही उड़ा रहा हूँ···?

लेकिन उसने माँ-बाप को कुछ नहीं लिखा। उसे मालूम था कि वे उसके जवाब में सिर्फ़ एक पंक्ति लिखेंगे—अब समाज का बीड़ा उठाओ और नौकरी से हाथ धो बैठो। हमारी यातनाओं को और बढ़ावा दो···

माँ-बाप के बजाय उसने अपने दोस्त को विस्तार से लिखा। पत्र के अन्त में उसने यह भी शामिल किया···वह सब मैं ज़ज्ब नहीं कर सकता। शायद उन

पाँचों के लिए सिर्फ़ मुझे ही अपनी आवाज़ उठानी पड़ेगी। यदि आवश्यक हुआ तो आन्दोलन के ज़रिए लोगों को जगाना पड़ेगा। लावारिस, मूक मृत्यु का क्या यही हश्र होगा ?"

आक्रोश, आन्दोलन, अन्याय और अत्याचार के ख़िलाफ़ आवाज़···वह रोमांचित हो उठा।

स्थानान्तरित जगह जाने से पहले वरिष्ठ इंजीनियर कुलकर्णी जी. एम. से मिलने आये। इधर-उधर की औपचारिक बातें होती रहीं और विदाई के समय जी. एम. से हाथ मिलाते हुए कुलकर्णी ने कहा, "सर, डु यू नो दैट भावे?··· फ्रॉम अवर स्टोर्स डिपार्टमेण्ट ?"

"दैट चैप ? वो जो उस दिन वहाँ था ?"

"राइट सर !"

"उसका क्या हुआ ?"

"मेरे हिसाब से वह कम्पनी के लिए सिरदर्द बन सकता है ?" जी. एम. सतर्क होकर आगे की बात सुनने लगे—"दैट इन्सिडेण्ट—अभी भी उस घटना को वह भूला नहीं है। उस दिन भी उसके दिमाग़ को सदमा तो पहुँचा ही था। और फिर उसके दिमाग़ पर एक फ़ितूर सवार हुआ है। दोज़ फ़ाइव लेबर्स···उन्हें नहीं के बराबर हर्ज़ाना मिला···"

"लेकिन हमने पाँच-पाँच सौ दे तो दिये हैं ?"

"यस सर, लेकिन वह चाहता है कि पेरोल पर जो कामगार थे, उन दोनों को जितना मिला उतना···"

"इम्पॉसिबल।"

"दैट्स राइट सर। आइ टोल्ड हिम दि सेम थिंग, सर···"

"लेकिन आप···?"

"उस दिन वह मेरे घर आया था। वहाँ उसने बड़ा ऊधम मचाया। मैंने उसे एक-एक बात समझाने की कोशिश की। मैंने कहा—'उन पाँचों को घर चले जाने के लिए कहा गया था। उन्हें उन टंकियों के पास कोई भी काम न करने की हिदायत भी दी गयी थी—फिर उन्होंने अपने जोखिम पर ज्यादा होशियारी दिखलायी और मौत को आमन्त्रित किया।···दि सेम थिंग इज़ मेंशण्ड। इन दि पुलिस रिपोर्ट···"

"दैट्स राइट···"

"लेकिन उसका कहना है कि मैं झूठ बोल रहा हूँ।"

"उसकी ये जुर्रत ? आप जैसे सीनियर आदमी का भी लिहाज़ नहीं ?"

"यस सर ! बट आइ डिड नॉट टॉलरेट दैट। मैंने तो उसे बाक़ायदा घर से निकाल दिया। ख़ैर, उसकी तो कोई बात नहीं। लेकिन वह हमारे नाक का बाल

ज़रूर बनेगा। गर्म दिमाग़ का आदमी है।"

"भावे···मीन्स ब्रहमिन···"

"यस सर···लेकिन आजकल हमारे ही समाज के कुछेक नौजवानों के दिमाग़ में दीमक लगी है···दलितों की चीख़-पुकार तो समझ में आती है, लेकिन अपने ही लोग···" कुलकर्णी समझ गये कि वे अनचाहे मुद्दे पर बोलने लगे हैं। इस विषय को यहीं छोड़ देना चाहिए। वरना···इसीलिए दूसरे ही क्षण वे सँभल गये और कहने लगे, "मैं तो आपको सिर्फ़ आगाह कर देना चाहता था कि, बी केयर-फुल। उस पर कड़ी नज़र रखनी होगी।"

"आइ विल टेक केयर ऑफ़ इट···" कहकर जी. एम. ने उन्हें विदा किया।

कुलकर्णी की ही बात को पाटील और सुपरवाइज़र लोखण्डे ने दुहराया—"यस सर ! दिस भावे मे क्रिएट सम ट्रबल। बार-बार उसी की रट लगाये रहता है। ऐसा ऊल-जुलूल कुछ भी न बकने के लिए हमने उसे आगाह भी किया। लेकिन वह अपना वही रिकॉर्ड बजाता है···उन पाँच कामगारों का क्या हुआ ? उनके साथ अन्याय हुआ है। उन्हें हर्जाना क्यों नहीं···"

"एक और सवाल भी वह करता है—उनकी मौत लावारिस क्यों है ? पता नहीं, अपने आपको क्या समझता है ? ऐंग्री यंग मैन या···?"

"तो आपकी क्या राय है ? क्या किया जाना चाहिए ?"

"आयदर दिस।"

"आर दैट···"

चार दिन बाद ही प्रशासन विभाग-प्रमुख श्री काणे ने भावे को बुला लिया और पूछा, "भावे, एक ऑफर है। आप स्वीकार करेंगे ?"

"बताइए···" भावे ने निर्विकार भाव से कहा।

"अपने हेड ऑफ़िस को कुछ लोगों की आवश्यकता है। अपनी सभी शाखाओं से कुछ लोगों को छांट-छाँटकर भेजना है। जी. एम. ने आपके नाम की सिफ़ारिश की है—ऑफ़कोर्स, दिस इज़ नॉट अ मीयर ट्रान्सफर, नॉर ईवन अ प्रमोशन। लेकिन सुविधाएँ ज़्यादा हैं। दो-चार वेतन वृद्धियाँ मिलेंगी। यू विल गेट अ क्वार्टर आफ़्टर सम टाइम। आप अपने माँ-बाप के साथ एक अच्छी जगह अमन-चैन से रह पायेंगे। यू नो कि अपना हेड ऑफ़िस ठाणे में है। ठाणे यानी बम्बई ही है···"

"कब तक जाना होगा ?"

"तुरन्त। ईवन टुमारो···"

"शाम तक मैं बताऊँगा···"

वह पाटील के पास गया और उसने कहा, "सर, उस मामले में आगे कुछ नहीं होगा क्या ?"

"कौन से मामले की बात कर रहे हैं आप ?"

"वही मृत्यु-काण्ड···अपने पाँच कामगार···"

"यानी कि आपके दिमाग़ में अभी भी वही कीड़ा कुलबुला रहा है ? आप भी कमाल करते हैं।"

"इसमें कमाल की क्या बात है ?"

"एक होनहार युवक को किसी काल्पनिक मामले में उलझकर क्या अपना कैरियर चौपट कर लेना चाहिए···?"

"काल्पनिक मामला ?"

"और नहीं तो क्या ? कम्पनी के मैनेजमेण्ट की दृष्टि से यह मामला कभी का रफ़ा-दफ़ा हो चुका है—क़ानूनन और तकनीकी दृष्टि से भी।"

"और नैतिक दृष्टि से ?"

इसके जवाब में वे ठठाकर हँस दिये और उन्होंने एक अलग ही सवाल किया, "आपने स्थानान्तरण के लिए स्वीकृति दे दी और आप हेड ऑफ़िस जा रहे हैं—क्या यह सच है ?"

"आपसे किसने कहा ?"

"सुनने में तो यही आया है। इसी में समझदारी भी है। बम्बई में ट्रान्सफ़र और कम्पनी की ओर से मकान ! आप माँ-बाप के साथ वहाँ ठाठ से रह सकेंगे, शादी कर लीजिए, घर बसाइए···इस प्रकार एक काल्पनिक मामले का फ़ितूर तो आपके दिमाग़ से उतर जायेगा।" अधिक कुछ कहे बिना भावे वहाँ से चला गया।

उसने काणे को लिखकर भेज दिया, "मुझे आपका प्रस्ताव मंजूर नहीं।"

"लेकिन क्यों ?"

"क्योंकि मैं यहीं रहना चाहता हूँ। पाँच लोगों की लावारिस मृत्यु के रहस्य का पर्दाफ़ाश मैं करना चाहता हूँ···"

"ओ. के.।"

काणे ने जी. एम. को खबर कर दी, "भावे ने मना कर दिया है। वह तो उन पाँचों की मौत की गुत्थी यहीं रहकर सुलझाने पर आमादा है···"

"यानी कि वह हमें चैन से नहीं रहने देगा···"

"मेरा भी यही अनुमान है, सर···"

"क्या और कोई रास्ता नहीं है ?"

"क्या ?"

"छुट्टी कर दीजिए। साले को करने दीजिए क्रान्ति···"

"लेकिन छुट्टी कैसे करें ? ही इज़ वेरी सिन्सियर एण्ड पर्टिक्युलर···"

"फिर भी, कोई तरीक़ा ढूँढ़ लीजिए···"

"अपने स्टोर्स विभाग में भावे काम करता है। माल का लेन-देन, स्टॉक, सप्लाई।"

प्रशासन विभाग के लोग अचानक स्टॉक टेकिंग के लिए आये। स्टॉक की गिनती शुरू हो गयी।

किसी ने कहा, "फ़लाँ-फ़लाँ माल यहाँ दिखाई नहीं देता। और यह माल तो वेरी वैल्यूएबल रॉ मैटेरियल···"

चेकिंग, रिचेकिंग।

रैंक, आलमारियाँ।

कहीं भी नहीं मिल रहा।

मिसिंग।

वर्थ फ़ाइव थाउज़ैण्ड रूपीज़।

"साहब, क्या किया जाये?" जी. एम की राय माँगी गयी।

"पुलिस में शिकायत दर्ज़ करो। दे विल फाइण्ड दि ट्रुथ।"

"ओ. के. सर!"

पुलिस आयी। उन्होंने जवाब-तलब किया। चोरी का अपराध, लगभग पाँच हज़ार का माल।

"आपको किस पर शक़ है?"

"शक़ तो भावे पर है। ही इज़ इंचार्ज ऑफ़ स्टोर्स—उसके अलावा···"
गहरी छानबीन के लिए भावे को हिरासत में ले लिया गया।

रात हो गयी है। भावे पुलिस की हिरासत में है।

उसके घर पर गाँव से चिट्ठी आयी पड़ी है—एक बार इस अन्धी-अपाहिज बिटिया के झंझट से मुक्त हुआ तो सीधे ही तुम्हारे पास आ जाऊँगा। तब तक तुम तरक़्क़ी ले लो। पगार भी ठीक-ठाक हो जायेगी। इस बीच इस लड़की की मौत का इन्तज़ार हम करते हैं···

पुलिस की हिरासत में भावे दीवार पर अपना सिर पटक रहा है। ज्यों-ज्यों वह सिर पटक रहा है, त्यों-त्यों वह अधिक गर्म होता जा रहा है···

न्यूज़ स्टोरी

एक्सिडेण्ट स्टोरी यानी दुर्घटना की राम कहानी के पन्ने मेरे सामने पड़े थे और उन्हीं पर मेरी आँखें गड़ी थीं। एक स्थानीय दुर्घटना का समाचार था वह। हमारे संवाददाता श्री भिडे ने ही वह कॉपी लिखी थी और उसके साथ तसवीरें भी थीं। ये तसवीरें भिडे ने ही उतारी थीं। मूलतया भिडे छायाकार ही था, लेकिन धीरे-धीरे पत्रकारिता में उलझ गया था। शुरू-शुरू में भिडे केवल तसवीरें उतारता था, समाचार कोई और बनाता था। लेकिन क्रमशः वह दोनों काम करने लगा था। दुर्घटना दोपहर में हुई थी, और भिडे ने तसवीरों के साथ पूरी राम कहानी लिखकर तैयार भी की थी। दफ़्तर में मेरे आते ही मेज़ पर मुझे यह सामग्री पड़ी मिली थी। भिडे की लिखावट साफ़-सुथरी होने से उसकी कॉपी फ़ौरन छपने के लिए जाती थी, और फिर शुद्ध लेखन की ओर भी वह पूरा-पूरा ध्यान देता था। सम्पादक की अपेक्षा मोनो ऑपरेटर को ऐसी कॉपी से सामग्री कम्पोज करने में बड़ा सुभीता हो जाता था। अतएव दफ़्तर में आते ही मैंने उसकी कॉपी पढ़ ली थी, तसवीरें भी देख चुका था। अख़बार के पन्नों पर जा रही अन्य सामग्री की जानकारी प्राप्त कर उनकी प्रस्तुति का मानचित्र मन-ही-मन मैं गुनता रहा। इस जोड़-तोड़ के साथ ही, भिडे की उस सामग्री के बारे में भी बराबर सोच रहा था।

दुर्घटना बहुत भारी नहीं थी, न ही मृतकों की संख्या बहुत ज्यादा थी। शहर में पाँच मंजिला सांस्कृतिक केन्द्र निर्माणाधीन था और उसी की एक दीवार ढह कर ढूह हो गयी थी। उसके मलबे में दबकर चार-पाँच लोग मर गये थे, जिनमें से दो-तीन तो वहीं के मजदूर थे। बाक़ी दो-तीन लोग फुटपथिये थे। यानी कि पास के फुटपाथ पर झोंपड़ी बनाकर रहने वालों में से थे। कुल मिलाकर चार मर्द, एक महिला और एक बच्चा···इतने ही लोगों के मारे जाने की ख़बर थी।

वैसे तो इमारतें ढहती ही रहती हैं और ऐसी दुर्घटनाओं में आदमी भी मरते रहते हैं। दमकल के जवान मलबा निकालते हैं, मलबे के नीचे दबे ज़िन्दा

लोगों को बाहर निकालते हैं, और लाशों को भी। अखबारी नुमाइन्दे घटना की तसवीरें लेते हैं, ख़बरे छापते हैं, 'जिन रखवाला भगवान होय, तो मार सके ना कोय' शीर्षक से, चौखटे में ऐसे व्यक्तियों की ख़बरें छापते हैं, जो अश्चर्यजनक ढंग से बच निकले हों ! इसमें भी नया कुछ नहीं है। क्योंकि अपने समाचार को अधिकाधिक प्रभावशाली ढंग से पेश करने का प्रयास तो हर नुमाइन्दे को करना ही पड़ता है। कई तरह के हथकण्डे भी अपनाने पड़ते हैं। इसीलिए···

यानी कि रुटीन एक्सिडेण्ट स्टोरी होने के बावजूद यह दुर्घटना मेरे दिल में कुण्डली मारकर बैठ गयी थी, तो एक खास वजह से, और वह वजह थी, भिडे की खींची एक खास तसवीर। वैसे तो वह एक सामान्य तसवीर थी, किन्तु हमारी भाषा में जिसे न्यूज़ फोटो कहते हैं, वैसी नहीं थी। तसवीर में एक रोती हुई लड़की थी। दीवार का मलबा फुटपाथ की जिन दो-चार झोंपड़ियों पर गिरा था और पाँच-सात लोग हलाक़ हुए थे, उन्हीं की बिरादरी की वह लड़की थी। भिडे ने तसवीर के पीछे ऐसा ही कुछ लिख रखा था। विलाप कर रही उस लड़की की गोदी में एक बालक का शव था, जो इस दुर्घटना का शिकार हुआ था। वह उस अभागे बालक की बहन थी। मलबे के नीचे से लोगों ने मृत बालक के उस शव को बाहर निकाला था। उसी को अपनी गोदी में रखकर वह लड़की विलाप कर रही थी। शायद उसके माँ-बाप दिहाड़ी पर काम करने शहर में कहीं गये हों। हो सकता है कि अपने बच्चे के दुःखद अन्त की ख़बर किसी समय उन्हें मिले, और तब कहीं वे लौट आयें। या फिर सामान्यतया रात को रोज़ की तरह लौट आने पर ही उन्हें पता चलेगा। इस प्रकार उनके आने तक अपने भाई के शव को गोदी में रखकर विलाप करते रहना उस लड़की की मजबूरी थी। इतना बड़ा शहर, उसके विस्तार में किसी जगह रोज़ी-रोटी के चक्कर में गये माँ-बाप, शैशव की मासूमियत भरी आँखों वाले अपने भाई का शव···ये सभी भाव उस लड़की के चेहरे पर देखे जा सकते थे। और उस असहाय लड़की के चेहरे पर व्याप्त लाचारी, आतंक, एकाकीपन, मायूसी, विवशता और लुट जाने के भावों को अत्यन्त कुशलतापूर्वक भिडे ने अपने कैमरे में क़ैद कर लिया था।

उन तसवीरों को देखते ही मेरे दिल में कसमसाहट-सी हुई। उस लड़की के आतंकित, निराधार, कातर चेहरे की कसक मेरे दिल में गहरे पैठ गयी। दुर्घटना के और भी कुछेक दृश्य भिडे ने छायांकित किये थे तथा उनमें से दो-एक तसवीरें ख़बर के साथ छापनी ही थीं। पर मैं तो उस लड़की की वह तसवीर छापने के बारे में सोच रहा था। उस तसवीर के बरक्स ऐसी कुछेक बातें मेरे मन में उभर रही थीं, जिन्हें समाचार में शामिल करना मुश्किल लगता था। इन बच्चों के माँ-बाप राज्य के दूर-दराज़ के इलाक़े से रोज़ी-रोटी की तलाश में शहर आये होंगे। या तो वे खेतिहर मज़दूर होंगे या दलित वर्ग के प्रतिनिधि। अकाल पीड़ित गाँव

में भूखों मरने से शहर की शरण में आना उन्होंने मुनासिब समझा होगा। शहर के उस फुटपाथ पर उन्होंने झोंपड़ीनुमा टापर बना लिया था। बच्चों को वहीं छोड़कर उनके माँ-बाप कूडा-कबाड़ समेटने या किसी अन्य रोज़गार की तलाश में गये होंगे। उस छोटे से बालक को उन्होंने दस-बारह साल की बेटी के जिम्मे सौंपा होगा। अप्रत्याशित रूप से हुई उस दुर्घटना में दो-ढाई साल का वह बालक मारा गया था। वह उसकी सामान्य मौत नहीं, बल्कि थोपी गयी मौत थी। वह बलि का बकरा बन गया था। स्वातन्त्र्योत्तर भारत की अर्थनीति, राजनीति, आयोजना का शिकार बना था वह बालक। अपने मासूम भाई के शव को गोदी में लेकर विलाप कर रही उस लड़की की तसवीर को देखकर मेरी तो यह पक्की धारणा हो गयी थी।

आज तो वैसे भी मुझे दफ़्तर आने में थोड़ी-सी देर हो गयी थी। रात के सवा दस बज चुके थे। न्यूज़रूम में बाक़ी समय पाया जाने वाला शोर-शराबा अब नहीं था। इस हफ़्ते मेरी रात-पाली होने से नौ बजे मैं आ जाता हूँ। पर आज की रात उसका अपवाद थी। घण्टे-दो घण्टे में अख़बार का शहर संस्करण तो तैयार हो जाना चाहिए था। उसके बाद लेट सिटी एडीशन। पहला, तीसरा और आठवाँ पृष्ठ बाक़ी था। अतएव स्थानीय ख़बरों की कॉपियों को मैं बड़ी ही मुस्तैदी से उलट-पुलट रहा था। सभी संवाददाता अपनी-अपनी कॉपियाँ बनाकर चले गये थे। केवल दो उप-सम्पादक अनुवाद कार्य में जुटे हुए थे। चार टेलीप्रिण्टर एक साथ या रुक-रुककर धड़क रहे थे। पी. टी. आय., यू. एन. आय., बॉम्बे न्यूज़ ब्यूरो तथा हमारा सोलापुर कार्यालय—इन चार केन्द्रों से ये टेलीप्रिण्टर जुड़े थे। बीच-बीच में टेलीफ़ोन की घण्टी भी बजती थी। स्थानीय जानकारी प्राप्त करने के इच्छुक आल्तू-फाल्तू व्यक्तियों या दूरस्थ संवाददाताओं के टेलीफ़ोन संदेशों के कारण ही चोगा बार-बार उठाना पड़ता था। चारों ओर से धड़ाधड़ ख़बरें आने लगी थीं और रात-पाली का उप-सम्पादक होने के नाते उन ख़बरों के साथ न्याय करते हुए अख़बार के पृष्ठ सजाने की जिम्मेवारी मेरी थी। उसी की जोड़-तोड़ में मैं लगा हुआ था।

समाचार तो कई थे, पर उनमें कोई ख़ास दम नहीं था। स्थानीय संगोष्ठियों में किये गये भाषण साठ या पचहत्तर साल पूरे किये बुज़ुर्गों के सम्मान में आयोजित समारोहों का ब्यौरा, सरकारी योजनाओं की घोषणाएँ, नागपुर में सम्पन्न हुए दहेज विरोधी अभियान की रिपोर्ट, केन्द्रीय मन्त्रियों के भाषण, ख़ून, हत्या, बलात्कर लूटपाट से सम्बन्धित मनहूस ख़बरें ' बस, यही सब मसाला था। इनमें से प्रत्येक मद महत्त्वपूर्ण थी भी और नहीं भी थी। तथापि पृष्ठ सजाने के लिए तो इतनी सामग्री काफ़ी थी। समाचार संस्थाओं से अभी सुर्खियों की कोई ख़बर आने की प्रतीक्षा थी। कोई बड़ी दुर्घटना, मन्त्रिमण्डल में फेर-बदल, मुख्यमन्त्री के विरुद्ध

कोई अभियान, या ऐसी ही कोई सनसनीखेज़ ख़बर आ सकती थी। दिल्ली में, महाराष्ट्र में तथा अन्य राज्यों में सरगर्मियाँ तेज़ थीं। किसी भी क्षण हंगामा हो सकता था और महत्त्वपूर्ण समाचार···

तथापि, बार-बार मुझे लगता था कि दुर्घटना की इस ख़बर को सुर्खियों में लिया जाये। एक के बजाय दो तसवीरें दी जायें। खासकर उस लड़की की वह तसवीर देकर एक समुचित, यथार्थ टिप्पणी दी जाय। मैंने मन-ही-मन अनन्तिम रूप से शब्द-योजना भी कर डाली। अपनी बहन की गोदी में पड़ा, भाई का वह शव मानो सवाल कर रहा हो : मेरी मौत के लिए जिम्मेदार अर्थव्यवस्था का ढाँचा कब बदलेगा ? मुझे पूरी उम्मीद थी कि वह तसवीर और उसके नीचे दी गयी टिप्पणी एक गहरा प्रश्नचिह्न अवश्य ही लगायेगी। ग्रामीण इलाक़ों के भूमिहीन खेतिहर मज़दूरों की बेरोज़गारी की समस्या पर हमारी आयोजना में कहीं कोई विचार ही नहीं हुआ है। इसी वजह से शहरों की ओर लोगों का ताँता लग रहा है और उन्हें कुत्ते की मौत मयस्सर हो रही है। ज़रा सोचिए तो···

हठात्, ये तो मेरे शब्द थे, जो मेरे सम्पादक या समाचार-सम्पादक को शायद रास न भी आते। कल को वे मुझसे तलब कर सकते थे कि—न्यूज़ रिपोर्टिंग में इस क़दर जज़्बाती होना क्या उचित है ?

हो सकता है, तब मैं अपने शब्द बदलता, कुछ नयी जोड़-तोड़ करता पर मेरी उत्कट इच्छा यही थी कि यह खबर पढ़कर लोगों को तीव्रता से यह महसूस हो कि गाँवों से शहरों की ओर भागने वाले लोगों का हश्र क्या होता है। इसलिए मैंने तय किया कि लेट सिटी संस्करण में यह ख़बर प्रमुखता से छपवाऊँगा··· सेन्सेशनल स्टोरी होने के बावजूद ! निर्माणाधीन सांस्कृतिक केन्द्र की एक दीवार ढह जाने से पाँच-सात लोगों पर कहर बरपा हुआ। बल्कि इससे अधिक महत्त्वपूर्ण तो यह था कि निर्माण-कार्य पूरा होने से पहले ही समूची दीवार···पाठकों को इस मद में अधिक रुचि हो सकती थी।

साढ़े दस बज चुके थे, और ढाई बजे शहर संस्करण के पार्सलों से लदे वाहन चल पड़ते थे। साढ़े बारह बजे तक तीन पृष्ठ भरने थे, सो मैं फ़ुर्ती से उस काम में जुट गया। टेलीप्रिंटर्स से प्राप्त मदों की छँटनी कर उप-सम्पादकों के पास सामग्री भेजने लगा। स्थानीय तथा दूरस्थ केन्द्रों की चुनिन्दा मदें कम्पोज रूम में भेजने लगा।

इसी बीच फ़ोन बजने से मैंने चोंगा उठाया।

"हिन्दुस्तान ऑफ़िस !"

"कौन ?"

"मैं गाडगिल बोल रहा हूँ···चीफ़ सब।"

"अरे गाडगिल, आज नाइट में तुम हो ?"

"जी हाँ, लेकिन आपका शुभ नाम ?"

"मेरी आवाज़ नहीं पहचानी ? मैं सातपुते हूँ, भाई।"

"कौन सातपुते ?"

"वाह भाई गाडगिल, मुझसे पूछ रहे हो ? इतनी जल्दी भूल गये ? मैं हूँ, विलास सातपुते···"

"अच्छा, तो तुम हो ? बोलो, कोई ख़ास बात ?" उससे परिचय की पुष्टि करते हुए मैंने कहा।

"नाइट में हो न ? अच्छा हुआ, मैं आता हूँ। कुछ काम है···" उसने जल्दी-जल्दी में चोंगा रख दिया।

इसी बीच यू. एन. आय. ने एक नया आइटम देना शुरू किया था। सत्ताधारी पार्टी के विधायक सालुंखे से हुए साक्षात्कार का ब्यौरा दिया जा रहा था। मौजूदा मुख्यमन्त्री के खिलाफ़ लगाये गये आरोपों की सूची यू. एन. आय. के प्रतिनिधि के सामने उन्होंने पेश की थी। भ्रष्टाचार, भूमि हड़पने की वारदातें, सत्ता और अधिकारों का दुरुपयोग···आदि सम्बन्धी कई आरोप। वैसे तो इन आरोपों में कोई दम नहीं होता। पूर्व मुख्यमन्त्री के ख़िलाफ़ भी ऐसे ही आरोप लगाये जा सकते थे, तथा आगामी कल के मुख्यमन्त्री···लेकिन यह 'समाचार' होने से ज़्यादा महत्त्वपूर्ण था। इस विवादास्पद साक्षात्कार से राज्य में राजनीतिक सरगर्मियाँ तेज़ होने वाली थीं। टेलीप्रिण्टर तेज़ी से खड़खड़ा रहा था और काग़ज़ खिसकता जा रहा था।

इस ख़बर पर मैं खुद ही पिल पड़ा, क्योंकि पहले पृष्ठ की सुर्खियों में वह छपनी जो थी। मैं फुर्ती से अनुवाद करने लगा। सामग्री धमाकेदार होने से अनुवाद भी दमदार होना ज़रूरी था। इस लिप्यन्तरण के दौरान मैं मन-ही-मन सोचता रहा कि अब कुरसी हथियाने का खेल शुरू होगा। या तो विधायक सालुंखे को मन्त्रिमण्डल में शामिल किया जायेगा, या वे बरख़ास्त होंगे। लेकिन इनमें से किसी को भी दीवार के ढह जाने से मरे उस बालक या उसके परिजनों से कोई सरोकार नहीं होगा। बदमाश हैं साले ··

दफ़्तर आने में वैसे भी मुझे देर हुई थी। काम को भी जल्दी से निपटाना था। यदा-कदा समाचार संस्थाएँ महत्त्वपूर्ण ख़बरें देर रात में ही प्रसारित करती हैं। विधायक सालुंखे से साक्षात्कार का यह मसला वैसा ही था। ठीक नौ बजे आने से समय और काम में बराबर तालमेल बैठता है, वरना पूरा गणित गड़बड़ा जाता है। इसीलिए तो आज ज़्यादा कसरत करनी पड़ सकती थी। और फिर सातपुते भी तो आने वाला था, समय खाने···अकाल में तेरहवाँ महीना।

आज का अपना विलम्ब से आना स्वयं मुझे ही अखर रहा था। इससे पहले मेरी बीवी अस्पताल में देर से पहुँची थी, जहाँ मेरे पिताजी गुर्दे की बीमारी की

वजह से विगत एक माह से भर्ती हैं। उनका ऑपरेशन करना सम्भव नहीं हो पा रहा था। क्योंकि पेशाब बदन में फैलने से बदन में सूजन आने लगी थी। और शारीरिक स्थितियाँ सामान्य न होने से ऑपरेशन करने के लिए डॉक्टर तैयार नहीं थे। जब भर्ती हुए थे, तब अनुमान था कि तुरन्त ऑपरेशन होगा और सप्ताह भर के अन्दर-अन्दर वे घर लौट भी आयेंगे। पर हमारा यह अनुमान ग़लत साबित हुआ था। एक महीना तो यूँ ही निकल गया था। प्रतिदिन पचास रुपयों के हिसाब से भाड़ा। और उसके अलावा दवा-ऑपरेशन आदि का ख़र्चा, मार्ग-व्यय···उनकी बीमारी की ख़बर सुनकर निरन्तर आ-जा रहे परिजनों का आतिथ्य ! कुल मिलाकर यह गणित हज़ारों में बैठता था। इस वजह से नया मकान ख़रीदने की हमारी योजना कम-से-कम दो साल तक खटाई में पड़ गयी थी। पत्रकारों के वेतन में सुधार की सिफ़ारिश करने के लिए नियुक्त पालेकर आयोग के निर्णय का भी कोई अता-पता नहीं था। यानी कि निर्णय हो जाने के बावजूद उसे लागू करने की अनिवार्यता को लेकर अख़बार के मालिक न्यायालय में जाने की फ़िराक़ में थे। इधर कामगार यूनियनों में आपसी झगड़ा चल रहा था, सो उनकी कोई पूछ नहीं थी। इस प्रकार आर्थिक मोर्चे पर मैं लड़खड़ाने लगा था। अस्पताल में पिताजी के सिरहाने बैठे-बैठे इन्हीं सब मुद्दों पर सोचते-सोचते मैं हैरान-परेशान हो गया था। बीवी को पता था कि मेरी शिफ़्ट नौ बजे से है; फिर भी सवा नौ बजे तक वह अस्पताल में नहीं आयी, तो उसकी भी कोई वजह अवश्य ही रही होगी। उसे दफ़्तर में ज़्यादा देर रुकना पड़ा होगा, या बस जल्दी नहीं आयी होगी, या घर आने के बाद बिजली गुल हो गयी होगी, या खाना पकाने की गैस ख़त्म हुई होगी, या बच्चों ने तंग किया होगा, या मामूली-सी बीमारी की वजह से किसी बच्चे को डॉक्टर के पास ले जाना पड़ा होगा। लेकिन कोई भी तहक़ीक़ात किये बिना मैं दनदनाते हुए अस्पताल से चल दिया था। हाँ, जाने से पहले गुस्से में भरकर एक सवाल अवश्य मैंने उससे किया था, 'क्या तुम्हें मालूम नहीं था कि आज से मेरी नाइट शिफ्ट है और मुझे नौ बजे वहाँ पहुँचना होता है ?' शायद अपने आने में हुए विलम्ब के बारे में वह कोई दलील देना चाहती थी। उसके चेहरे के भावों से तो ऐसा ही लगता था। किन्तु सफ़ाई पेश करने का कोई मौक़ा उसे दिये बिना मैं वहाँ से चलकर साढ़े नौ, पौने दस तक दफ़्तर पहुँच गया था। हो सकता है कि मानसिक स्थिति के कारण भिडे की उतारी गयी उस तसवीर ने मेरी संवेदना को कुछ ज़्यादा ही झकझोर दिया हो। शायद इसी वजह से दुर्घटना की वह तसवीर देखकर साधनहीन आम भारतीय की छीछालेदार का मसला मेरे दिल को अधिक छू गया था।

अख़बार के डाक संस्करण में और भी कई समाचार जाने वाले थे और वह ज़रूरी भी था। दुर्घटना की यह ख़बर तो स्थानीय महत्त्व की थी। इसलिए डाक

संस्करण के लिए इसकी एक छोटी-सी खबर बनाकर मैंने कॉपी कम्पोज के लिए दे दी और तय किया कि लेट सिटी एडीशन के लिए दो-तीन तसवीरों के साथ, विस्तार से यह ख़बर दूँगा। धनिकों और सफ़ेदपोश लोगों के सांस्कृतिक रंजन एवं विलासिता के लिए हम एक ओर तो बहुमंज़िला भवन बनाते हैं, उसके लिए न्यास बनाते हैं, मन्त्रियों को उसके न्यासी बनाते हैं, उद्योगपति, काला बाज़ारी, तस्कर, की मिन्नतें कर या उन पर दबाव डालकर बड़ी-बड़ी रक़में उनसे उगाहते हैं और अवैद्य सम्पत्ति को वैध बनाने का अवसर उन्हें प्रदान करते हैं। इसके बावजूद घटिया निर्माण कार्य के ढह जाने से किसी की ज़िन्दगी तबाह हो जाती है? इसका जवाब है वे मासूम बच्चे, जिनके माँ-बाप रोज़ी-रोटी की तलाश में शहरों की ख़ाक छानते-छानते किसी फ़ुटपाथ पर झोंपड़ा बनाकर रह रहे होते हैं। इन लोगों को गाँवों में रोज़गार उपलब्ध कराने वाले उद्योग नहीं हैं और शहरों में फ़ुटपाथों के अलावा इनका कोई ठौर नहीं, आर्थिक आयोजना का कोई ठोस आधार नहीं, इस तरह की परिस्थिति पैदा करने वाले सभी ऊर्जा-स्रोतों के प्रतिनिधियों से चन्दा उगाहकर हम सांस्कृतिक केन्द्र बनायेंगे। बहुत खूब!

भिडे द्वारा लिखी गयी कॉपी और उतारी गयी तसवीरों को देखकर ये सभी विचार मेरे दिमाग़ में आये थे। शायद रात को भोजन किये बिना ही काम पर आ जाने के कारण इन बातों का तीव्रता से अहसास मुझे हुआ होगा। तथापि यह सही है कि मैं बेचैन हो गया था और मैं भीतर से उफन रहा था। मेरे दिल की यही व्यथा उस लड़की की तसवीर से व्यक्त होने वाली थी। बल्कि इसका प्रबन्ध मैं करने वाला था।

सातपुते ने कहा तो था कि वह फ़ौरन चला आयेगा, पर वह थोड़ी देर बाद आया। और आते ही 'हैलो एडीटर' कहते हुए मेरे सामने वाली कुरसी में बैठ भी गया; मेरे अनुरोध की प्रतीक्षा किये बिना। उसे देखते ही मुझे लगा कि सातपुते पूरी तरह से बदल गया है। काफ़ी स्मार्ट हो गया है। और भी चुस्त-दुरुस्त दिखाई देने के लिए गहरे रंग का सफ़ारी वह पहने हुए था। वी. आय. पी. ब्रीफ़केस भी उसके साथ था। आधुनिकतम डिज़ाइन के फ्रेम वाला चश्मा उसकी आँखों पर था तथा चेहरे पर गहरा आत्मविश्वास।

कुरसी में बैठते ही उसने मुझे सिगरेट पेश की, जो मैंने एक ओर रख दी। क्योंकि धुआँकशी के लिए भी मेरे पास समय नहीं था। टेलीप्रिण्टर अभी भी खड़खड़ा रहा था। मेज़ पर अनूदित सामग्री पड़ी थी उसे यथाशीघ्र आगे भेजना था। मेरी व्यस्तता को वह भाँप गया, और धुएँ के कश खींचता हुआ बैठा रहा। मेज़ पर पड़े काग़ज़ यूँ ही उलटने-पुलटने लगा। टेलीप्रिण्टर की मूल अंग्रेज़ी ख़बरों के काग़ज़ों को ग़ौर से पढ़ने लगा।

"आज कौन सी मेन स्टोरी जा रही है ?"

"कोई ख़ास नहीं। विधायक सालुंखे से साक्षात्कार का ब्यौरा है, जिसमें मुख्यमन्त्री के खिलाफ़ आरोपों की लम्बी-चौड़ी फेहरिस्त है। भ्रष्टाचार, सत्ता का दुरुपयोग, भूमि हड़पना···इत्यादि हमेशा के आरोप···" मैंने अपना काम निपटाते-निपटाते ही जवाब दिया।

"और क्या-क्या सामग्री है आपके पास ?"

"बाक़ी कोई ख़ास नहीं" मैंने दो-टूक जवाब दिया और अपना काम निपटाता रहा।

सातपुते बारीक़ी से तहक़ीक़ात कर रहा था, विस्तृत समाचार के लिए ख़ास अख़बारी क्षेत्र में प्रयुक्त किये जाने वाले 'स्टोरी' आदि पारिभाषिक शब्दों का प्रयोग कर रहा था, तो इसकी एक वजह थी। चार साल पहले वह हमारे ही दफ़्तर में उप-सम्पादक था। पत्रकारिता का पाठ्यक्रम पूरा करते ही उसने व्यावसायिक दुनिया में क़दम रखा था तो इसी अख़बार के जरिए। लेकिन दो-एक साल में ही किसी गृह-पत्रिका का स्वतन्त्र कार्यभार मिल जाने से वह नौकरी छोड़कर वहाँ चला गया था। वहाँ उसे दो सौ रुपये की बढ़ोतरी भी थी। उसके बाद उससे मुलाकात नहीं हुई थी। लेकिन अब एक अर्से बाद मिलते ही वह सीधे 'आप' से 'तुम' पर आने की कोशिश कर रहा था; मेरी वरिष्ठता का लिहाज किये बिना।

"कैसे चल रहा है तुम्हारा वहाँ ?" अपनी व्यस्तता में भी औपचारिकता निभाते हुए मैंने पूछा।

"ठीक चल रहा है···" कहकर वह फिर से कागज उलीचने लगा। इसी बीच उस दुर्घटना से सम्बन्धित सामग्री और तसवीरें उसके हाथ लगी थीं। उन तसवीरों को ग़ौर से देखने के बाद उसने पूछा, "कहाँ की हैं ये तसवीरें ?"

"दुर्घटना की···"

"वो तो पता चला, लेकिन कौन-सी दुर्घटना ?"

"गाँधी मार्ग पर जो सांस्कृतिक केन्द्र बन रहा है, उसकी एक दीवार ढह जाने से पाँच-सात लोग हलाक़ हुए। उसी दुर्घटना की स्टोरी है···"

कुछ आगे झुककर हौले से वह बुदबुदाया, "उसी सिलसिले में आया हूँ मैं।"

मैंने प्रश्नसूचक निगाहों से उसकी ओर देखा, बस।

"छाप रहे हो यह ख़बर ?"

"बेशक ! शहर संस्करण में तो संक्षेप में दी है लेकिन लेट सिटी एडिशन में विस्तार से दूँगा।"

"डाक संस्करण की कॉपी कम्पोज के लिए चली गयी ?"

"कभी की···"

"संक्षिप्त समाचार है न ?"

"जी हाँ, विस्तार से देना तो चाहता था। पर बाद में सोचा, कि स्थानीय महत्त्व की घटना है तो..."

"इसीलिए तो कह रहा हूँ, शहर संस्करण में क्यों दे रहे हो ?"

"क्या मतलब ? इतनी बड़ी दुर्घटना हुई है... लोगों को पता तो चले... शहर से बाहर के लोग..."

"कॉपी मुझे देखने को मिल सकती है ? ब्यौरा तो मालूम पड़े..."

"लेकिन तुम्हें इससे क्या मतलब ?" मैंने सीधे ही पूछा एक तो वैसे भी मेरे पास समय नहीं था और उसकी दख़लन्दाजी मुझे बाकायदा नागवार गुजर रही थी।

"मतलब है, इसीलिए तो कह रहा हूँ। कॉपी दिखाओ न..."

"रुको कुछ देर..." कहकर मैं अपना काम निपटाने में लग गया।

उसने चपरासी को आवाज़ दी। वह पहले से ही वहाँ आकर खड़ा था और सातपुते से खैर-ख़याली पूछ रहा था। एक अर्से बाद मुलाकात होने से इतना अधिकार तो उसका बनता ही था।

इसी बीच सातपुते ने दस का नोट उसे थमाते हुए कहा, "जाओ, सबके लिए चाय का ऑर्डर दो और थोड़ा-सा नमकीन भी मँगा लो।"

"दस रुपये में क्या-क्या आयेगा, साब ? यहाँ पाँच लोग हैं..." उसके मुँह से यह सुनने की देर थी कि सातपुते ने दस का एक और नोट खिसका दिया।

चपरासी बड़ी फुर्ती से चला गया।

इस बीच पाँच-सात मिनट गुजर गये थे। सातपुते ने फिर से कहा, "गाडगिल, उस स्टोरी की कॉपी दिखा रहे हो न ?"

मैं उससे अपना पिण्ड छुड़ाना चाहता था। शहर संस्करण के लिए दिये गये समाचार का प्रूफ तो कभी का चला गया था। मैंने उसे कॉपी दिखायी।

उसने समाचार का मजमून पढ़ा और उसके दो-तीन वाक्यों को बॉल पेन से अधोरेखित कर अनुरोध किया, "गाडगिल, प्लीज़ इतना हटा दो तो बेहतर होगा..."

उसका यह अनुरोध अनपेक्षित था। जिन वाक्यों को निकलवाने की सिफ़ारिश वह कर रहा था, वे अधोरेखित वाक्य इस प्रकार थे—

"ख़बर है कि निर्माणाधीन दुर्घटनाग्रस्त भवन-निर्माण का ठेका इण्डिया बिल्डर्स ने लिया था। पाँच मंज़िला भवन की दुर्घटनाग्रस्त दीवार सत्तर फुट ऊँची थी। इतनी ऊँची दीवार पूरी-की-पूरी ढह जाने की इस वारदात की बाकायदा जाँच कराने की माँग भवन-निर्माण कामगार संगठन के नेता भाई भोसले ने की है। इस भवन का प्लान पास करने वाले अधिकारी की भी जाँच की जानी चाहिए।

उन अधोरेखित वाक्यों को पढ़कर सातपुते की ओर देखते हुए मैंने कहा, "ये वाक्य क्यों हटा दिये जायें ?"

"क्योंकि बिना वजह एक ठेकेदार की बदनामी जो होगी···"

"बिना वजह यानी ?"

"यानी कि दुर्घटना से इस कम्पनी का कोई ताल्लुक़ नहीं है। यह सही है कि सांस्कृतिक केन्द्र के निर्माण का ठेका हमारी कम्पनी को मिला है···"

"तुम्हारी कम्पनी ?"

"जी हाँ। उसी कम्पनी में तो मैं जन-सम्पर्क अधिकारी हूँ···"

"तुम तो राहुल उद्योग समूह की गृह पत्रिका का काम देखते थे न ?"

"देखता था। छोड़ दी वह नौकरी। अब पिछले चार-पाँच महीनों से **इण्डिया बिल्डर्स** में हूँ···"

"क्या इतनी बड़ी कम्पनी है यह, जो जन सम्पर्क अधिकारी की उसे ज़रूरत है ?"

"बेशक़ ! इस वक़्त कितने ही ठेके हमारी कम्पनी के पास हैं। दिस कल्चरल सेण्टर इज़ वन ऑफ अवर प्रेस्टीज़ जॉब। क्या डिज़ाइन बनाया है इसका ! वाह, कोई जवाब नहीं !! हैव यू सीन दि मॉडेल ? अरे भाई, विश्व विख्यात फ्रेंच आर्किटेक्ट थोपाँ ने बनायी है इसका डिज़ाइन। किसी दिन आओ, तो दिखाऊँगा, दंग रह जाओगे देखकर। यू सी—दिस विल बी वन ऑफ दि मोस्ट ब्यूटिफुल कन्स्ट्रक्शन्स नॉट ओनली इन दिस सिटी, बट इन दि होल रीजन···लेकिन इस दुर्घटना की वजह से···यू सी गाडगिल—दि प्रॉब्लेम इज़ नॉट ऑफ इरेक्टिंग दि वॉल अगेन—हमारी कम्पनी इस वक़्त टेक ऑफ स्टेज में है··· लेकिन मुम्बई, दिल्ली, कलकत्ता आदि शहरों में कम्पनी का करोड़ों का काम चल रहा है। एण्ड यू नो—कल ही कम्पनी को इराक में एक पैलेस बनाने का ठेका मिल गया है—हाउ मच डू यू नो—टोटल फाइव कोर्स—एक ऑयल किंग का निजी महल··· जिसकी पन्द्रह बीवियाँ हैं ··प्रत्येक बीवी के लिए अलग-अलग रनिवास होंगे उसमें···"

मैं अपना काम रोककर उसका बयान सुनता रहा था। अब ठिठककर उसने कहा, "प्लीज़, उतना हिस्सा निकाल दो। यू सी—इससे कम्पनी की शोहरत पर विपरीत असर पड़ता है। एण्ड व्हेन आइ एम देयर अँज अ पी. आर. ओ.—ओरीज़िनली अ मैन फ्रॉम न्यूज़ पेपर वर्ल्ड···"

इतने में चपरासी आया और सातपुते से कहने लगा, "पाव भाजी लाया हूँ साब। पैसा खल्लास हो गया। चाय के लिए भी नहीं बचे।"

"सच ? लेकिन चाय के बिना तो काम नहीं चलेगा। ये लो रुपये। चाय के साथ पान भी लाओ और सिगरेट भी·· गाडगिल, तुम्हें कैसा पान चाहिए···"

दस का एक और नोट थमाकर सातपुते ने उसे दौड़ाया।

"तो फिर उतना हिस्सा निकलवा रहे हो न ?"

पहले मैंने अपना काम निपटाया और नयी कॉपी कम्पोज के लिए भेजकर कहा, "रहने देते हैं···"

"नो नो यार। रहने कैसे दें ? कम्पनी की पूरी साख···"

"लेकिन प्रत्यक्ष निर्माण कार्य के समय साख का ध्यान क्यों नहीं रखते ? तुम जानते हो, कितने लोग मारे गये ?" मैंने तमतमाकर कहा।

"लेकिन उनके परिजनों को मुआवज़ा दे तो दिया। फ़ौरन ऐज़ सून ऐज़ वी रिसीव्ड दि न्यूज़, अवर मैनेजिंग डिरेक्टर एड टु दि स्पॉट—सभी को वहीं के वहीं नकद भुगतान किया···"

"कितना ?"

"दे वर अवर वर्कर्स। वर्कर्स यानी मज़दूर···दे वर ऑन टेम्परेरी काण्ट्रैक्ट्स। फिर भी कम्पनी ने उनमें से प्रत्येक मृतक के नज़दीकी रिश्तेदार को फ़ौरन तीन-तीन हज़ार दिये। हमारे एम. डी. कैश साथ में लेकर ही गये थे।

"और मरे हुए फुटपाथियों को क्या दिया···?"

"इन फैक्ट उनसे कम्पनी का कोई सम्बन्ध नहीं था···फिर भी सहानुभूति के तौर पर उनमें से प्रत्येक को पाँच-पाँच सौ दिये गये···"

"सिर्फ़ पाँच-पाँच सौ ?"

"तो और कितना देते ? उनमें से एक तो छोटा-सा बच्चा था। और बताते हैं कि काफ़ी अर्से से वह बीमार चल रहा था। पाँच सौ रुपये मिलते ही उस बच्चे का बाप सीधे ठर्रे की दुकान की शरण में चला गया। अब बताओ···" कहकर वह हँसने लगा।

उसके ऐसे व्यवहार से मेरा उखड़ जाना स्वाभाविक ही था। इस हक़ीक़त को भाँपकर अपने बयान के समर्थन में उसने कहा, "आइ एम नॉट जोकिंग। इट्स अ फ़ैक्ट। अपनी आँखों से मैंने उसे देखा है ठर्रे की दुकान पर जाते हुए···"

"क्या करता है उस अभागे बच्चे का बाप ?"

"कूड़ा-कबाड़ समेटने का काम करता होगा। वैसे तो शहरों में इन लोगों के पास रोज़ी-रोटी कमाने का ज़रिया तो होता नहीं। मुँह उठाकर चले आते हैं और फुटपाथों पर रहकर बेमौत मरते हैं···"

"तुम्हें दुख नहीं होता उनकी लावारिस मौत पर ?"

"सो किसलिए ?"

"उनकी बेबसी, लाचारी···उस छोटे बच्चे की गुमनाम मौत···" कहकर उसी सूत्र को आगे बढ़ाते हुए मैं फट पड़ा, "तुम लोग जिम्मेवार हो उस बच्चे की मौत के लिए···तुम्हारे खिलाफ़ मुक़दमें चलाये जाने चाहिए···घटिया क़िस्म

का माल इस्तेमाल करते हो, हेराफेरी करते हो और उसकी सज़ा ग़रीब, बेचारे मज़दूरों को···सौ-पाँच सौ रुपल्ली उनके मुँह पर दे मारने से उनकी लाशें जी उठेंगी ? बोलो ?···" मैंने वह तसवीर उसके सामने धरते हुए पूछा, "क्या तुम्हारा दिल नहीं पसीजता ?"

"······"

"यह लड़की विलाप कर रही है और उसकी गोदी में बच्चे की लाश है···"

"मुझे उससे हमदर्दी ज़रूर है···लेकिन—"

"हमदर्दी से अधिक कुछ नहीं ?"

"हमदर्दी से अधिक कुछ नहीं ? यू सी, दीज़ पीपुल विल मेक बॉम्बे ऑफ पूना। निठल्ले लोग मुम्बई में क्या आये, मुम्बई की नागरी समस्याएँ जटिल से जटिलतम बनती चली गयीं। गवर्नमेण्ट वाज़ राइट···बेरोज़गार लोगों को मुम्बई में क्या, पुणे में भी प्रवेश नहीं दिया जाना चाहिए···"

चपरासी लौट आया था। उसने पाव-भाजी की प्लेटें सबको दीं। इस बीच चायवाला लड़का भी कप-प्लेटें और किटली लेकर आ गया।

मेरे पेट में तो चूहे दौड़ ही रहे थे। इसलिए पाव-भाजी मुझे और भी ज़्यादा स्वादिष्ट लग रही थी। मैं तो ललचाये से अन्दाज में पाव-भाजी की ख़बर लेता रहा।

"वहाँ तुम्हें क्या वेतन मिलता है ?" मैंने सातपुते से पूछा।

"फिलहाल बारह सौ मिलते हैं। प्रोबेशन जो चल रहा है। उसके बाद उच्च वेतनमान में फिटमेण्ट होगा···" उसने खुश होकर कहा।

"सिर्फ जन सम्पर्क या···?"

"नॉट एग्जैक्टली दैट। उसके अलावा और कुछ काम···रिगार्डिंग सेल्स आदि। अगले महीने मुम्बई में एक प्रदर्शनी लगानी है। आइ विल बी बीजी विद दैट···कम्पनी कारोबार बढ़ाना चाहती है। उसके लिए प्रचार अभियान की रूपरेखा बनानी है। अच्छा, ये बताओ कि तुम कभी टूर-वूर पर जाते हो या नहीं ? अगले महीने अपने कुछ पत्रकार दोस्तों को लेकर ट्रिप निकालने का प्रस्ताव एम. डी. के सामने रखा है। चलोगे न तुम ? कलकत्ता में हमारा एक बहुत बड़ा काम पूरा होने को है। शानदार स्टेडियम···और भी काम चल रहे हैं। अतएव पत्रकारों को हमारे काम-काज का प्रत्यक्ष निरीक्षण करने का एक मौक़ा भी मिलेगा—इसी उद्देश्य से···एक मराठी कम्पनी को अन्य राज्य में इतना बड़ा ठेका मिला···सो आइ सजेस्टेड अवर एम. डी. एण्ड ही हैज़ अग्रीड। अब तुम छुट्टी का इन्तज़ाम कर लो···बड़ा मज़ा आयेगा। वी शैल अरेंज फॉर एअरकण्डीशण्ड लग्जरी बस—ऑन दि वे टु कॅलकटा—बेंगलूर और त्रिवेन्द्रम। वहाँ के काम भी दिखा देंगे। बेंगलूर में एक पूरी टाउनशिप का निर्माण हम कर

रहे हैं और त्रिवेन्द्रम के पास एक कम्प्लीट रेसिडेंशियल यूनिवर्सिटी कैम्पस··· अच्छा मौक़ा है। तुम अवश्य चलोगे···आइ विल सी दैट योर नेम इज़ इन्क्लूडेड···"

नाश्ता-चाय का दौर सम्पन्न हुआ। तीन पृष्ठों के लिए आवश्यक सामग्री कम्पोज के लिए जा चुकी थी। इसलिए काम लगभग समाप्त हो जाने से मुझे थोड़ी-सी राहत मिल तो गयी थी किन्तु तनाव से सम्पूर्ण मुक्ति नहीं। ख़बरों का ताँता अभी भी लगा हुआ था। उनमें से चुनिन्दा समाचार मैं उप-सम्पादकों की ओर खिसकाता रहा।

"तो उतना हिस्सा निकाल दोगे न ?" सातपुते घूम-फिरकर अपने मूल विषय पर आ गया।

मैंने कोई जवाब नहीं दिया। पर उसकी जुबान चलती रही। "इसकी वजह यह है कि तुम्हारे अख़बार का सर्कुलेशन ज़्यादा है और इसके पढ़ने वालों की संख्या भी अधिक है। बाक़ी अख़बारों में तो मैं व्यवस्था कर आया हूँ। दे हैव अॅग्रीड। वैसे भी उन अख़बारों में कम्पनी का नाम छपने से कोई ख़ास फ़र्क़ तो नहीं पड़ता। लेकिन तुम्हारे यानी कि मेरे भी अख़बार में···आफ़्टर ऑल आइ एम अ प्रॉडक्ट ऑफ दिस पेपर। इसीलिए मैं साधिकार कह रहा हूँ···आइ वाज़ वर्किंग विद डेली हिन्दुस्तान···"

शहर संस्करण के तीन पृष्ठों में से पृष्ठ तीन और आठ का ले-आउट मैं बनाने लगा, तो भी वह बैठा रहा। इसका मतलब यह था कि इतनी आसानी से वह दामन छोड़ने वाला नहीं था। और उसकी जुबान भी चलती रहने वाली थी। इसलिए मैं अपना काम निपटाने में बराबर व्यस्त रहा।

मेरे प्रूफ एडजस्ट करने के दौरान वह भाँप गया कि दुर्घटना की ख़बर तीसरे पृष्ठ पर ही छपेगी। उसने फिर वही राग आलापना शुरू किया···

"निकाल रहे हो न, वह अंश ? प्लीज···"

"नहीं, यह सम्भव नहीं होगा।" मैंने दृढ़तापूर्वक कहा।

"लेकिन क्यों नहीं ? दिक्क़त क्या है ?"

"दिक्क़त की क्या बात है ? ख़बर है सो छपेगी ही···"

"ख़बर छपने दो, लेकिन उसमें से कम्पनी के नाम का उल्लेख भर हटाने का आग्रह मेरा है। मानोगे न मेरी बात ?"

मैं चुप रहा। मेरी चुप्पी उसे अखर रही थी। टेलीफ़ोन की ओर आगे बढ़ते हुए उसने पूछा, "मैं माजगावकर से बात कर सकता हूँ ?"

माजगावकर हमारे सम्पादक थे, सो मैंने कहा, "उन्हें क्यों तकलीफ़ देते हो बेकार में ? इस वक़्त वे सो रहे होंगे।"

इरादा बदलकर वह फिर मेरे पास आया और चिरौरी करने के अन्दाज में कहने लगा, "तो फिर मेरी बात मानो। आइ विल सी···"

उसने वाक्य अधूरा ही छोड़ दिया। वह कुछ कहना चाहता था। लेकिन बीच का हिस्सा निगलकर उसने कहा, "···मेरी एम. डी. से बात हो चुकी है।"

"वाट यू विल सी ?"

"यही, कि कम्पनी का नाम कहीं डिस्क्लोज न हो।"

"लेकिन यह कैसे सम्भव होगा ? लोगों को तो पता चलेगा ही···"

"ऐक्सिडेंट का पता चलने दो···"

"लोगों की मृत्यु·· ?"

"वह भी पता चलने दो···"

"पर कम्पनी का नाम जाहिर न होने पाये, यही न ?"

"एग्ज़ैक्टली प्लीज़ !" बाज़ी मार लेने के अन्दाज़ में खुश होकर उसने कहा।

"ये तो नहीं होगा। कम्पनी का नाम तो बराबर जायेगा। कम्बख़्तो, लोगों की जान लेते हो···"

"ये सब मुझे मंजूर हैं लेकिन यू सी···प्लीज़···"

मैं उसका अनुरोध स्वीकार करने की स्थिति में नहीं था। शहर संस्करण में वह ख़बर मैंने अविकल जाने दी और पेज प्रूफ ओके कर दिया।

सातपुते हताश-निराश-सा, गरदन लटकाये कुरसी में बैठा रहा और धुएँ के कश खींचता रहा।

रात के बारह बज चुके, और उप-सम्पादकों की पारी समाप्त होने से वे चले गये। अब मेरी भी आधे घण्टे की छुट्टी थी। मैंने उसके पॉकिट से एक सिगरेट निकाल लिया और इत्मीनान से गुबार छोड़ता रहा।

"निपट गये काम से ?" उसने पूछा।

"इतनी जल्दी कहाँ से ? आधे घण्टे का रिसेस है। उसके बाद लेट सिटी···"

"चलो, थोड़ा-सा घूम आयें ?" मेरा हाथ थमाकर वह मुझे बाहर ले जाने लगा।

"यहीं मँगा लेंगे चाय, मेरा मन नहीं है···"

"नो नो। चलो यार, अभी हो आते हैं। हल्का-सा कुछ खा लेंगे। मैंने भी तो खाना नहीं खाया है। दफ़्तर से सीधे यहीं चला आया हूँ···"

ढाई घण्टों की दिमाग़ी कसरत के बाद थोड़ी-सी राहत पाने की इच्छा मुझे भी होने लगी थी, सो मैं उसके साथ चल पड़ा।

उसने इशारे से एक रिक्शे वाले को बुलाया और मुझे उसमें बैठने के लिए कहा। मैं बैठ गया। रिक्शा वाले को गन्तव्य का पता बताने से पहले उसने मुझसे पूछा, "बार में चले चलेंगे। तुम बियर तो···या ज्यूस बार ?"

"अरे छोड़ो भी। अभी-अभी तो तुमने 25-38 रुपये ख़र्च किये…"

"डोंट वरी। दिस इज़ ऑन कम्पनी अकाउण्ट।"

मेरी छुट्टी तो सिर्फ़ आधे घण्टे की थी। दस-पाँच मिनट इधर-उधर चल सकते थे। लेकिन बियर इस तरह जल्दी-जल्दी में थोड़े ही पी जाती है। फिर भी उसके आग्रह को टालना भी उचित नहीं था। सो मैंने कहा, "बियर बार…"

वहाँ मध्य रात्रि की रौनक़ थी। हम एक कोने में बैठ गये। उसने बियर मँगायी।

"दोनों के लिए एक ही बोतल काफ़ी है। मुझे जल्दी जाना है", मैंने कहा।

"डोंट वरी। एक बोतल होती ही कितनी है? ज्यादा देर तो नहीं लगेगी।"

उसकी दलील भी वाज़िब थी। आधा बोतल बियर पीने से तो न पीना अच्छा था।

गिलास ख़ाली करते हुए वह मेरे बारे में अधिक जानकारी प्राप्त करने लगा। बियर जैसे आल्कोहलिक पेय पदार्थ की ख़ासियत यही होती है कि आदमी फ़ौरन अनौपचारिक होकर बातचीत करने लगता है, तनावमुक्त हो जाता है। मैंने उसे बताया—पालेकर आयोग के अनुसार वेतनमान लागू होने के कोई आसार नज़र नहीं आते। अख़बार का मालिक अदालत में जाने की फ़िराक़ में है। पिताजी बीमार हैं और ऑपरेशन होने की प्रतीक्षा में हैं। रोज़ाना कम-से-कम सत्तर-अस्सी रुपये तो यूँ ही ख़र्च हो जाते हैं। फ़्लैट की ख़रीद का मामला खटाई में पड़ गया है। इससे पहले पत्रकार नगर में भी फ़्लैट मिल रहा था, पर उस समय भी पूँजी नहीं थी। इस समय अन्यत्र फ़्लैट लेने की बात चल रही है, तब भी…।

"बाइ दि वे, फ़िलहाल क्या रेट चल रहा है? तुम्हारी कम्पनी भी ओनरशिप फ़्लैट वग़ैरह का निर्माण कर बिजनेस करती है कि नहीं?" मैंने पूछा।

सातपुते को इससे अच्छा मौक़ा और कहाँ मिल सकता था? उसने बड़े प्यार से कहा, "अरे भाई, कन्स्ट्रक्शन कम्पनी चलानी हो तो इस तरह के व्यवहार करने ही पड़ते हैं। स्टेडियम, सांस्कृतिक केन्द्र आदि का निर्माण यानी प्रेस्टीजियस जॉब भले ही हो, असली कमाई तो रेसिडेंशियल तथा कमर्शियल कॉम्प्लेक्सों में ही होती है।"

"फ़िलहाल क्या रेट चल रहे हैं।"

"रेट तो बड़े ही फण्टास्टिक हैं। तिलक रोड पर हमारी एक कमर्शियल बिल्डिग निर्माणाधीन है। बहुत बड़ा निर्माण-कार्य है। वहाँ तल मंज़िल में 10 × 12 के दुकान की क़ीमत साढ़े तीन लाख के आसपास है। यह भी तब, जबकि बुकिग पिछले साल हुई हो। निवासी फ्लैट की दरें भी उन्नीस होंगी, पर इससे कम नहीं। तीन कमरों वाले फ़्लैट का भाव इस समय डेढ़ लाख के आस-पास होगा। तुम्हें चाहिए?"

उसके इस सवाल के जवाब में मैंने बियर का घूंट पी लिया।

"चाहिए हो तो बोलो। ऐज़ अ फ्रेण्ड ऑफ माइन, दो-तीन हज़ार कम कराने की गुंजाइश हो सकती है। इन फ़ैक्ट अवर कम्पनी डिज़ायर्स कि अपने क्लायण्टेल में पत्रकार, लेखक, कलाकार आदि शामिल हों।" उसने कहा। इसी बीच उसके दिमाग़ में बिजली कौंध गयी और बड़े ही उत्साह के साथ उसने कहा, "फण्टास्टिक ! आइ मस्ट वर्क ऑन दिस आइडिया।"

"कौन-सा आइडिया ?"

"यही, कि पत्रकार, लेखक, कलाकार, समाजसेवी आदि के लिए **लो कॉस्ट हाउसिंग स्कीम** बनायी जाय। कम दाम में अच्छे मकान तुम लोगों को उपलब्ध कराये जायें। तुम्हें क्या लगता है ? मैं एम. डी. के सामने प्रस्ताव ज़रूर रखूंगा। ही विल ऐप्रीशिएट इट। गाडगिल, तुम चिन्ता मत करो, इस योजना में तुम्हें एक फ़्लैट ज़रूर मिल जायेगा। ख़ैर···और एक बोतल चलेगी ?"

मैंने घड़ी में देखा। बीस मिनट हो चुके थे। दस मिनट अभी बाक़ी थे और दस मिनट की देरी चल सकती थी। इस प्रकार बीस मिनट में एक और बोतल··· विचार बुरा तो नहीं था। वैसे भी बियर अच्छी थी। किसी नये ब्राण्ड की थी, पर बढ़िया थी, सो मैंने कहा, "एक चलेगी···"

"एक ? एक-एक···" कहकर उसने ऑर्डर दिया। सातपुते की लो कॉस्ट हाउसिंग स्कीम की दिशा में मेरा दिमाग़ अब काम करने लगा था। मैंने उससे कहा, "ऐसा कुछ कर सको तो अच्छा होगा। तुम तो जानते ही हो कि मकान की समस्या दिनों-दिन कितनी भयंकर होती जा रही है। पुराने बाड़े के दो कमरों वाले दड़बे में रहने से जी उकता गया है। अब बच्चे भी बड़े हो गये हैं। और माँ-बाप भी मेरे साथ ही रहते हैं। तनिक भी प्राइवेसी नहीं मिल पाती। इस वजह से तनाव, कहा-सुनी, झुंझलाहट···मैं तो तंग आ गया हूँ इस रोज़-रोज़ के दोजख से। यू सी, अपने देश में सभी समस्याएँ **अर्थाधारित** ही हैं···"

"राइट···" मेरी बात का समर्थन करते हुए उसने मेरा गिलास भर दिया।

यह बियर ज्यादा ठण्डी थी। पहले ही घूंट में उसकी ठण्डक दिमाग़ तक पहुँच भी गयी। मैंने उसे फिर एक बार अनुरोध किया—"सातपुते, इस योजना का फ़ॉलो-अप तुम बराबर करते रहो।"

"डेफिनेटेली। तुम उसकी चिन्ता न करो। व्हेन आइ एम देयर ॲज अ पी आर ओ, मुझे अपनी कम्युनिटी की हितों की रक्षा तो करनी ही होगी।"

"लेकिन नो दो नम्बर का पैसा···समझे ? हम लोगों के पास कहाँ से आयेगा दो नम्बर का पैसा ? ये तो कन्स्ट्रक्शन कम्पनियों का खेल है···"

"खेल ? अरे बाबा यही तो हमारी अलीबाबा की गुफा होती है। मैं एक बात बताता हूँ तुम्हें, लेकिन किसी से कहना मत। गाँधी रोड पर ही हम बड़ा-सा

भूखण्ड ले रहे हैं। फिलहाल वहाँ एक छोटा-सा मकान है और उसके आस-पास काफ़ी ख़ाली जगह है। क़ीमत सिर्फ़ पाँच लाख। उनमें से सिर्फ़ एक लाख ह्वाइट, बाक़ी सब दो नम्बर···! और उसके बाद···"

"सो तो ठीक है। लो कॉस्ट हाउसिंग की तुम्हारी योजना बड़ी ही वाजिब है और इस मामले में तुम यदि अपनी कम्पनी को पटा सको, तो यह एक उपलब्धि होगी। मुझे तो यह योजना बहुत ही पसन्द आयी···"

"बेशक पसन्द आयी होगी। लेकिन एक बात है···" मैंने सवालिया निगाहों से देखा।

"अवर कम्पनी मस्ट सर्वाइव—उसकी इमेज़ पर आँच नहीं आनी चाहिए। धन्धा चलना चाहिए···मार्केट में बनी साख ख़तरे में नहीं पड़नी चाहिए। तुम्हारे जैसे अख़बारनवीसों को चाहिए कि वे समझदारी से काम लें। मैंने तो तुम्हें हर तरह से समझाने की कोशिश की। पर तुम कम्पनी का नाम देने की बात पर अड़े रहे। अब भी समय है। कम-से-कम लेट सिटी एडिशन में तो सुधार किया ही जा सकता है। और एक बोतल चलेगी?"

"नो-नो, बाबा। अब चलना चाहिए। फ़ोरमन मेरे नाम से चिल्लाता होगा। इस बीच और कोई सनसनीखेज ख़बर न आयी हो! चलो, जल्दी करो। अब निकलना चाहिए हमें···"

मुझे जाने की जल्दी थी। काम की चिन्ता थी। फिर भी यहीं बैठे रहने को दिल कर रहा था। सातपुते को धन्यवाद देते हुए मैंने कहा, "बियर पिलाने के लिए हार्दिक धन्यवाद। वैसे तो आज मेरा मन कर ही रहा था। लेकिन घर में बीसियों झंझट जो हैं···पिताजी की बीमारी आठ-दस हज़ार का झटका देगी। पिछले महीने सास की बीमारी का ख़र्चा हुआ। लेकिन बीवी ने अपने दफ़्तर से एडवान्स लेकर वह ख़र्चा चुका दिया। पर अब यह ख़र्चा कहाँ से करें? हम तो निरन्तर तनावों में जी रहे हैं। इस बियर ने कुछ राहत दिलायी। अच्छा लगा। सुकून मिला। दूसरी बोतल ज़्यादा ठण्डी थी। बड़ा मज़ा आया। लेकिन यह ख़र्च कम्पनी अकाउण्ट में ही जायेगा न?"

"डोंट वरी यार। और मँगाना हो तो बोलो। ख़र्चे की चिन्ता क्यों कर रहे हो? आज के ख़र्चे के लिए तो मुझे काफ़ी मोटी रक़म मिली है···आइ एम अलाउड टु स्पेण्ड अ प्रेटी बिग अमाउण्ट··इफ नेसेसरी···" कहकर उसने बैरे को बुलाया।

अब तो मुझे वाकई चल देना चाहिए था।

बिल चुकाकर हम चल दिये।

रिक्शा में मैंने उससे पूछा, "यू आर अलाउड टु स्पेण्ड अ बिग अमाउण्ट टु डे··· लेकिन किस सिलसिले में?"

"दिस ऐक्सिडेण्ट न्यूज़। अवर एम डी इज़ व्हेरी मच वरीड···बिल्डर कम्पनी का नाम यदि अख़बार में छप गया तो इट विल अफ़ेक्ट दि होल इमेज़ ऑफ़ अवर कम्पनी···दुर्घटना की ख़बर सुनते ही वे खुद वहाँ चले गये। आइ वाज़ विद हिम···स्थिति से निपटने का कोई जरिया उन्हें सूझता नहीं था···बट आइ कुड मॅनेज—सांस्कृतिक केन्द्र के न्यासी-अध्यक्ष हैं, श्री वाकणकर। वे संसद सदस्य भी हैं। बाइ चॅन्स ही वाज़ अॅट होम—आइ ब्रॉट हिम देयर। उन्होंने विपदाग्रस्त लोगों को शान्त किया, उनका सान्त्वन किया। इसी बीच मैंने सुझाव दिया कि उन्हीं के हाथों मृतकों के परिजनों को हरज़ाने की नक़द रक़म दे दी जाये।"

"अच्छा! भिडे ने लिखा तो है स्टोरी में···"

"वो सब तो छपने दो, लेकिन कम्पनी का नाम उसमें से निकाल दो। प्लीज़! एम डी ने मुझे फ़ौरन तुम्हारे पास भेज दिया है। कुछ रुपये मुझे देते हुए उन्होंने कहा—टेक दिस कॅश ऐण्ड यू मॅनेज दि थिंग्ज। बट सी दॅट अवर नेम डज़ नॉट अपियर इन दि न्यूज़···"

रिक्शा तो अपनी गति से भाग रही थी और इधर मेरे दिमाग़ में भी चक्र घूमने लगे थे। इसी बीच सातपुते ने धीरे से पूछा, "गाडगिल, आर यू रियली इन सम डिफिकल्टी?"

"कैसी डिफिकल्टी?"

"से मॉनेटरी। पिताजी के ऑपरेशन का भारी ख़र्च···आइ कॅन हेल्प यू टु सम एक्स्टेण्ट···इस नाचीज़ से तुच्छ-सी सहायता···"

"कम्पनी अकाउण्ट?"

"कुछ भी समझ लो। कम्पनी अकाउण्ट या निजी खाता···"

"कितने रुपये?"

"यही, कोई हज़ार···पाँच सौ···"

"अपनी जेब से देकर कम्पनी अकाउण्ट में एडजस्ट करोगे?"

"वो तो मेरा सिरदर्द है। तुम क्यों दिमाग़ ख़पा रहे हो उसमें?"

मैंने कोई प्रतिवाद नहीं किया। रिक्शा के रुकते ही मैंने पूछा, "बैग खोलूँ?"

"किसलिए?"

"आइ हैव दि कॅश विद मी राइट नाऊ।"

"नो, नो कॅश, प्लीज़।"

"एनी प्रेजेण्ट?"

कोई जवाब दिये बिना मैं रिक्शा से नीचे उतरकर दफ़्तर की ओर चल पड़ा। दिमाग़ में चक्कर तो अभी भी चल ही रहा था, कि क्या किया जाये? न्यूज़ रूम के जीने पर ही आवाज़ें आ रही थीं। दोनों-तीनों टेलीप्रिण्टर खड़खड़ा रहे थे। शायद कोई महत्त्वपूर्ण ख़बर आने लगी थी···

मैं बड़ी उत्सुकता से टेलीप्रिण्टर के क़रीब गया। नयी दुर्घटना की ख़बर आने लगी थी। पी. टी. आय., यू एन आय तथा हमारा न्यूज ब्यूरो···तीनों स्रोतों से एक ही समाचार का ब्यौरा आ रहा था।

महाभयंकर दुर्घटना···

लन्दन के लिए सहार अन्तर्राष्ट्रीय हवाई अड्डे से उड़ान भरते ही अगले ही पल जम्बो जेट विमान समुद्र में जा गिरा था···

अभी, कुछ ही मिनट पहले···डेढ़ सौ यात्रियों के साथ···किसी के भी ज़िन्दा बच निकलने की कोई उम्मीद नहीं थी। यात्रियों में कुछेक वी. आइ. पी. भी थे···

"टेलीप्रिण्टर धड़धड़ा रहे थे। दुर्घटना का ब्यौरा क्रमशः आने लगा था। लेट सिटी एडीशन का समूचा प्रारूप ही अब बदल गया था। मैंने सातपुते से अनुरोध किया, "बस, अब अनुवाद करने में मेरी सहायता करो।"

मेरी बात मानकर वह बैठ गया। तीनों स्रोतों से प्राप्त समाचार के काग़ज़ निशान लगा-लगाकर अनुवाद के लिए उसकी ओर खिसकाता रहा। पहले पृष्ठ के लिए पूरे दो कॉलम की ख़बर तैयार हो गयी थी। मैंने सातपुते से कहा, "इस दुर्घटना की तुलना में तुम्हारी दुर्घटना तो किस झाड़ की पत्ती है···"

"दैट्स राइट! मैं भी यही कहने वाला था। कितनी भयंकर दुर्घटना है यह। मुझे तो लगता है कि दि प्लेन मस्ट बी सॅबोटॅज़्ड। यक़ीनन यह तो तोड़-फोड़ का ही मामला हो सकता है। वी० आइ० पी० कौन-कौन थे उसमें?"

ज़ाहिर है कि सांस्कृतिक केन्द्र को हुई दुर्घटना से सम्बन्धित समाचार का कलेवर अब बहुत ही छोटा हो गया था। यानी कि एक तसवीर और उसके नीचे दो कॉलम का समाचार।

उस लड़की की वह तसवीर तो जा ही नहीं पायी। क्योंकि जगह ही नहीं थी। थैंक गॉड। यह महा भयंकर दुर्घटना मुम्बई में ही हुई थी।

अब तो सांस्कृतिक केन्द्र का समाचार महत्त्वहीन हो जाने से कम्पनी का नाम-वाम उसमें देना ज़रूरी भी नहीं था और उसकी कोई गुंजाइश भी नहीं थी।

बैठक में सम्पादक के पूछने पर मैं अपनी इस हरक़त के पक्ष में कई सार्थक दलीलें दे सकता था।

सातपुते बड़ा ही खुश था। तनावमुक्त होकर मुझसे विदा लेते हुए मेरा हाथ अपने हाथ में थमाकर उसने कहा, "थैंक यू व्हेरी मच। यदि कम्पनी का नाम देने पर तुम अड़ जाते तो कल दफ़्तर में मेरी मिट्टी पलीद हो जाती, लेकिन अब कोई चिन्ता नहीं। अभी मेरा प्रोबेशन चल रहा है न, इसलिए···कल शाम चार-पाँच बजे के आस-पास घर में ही रहोगे न? कल एक दुकान में अपने बेटे के लिए रिस्ट वॉच का एक बढ़िया-सा मॉडल मैंने देखा था, सो वह मुझे लेना ही है।

वहाँ से लौटते हुए तुम्हारे घर भी आऊंगा। एकाध पीस भी ज़्यादा ले आऊँगा··· तुम्हें पसन्द आये तो रख लेना। अब अस्पताल जाऊँगा। छोटी बिटिया इज सीरियस···हार्ट ट्रबल। ऑपरेशन से ठीक हो जाये तो देखेंगे···अदरवाइज़ भगवान की प्रार्थना करेंगे। घर के सब लोग अस्पताल में मेरा इन्तज़ार ही करते होंगे।"

वह चल पड़ा। समय देखने के लिए मैंने अपनी कलाई-घड़ी पर निगाह फेरी, तब मुझे महसूस हुआ कि मेरी घड़ी कितनी पुरानी हो चुकी थी···

युद्ध

मैं एक फैक्टरी में महाप्रबन्धक हूँ और पांगारे मामूली-सा एक कामगार। उसके और मेरे बीच में वही रिश्ता होना चाहिए था जो एक सर्वोच्च कार्यपालक और मामूली से कामगार के बीच होता है। मैं काम करवाने वाला और वह मेरे आदेशानुसार चुपचाप करने वाला। मैं नियोक्ता और वह वेतनभोगी। उसके हाथ से कहीं कोई भूल हो जाये तो मैं अपनी मर्ज़ी से सज़ा देने वाला और वह सज़ा भुगतने वाला। देर से आने पर लेट मार्क लगाना, कई बार देर से आने का यह क्रम दुहराये जाने पर छुट्टी लगाना और छुट्टियाँ ख़त्म होने पर भी यदि वह अनुपस्थित रहे तो समुचित दण्ड देने वाला मैं और उसका शिकार वह। क़ानून के दायरे में रहकर ही की जाने वाली कार्रवाई के दो पहलू। पिछले अनुभवों से मेरी यह धारणा बन गयी है कि इस देश का क़ानून अधिकांशतया कामगारों के पक्ष में है। उसमें मालिकों और मालिकों के प्रतिनिधियों के तौर पर काम करने वाले प्रबन्धक वर्ग को ताक पर रखा गया है। मेरी धारणा चाहे जो हो, चाहे जैसी हो, क़ानून से बँधे रहना अनिवार्य था। क़ानून पर उँगली रखकर ही तो हर काम चलता है। काम का बँटवारा करना और दण्ड देना ही तो प्रबन्धन है। इन सबका अर्थ एक ही तो था। हम दोनों में वरिष्ठ और कनिष्ठ का रिश्ता होना चाहिए। लेकिन, मुझमें और पांगारे में एक अलग रिश्ता था'''दुश्मनी का। इसका प्रारम्भ लगभग दस साल पहले हुआ था।

वैसे तो फैक्टरी के प्रारम्भ से ही पांगारे और मैं सहकर्मी हैं। प्रबन्धकीय श्रेणी के पहले बैच में जो लोग यहाँ आये, उनमें मैं था और फैक्टरी में पहली बार कामगारों की जो भर्ती हुई उसमें पांगारे था। दस साल में यह फैक्टरी बन पायी। कभी-कभार सुचारु रूप से चली तो यदा-कदा हालत ख़स्ता भी हुई। कभी मुनाफ़ा हुआ तो कभी घाटा। मैं सहायक प्रबन्धक (उत्पादन) से महाप्रबन्धक बन गया। पांगारे मामूली कामगार से फ़ोरमैन बना। साथ-ही-साथ कामगारों की यूनियन बनाने के काम में उसने गहरी दिलचस्पी ली और वह कामगार नेता बन गया।

कामगार यूनियन का महासचिव और बाद में अध्यक्ष बन गया, लेकिन कोई कुर्सी न होने पर भी वह कामगार नेता तो था ही।

पहली मुलाक़ात में ही मुझे लेकर उसके मन में गाँठ पैदा हुई थी शायद। दरअसल ऐसी पहली मुलाक़ात में ही इन्सान एक-दूसरे को बहुत चाहने लगते हैं या नफ़रत करने लगते हैं और उनके मन में दुश्मनी पनपने लगती है। कुछ लोग आपस में मिलते हैं, बार-बार मिलते रहते हैं, लेकिन उनके मन में स्नेह पनपता है, न नफ़रत। वे एक-दूसरे के प्रति मात्र तटस्थ रहते हैं।

शुरू-शुरू में जो लोग यहाँ भर्ती हुए, लगभग वे सभी एक-दूसरे के प्रति तटस्थ ही थे। कुछ अर्से बाद उनमें मित्रता या दुश्मनी पैदा हुई थी।

पांगारे और मैं—हम दोनों में दुश्मनी पैदा हुई थी। हमारी इस अनबन के प्रथम विस्फोट का वह वाकया अभी भी मुझे याद आता है। फैक्टरी अभी-अभी शुरू हुई थी। हाल ही में मशीनें, लेथ आदि लगी थीं और उत्पादन शुरू हो रहा था। फैक्टरी का निर्माणकार्य अभी पूरा नहीं हुआ था। वहाँ कैण्टीन-वैण्टीन भी नहीं थी। भोजनावकाश में आसपास के किसी सुविधाजनक स्थान में ही कामगार अपनी रूखी-सूखी खा लिया करते थे। मुझ जैसे अधिकारी भी अपनी-अपनी मेज़ पर डिब्बा खोल शुरू हो जाते थे।

एक दिन भोजनोत्तर मशीनें शुरू हुईं। कामगार अपने-अपने कामों में लगे हुए थे। सहायक प्रबन्धक (उत्पादन) होने के नाते फैक्टरी में एक राउण्ड लेते हुए मैं मुआयना करने लगा था। पांगारे जिस मशीन पर काम कर रहा था, वहाँ मैं ठिठक गया और मैंने उसे कुछ हिदायतें दीं।

मेरी बात सुनने के बाद उसने जवाब दिया, "इतना तो हम जानते हैं, साहब।"

उसकी इस जवाबदेही पर, बात करने के अन्दाज़ पर और उसकी मनोवृत्ति पर मैं ताव खा गया। तनिक झुँझलाकर मैंने पूछा, "यदि इतनी समझ है तो काम उलटा-सीधा क्यों कर रहे हो? ढंग से काम करो··· रोटी-वोटी तो खा ली ना?"

"जी। पसीने की रोटी खाते हैं हम लोग···"

"तो क्या बाक़ी लोग ऐयासी करके रोटी का जुगाड़ करते हैं? पसीने की रोटी की ज़्यादा दुहाई मत दो। तुम लोगों की मेहनत यदि सुव्यवस्थित न हो तो उसका कोई नतीजा नहीं निकलेगा, बल्कि कम्पनी को घाटा उठाना पड़ेगा। समझे?"

मेरी आवाज़ में थोड़ी-सी तल्ख़ी आ गयी थी। मैंने उसे ऐसे अन्दाज़ से सुनाया कि बाक़ी कामगार देखते ही रह गये। उसकी बोलती बन्द हो गयी। उसने अन्य कोई प्रतिक्रिया तो व्यक्त नहीं की, लेकिन भीतर वह सुलगता रहा। तमतमाकर

वह मुझे घूरता रहा, बस।

मैं वहाँ अधिक देर तक नहीं रुका। तथापि, सफल-सार्थक निगाहों से उसे तथा बाक़ी लोगों की ओर देखा और ढंग से काम करने की हिदायत पांगारे को देकर आगे बढ़ा।

पांगारे के साथ यह मेरा पहला आमना-सामना था। इतने अर्से बाद भी मुझे वे संवाद बाक़ायदा याद हैं। उस समय का उसका अपमानित चेहरा, कड़वा घूंट पी जाने की मजबूरी और बेबस निगाहें···आदि सभी कुछ तो मुझे याद है।

पिछले दस सालों में आपसी कहा-सुनी के ऐसे कई हादसे हुए। बिना पूर्व सूचना दिये; उसकी अनुपस्थिति के कारण उसके वेतन में कटौती करनी पड़ती थी। यूनियन में सक्रिय होने के बाद कामगारों की मामूली-सी दिक़्क़तों को लेकर वह आधिकारिक रूप से बातचीत करने के लिए मेरे पास आ जाता था और उस समय मैं उत्पादन प्रबन्धक था। कामगारों को सुविधाजनक पारियों में काम करने की अनुमति देने के लिए वह मुझसे ज़िद करने लगता था। समयानुसार निर्धारित मात्रा में उत्पादन न होने पर यदा-कदा मैं कामगारों को टोका करता था। कभी-कभार कामगार जान-बूझकर मशीन में कोई ख़ामी पैदा कर देते हैं और काम ठप्प पड़ जाता है—इस बात का अन्देशा होते ही मुझे जाँच-पड़ताल करनी पड़ती थी और कामगारों का क़सूर होने पर उन्हें दण्ड देना पड़ता था। ये तथा अन्य भी ऐसे मौक़े थे जब हम दोनों में ज़ोरदार कहा-सुनी हो जाया करती। हम दोनों में सहमति न होने से आवाज़ में तल्ख़ी आ जाती थी। उसी समय मुझे अहसास हुआ था कि हम दोनों में दुश्मनी के बीज बोये जा रहे हैं। यानी कि यह आपसी अनबन की अगली सीढ़ी थी। शत्रुता, दुश्मनी, तिक्तता···

मुझसे बात करते समय उसकी आवाज़ में एक अजीब-सा आवेश रहता था। नसें तन जातीं थीं और आँखों में कसैलापन झलकता था।

महाप्रबन्धक के रूप में मेरी पदोन्नति के बाद तो पांगारे ने अत्यधिक तीखी प्रतिक्रिया व्यक्त की। किसी तीसरे आदमी के ज़रिये यह ख़बर मेरे सुनने में आयी। सम्भवतया सुचारु रूप से ख़बर मुझ तक पहुँचाने का यह नायाब तरीक़ा उसने अपनाया था।

हमारे यूनिट के महाप्रबन्धक श्री आपटे का स्थानान्तरण कहीं और किया गया। हमारा अनुमान था कि उनके स्थान पर किसी अन्य व्यक्ति को तैनात किया जायेगा। कई लोगों के नाम सुनने में आ रहे थे, लेकिन एक दिन सेठजी ने उस पद पर मेरी ही नियुक्ति की पेशकश कर दी। उन्होंने मुझे यूँ ही बुला लिया और पूछा, "कम्पनी ने आपटे को दूसरे कारख़ाने में भेजने का निर्णय लिया है, पता है आपको?" मैंने जवाब दिया, "सुनने में तो आ रहा है, लेकिन आपटे साहब ने

कुछ नहीं बताया अभी तक।" उनके तबादले की मौजूदा स्थिति के बारे भी उन्होंने मुझसे पूछा।

मैंने गोलमोल जवाब देने की कोशिश की तो उन्होंने कहा, "यह यूनिट खस्ताहाल है, मैं जानता हूँ। इसे सुधारने की आवश्यकता है। आपटे विल बी शिफ़्टेड टु सम अदर यूनिट। इस यूनिट की ज़िम्मेदारी आप लेना चाहेंगे ?···एज़ ए जनरल मैनेजर···?"

एक ग़रीब पुरोहित खानदान में जन्मे, मुझ जैसे आदमी के सामने कारख़ाने का महाप्रबन्धक पद अपने-आप चलकर आया था। जिस पद को प्राप्त करने की बात मैं ख़्वाब में भी सोच नहीं सकता था, वह हक़ीक़त बन रहा था। सेठजी की इस पेशकश से मैं भौंचक्का-सा रह गया। मैं दुविधा में पड़ गया, लेकिन सेठजी ने सार्थक निगाहों से मेरी ओर क्या देखा कि मैंने 'यस सर' कहकर हामी भर ही दी।

सेठ जी मुसकराये। उनकी इस मुसकराहट में आश्वस्तता थी। पदोन्नति पत्र आदि की औपचारिकताएँ तो बाद में पूरी हुईं, लेकिन उस समय मैं सेठजी के कमरे से महाप्रबन्धक बनकर ही बाहर निकला था।

कमरे से मेरे बाहर निकलने के साथ ही पदोन्नति की ख़बर हवा की तरह कम्पनी में फैल गयी। आपटे का स्थानान्तरण और उत्पादन प्रबन्धक जोग की महाप्रबन्धक के रूप में पदोन्नति···लोग मुझे बधाई देने लगे। कोई दिल से तो कोई औपचारिकतावश। अभी, कल-परसों तक बराबरी के नाते काम करनेवाले सहकर्मी अब कटे-कटे-से रहने लगे। तथापि मैं तो उत्साह से काम में जुट गया।

दूसरे दिन मैं अपने दो-चार ख़ासमख़ास दोस्तों के साथ यूँ ही गप्पें हाँक रहा था। महाप्रबन्धक बनने, सबका बॉस बन जाने के बावजूद सिगरेट के दिलकश छल्लों के बीच हमारी बातें होने लगी थीं, ताकि उन्हें महसूस न हो कि मैं उनसे अलग हो गया हूँ। यक-ब-यक हुए इस परिवर्तन के क्रम में लोगों की प्रतिक्रियाएँ जानने का प्रयास मैं कर रहा था। तरह-तरह की प्रतिक्रियाएँ व्यक्त हो रही थीं।

पांगारे ने सबसे तीख़ी और कड़वी प्रतिक्रिया व्यक्त की।

नये परिवर्तन को लेकर पांगारे अपने दोस्तों के साथ बहस करने में मशगूल था। हमारा एक सुपरवाइज़र उनके पास से गुज़र रहा था तो पांगारे के मुँह से उसने सुना, "महाप्रबन्धक कोई भी बने, हमें उससे क्या? उसकी मौत पर हमें कन्धा तो देना ही पड़ेगा और हम देते हैं। शव किसका है, यह हम कभी नहीं पूछते।"

सुपरवाइज़र ने पांगारे के मुँह से ये शब्द सुने और सहायक उत्पादन प्रबन्धक को ज्यूँ-का-त्यूँ सुनाये। वहाँ से बात कार्मिक विभाग में पहुँची और अन्ततः मुझ तक आ गयी।

पांगारे की टिप्पणी केवल तीखी नहीं थी, बल्कि उसमें कसैलापन भी था। मुझे तो उसकी यह टिप्पणी अशुभसूचक भी लगी। मेरी पदोन्नति हुई, मेरा प्रशासन शुरू हुआ, मुझे नया ओहदा मिला···और पांगारे मेरी मौत के बारे में सोचने लगा था।

मुझे तो उसकी टिप्पणी बेशक़ अशुभसूचक लगी। दरअसल मुझे शुभ-अशुभ के रूप में सोचना ही नहीं चाहिए। मैं अभियान्त्रिकी का स्नातक। फ़र्राटे से अंग्रेज़ी बोलने-लिखने वाला। एक कारख़ाने का महाप्रबन्धक। लेकिन दूर-दराज के गाँव में पौरोहित्य करने वाले अपने पिताजी को यह ख़बर सुनाने के लिए जो चिट्ठी मैंने लिखी थी, उसमें उनसे रामेश्वर में ग्यारस करने का आग्रह मैंने किया।

उन्होंने ग्यारस का उपवास करने के बजाय लघु रुद्र किया और उसके प्रसाद के रूप में फूल और भभूत डाक के लिफ़ाफ़े में रखकर मेरे नाम से भिजवा दी। जिस दिन मैंने नया पदभार ग्रहण किया, ठीक उसी दिन डाक में यह लिफ़ाफ़ा मिला। उसके साथ एक चिट्ठी भी थी, जिसमें उन्होंने लिखा था, "और भी बड़े बनो। मोटा वेतन प्राप्त करो। गाड़ी-बँगला ख़रीद लो और अपनी गाड़ी से यहाँ आओ। मैंने जब यह ख़ुशख़बरी अपने साथी पुरोहितों को सुनायी तो उन्होंने जिज्ञासा व्यक्त की 'यानी अब वसन्त अपनी ख़ुद की गाड़ी से यहाँ आया करेगा?' मैंने भी सीना तानकर जवाब दिया, 'बेशक़ आयेगा। मैंने भभूत जो उसे भेजी है। बरसों रामेश्वर की सेवा की, वह कभी-न-कभी रंग लायेगी कि नहीं?' तुम्हारी ज़िन्दगी ख़ूब फलेगी, फूलेगी।" जबकि इधर पांगारे कहता है—शव किसी का भी रहे···

ऐसे मौक़ों पर संयम से काम लेने का निश्चय मैंने कर लिया। आख़िर वह नीम हक़ीम ही तो है, उसकी इत्ती-सी बात का बुरा मानने से भला कैसे काम चलेगा? ऐसी छोटी-मोटी बातों को तो भूल जाना चाहिए। सालाना सात-आठ करोड़ का कारोबार करने वाली कम्पनी के एक महाप्रबन्धक को इस तरह की उत्तेजना शोभा नहीं देती···

दो-चार दिन में आपटे चले गये और उनकी जगह मैंने ले ली। उनके केबिन में, उनकी कुर्सी पर अब मैं बैठने लगा। उस वातानुकूलित कक्ष के दरवाज़े पर लगा नामपट्ट बदलवाकर अब वी. जी. जोग, महाप्रबन्धक लिखा हुआ नया लगवाया।

नये महाप्रबन्धक को बाक़ायदा बधाइयाँ देने और उनके प्रति शुभकामनाएं व्यक्त करने के लिए अधीनस्थ प्रबन्धक एवं अन्य स्टाफ सदस्यों का ताँता बँध गया। उनमें दो-एक सुपरवाइज़र भी शामिल थे। उसके बाद कामगारों का सिलसिला शुरू हुआ। पांगारे भी उन्हीं में से एक था। कामगार नेता होने के नाते मुसकराकर उसका स्वागत करना ज़रूरी था।

"जोग साहब, आप जनरल मैनेजर बन गये···मुबारक हो। हमारी यूनियन की ओर से आपको बधाई।" उनमें से एक ने कहा।

मैंने 'धन्यवाद' कहा और गर्दन हिलाते हुए उनकी बातें सुनने लगा।

ये सब कामगार प्रतिनिधि थे। अभी, कल तक इन सभी के साथ मेरा जो रिश्ता था, अब वह पूरी तरह से बदल गया था। अब तक उत्पादन प्रबन्धक के रूप में मैं उनसे काम करवाता था। यानी कि मुझसे भी वरिष्ठ अधिकारी ऊपर बैठा हुआ था। लेकिन अब तो मैं ही उस सर्वोच्च पद पर आसीन था। अब सम्भल-सम्भलकर, नपे-तुले शब्दों में बात करनी पड़ती थी।

"आपटे साब का काम बराबर नय था। कम्पनी ने उसका तबादला किया, अच्छा हुआ।" मैंने अनसुनी कर दी। ख़ास कर आपटे साहब के लिए 'उसका' मुझे अख़रा था। "अब हमारी माँगें पूरी होंगी।" तीसरे ने कहा। "लेकिन साहब चाहें तो···" मैंने केवल गर्दन हिलायी।

"अब वे चुप हो गये। बधाइयाँ पूरी हुईं। मांगों का ज़िक्र हुआ। अब अगला मुद्दा उठाने के लिए उन्हें समय देते हुए मैं चुप हो गया। लेकिन फिर भी उनका मुँह न खुलते देखकर मैंने कहा, "कैसे चल रहा है प्रॉडक्शन ? अब थोड़ा ज़्यादा ज़ोर लगाना होगा।"

"ज़ोर तो लगायेंगे साब, लेकिन हमारी भोत पुरानी माँगें···" पांगारे ने पहली बार ज़ुबान खोलने की ज़ुर्रत की थी।

"देखेंगे। सबसे पहले हमें उत्पादन बढ़ाना होगा। बिक्री बढ़ानी होगी। मेरा मतलब है कि पहले आमदनी बढ़ानी होगी, तभी तो माँगें पूरी की जा सकेंगी।"

"ऐसा मत करो साब। आप बड़ा साब होताय, ऐसा मालूम पड़ते ही काम-गारों की उम्मीदें बढ़ गयी हैं।" पांगारे ने फिर से कहा।

मैं चुप्पी साधकर उसकी बातों का रुख देखता रहा।

"हमारी माँगें भी कोई ख़ास नहीं हैं। मसलन कारखाना दस साल पैले बना, लेकिन अभी तक कैण्टीन नहीं है। इसलिए ढंग का एक कैण्टीन होना चाहिए। वहाँ कम दाम में चाय-नाश्ता आदि मिलना चाहिए। रात पाली में काम करने वाले कामगारों के लिए कम्पनी की ओर से कॉफी का इन्तज़ाम होना चाहिए। वक़्त ज़रूरत के समय एडवांस, आपातकाल में रुपयों-पैसों की सहायता···" उनमें से एक साथी माँगें गिनाने लगा।

"अब बीच में ही कहाँ से आ गयी ये माँगें ? डेढ़ साल पहले जब समझौता हुआ तब आप लोगों ने यह माँगें सामने रखी थीं या नहीं ?"

"रखी तो थीं लेकिन कुछ दिन बाद उन पर विचार करने की बात कम्पनी ने कही थी।"

उद्योगपति बन सका।" बीजी की मृत्यु के बाद उनका स्मृति-दिन मनाने का रिवाज़ जो चल पड़ा तो सभी यूनिटों में वह मनाया जाने लगा। हमारा कारख़ाना भी भला इससे अछूता कैसे रह सकता था। मेरे महाप्रबन्धक बनने के बाद ऐसा यह पहला ही मौक़ा था, इसलिए मैंने कुछ ज़्यादा ही उत्साह दिखाया। इस मौक़े पर मैंने सेठजी को आमन्त्रित किया। शुरू-शुरू में तो उन्होंने ना-नुकुर की। और उनसे यह अपेक्षित भी था। लेकिन अन्ततः उन्होंने मेरा अनुरोध स्वीकार किया। वे आये और उन्होंने माताजी की तसवीर को माल्यार्पण वगैरह किया। भाषण हुए। दो-एक वक्ताओं को तो मैंने ही भाषण करने का आग्रह किया। मैंने भी रटे-रटाये दो शब्द कहे। इसकी सामग्री जुटाने में मुझे अपनी पत्नी से बड़ी सहायता मिली। सेठजी की माँ को मैंने दुनिया की महान् महिलाओं में से एक बताया। उनकी तुलना शिवाजी की माँ—जीजाबाई से करने में भी मुझे कोई संकोच नहीं हुआ। यानी कि मैंने सेठजी को अप्रत्यक्ष रूप से शिवाजी कहा था। उस दिन मानो मेरी जुबान पर सरस्वती थिरक रही थीं। मैं आधा घण्टा तक बोलता रहा और इस बीच दो बार तालियाँ बजाकर श्रोताओं ने मेरा उत्साहवर्द्धन किया। दोनों बार सेठजी ने कनखियों से मुझे देखा। वे खुश भी हुए थे।

"मेरे भाषण के बाद अब सेठजी से मेरी प्रार्थना है कि वे मार्गदर्शन के रूप में दो शब्द कहें।" मैंने उनसे अनुरोध किया और माइक से हटकर खड़ा हो गया। इस बीच श्रोताओं में से पांगारे तुरन्त उठ खड़ा हुआ और लपककर माइक अपने हाथ में ले लिया।

मैं पांगारे को रोक भी तो नहीं सकता था।

उसने कहा, "अभी-अभी हमारे साब ने सेठजी की माँ की भरपूर तारीफ़ की। लेकिन हम तो मामूली से कामगार हैं। हमारी माँएँ ऐसी नहीं थीं। वे गँवार और उजड्ड थीं। हम मालिक या सेठ नहीं बन सके, बल्कि हम मामूली से कामगार ही बने रहे। ख़ैर, कोई बात नहीं। लेकिन हमें माँ जी के बड़प्पन का अहसास तभी होगा, जब हमारी माँगें मान ली जायेंगी। तभी वे हमारे लिए आदरणीय बन सकेंगी। हमारी माँगें तो बहुत पुरानी हैं और फिर वे भी ख़ास माँगें नहीं हैं। कामगारों को दोपहर में रूखी-सूखी खानी पड़ती है···लेकिन उनके लिए कैण्टीन का 'इन्तजाम' नहीं है। हमें कैण्टीन चाहिए। कैण्टीन में कम पैसों में अच्छा खाना मिलना चाहिए। रात पाली के कामगारों के लिए चाय-कॉफ़ी का बन्दोबस्त किया जाना चाहिए। उसके लिए अलग से भत्ता दिया जाना चाहिए। कामगारों की माँगों की ओर ध्यान न दिया जाये तो हम सेठजी को भला आदरणीय क्यों समझने लगे। जोग साब को कुर्सी मिली तो हमें आस बँधी थी। लेकिन हुआ कुछ नहीं। सेठजी चाहते हों तो भी मैनेजर लोग बीच में अड़ंगा लगाते हैं। सेठजी और कामगारों के बीच में दीवार बन जाते हैं···।"

श्रोताओं ने गर्मजोशी से पांगारे के भाषण का स्वागत किया, लेकिन मेरी स्थिति बड़ी विचित्र हो गयी। मेरा तो ख़ून खौलने लगा था। बड़ी मुश्क़िल से ग़ुस्सा पीकर मैं स्थितप्रज्ञ-सा बैठा रहा।

पांगारे ने अपना वक्तव्य समाप्त किया। उसके बाद मैंने फिर एक बार सेठजी से प्रार्थना की। वे खड़े हो गये। मैंने माइक उनके सामने लाकर रखा। उन्होंने सिर्फ़ इतना भर कहा, "अब ऐसे माहौल में मेरा अधिक कुछ कहना ठीक नहीं होगा।" और बस, माइक छोड़कर वे चले गये और सीधे ही अपनी गाड़ी में जा बैठे···उनके पीछे-पीछे मैंने भी दौड़ लगायी। लेकिन उससे पहले ही उनकी गाड़ी जा चुकी थी।

अत्यधिक क्रोध से मैं लाल-पीला हो रहा था। साथ ही शर्मसार भी हुआ। घबरा गया, मन-ही-मन टूट गया···मेरा फ़जीता जो हो गया था।

इस वाक़या का असर सेठजी के दिल पर क्या पड़ सकता था? उनके सामने मैं क्या सफ़ाई पेश कर सकता था? कि अपने कामगारों पर मेरा नियन्त्रण नहीं है, उनमें अनुशासनहीनता अधिक है और भरी सभा में अपने सेठ जी को अपमानित करते हैं, मौक़े की गम्भीरता पर तनिक भी ग़ौर नहीं फरमाते।

मेरे लौटने तक सभा समाप्त हो चुकी थी। कामगार अपने-अपने विभागों की ओर जाने लगे थे। मैनेजर-स्टाफ आपस में कानाफूसी करते हुए वहीं खड़ा था।

किसी की भी आँख-से-आँख मिलाये बिना मैं सीधे ही अपने केबिन में घुस गया और मैंने घण्टी का बटन दबाया।

घण्टी की आवाज़ सुनकर चपरासी फुर्ती से भीतर आया।

"जाओ, उस हरामज़ादे पांगारे को बुला लाओ।"

पांगारे पर बरसाने के लिए कई तरह की ग़ालियाँ मेरी जुबान पर कुलबुला रही थीं। चपरासी लौट आया और उसने बताया, "पांगारे वहाँ नहीं है, साब।"

"नहीं है? तो गया कहाँ?"

"छुट्टी लेकर चले गये, बताते हैं।"

"छुट्टी लेकर गया? क्या भाड़ झोंकने गया है स्साला?" ग़ुस्से से काँपते हुए मैंने अपने आपसे ही कहा। फिर मैंने चपरासी को आदेश दिया, "जाओ, गुप्ते को बुलाओ। प्रोडक्शन मैनेजर गुप्ते।"

गुप्ते आ गये।

"पांगारे को छुट्टी किसने दी?"

"छुट्टी की अर्जी उसने कल ही दी थी।"

"तो फिर आज वह क्यों आया था?"

"शायद कार्यक्रम के लिए···"

"लेकिन वह तो छुट्टी पर था न ?"

"जी। लेकिन वह कार्यक्रम के लिए आया होगा तो उसे भला कैसे रोका जा सकता था ?" मैं चुप रहा गुप्ते, चले गये। हाथ मलते रहने के अलावा मैं और क्या कर सकता था ? दोपहर को मैंने सेठजी के पी. ए. को टेलीफ़ोन किया और पूछा, "सेठ साहब हैं क्या ?" सेठजी नहीं थे। और वे शाम को कम्पनी में आने वाले भी नहीं थे।

"कल ? कल यहीं हैं या कहीं जा रहे हैं ? मुझे उनसे मिलना था। अबाउट दि होल इन्सीडेण्ट···"

"कौन-सा इन्सीडेण्ट ?"

"वही, जो आज यहाँ हुआ···वन ऑफ माई वर्कर···बड़ी ही अशिष्टता से पेश आया···अण्ट-शण्ट कुछ भी बकता रहा···यदि मुझे उसकी ऐसी बेहूदगी का थोड़ा-सा भी अन्देशा होता तो मैं उसे बोलने ही नहीं देता। लेकिन पता नहीं वह यकायक वहाँ कैसे पहुँच गया और लगा बकबक करने···"

"सेठजी कल हैं तो। लेकिन व्यस्त रहेंगे।"

"परसों ?"

"जी नहीं। परसों वे विदेश जा रहे हैं।"

"विदेश ? कितने दिनों के लिए ?"

"महीने भर के लिए।"

"ओह ! देन इट विल बी टू लेट टु एक्सप्लेन टु हिम···" मैंने मायूस होकर कहा और फ़ोन रख दिया।

रात को मैं जाम पी रहा था।

इस मौक़े पर कभी-कभार मुझे अपने घर की याद आती है। बचपन की शामें मैं किस तरह गुज़ारता था···कल यदि किसी यजमान के यहाँ सत्यनारायण की कथा है तो पूजा के लिए एक हज़ार तुलसी-दल बीनने का काम मेरे ज़िम्मे आता था। गणपति उत्सव के दिनों में हरी दूब तोड़कर लाना, भगवान की आरती उतारना, स्तोत्र-पाठ करना आदि। लेकिन अब अक्सर शाम को और रात हाथ में जाम ही रहता है। कभी किसी दोस्त की पार्टी के बहाने तो कभी किसी बार या क्लब में या फिर अपने घर में अकेले ही।

आज मैं घर में ही चुस्की ले रहा था। लगातार पाँच-छः पैग मैं पी गया तो पत्नी ने चिन्ता व्यक्त करते हुए पूछा, "आज फैक्टरी में कुछ हुआ तो नहीं ?"

ह्विस्की के छह पैगों की खुमारी और बीवी की सवालिया चिन्ता की वजह से मैं विचलित हो गया। मुझे सवेरे का वह वाक़या सहसा याद आया। पिछले दस साल की सभी घटनाएँ, पांगारे की अशिष्टता और बदमज़गी तथा हिक़ारत भरी निगाहें आदि, एक-एक बात मेरे दिमाग़ में कौंध गयी और मेरी नसें तनने

लगीं ! मेरे तन-बदन में जैसे आग लग गयी। मैंने उछलकर कहा, "दो कौड़ी का कामगार स्साला। खोपड़ी में भेजा नाम की कोई चीज़ ही नहीं है और मुझसे दुश्मनी मोल लेना चाहता है ? सेठजी के सामने मुझे ज़लील करने की जुर्रत करता है ? मेरा फ़जीता करता है ? मेरी छीछालेदर करता है ? सेठजी तमतमाकर चले गये, उन्हें नीचा देखना पड़ा। मेरे बारे में उन्हें ज़रूर ग़लतफ़हमी हुई होगी। बल्कि मुझे अपनी सफ़ाई पेश करने का भी मौक़ा नहीं मिल सका। आज वे व्यस्त रहे—कल वे विदेश जा रहे हैं। महीने भर बाद लौटेंगे। तब तक काफ़ी देर हो चुकी होगी···सर्टेनली ही विल बी गेट रांग इम्प्रेशन अबाउट मी···वे समझेंगे कि अपने कामगारों पर मेरा कोई नियन्त्रण ही नहीं है, वे अनुशासन का पालन नहीं करते। नॉट ओनली दिस, सुधा···ही सेड—दैट ब्लडी पांगारे ने कहा कि मालिक चाहते हैं फिर भी मैनेजर लोग अड़ंगे लगाते हैं। इसीलिए कामगारों के मन में सेठजी के प्रति आदर भाव नहीं है। सेठजी की माताजी को श्रद्धांजलि अर्पित करने के मौक़े पर यह उल्लू का पट्ठा ऊल-जलूल कुछ भी बकता रहा। स्साला यकायक आया और ज़हर उगलकर चला गया···सेठजी के मन में यक़ीनन गाँठ पड़ गयी होगी। नॉट ईव्हन थ्री कम्पलीटेड। ही विल स्पॉइल माई कैरियर। माई लाइफ़। आई विल टीच अ लेशन टु दैट ब्लडी पांगारे। ज़िन्दगी भर याद रखेगा। बड़ी बेरहमी से पेश आऊँगा उसके साथ···पट्टी पढ़ाकर ही दम लूँगा। मुझे वसन्त जोग कहते हैं···यूनिवर्सिटी में फ़र्स्ट क्लास फ़र्स्ट आया हूँ। रात-दिन सिर खपाकर वह क़ाबिलियत मैंने प्राप्त की। दस साल तक पूरी मेहनत से कम्पनी में काम करने के बाद। तब कहीं सेठजी का विश्वासपात्र बन सका। और इसने साले ने पल भर में मेरी इज्ज़त मिट्टी में मिला दी। हरामज़ादा साला···

सेठजी बिना कुछ कहे, चले गये—हाऊ इन्सल्टिंग ? हाऊ इरिटेटिंग···उस हरामज़ादे की वजह से यह दिन मुझे देखना पड़ा···स्साले को बराबर कर दूँगा। पकड़ूँगा, कहीं-न-कहीं ज़रूर पकड़ूँगा कम्बख़्त को·· मेरी मुख़ालफत करता है—मामूली-सा कामगार और अपने जनरल मैनेजर के साथ दुश्मनी···दो कौड़ी के कामगार की ये जुर्रत··।

शायद मैं बकबक कर रहा था और पीये जा रहा था। पी रहा था, बकबक करते जा रहा था। कोसता जा रहा था, पांगारे को भी और ख़ुद को भी। बीच-बीच में आँखों में नमी भी छा रही थी।

आख़िरकार सुधा ने हाथ पकड़कर मुझे उठाया और मुझे वह बेडरूम की ओर लिवा ले गयी। अन्ततः काम्पोज की गोली खाकर किसी समय मैं सो गया।

दूसरे दिन सुधा ने बताया : नींद में भी मैं—अच्छा सबक सिखाऊँगा, ज़िन्दगी भर के लिए याद रखेगा—यही शब्द बार-बार बुदबुदाता रहा था।

पांगारे दो-तीन दिन ग़ायब ही रहा। चौथे दिन वह आया और मुझे इसकी सूचना मिली। मैंने उसे तुरन्त केबिन में बुला लिया।

लेकिन वह तुरन्त आने के बजाय आधा घण्टा बाद आया। इस बीच मैं उसका बाक़ायदा इन्तज़ार करता रहा। अकाउण्ट्स अफ़सर का कुछ काम था, उसे मैं दस-पाँच मिनट में बख़ूबी निपटा सकता था। लेकिन मैंने उससे कहा, "आप थोड़ी देर बाद आइए, पहले पांगारे से निपटना होगा।"

पांगारे भीतर आकर खड़ा हो गया। मैंने उसे बैठने के लिए नहीं कहा, बल्कि छूटते ही कड़ककर उससे पूछा—"उस दिन ज़्यादा होशियारी दिखलाने के लिए किसने कहा था तुमसे?"

"किसी के कहने से हम कुछ नहीं करते साब।" उसने शान्ति से किन्तु दृढ़तापूर्वक कहा।

"मौक़ा कौन-सा था और तुम क्या बकते जा रहे थे…?"

"मैंने जो कुछ भी कहा, वह योग्य ही था…"

"लेकिन तुमसे कहा किसने था शेख़ी बघारने के लिए?…"

"सेठजी की माँ जी के बारे में दो शब्द कहने के लिए क्या किसी से अनुमति लेनी पड़ेगी?"

पांगारे सोच-समझकर और सटीक जवाब दे रहा था। उसके तेवर से तो यही लगता था कि वह पूरी तैयारी के साथ आया है।

मेरा ख़ून तो खौल रहा था, फिर भी शान्त और संयत था।

"लेकिन ऊटपटाँग भाषण? जानबूझकर मुझे नीचा दिखाने की बेजा हरक़त? सेठजी ने मेरे बारे में क्या धारणा बना ली होगी? अपने महाप्रबन्धक को कामगार कुछ नहीं गिनते…तुम्हारे कारण ही मेरी यह बेइज़्ज़ती…" मैं और भी बहुत कुछ कहना चाहता था। मैं भीतर-ही-भीतर असंयत होता जा रहा था।

"हमारी माँगें सेठजी तक पहुँचाने का मौक़ा ऐसे ही तो मिलता है…"

"लेकिन अगले साल समझौता होने ही वाला है न?"

"उस समय और माँगें पेश करेंगे…"

"लेकिन अब मैं तुम लोगों की एक भी माँग पर विचार नहीं करूँगा।"

वह अत्यन्त दृढ़तापूर्वक बोल रहा था और मेरा ग़ुस्सा बढ़ता ही जा रहा था।

"फ़ालतू बको मत। निकल जाओ यहाँ से…"

"मैं तो चला जाऊँगा, साब। लेकिन कामगारों के साथ इस तरह से पेश आना…इसका अंजाम भुगतना पड़ सकता है…"

मैं आपे से बाहर होता जा रहा था। टेबल पर रखा पानी का गिलास ख़ाली किया। अपने दिल को तसल्ली दिलाने की मेरी हर कोशिश नाकाम सिद्ध होने

लगी थी। भारी सिरदर्द मिटाने वाली टिकिया हरदम जेब में रखनी पड़ती है। उन्हीं में से एक टिकिया निगलकर मैंने फिर एक बार पानी पी लिया।

तथापि एक सवाल मन में उभरकर आया—निकल जाओ यहाँ से—कहकर मैंने कोई ग़लती तो नहीं की? आख़िरकार वह कामगार नेता है। आजकल कामगारों के तेवर भी चढ़े हुए हैं। इसका नतीजा कुछ ग़लत तो नहीं निकलेगा!

दो-तीन दिन बाद ही इसके परिणाम सामने आने लगे। किसी दिन मेरे एक प्रोडक्शन सुपरवाइज़र ने किसी कामगार को टोका। थोड़ी-सी कहा-सुनी हुई। बीच-बचाव के लिए पांगारे आया तो सुपरवाइज़र ने कहा, "पांगारे, तुम्हें इसमें उलझने की कोई ज़रूरत नहीं।"

"हमारे यूनियन मेम्बर के साथ कोई ज्यादती हो रही हो तो उसकी सहायता करना हमारा फर्ज़ बनता है।" पांगारे ने कहा।

"लेकिन वेतन, बोनस आदि मामलों में तुम ऐसा कर सकते हो, अनुशासन के मामले में नहीं।"

तिस पर पांगारे ने सवाल किया, "क्या काम के मामले में जैसा आप लोग चाहते हैं, वही अनुशासन है?"

"तो क्या तुम लोग जिस तरह से काम करोगे उसे अनुशासन मान लिया जाये?" प्रोडक्शन सुपरवाइज़र ने कड़ककर कहा।

"फिलहाल तो नहीं, पर एक दिन ज़रूर आयेगा जब हम जिस तरह से काम करेंगे उसे ही आपको अनुशासन मानना पड़ेगा, साब!"

"न नौ मन तेल होगा, न राधा···"

सुपरवाइज़र के लहज़े तथा उसके बर्ताव से पांगारे को लगा कि यह तो सरासर कामगारों का अपमान है। उसने अपनी यूनियन के लोगों को तुरन्त काम बन्द कर देने का आदेश दिया।

फिर क्या था, चन्द मिनटों में ही मशीनें बन्द हो गयीं और काम ठप्प हो गया।

जब मुझे इस बात की ख़बर मिली तो मैं घटना-स्थल पर गया, उससे पहले ही काम ठप्प हो गया था।

वहाँ पहुँचकर मैं हक़ीक़त जानने की कोशिश कर ही रहा था कि पांगारे ने नारा लगाया, "कामगारों को अपमानित करने वाले साब···"

"मुर्दाबाद···मुर्दाबाद···" पांगारे को घेरकर खड़े कामगारों ने नारा पूर्ण किया।

पांगारे ने फिर एक बार नारा लगाया और कामगारों ने उसे पूरा किया। यह सिलसिला थोड़ी देर तक चलता रहा।

एक सेक्शन में नारेबाज़ी शुरू हुई तो दूसरे सेक्शन पर भी उसका असर पड़ा।

बाक़ी कामगार भी वहाँ इकट्ठे हुए तो सरगर्मी और भी बढ़ गयी।

इस पूरे वाक़या की पृष्ठभूमि किसी ने मुझे बतायी। अतएव अपने प्रोडक्शन सुपरवाइज़र को बख़्शने, उसकी जान बचाने का प्रयास करना मेरा फ़र्ज़ बनता था।

मैंने ऊँची आवाज़ में कहा, "पहले नारेबाज़ी बन्द करो। शान्ति बनाये रखो। जो लोग अशान्ति फैलाना चाहते हैं, वे लोग कृपया बाहर चले जायें। यहाँ, भीतर नारेबाज़ी करना आपत्तिजनक है और काम ठप्प कर देना अनुशासन-हीनता है···"

मेरे इस अनुरोध को स्वीकार करने की बजाय, उसके विरोध में तीखी प्रतिक्रिया व्यक्त करते हुए पांगारे ने नारा लगाया, "काम बन्द। काम बन्द।"

उसके साथियों ने वही नारा दुहराया। उसके बाद पांगारे ने नारा लगाया, "कामगारों पर जुल्म ढाने वाली मैनेजमेण्ट···"

"मुर्दाबाद···मुर्दाबाद।"

"हमारी माँगें···"

"पूरी करो, पूरी करो···"

"लड़के लेंगे, लड़के लेंगे···"

"अपना हिस्सा लड़के लेंगे।"

अनुशासन बरतने सम्बन्धी मेरे आवाहन की यह प्रतिक्रिया थी। यह उद्वेग-जनक तो था ही, अपमानजनक और क्षोभकारी भी था।

इसमें अवज्ञा का भाव भी था।

गुस्से में भरकर मैं टेबल पर खड़ा हो गया और लगभग चिल्लाने के अन्दाज़ में मैंने कहा, "अब यदि दुबारा नारेबाज़ी की आवाज़ सुनने में आयी तो अनु-शासनहीनता के लिए तुम लोगों को मेमो दिये जायेंगे और फिर भी काम ठप्प रहा तो वेतन काटना पड़ेगा···" लेकिन इसका परिणाम भी विपरीत ही हुआ। स्वयं पांगारे ने ही फिर से नारा लगाया, "ज़ुल्मी मैनेजर, हाय! हाय! जनरल मैनेजर, हाय! हाय!"

मेरे तन-बदन में जैसे आग लगी थी। मेरे सामने ही पांगारे मेरी धज्जियाँ उड़ाने लगा था।

और कामगार भी उसकी हाँ में हाँ मिलाते जा रहे थे, उन्हीं नारों को दुहरा रहे थे। मैं बड़े पसोपेश में पड़ गया।

मैं स्वयं, यानी कि एक कारखाने का जनरल मैनेजर, कामगारों को अनुशासित रहने का आवाहन कर रहा हूँ और वे हैं कि ज़ोरों से नारे लगाये जा रहे हैं, विरोध प्रकट करते जा रहे हैं।

सभी कामगार मुझे घूर रहे थे। कारख़ाने के लिपिकीय कर्मचारी और अन्य

मैनेजर भी अब वहाँ इकट्ठा हो गये थे। मुझे सूझता न था कि ऐसे मौक़े पर किस तरह से पेश आया जाये। एक जनरल मैनेजर आदेश दे रहा है और एक मामूली-सा कामगार उसकी अवज्ञा करने पर तुला हुआ है···।

कुछ ही मिनटों बाद मैंने कड़ककर कहा, "पांगारे, यू गेट आउट। गेट आउट फ़र्स्ट। फैक्टरी परिसर से बाहर चले जाओ। मैं तुम्हें सस्पेण्ड करने जा रहा हूँ।"

यह आदेश देते समय मैं गुस्से से काँपने लगा था। मुझे अभी भी वह दृश्य याद है। मैं आग-बबूला हो उठा था। मैंने गरजकर कहा, "पांगारे, तुम तुरन्त बाहर चले जाओ और बाक़ी लोग अपना-अपना काम शुरू करेंगे। दो मिनटों में मशीनें शुरू हो जानी चाहिए।"

इसके बाद की गतिविधियों का जायज़ा लेने के इरादे से मैं अपनी जगह पर ही खड़ा रहा। लेकिन स्थिति में कोई परिवर्तन नहीं आया।

मैंने फिर से चिल्लाकर कहा, "पांगारे, तुम अभी, इसी वक़्त बाहर चले जाओ वरना चौकीदार को बुलाना पड़ेगा और धक्के मारकर बाहर कर दिये जाओगे···"

मेरा यह नुस्ख़ा असर कर गया। दूसरे ही क्षण पांगारे वहाँ नहीं था। उसके बाद कामगार भी काम में जुट गये।

मैंने एक उसाँस छोड़ी और टेबल से नीचे उतरकर, डग भरता सीधे अपने केबिन में चला गया। रूमाल से पसीना पोंछकर मैंने पानी का पूरा एक लोटा ख़ाली किया।

पांगारे को मैंने सस्पेण्ड करने की धमकी ज़रूर दी थी, पर मैंने जल्दबाज़ी में उसके ख़िलाफ़ कोई कार्रवाई नहीं की। ठण्डे दिमाग़ से सोचकर उसे दण्डित न करने या सस्पेण्ड न करने का ही निर्णय मैंने लिया।

दूसरे दिन अपनी पारी में काम करने के लिए वह यथावत् आ गया। प्रवेश द्वार पर ही अपने निलम्बन आदेश आदि के बारे में उसने चौकीदार से पूछताछ की। ऐसे कोई आदेश तो ज़ारी नहीं किये गये थे, लेकिन पांगारे के आते ही उसे भीतर छोड़ने से पहले मुझे इत्तिला करने की हिदायत ज़रूर चौकीदार को दी गयी थी।

चौकीदार ने ऐसा ही किया तो मैंने आदेश दिया, "पांगारे को यहीं भेज दो।"

मैंने प्रोडक्शन मैनेजर तथा कामगारों के साथ एपाइण्टमेण्ट्स आदि तय करने वाले अधिकारी को बुलवा लिया।

पांगारे आ गया, लेकिन उसके चेहरे पर वही अनमनापन, तिरस्कार,

झुँझलाहट और कड़वाहट के भाव थे। शायद अपने अपमानित होने का मलाल भी उसमें निहित था।

"पांगारे···" मैंने बातचीत का सिलसिला शुरू किया।

उसने हिक़ारत से मेरी ओर देखा।

"अनुशासनहीनता के आरोप में मैं तुम्हें निलम्बित कर सकता हूँ। इस देश का कोई भी क़ानून मुझे ऐसा करने से रोक नहीं सकता। उस दिन उस समारोह में तुम जिस अशिष्टता से पेश आये और कल जो तुमने बेजा हरक़त की·· ये दोनों काम अनुशासनहीनता ही कहलाते हैं। मैं तुम्हें इसके लिए दण्ड दे सकता हूँ।"

"बेशक़ दीजिए···" वह बुदबुदाया।

'सो तो मैं दूँगा ही···" उसके बुदबुदाने पर मैंने भी खीज व्यक्त की।

"दीजिए साब! आप मुझे दण्ड दीजिए, सस्पेण्ड कीजिए। आप कामगारों पर जुल्म ढाते हैं। हमारी बातें सुनने का साहस आप नहीं जुटा पाते। आप ज़रूर मुझे निलम्बित कीजिए।"

तिस पर मुझे और अधिक ग़ुस्सा आया। मैंने कहा, "तुम अभी से निलम्बित हो—यू विल गेट द मेमो।" और कार्मिक विभाग के अधिकारी को मैंने कहा, "इसे सस्पेन्शन मेमो तुरन्त दीजिए।"

निलम्बन-अवधि समाप्त होने पर पांगारे फिर से काम पर आने लगा। और काम के पहले दिन ही दो-चार सहयोगियों के साथ वह मेरे पास आया और कहने लगा, 'आज शाम कामगारों की बैठक है। पहली पारी के लोगों को आधा घण्टा जल्दी छोड़िए और दूसरी पारी के लोगों को आधा घण्टा देरी से आने की अनुमति दीजिए···"

"लेकिन बैठक किस सम्बन्ध में है?"

"कामगार समस्याओं के बारे में···" उसने बड़ी सफ़ाई के साथ गोलमोल जवाब दे दिया।

"ऐसी कोई सहूलियत नहीं मिल पायेगी।"

"लेकिन क्यों?"

"कहने को आधा घण्टा की सहूलियत होती है, जबकि वास्तव में एक घण्टा बरबाद हो जाता है। और इसके परिणामस्वरूप उत्पादन···हमें रिकॉर्ड समय में एक डिलीवरी देनी है। इसलिए ऐसी कोई सहूलियत नहीं मिल पायेगी।"

वह कुछ जवाब देने ही वाला था। लेकिन उसे इसका कोई मौक़ा दिये बिना मैंने कहा, "कामगारों की फिलहाल ऐसी कोई भी समस्या नहीं है, जिसका आनन-फानन में हल ढूंढ़ना ज़रूरी हो। तुम जान-बूझकर बाधाएँ पैदा करना चाहते हो।

तुम नहीं थे तो कम्पनी का काम कितने सुचारु रूप से चल रहा था…"

"यानी कि सहूलियत नहीं मिलेगी ?"

"बेशक़ नहीं ।" मैंने दृढ़ता के साथ कहा।

वह अपने सहयोगियों के साथ चला गया। मैंने मन-ही-मन तय कर लिया कि पांगारे की एक भी बात स्वीकार नहीं करनी है, उसकी अहमियत बढ़ाने वाले किसी भी प्रस्ताव पर क़तई विचार नहीं करना है। बल्कि उसे हमेशा दबाकर रखना है। उसे क़दम-क़दम पर अपमानित करना है। उसे बेज़ार कर देना है। कम्बख़्त, हमसे दुश्मनी करता है। ··जनरल मैनेजर से जुबान लड़ाता है। सेठजी की आँखों में मुझे नीचा दिखाने का प्रयास करता है। उसकी वज़ह से मुझे सेठजी का कोपभाजन बनना पड़ा है।

मैंने कम्पनी के प्रोडक्शन मैनेजर, सहायक प्रोडक्शन मैनेजर, सुपरवाइज़र आदि को तुरन्त बुलवा लिया और उन्हें वही हिदायत दी : "आज कामगारों की बैठक के लिए पांगारे ने आधा घण्टा की सहूलियत माँगी थी, लेकिन मैंने साफ़ मना कर दिया है। समय से पहले किसी को भी नहीं जाने देना है। नो मीटिंग्ज़। डोण्ट एनकरेज एनी मीटिंग्स ऑफ वर्कर्स। दिस पांगारे…"

पांगारे सम्बन्धी कुछ कटु वचन मैंने सायास रोक लिये।

फिर भी शाम को उनकी बैठक हुई। अधिकारियों की लाख कोशिशों के बावजूद पहली पारी के कामगार अपने समय से आधा घण्टा पहले ही चल दिये। मेन गेट के पास चौकीदार ने भी उन्हें रोकने की काफ़ी कोशिश की, लेकिन वे न माने। कारख़ाने के सामने—मैदान में उनकी बैठक हुई।

दूसरी पारी के कामगार भी आधा घण्टा विलम्ब से आये। मैंने कार्मिक विभाग को आदेश दिये, "इन सब लोगों को मेमो दो।"

"तीन सौ मेमो ? दोनों पारियों के मिलाकर इतने लोग हो जायेंगे।"

"बेशक़, सभी को मेमो दो। तीन सौ के बजाय तीन हज़ार होते तो भी मैं कतराता नहीं।"

"यस सर।" कहकर वह अधिकारी जाने लगा तो उसे टोकते हुए मैंने उसे आगाह किया, "कल सवेरे तक सभी मेमो तैयार हो जाने चाहिए। साइक्लोस्टाइल करवा लो। ज्ञापन की वजह अनुशासनहीनता लिखो। सालों का वेतन काट लेंगे तब पता चलेगा…"

दूसरे दिन सवेरे ही तीन सौ मेमो लेकर कार्मिक अधिकारी मेरे सामने खड़ा था। उसने कहा, "साहब, हरेक के नाम से ज्ञापन तैयार है। अनुशासनहीनता के कारण एक-एक घण्टे का वेतन काट लेने का ज़िक्र उसमें किया गया है। उत्पादन में बाधा पड़ जाने की बात भी उसमें कही गयी है…"

मैंने वह पुलिन्दा उलट-पुलटकर देखा। इस बीच मेरा ख़ून खौलने लगा था।

"साहब, क्या मैं एक सुझाव दे सकता हूँ ?" उसने पूछा।

"ज़रूर दीजिए···"

"इत्ती-सी बात पर इतने सारे लोगों को सामूहिक रूप से मेमो देना मेरी दृष्टि से उचित नहीं है। आख़िर वह कामगारों की सभा है—उन्होंने पहले अनुमति भी माँगी थी···इससे तो माहौल और भी बिगड़ जायेगा···"

"आई डोण्ट केयर···" मैंने झुँझलाकर कहा, "मेमो ज़ारी कर दो।"

कुछ ही देर बाद प्रोडक्शन मैनेजर गुप्ते सहमे-सहमे-से आये।

"क्या प्रतिक्रिया रही ?" मैंने पूछा।

"प्रतिक्रिया ?"

"हाँ, वह जानने के लिए ही तो बुलाया हमने।"

"सभी कामगारों ने मेमो के टुकड़े कर कूड़ेदान में डाल दिये, सर ! मैं और सुपरवाइज़र सामने ही खड़े थे।"

प्रोडक्शन मैनेजर की इस रिपोर्ट पर मैंने कोई प्रतिक्रिया व्यक्त नहीं की। इतना कहकर वे चले गये। मेरे तन-बदन में तो जैसे शोले दहक रहे थे। सार्वजनिक रूप से मुझे अपमानित करने का एक और मौक़ा पांगारे के हाथ जो लगा था।

इसी बीच सेठजी की ओर से मुझे बुलावा आ गया।

"विदेश-यात्रा से सेठजी लौट आये ?" पी. ए. से मैंने पूछा।

"दो दिन पहले ही आ गये हैं। आपका अपॉइण्टमेण्ट कब तय करूँ ?"

"कल की तारीख़ में···"

"जी नहीं। वे तो आपसे आज ही मिलना चाहते हैं। दोपहर दो बजे आप आ जाइए···"

सेठजी से मुलाक़ात के लिए जाते हुए मेरे दिमाग़ में कई तरह के सवाल बिलबिलाने लगे थे। आज की बातचीत का विषय क्या होगा ? बातचीत के दौरान सेठजी का रुख कैसा रहेगा ? छः महीने बाद हो रही इस मुलाक़ात में वित्तीय स्थिति सम्बन्धी बातचीत तो होगी ही। कौन-कौन से नये ऑर्डर मिले हैं; डिलीवरी समय से हो रही है या नहीं आदि। इनमें से किसी भी विषय पर शायद बातचीत न हो। शायद उनके दिमाग़ में वही एक घटना हो, जब उनकी माता का स्मृति-दिवस था और···

मैं निर्णय नहीं कर पा रहा था कि जवाब क्या दूँ ? यदि मैं कहूँ कि वह कामगार यकायक आ धमका तो वे सवाल करेंगे कि "तुम्हारे कामगार सुनियन्त्रित नहीं हैं ?" उनके सवाल करने का मतलब यह होता है कि मैं महाप्रबन्धक पद के लायक़ नहीं हूँ। मैं यदि सफ़ाई पेश न करूँ तो वे समझेंगे, मैंने ही उसे ऐसा करने के लिए फ़ुसलाया था।

शंका और दुविधा···

मैं अभी अपनी भूमिका और पेश आने का तरीक़ा तय भी नहीं कर पाया था कि मेरी गाड़ी सेठजी के दफ़्तर तक पहुँच भी गयी।

"सेठजी आप ही के इन्तज़ार में हैं।" पी. ए. ने कहा।

सेठजी ने मुझे एक मिनट में ही मुक्त कर दिया। उनके केबिन में उनका बेटा भी था। उसकी ओर इशारा कर उन्होंने कहा, 'यह मेरा छोटा बेटा शान्तिलाल है। अमेरिका में बिजनेस मैनेजमेण्ट पूरा करके लौटा है। मैंने कुछ यूनिटों का ज़िम्मा इसे सौंपा है। आपका यूनिट भी इसी के अधीन होगा। कल से आप इनके अधीन काम करेंगे।"

मैंने शान्तिलाल की ओर देखा और गर्दन हिलाकर अभिवादन किया। उन्होंने भी गर्दन हिलाकर ही मेरे अभिवादन का जवाब दिया।

किसी अन्य मुद्दे पर बातचीत के लिए मैंने थोड़ी देर तक इन्तज़ार किया। लेकिन आगे कोई बातचीत नहीं हुई। मैं कुछ बोलने ही जा रहा था कि सेठजी ने कहा, "अब आप जा सकते हैं।"

दूसरे ही दिन शान्तिलाल के पी. ए. ने टेलीफ़ोन पर कहा, "साहब ने आपको मीटिंग के लिए बुलाया है।"

"कब ?"

"कल सवेरे दस बजे।"

शान्तिलाल एक नयी जगह बैठने लगे थे। सेठजी के उद्योग-समूह के ही एक कारखाने में उन्होंने अपना नया दफ़्तर शुरू किया। उनका यह नया दफ़्तर बड़ा ही आकर्षक और सजा-धजा था।

मैंने अभी उनकी केबिन में क़दम रखा ही था कि उन्होंने सवाल किया, "आपने छह महीने पहले टेकओवर किया था। इस दौरान कुछ प्रगति हुई ?"

"मैं तो पूरी कोशिश कर रहा हूँ, सर···" कहकर मैंने पिछले छह महीनों के टर्नओवर, उत्पादन, पेण्डिंग ऑर्डर, वसूलियाँ, प्रत्याशित ऑर्डर आदि का संक्षिप्त ब्यौरा प्रस्तुत किया। पूरे आँकड़े तो मैं अपने साथ नहीं लाया था, लेकिन कुल मिलाकर मैंने उन्हें महसूस कराया कि आपटे की असफलता के बाद अब फ़ैक्टरी का काम सुचारु रूप से चल रहा है···"

"आपके ब्यौरों की मुझे एक बार जाँच करनी पड़ेगी। कब भिजवा सकेंगे फ़ाइलें आप मेरे पास···" और उन्होंने अपनी डायरी में देखकर कहा, "यस, डे आफ़्टर टुमारो—आप सभी फ़ाइलों के साथ आ जाइए। मुझे अच्छी तरह से देखने-परखने दीजिए। डॅड हैज डाइरेक्टेड मी टु गो इन डीप···"

"यस सर।" मैंने कहा।

अर्दली ने नेस्कैफ़े के दो गिलास बड़े अदब से हम दोनों को पेश किये।

मेरी ओर इशारा कर उन्होंने कहा, "प्लीज़ हैव इट। मुझे गिलास में पीना ही अधिक पसन्द है। आपको कोई ऐतराज़ तो नहीं है न?"

"नो सर। क़तई नहीं।" गरम न होने वाले गिलास को मुँह से लगाकर एक चुस्की लेते हुए मैंने कहा।

"अमेरिका में एक सखी ने मुझे यह आदत डाली—गिलास में कॉफ़ी—वैसे भी हम लोग कोल्ड कॉफ़ी तो गिलास में ही पीते हैं—और इसका बेस गरम नहीं होता—इसलिए ईज़ी लगता है···"

शान्तिलाल जी खुलकर बातें करने लगे।

मुझे भी थोड़ी राहत-सी महसूस हुई। कॉफ़ी की चुस्कियों के साथ ही उन्होंने अपनी अमेरिकी सखी के बारे में विस्तार से बताया। उसके बाद अपने पिताजी का ज़िक्र भी उन्होंने किया। वे एक फैक्टरी में मैनेजर थे। अन्ततः बात अपनी फैक्टरी की चली। वहाँ के कामगारों की समस्या पर भी उन्होंने प्रकाश डाला।

"अपने यूनिट में कामगार समस्या है या नहीं?" शान्तिलाल जी ने ठीक नब्ज़ पकड़कर कहा।

उनका इशारा भाँपकर मैं भी नपे-तुले शब्दों में उन्हें बताने लगा, "नहीं सर, इस तरह की कोई समस्या अपने पास नहीं है। बट देयर आर सर्टेन एलीमेण्ट्स—उनकी वजह से कभी-कभार कामकाज में बाँधा ज़रूर पड़ती है···कुछ कामगारों के मिजाज़ ही ऐसे होते हैं···और फिर नये समझौते की तारीख़ भी ज्यादा दूर नहीं···उसी की पृष्ठभूमि वे बना रहे हैं···कुछ कामगार नेता खुद को जुझारू साबित करने के शौक़ीन होते हैं···" अपनी इस टिप्पणी की यथार्थता का अहसास दिलाने के बहाने मैं ख़ुद ही ठठाकर हँस दिया।

"उस दिन क्या वाक़या हुआ था? माई फ़ादर वाज़ टेलिंग समथिंग···" जिस मुद्दे को मैं टालना चाहता था वही अब सामने आ गया था।

"साहब, उसका यूँ हुआ कि···"

"आई नो, आई नो···मुझे पता है सब।" उन्होंने दृढ़तापूर्वक कहा, "आप तो सिर्फ़ इतना बताइए कि उसकी नौबत ही क्यों आयी?"

मैं समझ नहीं पा रहा था कि किन शब्दों में अपना वाक़या बयान करूँ। मैंने हकलाते हुए कहा, "सर, यूँ हुआ कि···पांगारे कामगार यूनियन का नेता है। वह दिखाना चाहता था कि वह लीक से हटकर भी कुछ कर सकता है···"

"बट माई फ़ादर हैड अ फ़ीलिंग ऑफ इन्सल्ट···"

"आई अपोलोगाइज फार दैट··मेरे एक कामगार की बेवकूफ़ी से सेठजी को तकलीफ़ उठानी पड़ी। मैं तुरन्त उनसे मिलकर स्थिति का ब्यौरा उनके सामने पेश करना चाहता था···बट ही वाज़ नॉट अॅवेलेबल···मैंने दूसरे दिन पांगारे को

आड़े हाथों लिया, सर···"

"फिर भी सुना है, सिच्यूएशन बिगड़ती ही चली गयी···" शान्तिलाल जी ने आँखें तरेरकर कहा।

गर्दन झुकाकर बैठे रहने के अलावा मेरे पास कोई विकल्प नहीं था।

"इससे तो यही मतलब निकलता है कि कामगारों पर आपका कोई होल्ड नहीं है। आपके आदेशों का अनुपालन वे नहीं करते। आपका कामगार भरी सभा में सेठजी को अपमानित कर सकता है···" शान्तिलाल ने कड़ककर कहा।

मैं ज़मीन की ओर देखता रहा, बस। कोई भी स्पष्टीकरण देना फिज़ूल था। कुछ देर चुप्पी रही। फिर उन्होंने कहा, "अब आप जा सकते हैं। परसों मैं और भी तथ्य जान लूँगा। देन वी शैल डिसाइड···"

मैं उठ खड़ा हुआ। मुझे हैरत हो रही थी कि शान्तिलाल जी को ये सब बातें विस्तार से मालूम कैसे हुईं? हमारे ही किसी सहकर्मी की यह करतूत है···

फैक्टरी में लोग बड़ी उत्सुकता से मेरी प्रतीक्षा कर रहे थे।

"क्यों कोई ख़ास बात?"

"पांगारे का एक्सीडेण्ट हो गया है ··"

प्रोडक्शन मैनेजर गुप्ते ने हाँफते हुए मुझे यह बताया।

"पांगारे का···?"

"यस सर। हालत गम्भीर है, सर!"

"लेकिन हुआ कैसे यह···?" कोई विशेष चिन्ता व्यक्त न करते हुए मैंने पूछा।

"सर, दोनों पैरों में गहरी चोट लगी है। मशीन पर काम कर रहा था। पता नहीं, यकायक क्या हुआ। दोनों पैर मशीन में आ गये···ग़नीमत है कि कटे नहीं···"

"घाव बहुत गहरे तो नहीं हैं न?"

"यूँ समझिए कि उसकी तक़दीर बुलन्द थी, वरना दोनों पैर उसी समय कट गये होते···"

"कब हुआ यह?"

"कोई आधा घण्टा पहले, सर···आपको ख़बर करना चाहते थे हम। लेकिन आप शान्तिलाल जी से मिलने गये थे। वहाँ आपको डिस्टर्ब करना हमें उचित नहीं लगा। हमने उसे तुरन्त एक गाड़ी में बिठाया और सिविल अस्पताल में भर्ती करा आये।"

"सिविल अस्पताल में? प्राइवेट नर्सिंग होम···"

"सर, ही इज़ कवर्ड अण्डर ई. एस. आई. स्कीम। उनका कॉम्पेंसेशन···

फिर बाद में नयी-नयी मुशीबतें पैदा होने लगती हैं···इसीलिए···"

गुप्ते की बातों से तो ऐसा लगता था मानो वे एक्सीडेण्ट के सदमे से अभी उबर नहीं पाये हैं। मैं इत्मीनान से सब सुन रहा था।

कुर्सी में अच्छी तरह से बैठकर दो-एक गिलास पानी पी लेने के बाद मैंने अधिक ब्यौरा जान लेने के इरादे से गुप्ते से कहा, "ऐसे कौन से काम में लगा था पांगारे ?"

"सही जानकारी तो किसी को भी नहीं है। उसके साथी इतना-भर बताते हैं कि कोई भारी-भरकम वस्तु नीचे उतार रहा था इसी बीच यह···यानी उसके पैरों पर एक वज़नदार चीज़ आ गिरी।"

"लेकिन वह वज़नदार चीज़ क्या थी ?"

"मशीन का ही एक हिस्सा···"

"कौन-सी मशीन का ?"

"एक ब्रेकडाउन मशीन को खोलकर रखा था, उसी का एक पुर्ज़ा···"

"पांगारे वहाँ किसलिए गया था ?"

"पता नहीं, सर !"

"किसी कामगार को बहकाने या नारेबाज़ी की पट्टी पढ़ाने के लिए गया होगा···" मैंने तिरस्कार भाव से कहा।

"यू नो, उस दिन की उसकी बेहूदगी क्या रंग लायी है ··अभी भी ला रही है। उस वजह से मुझे अभी और कितना नुक़सान उठाना पड़ेगा, पता नहीं। अभी आधा घण्टा पहले जब पांगारे वहाँ कराहता रहा होगा तो उधर शान्तिलाल जी मुझे क्या कह रहे थे, पता है—उस दिन आपके एक कामगार ने मेरे पिताजी को अपमानित किया। इसी बात को लेकर वे मुझसे नाराज़ हो गये।"

कुछ ठिठककर मैं स्वयं ही बुदबुदाया, "आई जस्ट वण्डर···यहाँ हुए वाक़या का पूरा ब्यौरा उन्हें कैसे प्राप्त हुआ ?"

गुप्ते ने कुछ नहीं कहा। वे कुर्सी से उठ खड़े हुए और उन्होंने कहा, "थैंक यू सर ! मुझे इजाज़त दीजिए। मैं तो आपको सिर्फ़ ख़बर करने आया था।"

मेरी केबिन का दरवाज़ा खोलकर बाहर जाने से पहले, पीछे मुड़कर वे भीतर आये और उन्होंने कहा, "सर, इफ़ यू कैन, पांगारे को देखने···"

"उसे देखने के लिए ?" मैंने कड़ककर कहा। "मेरे पास समय नहीं है···दैट ब्लडी फूल···सेठजी के सामने मुझे जलील करने की जुर्रत उसने की···बिकॉज ऑफ़ हिम ओनली।" मेरी आवाज़ की तल्ख़ी देखकर गुप्ते वहाँ से खिसक गये।

महज़ औपचारिकता के तौर पर सही, पांगारे को देख आना आवश्यक था। शाम को मैं घर गया। मुँह-हाथ धोकर दफ़्तर का चोगा उतार फेंका और कुर्ता-पाजामा पहनकर अपनी गाड़ी से मैं सीधे अस्पताल पहुँचा।

पांगारे घिरा हुआ ही था। मुझे देखते ही, 'साब आ गये, साब आ गये' का थोड़ा-सा शोर मचा। उस भीड़ में हमारे चार-पाँच कामगार थे। उन्होंने मुझे पहचान लिया और मेरे लिए उन्होंने रास्ता बना दिया।

पांगारे कॉट पर लेटा हुआ था। दोनों पैरों में पट्टियाँ बँधी थीं। पैरों का यह हिस्सा शायद उसने जानबूझ कर अनावृत्त रखा था। हो सकता है कि डॉक्टरों की सलाह पर उसने ऐसा किया हो।

तथापि, यह सच है कि मुझे देखते ही उसके चेहरे पर तिक्तता व्याप्त हो गयी।

"पांगारे, यह क्या कर लिया तुमने ?" मैंने उससे पूछा। पहले सवाल में ही उस दुर्घटना की पूरी ज़िम्मेदारी मैंने उसके माथे मढ़ दी।

पांगारे कुछ कहना चाहता था। लेकिन उसे मौक़ा दिये बिना बाक़ी कामगारों ने ही कहा, "देखिए न साब, पैर किस क़दर छिल गये हैं···"

"ठीक होने में कितने दिन लगेंगे, पता नहीं···"

"अपने पैरों पर वह खड़ा रह सके तो लाखों पाये···"

वहाँ जो भीड़ इकट्ठी हुई थी, उनमें दो महिलाएँ और छोटे बच्चे थे। महिलाएँ सुबक-सुबक कर रोने लगीं।

"शान्त हो जाइए, बहन जी···"

"धीरज से काम लीजिए। सब ठीक हो जायेगा···"

उन्हीं महिलाओं के लिए ये सान्त्वना-भरे शब्द थे। मैंने अनुमान लगाया कि उनमें से एक महिला उसकी पत्नी और दूसरी उसकी माँ होगी।

"साब, ये दोनों कब से रो रही हैं।"

यह सुनने की देरी थी, वह जवाँ औरत और भी फूट पड़ी। बिलखते हुए ही वह कहने लगी, "मैंने उनकू भोत बोली, काम पर मत जाव, मत जाव। लेकिन···"

"साहब से झगड़ना जो था···" मैंने टिप्पणी की।

मेरे मुँह से यह टिप्पणी सुनकर कड़ुवाहट-भरी निगाहों से उसने मेरी ओर देखा। उसकी नज़र से नज़र भिड़ाते हुए मैंने कहा, "क्यों, अब तो ठण्डा हुआ कि नहीं दिल ? उस दिन की तुम्हारी करतूत अभी भी मुझे भारी पड़ रही है। पता नहीं, अभी और कितना कुछ झेलना पड़ेगा ?"

बाक़ी कामगारों की ओर नज़र फेरते हुए मैंने कहा, "सेठजी के मन में अभी भी वह घटना काँटे की तरह साल रही है। उन्हें लग रहा है कि जानबूझकर उन्हें अपमानित किया गया है। वे मुझ पर बहुत ज़्यादा ख़फ़ा हैं। सेठजी भी और छोटे सेठजी भी। तुम लोगों को इसकी चिन्ता भला क्यों होने लगी···जान जायेगी तो साहब की···उसे श्मशान पहुँचाने के लिए तो तुम लोग तैयार हो···"

अनजाने में ही मेरी बातों में तिक्तता आने लगी थी। अस्पताल में, इस मौक़े पर कूड़ा-करकट उलीचना उचित नहीं था। लेकिन, मेरी अपमानजनक स्थिति और वरिष्ठों की प्रताड़ना की टीस की वजह से यह झुँझलाहट अनायास ही व्यक्त हो रही थी।

'साहब, मैंने कितनी बार आपको बताया है कि हम आपकी सुरक्षा के लिए यूनियन का काम नहीं करते। हम अपने लोगों का ख़याल रखते हैं।" पांगारे ने अपनी उस स्थिति में भी फ़िकरा कसा।

"लेकिन तुम लोगों की ऐसी अतिवादी, आतताई हरक़तों से क्या तुम्हारा कुछ भला होने वाला है, पांगारे ?"

"भला हो या नहीं, लेकिन जब भी मौक़ा मिलेगा···"

"उसके परिणामों की चिन्ता किये बिना ?"

"कौन से परिणाम, साब ?"

"फ़िलहाल जो दिखाई पड़ रहे हैं।"

"कह तो दिया···ऐसे परिणामों की मुझे तनिक भी चिन्ता नहीं है···"

"यानी कि किसी भी क़ीमत पर साहब से झगड़ा करते रहना है ?"

"ये तो एक अन्तहीन लड़ाई है, साब···"

अपने कटे हुए पैरों की वेदना को भूलकर पांगारे दृढ़तापूर्वक कह रहा था। बल्कि उसकी इस दृढ़ता से मैं बेचैन हो गया था।

अस्पताल में आकर पांगारे को देखना, महज़ एक औपचारिकता थी और अब वह पूरी हो चुकी थी। अब वहाँ अधिक देर तक रुकना फ़िज़ूल था। इससे आपसी कटुता ही उभरकर सामने आ जाने का ख़तरा था···स्थिति और भी बिगड़ सकती थी।

मैं जाने को हुआ। इसी बीच डॉक्टर साहब राउण्ड लेने आ गये। इसलिए कुछ और रुकना ज़रूरी था।

"क्यों डॉक्टर साहब, ज़्यादा सीरियस तो नहीं है केस ?"

डॉक्टर ने रिपोर्ट पढ़ी, पैरों की ओर देखा और हताश स्वर में कहा, "दो-एक दिन बाद पता चलेगा···"

"फिर भी···"

डॉक्टर ने कोई जवाब नहीं दिया। बल्कि अविश्वास व्यक्त करते हुए, कन्धे उचकाकर मेरी ओर देखा। और उसी क्षण मैंने भाँप लिया—वह दत्ता गोडबोले था।

मैंने डॉक्टर से पूछा, "तुम दत्ता गोडबोले तो नहीं हो ?"

"जी हाँ। लेकिन आप ?"

"पहचाना नहीं न ? सम्भव ही नहीं···फिर भी कोशिश करो···"

"कुछ याद नहीं आ रहा।" उसने कहा।

"मुझे वसन्त जोग कहते हैं।"

अब उसे याद आ गया। हम दोनों ने हाथ मिलाया और भावावेग से एक-दूसरे को गले लगाया। एक-दूसरे के हालचाल पूछे। हम दोनों एक ही क्लास में पढ़ते थे। वह डॉक्टर हो गया और मैं इंजीनियर। वह पिछले दस वर्षों से यहाँ के अस्पताल में है। और मैं हमारे उद्योग समूह के किसी-न-किसी यूनिट से सम्बद्ध रहा हूँ।

"हम लोग एक बार फ़ुर्सत में मिलेंगे, ख़ूब बातें करेंगे। हमारे एक कामगार ने ज्यादा होशियारी दिखलायी और इस तरह हमारी मुलाक़ात हुई। मैं तुम्हें कल टेलीफ़ोन करूँगा—तुम भी ट्राई करो।"

"हमने एक-दूसरे को अपने विज़िटिंग कार्ड दिये और विदा ली। इस बीच हम पांगारे से कुछ दूर हो गये। मैंने तो पांगारे को 'अलविदा' भी नहीं कहा। वैसे यह बात मेरे ध्यान में आयी थी, लेकिन मैंने जानबूझकर टालने का प्रयास किया।

दूसरे दिन चार-पाँच कामगारों का एक दल मुझसे मिलने आया।

"कहिए, कैसे आना हुआ?" मैंने कहा।

"साब, अपना पांगारे···"

"उसका क्या हुआ?"

"कल एक्सीडेण्ट···"

"फिर?"

"कुछ तो करना चाहिए···"

"क्या मतलब?"

"यानी कि उसकी कुछ मदद करनी चाहिए···उसके बीवी-बच्चों को···"

"सरकारी योजना के ज़रिये जो कुछ मिलना है, वह तो उसे मिलने ही वाला है···" मैंने रूखेपन के साथ कहा।

"उसके अलावा यहाँ से··"

"यहाँ से क्या?"

"एक्सीडेण्ट जो यहाँ हुआ है···"

"देखो, इस पूरे मामले की जाँच होगी। जाँच पूरी होने के बाद कम्पनी की ओर से यदि कोई हर्जाना देय होगा तो क़ानून के अनुसार उसे वह मिल जायेगा।"

उसके अलावा कुछ भी थोड़ी-सी मदद उसे मिल जाय तो अच्छा होगा। वैसे भी अब महीने-दो महीने तो वह बिस्तर छोड़ेगा नहीं।

"हमेशा के लिए बिस्तर पकड़े रहने दो···" मेरे मुँह से अचानक निकल गया।

"ऐसा कहना ठीक नहीं, साब..."

"और उसने जो कहा था वह? ख़ैर...यह लड़ाई कभी ख़त्म नहीं होगी। उसे कहो, यदि उसने अभी मैदान नहीं छोड़ा है तो मैं भी मैदान में डटा हुआ हूँ। जंग ज़ारी रहेगी।"

तिस पर वह लोग कुछ टिप्पणी करने ही वाले थे। लेकिन मैंने ही इस मामले को समेटने के इरादे से कहा, "क़ानूनन उसके हिस्से की पाई-पाई उसे मिल जायेगी। लेकिन उससे फूटी कौड़ी भी अधिक नहीं..."

कामगार हाथ-पाँव पटकते हुए, अनमने भाव से चले गये।

मैंने प्रॉडक्शन मैनेजर गुप्ते तथा अन्य अधिकारियों को बुलवाकर कहा, "पांगारे को क्षतिपूर्ति मिलनी चाहिए—इस आशय का एक प्रस्ताव लेकर कुछ कामगार कार्यकर्ता मेरे पास आये थे। मैंने उन्हें साफ़ मना कर दिया। क़ानूनन उसके हिस्से की रक़म ही उसे मिलेगी। सरकारी योजना के तहत शायद उसे क्षतिपूर्ति मिल सकती है, नहीं भी मिलेगी। अब आप लोग मुझे बताइए कि उस ब्रेकडाउन मशीन के पास कुछ काम करने के लिए आप में से किसी ने उसे कहा था? यदि हाँ, तो क्यों कहा था? मेरे दृष्टि से उसका इस मशीन के पास कोई काम नहीं था। ही हैड नो बिज़नेस टु गो देयर। किसी-न-किसी तरीक़े से मुझे चक्कर में फँसाने के लिए यह चाल चली थी उसने। और इस मामले में मैं उसके सामने कतई घुटने नहीं टेकूँगा। उसे बराबर सबक सिखाऊँगा। कल अस्पताल में मिलने गया था तो साला मुझसे कहने लगा—यह लड़ाई ख़त्म नहीं होगी। मैंने भी कहा—तुम यदि अपनी बात पर अड़े रहना चाहते हो तो मुझे भी यह चुनौती स्वीकार है—आप में से किसी ने उसे कबाड़ा मशीन पर काम करने के लिए नहीं कहा था...? यदि आपने कहा हो तो मेरा अगला सवाल है कि यह झख़ मारने के लिए आपको कहा किसने था? एक ओर पांगारे की चीं-चीं...और दूसरी ओर सेठजी की नाराज़गी और फिर आप लोगों ने भी कोई मूर्खता की हो तो आई विल पनिश यू..." मैंने झुँझलाकर, कड़े शब्दों में कहा तो वे लोग सहम गये। सभी कहने लगे, "जी नहीं। पांगारे को उस कबाड़ा मशीन पर काम करने के लिए कहने का तो सवाल ही नहीं उठता।"

"इसका मतलब यह हुआ कि वह ख़ुद ही वहाँ गया और ऐक्सीडेण्ड...ऍम आई राइट?..."

"जाँच के दौरान भी आपका यही ज़वाब होना चाहिए, समझे?"

"यस सर!"

मैंने उन्हें चले जाने के लिए कहा तो गुप्ते के अलावा बाक़ी सभी अधिकारी चले गये। अब गुप्ते ने अकेले मुझसे कहा, "सर, पांगारे की कुछ मदद वग़ैरह..."

"मदद? सो किसलिए?"

"इतनी बड़ी दुर्घटना···"

"क्या आपने उसे यह काम सौंपा था ?" मैंने उनकी ओर आँखें गड़ाकर सवाल किया।

"नहीं तो। लेकिन फिर भी···"

"कुछ नहीं। यह मेरा आखिरी फ़ैसला है। यू कॅन गो नॉव।"

मन मसोसकर गुप्ते को जाना पड़ा। दूसरे दिन फिर वे मेरी केबिन में आये। मैंने तो उन्हें बुलाया नहीं था, न ही उत्पादन सम्बन्धी कोई रिपोर्ट आनन-फानन में मैंने मँगवायी थी। मैंने सवालिया निगाहों से उनकी ओर देखा तो वे कहने लगे, "कल मैं पांगारे के हालचाल देखने-पूछने गया था।"

"फिर ?"

"केस सीरियस लगता है, सर !"

"हूँ।" कोई निश्चित प्रक्रिया व्यक्त न करने के इरादे से मैंने कहा।

"उसे पता चल गया है कि कामगारों के साथ बातचीत के दौनान आपने उसे किसी भी तरह की अतिरिक्त सहायता देने के लिए साफ़ इनकार कर दिया है।"

"बेशक़।"

"इस वजह से वह काफ़ी गुस्से में लग रहा था।"

"वजह ?"

"वह चाहता है कि ऐसे मौक़े पर आपको चाहिए कि आप कुछ अतिरिक्त सहायता दिलवाएँ।"

"मेरा उससे क्या ताल्लुक़ है ?"

"साहब, आख़िरकार···"

"न आख़िरी, न पहले···"

"ऐसा अच्छा नहीं, साहब !"

"मि. गुप्ते, क्या आपने पांगारे का वकालतनामा लिया है ?"

"वकालतनामा तो नहीं लेकिन उसका सन्देशा ले आया हूँ।"

"सन्देशा ? आपके ज़रिए ?"

"जी।"

"सुनाइए मैं भी तो सुनूँ···"

"उसने कहा है—'साब से कहना कि आप चाहते हैं तो यहाँ, अस्पताल में रहकर भी मैं जंग ज़ारी रख सकता हूँ। दोनों पैरों में गहरी चोट भले ही आयी हो, कभी-न-कभी तो इससे ठीक हो जाऊँगा···लेकिन किसी भी हालत में हथियार नहीं डाल सकता।' ये शब्द उसी के हैं। जस्ट अॅम रिपोर्टिंग हिज़ वर्ड्स टु यू सर। यदि गाहे-बगाहे स्थिति बिगड़ जाये तो मुझे इतना तो सन्तोष मिलेगा कि अॅज अॅन असिस्टेण्ट ऑफ़िसर, समय रहते ही मैंने आपको आगाह कर दिया

था।"

"धन्यवाद !" मैंने व्यंग्यात्मक अन्दाज़ में कहा।

"उसकी दृढ़ता···उसकी तल्ख़ी···वहाँ पर कामगारों द्वारा व्यक्त व्यापक समर्थन···सर, मुझे चिन्ता है कि सिच्युएशन मे टेक अ सीरियस टर्न···"

"हर कठिन-से-कठिन परिस्थिति का डटकर मुक़ाबला करने के लिए वसन्त जोग हमेशा तैयार है। समझे ? जाइए, अपने काम में जुट जाइए।"

गुप्ते उठकर वहाँ से चुपचाप चले गये।

मैंने सोचा—कहीं वे अपमानित तो महसूस नहीं कर रहे होंगे ? मैंने घण्टी बजाकर चपरासी को बुलाया। उसके ज़रिए गुप्ते को बुलाकर खेद व्यक्त करने की इच्छा हुई। मैंने न चपरासी को उनके पास भेजा, न इण्टरकॉम पर उनसे बातचीत की।

वजह एक ही थी—वे पांगारे का सन्देशा लाये थे—'अस्पताल में रहकर भी जंग ज़ारी रख सकता हूँ।'

मैं काम से कहीं चला गया था। वहाँ से लौटने में मुझे थोड़ी-सी देर हो गयी। पहली पारी समाप्त होने को थी।

मैंने दूर से ही देखा—फैक्ट्री की ख़ाली जगह पर कुछ लोग इकट्ठा हो रहे थे। मैंने ड्राइवर को गाड़ी तेज़ चलाने के लिए कहा।

नज़दीक आने पर मालूम पड़ा कि वे हमारे ही कामगार हैं और बैठक ले रहे हैं। गाड़ी रोककर भाषण सुनना उचित नहीं होता। गाड़ी गेट के भीतर जा रही थी, इसी बीच कुछेक शब्द मुझे सुनाई पड़े। वे शब्द पांगारे और उसके साथ हुई दुर्घटना के बारे में ही थे।

मैं अपने केबिन में पहुँचकर फुर्ती से काम निपटाने लगा। तीन-चार घण्टे में काफ़ी काम मेरी मेज़ पर इकट्ठा हो गया था। किसी विशेष सन्दर्भ में मैंने गुप्ते को बुलवाया। वे फ़ौरन आये भी।

"किस सिलसिले में कामगारों की यह बैठक हो रही है ?"

"पता नहीं, सर !"

"तो फिर किसे पता होगा ?"

"शायद परांजपे जानते होंगे।"

"उन्हें बुलवाइए···"

परांजपे के आते ही गुप्ते चले गये।

"कामगारों की बैठक किस सिलसिले में हो रही है ?" लेखाधिकारी परांजपे से मैंने पूछा।

"क्षतिपूर्ति के रूप में सहायता···"

"आप कैसे जानते हैं ?"

"उनकी बातें कुछ-कुछ सुनने में आयी हैं। उनकी माँग है कि पांगारे को आर्थिक सहायता मिलनी ही चाहिए।"

"क्या अपेक्षाएँ हैं उनकी ?"

"कम-से-कम दस हज़ार।"

"इम्पासिबल ! आइ विल नॉट गिव अ सिंगल पैसा एक्सेप्ट···क़ानूनन उसके हिस्से की रक़म ही उसे मिलेगी।"

परांजपे खामोश बैठे रहे। इसी बीच कुलकर्णी भीतर आये। मैंने ही उन्हें बुलवाया था।

"बैठक किस सिलसिले हो रही है ?"

"एक्सीडेण्ट के लिए क्षतिपूर्ति।" वे कहने लगे, "इस दुर्घटना की क्षतिपूर्ति के तौर पर पांगारे को दस हज़ार मिलने चाहिए—यही उनकी प्रमुख माँग है। आगामी समझौते में इस आशय का विधिवत् प्रावधान करने का आग्रह वे कर रहे हैं···"

"बस ? और कुछ नहीं चाहिए उन्हें ?" मैंने हिक़ारत से कहा। इस बीच गुप्ते फिर से आ धमके।

"कहिए ?"

"अभी-अभी उन्होंने धीमी गति से काम करने का निर्णय ले लिया है। तुरन्त, दूसरी पारी से ही यह निर्णय लागू होगा। मुझे चिन्ता हो रही है कि हम निर्धारित अवधि में प्रॉडक्शन कैसे कर पायेंगे ?"

"क्यों ? बेशक़ करेंगे।"

"आपको आत्मविश्वास है यहाँ तक तो ठीक है, सर ! लेकिन धीमी गति से काम करना शुरू करने के बाद किसी भी क्षण टूल डाउन, फिर हड़ताल···" गुप्ते ने हताशा से कहा।

"यानी कि पांगारे मैदान में कूद पड़ा···" मैंने हिक़ारत से कहा।

और कामगार आन्दोलन शुरू हो गया। 'धीमी गति से काम' की वज़ह से उत्पादन में विपरीत असर पड़ा। निर्धारित अवधि में डिलीवरी होने से वह सम्भव नहीं हो पाया। जो डिलीवरी हुई उसमें भी माल स्तरहीन होने से वह लौटाया जाने लगा। यानी कि माल की क्वालिटी ठीक नहीं थी। क्वालिटी कण्ट्रोल वाले सुपरवाइज़र को डाँटते ही वह दो सप्ताह की बीमारी-छुट्टी पर चला गया।

फैक्ट्री के मैकेनिक ने कहा, "मशीनों में ख़राबी आ गयी है। नुख़्स काफ़ी बड़े हैं। एक्सपर्ट को लाना पड़ेगा।"

विशेषज्ञ को ढूँढ़कर लाने में समय लगा, पैसा भी ख़र्च हुआ। और उत्पादन ठप्प हो गया। आॅर्डर देने वाली कम्पनियों ने हल्ला मचाना शुरू किया। कड़ी-से-कड़ी चिट्ठियाँ भी आने लगीं और आॅर्डर रद्द हो जाने का ख़तरा नज़र आने लगा। वसूली भी रुक गयी।

'धीमे काम' के अलावा अब कामगारों ने गेट पर प्रदर्शन करना शुरू किया। क्रमशः भूख-हड़ताल के दौर में गेट के बाहर, खुले मैदान पर दरियाँ बिछायी गयीं और वहाँ समूहवार वे बैठने लगे। चॉक से काठ के बोर्ड पर नारे लिखे गये और लाल झण्डे भी फहराने लगे।

यह सब देखकर मेरा ख़ून खौलना स्वाभाविक था। ऐसी बेजा हरक़तों के प्रति मेरे मन में शुरू से ही नफ़रत है। लाल झण्ठा दिखाई पड़ते ही मेरी नसें तन जाती हैं और दिमाग़ में एक हूक-सी उठती है। ऐसा क्यों होता है, इसका सन्तोष-जनक जवाब तो मैं नहीं दे पाऊँगा। दरअसल, मैंने कभी कारण खोजने की आवश्यकता ही महसूस नहीं की। लेकिन यह सही है कि लाल झण्डा देखते ही उसे तार-तार कर देने को दिल करता है।

मैंने पांगारे के एक सहयोगी को बुलाया और कड़ी हिदायत दी कि "पहले वो लाल झण्डे हटा दो। फैक्ट्री की मेंड़ पर गड़े झण्डे भी मैं बर्दाश्त नहीं कर सकता।"

शान्तिलाल जी के साथ मेरी मुलाक़ात हो ही नहीं पायी। उन्हें अचानक किसी महत्त्वपूर्ण घरेलू काम से शहर से बाहर जाना पड़ा था। और काफ़ी दिनों से वे वहीं रह रहे थे।

वहाँ से लौटने के बाद उनके पी. ए. ने टेलीफ़ोन पर मुझे मुलाक़ात के लिए आमन्त्रित किया। शान्तिलाल जी ने अगले दिन का समय मुलाक़ात के लिए तय किया था।

मैं सभी आवश्यक फ़ाइलों, टिप्पणियों, विवरणों तथा अन्य ब्यौरों के साथ उनसे मिलने गया।

उन्होंने कुछेक सवाल किये और मैंने जवाब दिये। उन्होंने कुछ और जानकारी मुझसे चाही, वह भी मैंने उन्हें दी। शायद मेरे जवाबों से वे सन्तुष्ट नहीं हुए। इसलिए उनके मन में अभी भी शंकाएँ थीं, जो सामग्री मैं अपने साथ ले गया था यह उन्होंने रख ली और कहा, "मुझे इन सभी काग़ज़ातों को ग़ौर से पढ़ना पड़ेगा। उसके बाद आपको फिर एक बार आना होगा।"

"ज़रूर आऊँगा सर। धन्यवाद।" कहकर मैं जाने को हुआ।

"इस बीच और कोई ख़ास बात नहीं हुई?" उन्होंने पूछा।

"अपने एक कामगार का एक्सीडेण्ट हुआ, साहब।"

"सो कैसे?"

"अपनी एक ब्रेकडाउन मशीन खोलकर रखी हुई थी। वह बिला वजह वहाँ चला गया और एक वज़नदार हिस्सा वहीं उसके पैरों पर गिर पड़ा। पैरों में गहरा घाव हो गया। अब वह अस्पताल में है।"

"कौन-से अस्पताल में ?"

"सिविल अस्पताल।"

"वर्कर का नाम क्या है ?"

"दि सेम फेलो—स्मृति दिवस की सभा में अशिष्टता करने वाला वही···"

"वही है ?"

"बेशक़ वही है, सर ! दरअसल वहाँ उसका कोई काम नहीं था। न ही किसी अधिकारी ने उसे वहाँ जाने के लिए कहा था। शायद वह उस मशीन की ओर ज़्यादा नुक़सान पहुँचाने के इरादे से···लेकिन पाँसा उल्टा पड़ा···"

शान्तिलाल ने गर्दन हिलायी।

मैं आगे बताने लगा, "इस वजह से एक नयी आफ़त आ गयी है।"

"क्या ?"

"उसे वित्तीय सहायता की माँग कामगार करने लगे हैं। इसी सिलसिले में आन्दोलन, धीमे काम करो, हड़ताल आदि का दौर शुरू हो गया है। एक सभा में उन्होंने दस हज़ार रुपयों की वित्तीय सहायता माँगी है। आगामी समझौते में इसका प्रावधान करने का आग्रह वे कर रहे हैं।"

"नो, ऐसी कोई सहायता-वहायता, कामगारों की मूर्खता का ख़ामियाज़ा कम्पनी को बिला वज़ह···"

"राइट सर !" मैंने मचलकर कहा, "मेरा भी यही कहना है। नो एक्स्ट्रा काम्पेन्सेशन आर असिस्टेंस। वैसे तो वह सरकारी योजना में कवर होता है। मैंने कामगारों को कह दिया है कि क़ानूनी बाध्यता की सीमा तक एक-एक पाई उसे मिलेगी। लेकिन उससे एक फूटी कौड़ी भी अधिक नहीं।"

मेरी हाँ में हाँ मिलाने के अन्दाज़ में उन्होंने गर्दन हिलायी और मुझे इशारे से चले जाने को कहा।

मैं ख़ुशी-ख़ुशी फैक्टरी में लौट आया। ग़ैर क़ानूनी तरीक़े से या किसी अन्य तरीक़े से उसकी सहायता न करने की मेरी नीति का शान्तिलाल जी ने समर्थन किया था। इससे यह अनुमान निकाला जा सकता था कि मेरी कामगार नीति उन्हें रास आने लगी थी।

पहली पारी समाप्त होने के बाद गेट के बाहर कामगारों की सभा शुरू हुई। आज भाषणों के साथ-साथ नारों का भी ज़ोर था। मुझे अपने केबिन में बैठे-बैठे ही सब कुछ सुनाई पड़ने लगा था।

"मिलनी चाहिए···मिलनी चाहिए···

पांगारे को मदद मिलनी चाहिए···"

यही नारा चिल्ला-चिल्ला कर वे बार-बार लगाते रहे। उसके बाद उनके किसी एक साथी ने भाषण भी दिया।

भाषण तो मुझे सुनाई नहीं दिया। लेकिन बाद में मेरे एक अधिकारी ने मुझे भाषण के कुछ अंश सुनाये। "जोग साहब से कहिए कि पांगारे के साथ इतनी बड़ी दुर्घटना हुई फिर भी उन्हें हर्जाना नहीं मिला, एक पाई भी नहीं मिली। यह सौदा उन्हें बहुत महँगा पड़ेगा। इसकी बड़ी भारी क़ीमत उन्हें चुकानी पड़ेगी।"

मैं सुनकर हँस दिया। इसी बीच दत्ता गोडबोले का फ़ोन आ गया।

"कब खाली हो?"

"मैं तो खाली ही हूँ। आज शाम को मिलें?"

"ज़रूर मिलेंगे। मेरी भी यही राय थी।"

"अस्पताल में ही आओगे न? यहीं से चले चलेंगे?"

"अस्पताल में? उस मनहूस की शक्ल मैं देखना नहीं चाहता?"

"उससे मिलने की औपचारिकता भी पूरी कर सकोगे···"

"दैट्स नाइस आइडिया। दुश्मन हो तो भी वह कामगार नेता है आखिर। उसकी खोज-खबर लेने का नाटक तो करना ही चाहिए···" ठठाकर हँसते हुए मैंने टेलीफ़ोन रख दिया।

शाम को मैं अस्पताल पहुँचा। पांगारे काट पर लेटा हुआ था। पट्टियों से बँधे उसके पैरों का नज़ारा अब तो और भी विचित्र-सा दिखाई पड़ रहा था।

'कहो पांगारे, कैसे हो?"

"ठीक हूँ साहब···" उसने अनायास ही जवाब दिया। वहाँ अन्य कुछ कामगार साथी, उसकी माँ, पत्नी आदि लोग थे ही।

माँ ने कहा, "साब, इत्ते भोत दिन हुए। अभी कोई फ़र्क़ नय पड़ा। आप डागडर बाबू को कहो न···"

"मैं भला क्या कहूँ उनसे?"

"ठीक-ठाक इलाज़ करने को।"

मैं चुपचाप खड़ा रहा। मैंने बात आगे बढ़ाना उचित नहीं समझा। पांगारे मेरी निगाहों से बचने की कोशिश कर रहा था। मैंने फ़िकरा कसा, "क्यों पांगारे, अभी भी हवा में ही तैर रहे हो या नीचे उतर गये हो?"

"मैं समझा नहीं, साब।"

"तुम यहाँ लेटे-लेटे ही लड़ाई की बागडोर सँभाले हुए हो। हड़ताल, धीमे काम, धरना, नारेबाज़ी···सौदा महँगा पड़ने की धमकी···"

"क्या करेंगे साब ? लड़ाई में तो ऐसा होगा ही।"

"यानी कि अभी भी तुमने लड़ाई ख़त्म नहीं की, या ख़त्म करना ही नहीं चाहते ?"

मेरे इस सवाल का उसने कोई जवाब तो नहीं दिया पर उसने करवट ज़रूर बदल ली। इसका मतलब तो यही था कि वह आगे बात नहीं करना चाहता। शायद मुझे वहाँ से चले जाने का संकेत भी उसमें निहित था।

मैंने किसी से कुछ नहीं कहा। और वहाँ से चल दिया।

गोडबोले बाहर मेरी प्रतीक्षा में ही था।

"चलो, यहाँ से फ़ौरन चले चलेंगे।" मैंने कहा।

हम दोनों गाड़ी में बैठकर चल दिये। गाड़ी मेरे पसन्दीदा 'बार' की दिशा में जाने लगी।

ह्विस्की के चार-पाँच पैगों का मुझ पर कोई असर नहीं होता। कुछेक वर्ष पहले जब मैंने पीना शुरू किया था तो मामूली-सी बीयर भी मेरे दिमाग़ पर सवार हो जाती थी। बीयर से भी शराब का-सा नशा चढ़ जाता था। लेकिन अब छह-सात पैगों के बिना तो कोई असर ही नहीं होता।

पहला बड़ा पैग गले से नीचे उतारते हुए मैंने दत्ता को यह हक़ीक़त बयान की। तिस पर उसने कहा, "साले, तुम बामन की औलाद हो। गो-मूत्र और रामेश्वर मन्दिर के तीर्थ पर पले-बढ़े हो। इसलिए शुरू-शुरू में बीयर भी तुम्हारे सिर पर चढ़कर बोलती थी लेकिन बाद में स्थिति बदलने लगी। क्योंकि तुम्हारे बदन में रामेश्वर का तीर्थ भरपूर था···इसलिए भरपूर ह्विस्की के बिना तीर्थ का असर भला कम कैसे होगा ?"

"दत्ता, तुम तो तीसरे पैग में ही आउट हो रहे हो। वरना इस क़दर ज्ञान की बातें तुम नहीं सुनाते।"

पाँच-पाँच पैग ख़त्म होने तक हमने खूब गपशप की। बचपन, स्कूल, स्कूली अध्यापक, कॉलेज, कॉलेज की ख़ूबसूरत लड़कियाँ, पेशेवर प्रशिक्षण, नौकरियाँ, घर-गृहस्थी, बीवी-बच्चे, प्रमोशन, सिविल अस्पताल के अस्थि विभाग के अध्यक्ष पद तक उसके पहुँचने तथा फैक्ट्री के महाप्रबन्धक पद तक पहुँचने की मेरी दास्ताँ···

हम दोनों की ज़िन्दगी का शुभारम्भ लगभग एक-सी परिस्थितियों में हुआ था। मेरे पिताजी मामूली पुरोहित थे और उसके भी। रामेश्वर मन्दिर में ग्यारस और यजमानों के घरों में पौरोहित्य से मिलने वाली दक्षिणा से गुज़र-बसर करने वाले परिवार की सन्तान थे हम। ग़रीबी और अभाव के अलंकारों से सजी हमारी दुनिया। लेकिन अत्यन्त जीवटता के साथ हमने पढ़ाई की और लगभग एक-सी गति से सफलता की सीढ़ियाँ चढ़ते रहे। एक लम्बे अर्से बाद हुई इस मुलाक़ात

में हमने अब तक की अपनी जिन्दगी का लेखा-जोखा ही मानो एक-दूसरे के सामने प्रस्तुत किया।

कोई चार-पाँच घण्टे हम बतियाते रहे। इसी बार में मैं हमेशा आता था। यहाँ के वेटरों को टिप भी अच्छी-खासी दे दिया करता था। इसलिए यहाँ अधिक देर तक बैठे रहने पर मुझे कोई टोकता नहीं था। कोई साथ में हो या न हो, यहाँ आते ही एक कोना पकड़कर घण्टे-दो घण्टे तक जमे रहना तयशुदा था। साथ में कोई रहा तो दो घण्टे से भी अधिक। फिर आज तो मेरा बाल-मित्र जो साथ था।

हमारे आसपास कोई जगह ख़ाली नहीं थी। सभी टेबल बोतलों-गिलासों से पटे पड़े थे। पूरे हॉल में धुँधली-सी रोशनी थी। पियक्कड़ों की आवाज़ की एक मिली-जुली लय सारे माहौल में व्याप्त थी। सभी लोग ज़ोरों से बातें कर रहे थे और उनकी निजी किन्तु ऊँची आवाज़ की सार्वजनिक अनुगूँज हॉल की दीवारों से टकरा रही थी। यह सब मैं महसूस तो कर रहा था पर इस तथ्य से मैं अनभिज्ञ था कि मैं खुद ज़ोर-ज़ोर से बातें कर रहा हूँ या सामान्य तौर पर। दिमाग़ के तार झनझना रहे थे, बदन में सिहरन-सी होने लगी थी।

काफ़ी देर बतियाने के बाद अब हम चुप थे। शायद ज़ुबान भारी हो जाने का भी यह परिणाम रहा हो।

सातवाँ पैग खाली कर दत्ता ने गिलास नीचे रखा और मुझसे पूछा, "कैसा लग रहा है ?"

"असुरक्षित-सा···" मैंने मदमाते हुए कहा, "बहुत ही असुरक्षित···"

"क्या पीने के बाद हमेशा ऐसा ही महसूस होता है ?"

"क्यों, तुम साइको ॲनालिसिस करने लगे हो? अबे डॉक्टर की औलाद···"

"वैसे नहीं···सीरियसली पूछ रहा हूँ।"

"हाँ। असुरक्षा की भावना हरदम मेरे दिलो-दिमाग़ पर छायी रहती है। और पीने के बाद दिमाग़ के तार जब झनझना उठते हैं तो इसमें उफान आ जाता है···इस वक़्त···इस वक़्त असुरक्षा की यह भावना उफान पर है···उधर हमारा सेठ शान्तिलाल और इधर यह दुर्घटना···"

"शान्तिलाल कौन हैं ?"

"शान्तिलाल ? शान्तिलाल कौन हैं ?" मैं यूँ ही बुदबुदाया, "शान्तिलाल इज माई एम्प्लॉयर। मालिक ! अभी-अभी तो मेरा बॉस बना है। सेठजी ने मुझे बताया —नाऊ शान्तिलाल विल लुक आफ्टर योर यूनिट। यू विल रिपोर्ट टु हिम। मेरा यूनिट वही है जिसका मैं महाप्रबन्धक हूँ। उन्होंने मुझसे सभी फ़ाइलें मँगवा ली हैं। कहने लगा—मुझे इन कागजातों को ग़ौर से पढ़ना पड़ेगा। गो इन टु

डीप। जाओ। डीप-डीप जाओ। आई डोंट नो ह्वाट ही विल फाइण्ड···भगवान जाने उसे क्या मिलेगा। उसके हाथ कुछ लगने तक हम इन्तजार करते रहें···तब तक हमारी जान अधर में यूँ ही लटकती रहेगी···यही···यही है वह असुरक्षा की भावना···इट इज़ ऑलवेज़ देयर···विदिन यू। दिल की गहराई में निरन्तर यह अहसास···" मैंने एक बड़ा पैग मंगवाया, तो उसने मुझे टोकते हुए कहा, "वसन्त, यह तुम्हारा आठवाँ पैग है।"

"चाहे दसवाँ हो। आई नीड इट नाऊ। दि स्ट्रेन्ज फीलिंग ऑफ़ डीप इन-सिक्यूरिटी। और फिर यह कमबख़्त पांगारे···"

"कौन?"

"वही हरामज़ादा पेशेण्ट।"

"अच्छा हुआ जो तुमने ज़िक्र किया।"

"क्यों? क्या हुआ? दम तोड़ रहा है क्या, वह हरामज़ादा?"

"शायद।"

"मिलाओ हाथ···" मैंने हाथ आगे बढ़ाते हुए कहा।

लेकिन गोडबोले ने हाथ नहीं मिलाया तो मैंने भी अपना हाथ हटा लिया।

"अभी उसके बारे में कोई नतीज़ा नहीं निकाला जा सकता।"

"कैसा नतीज़ा?"

"उसके पैर रहने दें या काट डालें।" उसने गम्भीरतापूर्वक कहा। "चूँकि तुम उसके जनरल मैनेजर हो और अभी-अभी उसका ज़िक्र भी आया था इसलिए बताता हूँ कि उसके पैरों को ख़तरा है। वे हरगिज़ ठीक नहीं होंगे। नर्व्ज़ आर सीरियसली डैमेज्ड। एक पैर तो बहुत ही ख़तरे में है। शायद वह लूला पड़ जाये। या तो दोनों पैर काटने पड़ेंगे। या कम-से-कम एक पैर तो घुटने के ऊपर से ही काटना पड़ेगा।"

"जरूर काट डालो···" मैंने उछलकर कहा। मुझे सन्देह हुआ, कहीं मेरी आवाज़ में झुँझलाहट तो नहीं थी।

"मुझे उस पर रहम आता है। बेचारे कमाते क्या होंगे, ख़ाक! लेकिन सावधानी नहीं बरतते। दिमाग़ ही नहीं चलाते अपना। इसीलिए तो ऐसी दुर्घटनाएँ होती हैं। कोई अपना पैर खो बैठता है तो कोई हाथ···इत्ती-सी बात भी सालों के दिमाग़ में नहीं आती।"

"हर्जाना माँगने की बात तो फ़ौरन दिमाग़ में आती है न।" मैंने झल्लाकर कहा, "इस हरामज़ादे को हर्जाना चाहिए···सरकार से तो पैसा वसूलेगा ही, मुझसे भी कुछ-न-कुछ कबाड़ना चाहता है कमबख़्त। दस हज़ार रुपये···उसके ऊपर दबाव डालना—कामगारों को उसकाना···भरी सभा में मेरे सामने सेठजी को अपमानित करना—तुम सोच भी नहीं सकोगे दत्ता, उसने मुझे किस क़दर ज़लील किया

है···एण्ड हाऊ डिस्टर्ब्ड आई एम···"

कुछ देर तक मैं अन्तर्मुखी बनकर चुप रहा। फिर मैंने उससे पूछा, "यानी उसके पैर काटने पड़ेंगे ?"

"कम-से-कम एक···"

"दोनों काट डालो। साले को तरसने दो। पिछले दस वर्षों से···जस्ट फ़ॉर नथिंग मेरी आँख का काँटा बना हुआ है। और इस वक़्त अत्यन्त नाज़ुक परिस्थिति में भी मुझे गोते में लाने से बाज़ नहीं आता। साले को अच्छा-ख़ासा सबक सिखाना चाहता हूँ···हमेशा-हमेशा के लिए याद रखेगा, कम्बख़्त। दत्ता, माई डियर दत्ता, कट हिज़ लेग्ज। हरामज़ादे को अपाहिज़ बना दो··· सड़क के किनारे बैठकर भीख माँगने दो साले को। दत्ता, प्लीज़।"

दत्ता अपलक मुझे घूर रहा था।

मेरा मुँह तो फिर भी चलता ही रहा, "देखो दत्ता, तुम्हीं ने कहा था कि या तो उसके पैर लूले पड़ जायेंगे, या अपाहिज़ हो जायेगा। यानी कि उसे अपने पैर गंवाने पड़ेंगे ?···बस, उसकी अनपढ़, गँवार बीवी से यह सब बता दो।"

"वैसे तो मैंने हल्का-सा संकेत पहले ही कर दिया था।"

"बहुत अच्छा किया तुमने।" मैंने ख़ुश होकर कहा, "तो फिर अब देर किस बात की ? काट दो दोनों···कम-से-कम एक पैर।"

वह फिर से मुझे घूरने लगा। मैंने उसके हाथ थामकर कहा, "बेशक़, डू दिस। मेरे लिए। मेरे दोस्त हो या नहीं ? बाल मित्र हो न ? तो मेरे मन की मुराद पूरी कर दो। हम दोनों हरदम एक-दूसरे की मदद करते रहे हैं। पौरोहित्य के ज़रिये बाप को मिली दक्षिणा के पैसे चुराने और चोरी-छुपे होटल में जाकर भुजिया-पकौड़े खाने में···तुम तो साले, फटीचर ही थे। एक ही निक्कर दो-दो हफ़्ते पहने रहते थे। अन्ततः तुम्हारे लिए एकाध फटी-पुरानी निक्कर का जुगाड़ मुझे ही करना पड़ता था। आज भी तुम्हें मुझसे कुछ चाहिए तो बोलो। पाँच, दस, पन्द्रह हज़ार ? मैं अपनी जेब से तुम्हें दे सकता हूँ। समझूँगा कि इस साल मुझे ऊपर की कमाई नहीं हुई। बट आई डोण्ट वाण्ट दैट रास्कल टु कम बैक टू माई फैक्टरी। बोलो, रुपये कहाँ भेज दूँ ? तुम्हारे घर ? गाँव के पते पर ? बूढ़ी माँ के नाम। ज़िन्दगी-भर तुम्हारे पिताजी के साथ अभावों की ज़िन्दगी बिताने वाली तुम्हारी माँ के नाम ? तुम जहाँ कहो, एकमुश्त रक़म भिजवा दूँगा। तुम मेरा काम कर दो, बस। दूसरे ही दिन एक ख़ास आदमी को रक़म के साथ तुम्हारी माँ के पास भेज दूँगा।"

दत्ता ने कोई जवाब नहीं दिया। शायद अब उसने पीना रोक दिया था··· मैंने जब नौवाँ या दसवाँ पैग ख़ाली किया तब मुझे वहाँ की आवाज़, धुंधली-सी रोशनी, ग्राहक, दत्ता, मैं, पांगारे, फैक्टरी, शान्तिलाल···सबका मिला-जुला रूप

मेरी आँखों के सामने तैरने लगा। दिमाग़ में इन सभी मदों की, न सुलझने वाली गुत्थी बिलबिलाने लगी है, घर जाने के बाद मुझे सिर्फ़ इतना ही एहसास होता रहा था।

हफ़्ते-भर बाद शान्तिलाल जी के पी. ए. का टेलीफ़ोन आया। "यू हैव टु अटेण्ड ऑन इण्टरनेशनल ट्रेड फेयर ॲट ज़ूरिख।"

"आनन-फानन में ?"

"साहब का आदेश है। सामग्री भिजवा रहा हूँ। जाने की तैयारी कीजिए। पन्द्रह-बीस दिन गुप्ते विल लुक आफ़्टर।"

"धन्यवाद !"

मैंने सोचा, व्यापार-मेले के लिए जाना ही है तो लगे हाथ यूरोप की भी सैर करने में क्या बुरा है ? वैसी तैयारी से मैं गया भी। व्यापार-मेला भी हुआ, यूरोप की सैर भी हुई और रोज़मर्रा की चोंं-चपड़ से राहत भी मिली। बीस दिन बाद लौट आया। आते समय दत्ता के लिए मैंने मेडिसिन की एक काफ़ी महँगी किताब ख़रीद ली थी। उसकी अमानत उसे सौंप देने के इरादे से मैंने उसे एक दिन टेलीफ़ोन किया, तो पता चला कि वह शहर से बाहर कहीं गया हुआ है। विदेश-यात्रा पर जाने से पहले मैं किसी भी तरह से उसे सूचित तक नहीं कर पाया था। मेरे काम के बारे में उसने क्या किया होगा ?···

यूरोप-यात्रा में मैंने यहाँ के झंझटों को अपने पास भी नहीं फटकने दिया था। लेकिन यहाँ आते ही सबसे पहले मेरे दिमाग़ में पांगारे ही कौंध गया। गुप्ते को टेलीफ़ोन कर पूछना चाहा। लेकिन मैंने संयम बरता। शायद वह मेरा उतावलापन होता। पांगारे के बारे में मैंने अपनी पत्नी से भी पूछा। लेकिन उसे भी कुछ नहीं मालूम था।

दो-एक दिन आराम फ़रमाने के बाद ही मैं दफ़्तर गया। जाते ही मैंने अपने सेक्रेटरी से पूछा, "पिछले दो-तीन हफ़्तों में कोई ख़ास बात ?"

"नथिंग सर। मि. गुप्ते ही सब देखते थे। और सेठ शान्तिलाल भी हर दूसरे दिन ख़ुद आते थे···"

"अच्छा।"

मेज़ पर पड़ी रिपोर्टों तथा अन्य काग़ज़ातों को यूँ ही उलट-पुलट कर मैं देखने लगा। लेकिन पांगारे का क्या हुआ ?

अन्ततः मैंने गुप्ते को बुलाया। हर बार मेरे बुलाते ही फ़ौरन आ जाने वाले गुप्ते इस बार पूरे बीस मिनट बाद आये। जबकि उन्हें मालूम था कि मैं एक लम्बे अन्तराल के बाद आया हूँ।

"वेलकम सर ! हाऊ वाज़ दि ट्रिप ?" उन्होंने पूछा।

"ओह ! नाइस वन । यहाँ के क्या हाल-चाल हैं ?"

"हालचाल तो सब ठीक हैं सर। स्वयं शान्तिलालल जी के पास डेली रिपोर्ट जाती थी। और वे ही हमें हिदायतें देते थे।"

यानी कि शान्तिलालजी ने ही यह यूनिट अपने हाथ में ले लिया था। डेली रिपोर्ट जाती थी।

"पांगारे कैसा है ?" अन्तत: मैंने पूछ ही लिया।

"वेरी सैड न्यूज़ सर ?"

"क्यों ? क्या हुआ ?" मैंने उत्सुकता से पूछा।

"उसका एक पैर बाक़ायदा काटना पड़ा।"

"पूरा पैर ?"

"जी नहीं। घुटने से कुछ ऊपर तक···"

"और दूसरा पैर ?"

"दूसरे का सिर्फ़ पाँव काटना पड़ा सर। अब वह न चल सकेगा, न सीधी तरह से खड़ा रह पायेगा। मशीन पर काम भी नहीं कर पायेगा, सर।"

"यानी कि अब उसे अनफिट क़रार देते हुए नौकरी से निकाल देना पड़ेगा।" मैं उछल पड़ा।

लेकिन गुप्ते ने तिस पर कोई प्रतिक्रिया व्यक्त नहीं की। इसलिए मैंने पूछा, "और कोई ख़ास बात ?"

"बाक़ी तो सब ठीक है सर।"

"धन्यवाद !"

गुप्ते चले गये। मैंने डाइरेक्ट लाइन के टेलीफ़ोन पर गोडबोले का नम्बर घुमाया। वह वहीं था।

"दत्ता, थैंक यू वेरी मच। यू हैव डन इट।"

"तुम्हारे मन की मुराद पूरी हो गयी न ?"

"इसीलिए तो कह रहा हूँ, थैंक यू वेरी मच। कब आऊँ मिलने ?"

"लेकिन तुम विदेश से कब लौटे ?"

"अभी दो दिन पहले। तुम्हें टेलीफ़ोन किया था। लेकिन पता चला कि तुम शहर से बाहर गये हो।"

"आज शाम आता हूँ। अपने उसी बार में बैठेंगे। तुम्हारे लिए मैं एक चीज़ लाया हूँ। मेडिसिन की एक अनोखी किताब है। पूरे पाँच सौ देने पड़े। लेकिन तुम्हारे लिए···"

"और···" उसने वाक्य अधूरा ही छोड़ दिया।

"स्टफ? वह भी लाया हूँ···"

"मैं बोतल की बात नहीं कर रहा···"

"अच्छा। दैट थिंग— अरे यार। अभी-अभी तो विदेश-यात्रा से मैं लौटा हूँ। ख़र्चा तो कम्पनी ने किया था, फिर भी मेरी जेब से भी दस-पन्द्रह हज़ार ख़र्च हुए···"

उसने टेलीफ़ोन का चोंगा पटक दिया। मैंने दुबारा उसे टेलीफ़ोन करने की जुरंत नहीं की।

मेरे दिल में तो पांगारे की ख़बर से लड्डू फूट रहे थे। एक पैर टूटा हुआ और दूसरे पैर का ठूँठ···पांगारे कैसा दिखता होगा, इसी की कल्पना मैं मन-ही-मन कर रहा था।

"अर्जेण्ट लेटर फ्रॉम हेड ऑफ़िस, सर।" चिट्ठी देकर सेक्रेटरी चला गया। मैं लिफ़ाफ़ा खोलकर चिट्ठी पढ़ने लगा। पूरी चिट्ठी पढ़ने तक मेरा दिल खट्टा हो गया।

कुल दस-बीस लाख के टर्नओवर वाले 'शान्तिलाल फैब्रिक्स' में मेरा तबादला किया गया था।

अब गुप्ते एक नये जनरल मैनेजर थे। आज ही कार्यभार उन्हें सौंपना था। मैंने इण्टरकॉम पर गुप्ते को बधाई दी। वे फ़ौरन मेरी केबिन में आ गये। हेड ऑफ़िस से उन्हें भी चिट्ठी मिली थी।

सौंपने लायक़ कार्यभार तो मेरे पास था नहीं। पिछले दो-तीन सप्ताहों से वे ही सब कामकाज देखने लगे थे।

मैंने दो-एक हफ़्ते की छुट्टी की अर्ज़ी हेड ऑफ़िस भेज दी और घर जाने के इरादे से अपनी गाड़ी में बैठकर चल दिया।

वहाँ से कुछ ही दूर, मेन गेट के पास एक रिक्शा खड़ा था और उसमें से कोई किसी के सहारे नीचे उतर रहा था।

पांगारे? बेशक़ वह पांगारे ही था। ख़ाकी चड्ढी के भीतर से झाँकता एक ठूँठ पाँव···कटे पैर में लगे खूँटे की खट-खट···मैं अपलक देखता ही रह गया।

लावा

उसकी और मेरी उम्र लगभग एक ही होगी। शायद वह एकाध साल बड़ा हो। वैसे तो उसकी सही उम्र आँकना सम्भव नहीं था, लेकिन उसके मुँह से संयुक्त महाराष्ट्र आन्दोलन के क़िस्से, 'मराठा' पत्रिका के ज़रिये आचार्य अत्रे द्वारा छोड़े गये पटाखे, चीनी हमले के दौरान नेहरू जी का राष्ट्र के नाम आर्त, श्रमनिरस्त सन्देश, उस ज़माने में महाराष्ट्र में, सारे संसार में हुई प्रमुख घटनाएँ और सम्बन्धित इलाक़े की जनता पर पड़े प्रभावों का वर्णन···हम दोनों की जवानी के दिनों के इतने सारे समान सन्दर्भों की वजह से मुझे लगा कि हम दोनों लगभग एक ही उम्र में कॉलेज में शायद पढ़े हों।

हमारी पहली मुलाक़ात में ही इन सभी सन्दर्भों का ज़िक्र हुआ।

यह पहली मुलाक़ात हुई भी तो एक होटल में। वह मेरा प्रिय होटल है, बल्कि उसका एक कोना मुझे बहुत ही पसन्द है। चाय अथवा कॉफ़ी पीने के लिए होटल में क़दम रखते ही। वह कोना ख़ाली देखकर मेरा दिल बाग़-बाग़ हो जाता है। उस कोने में अकेला बैठे रहने पर भी मुझे काफ़ी राहत-सी महसूस होती है। एकाध मासिक या साप्ताहिक पत्रिका को उलट-पुलटकर देखना, दिन के कामकाज का लेखा-जोखा करना या अगले दिन के काम की योजना बनाना या अनोखी-अटपटी कल्पनाओं में दिमाग़ लगाना या अपनी सफल ज़िन्दगी के विभिन्न मोड़ों की यथार्थता का जायज़ा लेना आदि किसी-न-किसी बहाने शान्ति से बैठे रहने में मुझे बड़ा आनन्द आता।

उस दिन भी संयोग से वह कोना ख़ाली ही था। मैं बेझिझक वहाँ जा बैठा। मेरे सामने की जगह भी ख़ाली ही थी। अन्य कई जगहों पर भी कोई नहीं था। लेकिन सिर्फ़ पाँच-सात मिनटों में ही वहाँ भीड़ बढ़ गयी। सब आसन भर गये। मेरे सामने एक जगह ख़ाली थी। वहाँ भी एक आदमी आ बैठा।

यह वही आदमी था।

वसन्त कणेकर।

उससे परिचय होने का तो सवाल ही नहीं था। या कि मेरा ध्यान उसकी ओर आकर्षित होने का भी कोई कारण नहीं था। कॉफी की चुस्कियों के साथ मैं अपने ही ख़यालों में खोया हुआ था। पूरा ब्लैंक तो नहीं था लेकिन मेरे भीतर कुछ उमड़ रहा था। कल एक ग्राहक को विज्ञापन की कॉपी दिखानी थी। आर्टिस्ट ने एक डिज़ाइन बनाया था और उसी डिज़ाइन के अनुरूप विज्ञापन के मजमून की जोड़-तोड़ मैं मन-ही-मन कर रहा था। शहर में शुरू हो रहे अत्याधुनिक आलीशान वस्त्र भण्डार का विज्ञापन था वह। ग्राहकों को आकर्षित करने के लिए अनोखे, रोमाण्टिक और चटपटे अन्दाज़ में विज्ञापन कॅम्पेन की योजना थी। वैसे तो हमारी एजेंसी बहुत ही छोटी थी। उस हिसाब से हमें यह बड़ा काम मिल गया था। दरअसल किसी बड़ी अॅड एजेंसी के पास ही यह काम चला जाता, लेकिन मेरे पार्टनर की चालाकी के कारण हमें वह प्राप्त हो सका था। चित्रकार ने एक ऐसा सेमी अॅब्स्ट्रैक्ट चित्र बनाकर हमें दिया था जो बड़ी आसानी से नयी अभिरुचि वाले ग्राहकों को अपनी ओर आकर्षित करने में सक्षम था। विज्ञापन का मजमून भी तो उसी के अनुकूल होना चाहिए। उसी की जोड़-तोड़ में मैं बैठा था। अक़सर इस पेशे में पहले कॉपी बनती है और उसके बाद डिज़ाइन, लेकिन इस बार हम उल्टा प्रयोग कर रहे थे। कुछ रोमाण्टिक मूड में हिचकोले खाने का प्रयास था वह। इसीलिए मैं चाहता था कि रोमाण्टिक मज़मून ही दिमाग़ में आये।

अपने सामने कौन बैठा है यह देखने की फ़ुरसत मुझे नहीं थी, न ही उसकी कोई आवश्यकता। लेकिन उसी ने, यानी वसन्त कणेकर ने ही मेरा ध्यान अपनी ओर आकर्षित कर लिया।

"क्या आप सुधाकर भावे ही हैं ?" उसने पूछा। मैं बेशक़ वही था, इसीलिए मैंने कहा, "जी हाँ, लेकिन आप कैसे जानते हैं ?"

"चित्र देखा था कहीं।"

"अच्छा ! तसवीरों में देखे हुए चेहरे हक़ीक़त में पहचाने जा सकते हैं !" थोड़े से साहित्यिक अन्दाज़ में ही मैंने टिप्पणी की थी। बल्कि मेरे प्रति उसकी आस्था का स्वागत करते हुए मैंने उससे हाथ मिलाया और उसका नाम पूछा।

"मुझे वसन्त कणेकर कहते हैं। कॉमरेड वसन्त कणेकर।" उसने जवाब दिया।

अपने नाम से पहले विशेष रूप से 'कॉमरेड' उपाधि लगाने में उसके रुझान पर मुझे हँसी आयी। हम तो केवल कॉमरेड डाँगे को ही जानते थे। चालीस साल का 'कॉमरेड' मैंने तो नहीं देखा था। बल्कि साम्यवादी दल का कोई भी युवा कार्यकर्ता शायद ही कॉमरेड कहलाता हो। कम-से-कम मेरे सुनने में तो नहीं था। इसीलिए 'कॉमरेड' उपाधि के सोद्देश्य प्रयोग पर मुझे हँसी आयी थी।

"कहाँ देखी थी आपने तसवीर ?"

इसके जवाब का सही अनुमान मैं लगा चुका था। उसने एक साप्ताहिक पत्रिका में मेरी तसवीर देखी थी और मेरा संक्षिप्त परिचय भी उसने उसी पत्रिका में पढ़ा होगा। कॉपी राइटिंग का एक अखिल भारतीय पुरस्कार मुझे मिला था। उसी सिलसिले में उस साप्ताहिक पत्रिका में मेरी तसवीर और परिचय छपा था। कुल मिलाकर एक कॉलम की ख़बर थी वह। उस पत्रिका ने यूँ ही तो नहीं छापी थी यह ख़बर। हमारी विज्ञापन एजेंसी का छोटा-मोटा विज्ञापन उसमें यदा-कदा छपता रहता है। हमारी एजेंसी के विज्ञापन और मुझे मिले पुरस्कार की मिली-जुली कृतज्ञता का प्रदर्शन यानी मेरी तसवीर और परिचय सहित छपी एक क़ॉलम की वह खबर थी। पत्रिका की ऑफ़सेट छपाई के कारण तसवीर बाक़ायदा पहचानी जा सकती थी।

"कॉपी के लिए पुरस्कार का मतलब क्या हुआ ?" उसने पूछा और कहा, "हम तो केवल एक ही कॉपी जानते हैं जो परीक्षा में की जाती है !"

"विज्ञापन के मज़मून को कॉपी कहा जाता है। वह चटपटा, सार्थक, अनोखा, विज्ञापित वस्तु के बारे में ज़्यादा कुछ न कहने वाला, लेकिन उसकी विशेषताओं को उजागर करने वाला होना चाहिए, इसीलिए तो ऐसा मज़मून जुटाना आसान नहीं होता। यही सोचकर शायद पुरस्कार···" मैंने स्पष्टीकरण पेश किया।

"क्या आप हमेशा यही करते हैं ?"

"यस, दैट इज़ माई जॉब।"

"कहाँ काम करते हैं आप ?"

"मेरी एक अॅडवरटाइज़िंग फ़र्म है। भागीदारी में चलाते हैं। उससे पहले दै···के विज्ञापन विभाग में काम करता था। लेकिन अब खुद की ही एजेंसी चलाता हूँ। मैं कॉपी लिखने का काम देखता हूँ और मेरा पार्टनर डिज़ाइनिंग का। दोनों मिलकर चलाते हैं···"

"कितने आदमी काम करते हैं आपकी फ़र्म में ?"

"ज़्यादा नहीं हैं। हम दो। दो-एक आर्टिस्ट, दो-एक चपरासी, बस। वी हैव जस्ट स्टार्टेड। कुल दो-तीन साल ही तो हुए हैं।"

"वेतन कितना देते हैं आप उन्हें ?"

"यू सी···वह तो उनकी योग्यता के अनुसार देना पड़ता है। चपरासियों को पाँच-पाँच सौ। आर्टिस्टों में से एक को डेढ़ हज़ार और दूसरे को बारह सौ। इट डिपेण्ड्स···"

"आपके लिए कितने बचते हैं ?"

"क्या मतलब ? हम भी वेतन ही लेते हैं। फ़िलहाल दो हज़ार···"

"दो हज़ार रुपये ? एक महीने के ?"

उसके इस सवाल में आश्चर्य का भाव था।

"कमबख़्त हमें तो पूरे साल में भी दो हज़ार नहीं मिलते···" उसकी इस टिप्पणी में दुःख-दर्द था या व्यंग्य था, इसका सही अनुमान मैं नहीं लगा पाया। लेकिन पहली मुलाक़ात में ही इतनी तीख़ी प्रतिक्रिया से मेरा दिल खट्टा ज़रूर हुआ। दो हज़ार रुपये वेतन बहुत ज्यादा तो नहीं था। मेरे कई दोस्त तो उससे अधिक वेतन प्राप्त करते हैं। बैंक अधिकारी, प्राइवेट कम्पनियों में प्रबन्धकीय स्तर पर काम करने वाले कार्यपालक, निजी व्यवसाय में लगे हमउम्र, लेकिन पढ़ाई-लिखाई में मुझसे कम तेज़ व्यक्ति तो दो हज़ार की इस सीमा को कभी के लाँघ चुके हैं। अतएव मेरे वेतन की रक़म को लेकर स्यापा करने या व्यंग्य कसने का कोई मतलब नहीं था।

तथापि कणेकर की प्रतिक्रिया इससे कुछ भिन्न होने का-सा अहसास मुझे हो रहा था।

"आप कॉमरेड कणेकर यानी···" मैंने बातों का रुख़ उसकी ओर मोड़ते हुए कहा।

"फुलटाइम कम्यूनिस्ट···" उसने तनावरहित होकर कहा।

"लेकिन फुल टाइम पार्टी वर्कर ?"

"जी नहीं। पार्टी वर्कर नहीं, केवल वर्कर।"

"क्या मतलब ?"

"कम्यूनिस्ट कार्यकर्ता के तौर पर काम तो करता हूँ, लेकिन मैं पार्टी का सदस्य नहीं हूँ।"

"क्यों भला ?"

"मैंने त्यागपत्र दे दिया।"

"सो क्यों ?"

"मतभेद।"

"नीतिगत मतभेद ? क्योंकि मैंने सुना है कि राजनीतिक कार्यकर्ताओं में अक्सर नीतिगत मतभेद ही हुआ करते हैं।"

"शायद।"

"किस मुद्दे पर ?"

"पार्टी की राजनीतिक जोड़-तोड़, ख़ास कर सत्ताधारी पार्टी के साथ गठ-बन्धन। मैं उसके पक्ष में नहीं था। सत्ता हथियाने का एक ही मार्ग कम्यूनिस्ट पार्टी के पास होता है— क्रान्ति। मतों से सत्ता प्राप्त करना वैध नहीं। पॉवर बाई बुलेट एण्ड नॉट बाई बैलेट।" उसने तीखे स्वर में कहा।

"इसीलिए आपने पार्टी छोड़ दी ?"

स्वीकारोक्ति में उसने गर्दन हिलायी।

"अपने देश में प्रजातन्त्र होते हुए भी…"

"प्रजातन्त्र गया भाड़ में। एकाध सिगरेट हो तो दीजिए।" प्रजातन्त्र सम्बन्धी टिप्पणी और सिगरेट की माँग…एक ही साँस में दो बातें।

"सिगरेट तो ज़रूर मिलेगी। उससे पहले चाय चलेगी?"

"यदि आप पिला रहे हैं तो…मेरी जेब में तो सिर्फ़ एक चाय-सिगरेट के ही पैसे हैं। मेरा इतना ही बजट है।"

"उसकी चिन्ता मत करो। हम पहली बार मिल रहे हैं…" मैंने बैरे को एक और चाय-सिगरेट का ऑर्डर दिया और हम फिर से बातों में उलझ गये। बातों-बातों में नेहरू जी का सन्दर्भ आ गया। क्योंकि उस समय रेडियो में "ऐ मेरे वतन के लोगों…" यह प्रख्यात गाना बज रहा था। गाने के बोल, लता की आवाज़, संगीत की तेज़ और धीमी लय का आविष्कार और खासकर इस गाने की पृष्ठभूमि की वजह से यह गाना मुझे मन्त्रमुग्ध कर देता है। जब भी मैं यह गाना सुनता हूँ, हठात् मुझे नेहरू जी की कशिश याद आती है।

गाना सुनते हुए ही मैंने नेहरू जी की कशिश और उनकी वाणी का ज़िक्र किया। नेहरू जी की इन विशेषताओं का लोहा वह भी मानता था। उसी सिलसिले में उन दिनों की कई घटनाओं और व्यक्तियों का ज़िक्र आया। नेहरू जी की मृत्यु के बाद उनके सम्बन्ध में आचार्य अत्रे द्वारा लिखे गये लेख, उनकी कलम की स्याही से कई महानुभावों की उड़ी हुई धज्जियाँ, संयुक्त महाराष्ट्र आन्दोलन…आदि का फिर एक बार सिलसिला चला और अपने हमउम्र होने के सन्देह की पुष्टि हुई।

वह मार्मिक, तीखे और पैने तीर चलाते हुए अपने विचार व्यक्त कर रहा था।

मैंने कहा, "नेहरू जी के सम्बन्ध में अत्रे जी ने जो लेख लिखे थे वे बड़े ही सार्थक और बेजोड़ थे।"

उसने टिप्पणी की, "अत्यन्त भावोत्कट किन्तु बहुत ही सपाट थे।"

"लेकिन उस समय इतना तीव्र आन्दोलन यदि न होता तो आज बम्बई शहर महाराष्ट्र में दिखाई नहीं पड़ता।"

"पूँजीवादी व्यवस्था में इस तरह की भाषिक और प्रादेशिक अस्मिताओं को बेशक़ तूल दिया जाता है ताकि क्रान्ति की उर्मि ठण्डी पड़ जाये।"

"लता की आवाज़ तो एक कुदरती करिश्मा है और हमारी पीढ़ी को मिला एक वरदान है।"

"किसी नौटंकी वाली की आवाज़ भी उससे अधिक दमदार, ओजस्वी और महीन होती है। लेकिन आप लोग कभी उसकी तारीफ़ नहीं करते। क्योंकि हम

परम्पराओं और रूढ़ियों से जकड़े होते हैं। लता की आवाज़ को ग्लोरिफाइ करने में आधुनिक व्यापारिक संसार ने कोई क़सर नहीं छोड़ी। क्योंकि पूंजीवादी कम्पनियों की रिकार्ड चलनी चाहिए, रेडियो और ट्रांज़िस्टरों की धड़ल्ले से बिक्री होनी चाहिए और धनवानों की पिक्चरें हाउसफुल जानी चाहिए···"

उसके इन मतों से मैं सहमत नहीं था, लेकिन उसका दृष्टिकोण अनोखा और झकझोरने वाला था, इसमें दो राय नहीं हो सकती। बहुत ही पैनेपन से वह ऐसे विचार व्यक्त करता था।

पहली मुलाक़ात की इस गप-शप में घण्टा-आध घण्टा तो यूँ ही बीत गया। अब यह सिलसिला यहीं समाप्त करना चाहिए था। क्योंकि घर जाने से पहले एक कलायण्ट से मुलाक़ात जो करनी थी। अपना कार्ड उसे देने से पहले अच्छी तरह से सोच लिया और उसके बाद ही उसे कार्ड देकर मैंने कहा, "मेरा कार्ड है, रख लो, मेरे दफ़्तर की ओर आना हुआ तो ज़रूर मिलो।"

"लेकिन मुझसे बातें करने के लिए समय निकाल पायेंगे आप? सदा व्यस्त रहते हैं आप। हम तो हैं निठल्ले···"

"तुम आओ तो, व्यस्तता के बावजूद समय निकालूंगा तुम्हारे लिए।" कहकर मैं उठ खड़ा हुआ।

मेरा कार्ड वह ग़ौर से पढ़ रहा था। बल्कि उसे पढ़ने में तल्लीन हो गया था। मेरा कार्ड बड़ा ही आकर्षक था। आर्टिस्ट ने कार्ड का आफ़बीट डिज़ाइन बनाया था। दो-तीन छटाओं में स्क्रीन प्रिण्टिंग का एक बढ़िया नमूना था वह। हमारी एजेंसी का नाम 'अॅडइम्प्रेस' और उसका प्रतीक चिह्न अत्यन्त प्रभावी थे।

"आपका कार्ड तो बड़ा ही ख़ूबसूरत है।"

"मैं तुम्हारी काम्प्लिमेण्ट्स पहुँचा दूंगा आर्टिस्ट तक।" यह वाक्य अभी पूरा भी नहीं हुआ था कि उसने टिप्पणी की, "ये तो बेशक़ पूंजीवादी संस्कृति के ही लक्षण हैं···शीयर रोमाण्टिसिज़्म···"

मेरे साथ वह भी उठ खड़ा हुआ। हम दोनों साथ ही चल पड़े। बिल देने का ज़िम्मा तो मैंने लिया ही था।

लेन-देन पूरा कर हम बाहर आ गये। अब मैं उसे अच्छी तरह से देख सकता था। उसकी अस्त-व्यस्त दाढ़ी के बाल छितराये-से लग रहे थे। ढीला-ढाला कुर्ता, झुर्रियों वाली पैण्ट और कन्धे पर शबनम झोला। झोले में पता नहीं, क्या-क्या भरा था। सिर के बाल भी बेतरतीब। चेहरे पर तनाव, कष्ट, खोया-खोयापन और सर्वहारा का भाव।

"दफ़्तर में आ जाना फिर कभी···" विदा करने के बहाने उससे हाथ मिलाते हुए मैंने कहा।

"अब आप घर जायेंगे?"

"जी, रास्ते में एक कलायण्ट से मिलना है। दफ़्तर का भूत तो चौबीसों घण्टे दिमाग़ पर सवार रहता है न! ख़ैर। और तुम?"

"अपने अड्डे पर···ठर्रा···!" कहकर वह चल दिया।

मैंने स्कूटर चालू किया लेकिन मन में उसी की बातों पर सोचता रहा—उसकी कुछेक बातें बेतुकी ज़रूर होंगी लेकिन वे जेन्यूइन थीं और उसका अन्दाज़े बयां भी कुछ और ही था। उसका दृष्टिकोण, उसका साम्यवादी होना, पार्टी की राजनीतिक चाल-ढाल से असन्तुष्ट होकर त्यागपत्र देने के बावजूद पार्टी का काम करते रहने की उसकी प्रवृत्ति···वसन्त कणेकर सामान्य जनों से कुछ अलग प्रतीत हुआ। इसीलिए वह मुझे प्रभावित भी कर गया। हमारे पेशे में हरेक के मुँह से पेशे से सम्बन्धित बातें ही सुनी जा सकती हैं और मैं भी अपने पेशे की गोटियाँ फिट करने की जोड़-तोड़ की योजनाएँ बनाने में ही अधिकांश समय बिताने लगा था। वैसे तो मैंने इस पेशे में काफ़ी देर से क़दम रखा था। इसीलिए यथाशीघ्र जड़ जमाना आवश्यक हो गया था। ऐसी स्थिति में पेशे का विकास और इस सिलसिले में फ़ायदेमन्द सिद्ध होने वाले लोगों से ही मैं मिलने लगा था, उन्हीं को एण्टरटेन करता रहा था···शायद इसी पृष्ठभूमि पर वसन्त कणेकर का निराला-अनोखा व्यक्तित्व मुझे झकझोर गया।

अचानक एक बार वह मेरे दफ़्तर में आ धमका तो मैंने उसका हार्दिक स्वागत किया ज़रूर लेकिन उसी प्रभाव के परिणामस्वरूप।

मैं अपनी केबिन में ही था। केबिन छोटी होने के बावजूद काफ़ी सजी-धजी थी। मेरे पार्टनर के लिए भी···यह भी हमारे पेशे की ही आवश्यकता थी। अभ्यागतों पर रौब झाड़ने का नुस्खा।

"स्साला, आपके लिए अलग केबिन?" आते ही उसने आश्चर्य व्यक्त किया। बोलने के उसके अन्दाज़ में आश्चर्य के साथ ही सराहना का भाव भी था।

"हां।" मैंने संक्षिप्त-सा जवाब दिया।

"आपके पेशे में केबिन किसे मिलता है?"

"जिसके पास अधिक ज़िम्मेदारी का काम होता है यानी कि जिसे प्राइवेसी की आवश्यकता होती है···"

"यानी कि आप···"

"वैसा ही समझ लो, मालिक हूँ मैं फ़र्म का—आधा ही सही!" घूमने वाली कुर्सी में झूलते हुए मैंने कहा।

यह कहते हुए मैं गर्व और आत्मसम्मान से फूले नहीं समा रहा था! मेरी ओर लगायी उसकी टकटकी में सराहना का भाव हठात् नहीं था। उसका अपलक देखना मुझे पसन्द नहीं था। लेकिन अपनी नापसन्दगी उस पर जाहिर न होने

देते हुए मैंने कहा, "चाय तो चलेगी न ?" मैंने बेल का बटन दबाया। चपरासी तुरन्त हाज़िर हुआ।

"यहाँ नहीं। बाहर चलकर पी लेते हैं।"

"बाहर चलकर···" असहमति जतलाते हुए मैंने कहा, "कुछ ज़रूरी काम है यहाँ···"

"आप तो हमेशा ही व्यस्त रहते हैं। लेकिन बाहर चलकर चाय पीने में मुझे आनन्द आयेगा। पास ही तो है होटल···"

अन्ततः उसका अनुरोध मुझे मानना पड़ा। शीघ्र ही लौट आने की सूचना अपने सहयोगियों को देकर मैं उसके साथ चल दिया।

होटल में स्थान ग्रहण करते हुए वह कहने लगा, "कुछ खाने के लिए भी मँगायेंगे आप ? सुबह से कुछ नहीं खाया मैंने। सवेरे जल्दी ही घर से चल पड़ता हूँ न···"

"नेकी और पूछ-पूछकर ? डोसा मँगाता हूँ। चलेगा न ?"

"चलेगा नहीं, दौड़ेगा साहब···"

बातों का सिलसिला शुरू करते हुए मैंने पूछा, "इतने सवेरे घर से चलकर क्या करते रहे अब तक ?"

"प्रदर्शन की तैयारी···"

"कैसा प्रदर्शन ?"

"सफ़ाई कामगारों का प्रदर्शन। उनसे तो सवेरे ही मुलाक़ात हो सकती है न···"

"क्यों ? हड़ताल-वड़ताल करवा रहे हो क्या ?"

"करवाना ही पड़ेगा। म्यूनिसिपैलिटी उन्हें जो वेतन देती है, उससे क्या ख़ाक होता है महँगाई के इस ज़माने में ? उसके अलावा भी और बहुत से मसले हैं···"

इस बीच डोसा आते ही वह लगभग टूट पड़ा उस पर। आधा डोसा ख़त्म होने पर ही वह कुछ बोलने की स्थिति में आ पाया। कहने लगा, "पिछले पखवाड़े, सीवर लाइन की सफ़ाई के लिए पन्द्रह साल के एक लड़के को भीतर उतारा गया। क्या समझे ? पन्द्रह साल का कमसिन बालक। छोटे बच्चों को ही भीतर उतारना पड़ता है। मेनहोल होता ही इतना छोटा है कि बड़ा आदमी उसमें उतरकर हाथ-पैर भी नहीं हिला सकता। बीस फुट गहरा मेनहोल···कसैली गैसों से दम घुटकर वह बालक वहीं ढेर हो गया !"

"क्या कह रहे हो ?"

"आपने ख़बर पढ़ी नहीं ?"

"पढ़ी हो तो भी याद नहीं···"

"आप लोग ऐसी ख़बरों पर भला क्यों ग़ौर करने लगे ? आपकी आँखें तो बाज़ार में आये नये, घटिया माल पर टिकी होती हैं। नये टी. वी. सेट, नयी ब्रा··· और लबालब स्तनों से उत्फुल्ल, मदमाती नायिकाओं की जवानी···आपके लिए अधिक महत्त्वपूर्ण होती है। सीवर लाइन की सफ़ाई के सिलसिले में आपके शहर में मेनहोल में मरे बालक की ख़बर भला आपको क्यों विचलित करने लगी ? ख़ैर···उस मामले पर अब हम ग़ौर फ़रमा रहे हैं। पिछले आठ दिनों से प्रतिदिन कामगारों से मुलाक़ात करना ,उन्हें उकसाना, भाषण करना, प्रदर्शन के लिए उन्हें तैयार करना, उस बालक की मृत्यु की न्यायिक जाँच-पड़ताल की माँग को अपनी अन्य माँगों के साथ जोड़ना···आदि हज़ारों झमेलों में फँसा रहता हूँ।" वह ईमानदारी से सब कुछ बता रहा था। उसके शब्दों में खीज थी और दुर्घटना के प्रति आक्रोश का भाव था। डोसा समाप्त हुआ।

"बड़ा-साँबर मँगाइए···"

मैंने बड़ा-साँबर का ऑर्डर देकर कहा, "लेकिन ड्रेनेज दुर्घटना में एक बालक की मृत्यु की ख़बर सफ़ाई कामगारों को मालूम पड़ ही गयी होगी न ?"

"कुछ लोगों को पता चला था, क्योंकि मामले को दबाने की कोशिश भी तो हुई थी। केवल कुछेक लोगों को मालूम होने से क्या फ़ायदा ? सभी लोगों को हक़ीक़त का पता चलना ही चाहिए अपने एक सहयोगी को जान से हाथ धोना पड़ा—उसके साथ अन्याय हुआ···इसके खिलाफ़ आवाज़ उठानी पड़ती है··· भारतीय जनता के लिए इतना तो अपेक्षित ही है ! यहाँ की जनता को जगाना टेढ़ी खीर है। इसीलिए तो रूस में लेनिन, चीन में माओ और भारत में गाँधी पैदा होते हैं।

बड़ा-साँबर खाने में ही वह चुस्ती-फुर्ती दिखा रहा था।

"कब करवा रहे हो तुम प्रदर्शन ?"

"परसों सुबह—प्रदर्शन, धरना, सभा···बड़ा मज़ा आयेगा।"

"मज़ा आयेगा ?"

"प्रदर्शन ज़ोरदार होना चाहिए। थोड़ा-सा हिंसक उत्पात हो तो और भी अच्छा। कम-से-कम लाठी चार्ज तो होना ही चाहिए। वरना बड़े हर्फ़ों में ख़बर नहीं छपेगी···जनता का ध्यान आकृष्ट नहीं होगा।"

"तो आप अख़बारों की सुर्ख़ी में आना चाहते हैं ?"

"अपना नाम सुर्ख़ियों में छपना गौण है। लेकिन प्रदर्शन को महत्त्व प्राप्त होना चाहिए। जिस वजह से प्रदर्शन आयोजित किया गया। उसके प्रकाशन को वरीयता मिलनी चाहिए।"

डोसा, बड़ा-साँबर के बाद चाय का दौर भी हुआ। वह होटल की कुर्सी में आराम से बैठा था। अब उसके चेहरे पर कुछ रौनक़ भी आ गयी थी।

"आज सुबह से नहीं, कल सुबह से भूखा था, अब कहीं जान-में-जान आयी है।"

"कार्यकर्ताओं को क्या ऐसी ही विपरीत स्थितियों में काम करना पड़ता है?"

"लेकिन आप लोगों को उसकी चिन्ता कहाँ···आप तो अपने पेशे में ही लगे रहते हैं।"

"लेकिन उसके लिए भी तो ख़ून-पसीना एक करना पड़ता है। दिमाग़ चलाना पड़ता है···कल्पना को साकार करना पड़ता है।" मैंने कहा।

"लेकिन इस काल्पनिकता को साकार करने से आपको क्या मिलता है?"

"यह इस पेशे की आवश्यकता है।"

"यानी कि इससे आप कमाई करते हैं?"

"ऑफ़कोर्स। इसमें क्या बुरा है!"

"वैसे तो कुछ बुरा नहीं, लेकिन इससे समाज साधन-सम्पन्न और साधनहीन लोगों के दो खेमों में बँट जाता है।"

बातचीत का रुख़ कुछ गम्भीर होता जा रहा था। वह अधिकांशतया साम्यवादी दर्शन के आधार पर ही दलीलें पेश कर रहा था। मैं बी. कॉम. था और विविध विषयों पर व्यापक रूप से पढ़ता भी था। इसलिए कणेकर के विश्लेषण का रुख़ मैं समझ रहा था।

"तो अब चले चलें?"

"क्यों, आप जल्दी में हैं?"

"टेबुल पर बहुत से काम पड़े हैं।"

"इतने अर्जेण्ट तो होंगे नहीं! बैठिए न कुछ देर।"

"सभी अर्जेण्ट काम हैं। दो-चार कलायण्ट्स के विज्ञापनों के आर्टवर्क आज पूरे करने हैं। ऐन मौक़े पर वे लोग डिज़ाइन में हेर-फेर करते हैं—विज्ञापन का मज़मून भी तो जाँचना है···वसूली भी···"

"आप तो एक सफल पेशेवर इंसान बन गये हैं··"

"वैसा ही समझ लो।" कहकर सन्तोष व्यक्त करते हुए मैं उठ खड़ा हुआ, उसे विदा किया और दफ़्तर में लौट आया।

घूमने वाली कुर्सी में हिचकोले खाते हुए मैं सोचने लगा, "मैं इस फ़र्म का मालिक हूँ···आधा ही सही···" अभी, कुछ ही समय पहले मैंने स्वयं अपने लिए ही ये शब्द कहे थे और अब फिर से वे ही शब्द मुझे झकझोर रहे थे। सन्तुष्टि और उपलब्धि के बारे में अनायास ही वे शब्द मैंने कहे थे। पाँच साल पहले दिमाग़ में बिजली कौंधी थी। निर्णय लेने तथा आवश्यक प्रारम्भिक तैयारियों में दो साल बीत गये। निर्णय पक्का होने के बाद पार्टनर की तलाश होने लगी। फ़र्म

शुरू हुई। ग्राहक आने लगे। हमारे विज्ञापनों की ओर आकृष्ट होने लगे। कारोबार बढ़ता चला गया। आज मैं दो हज़ार रुपये वेतन पा रहा हूँ। इसके अलावा मेरा काफ़ी ख़र्च फ़र्म के लेखे में ही जा रहा था। उसे भी यदि शामिल कर लें तो तीन हज़ार के लगभग वेतन हो जायेगा। बैठने के लिए बढ़िया-सी कुर्सी और अच्छी-सी केबिन, केबिन के बाहर नेम प्लेट—सुधाकर भावे, पार्टनर ॲडइम्प्रेस प्रा. लि.। घर में भी टेलीफ़ोन। पत्नी को भी छोटा-मोटा काम सौंपकर पेरोल पर नियुक्ति। बच्चे कान्वेण्ट में। कुछ ही महीनों में अपना फ़्लैट बनकर तैयार हो जायेगा। नये फ़्लैट में शिफ़्ट हो जाने पर अपनी पसन्द की वस्तुएँ ख़रीदने के लिए अभी तैयारी, सूची बनाना आदि।

उसके दो-तीन दिन बाद अख़बार में सफ़ाई कामगारों के प्रदर्शन का विस्तृत ब्यौरा और चार फ़ोटो छप गयीं। ख़बर ठीक वैसी ही छपी थी, जैसा वसन्त कणेकर ने कहा था। प्रदर्शनकारी हिंसा पर उतर आये थे और पुलिस को लाठी चार्ज भी करना पड़ा था। नेताओं को हिरासत में ले लिया गया था। लेकिन उन नेताओं में वसन्त कणेकर का नाम नहीं था। मैंने ख़बर ग़ौर से दुबारा पढ़ी, लेकिन उसका नाम दिखाई नहीं पड़ा। न प्रदर्शनकारियों का नेतृत्व करने वालों में उसका नाम था, न उनके सामने भाषण करने वाले वक्ता के रूप में, न ही हिरासत में लिये गये नेताओं की सूची में उसका नाम था।

अख़बार छपने के बाद उस घटना का काफ़ी प्रचार हुआ था। सीवर लाइन की सफ़ाई के दौरान पन्द्रह साल का एक लड़का चैम्बर की गैस में दम घुटने से मर गया था और उस मामले को रफा-दफा करने की पुरजोर कोशिश ज़ारी थी।

पन्द्रह दिन पहले की, रोंगटे खड़े कर देने वाली यह करुण और भीषण घटना आज अख़बार की सुर्ख़ियों में आ सकी थी। और मुझे पूरा यक़ीन है कि कणेकर को इसके लिए अपना समूचा व्यक्तित्व दाँव पर लगाना पड़ा होगा। फिर भी उसके नाम का कहीं अता-पता भी नहीं था।

दो-चार दिन बाद कणेकर मुझे फिर से उसी होटल में मिला, "जहाँ पहली बार हमारी मुलाक़ात हुई थी। उसे बधाई देते हुए मैंने कहा, "कांग्रैट्स। दैट रैली वाज़ अ ग्रैण्ड सक्सेस।"

उसने बड़ी प्रसन्नता से मेरी बधाई स्वीकार की। हालाँकि मैं कॉफी पीकर बिल चुकाने जा रहा था। लेकिन कणेकर के लिए मैं दुबारा होटल में लौट आया और उससे पूछे बिना ही 'डोसा' का ऑर्डर भी मैंने दे दिया। इस बीच मैंने कहा, "उस दिन ख़बर तो पढ़ी लेकिन तुम्हारा नाम कहीं नहीं था उसमें। मुझे बड़ा ही आश्चर्य हुआ।"

"नाम के लिए थोड़े ही किया था मैंने काम? मेरी जंग तो धाँधलेबाज़ी के खिलाफ़ थी, अन्याय के खिलाफ़ थी, कुछ विशिष्ट सिद्धान्तों की रक्षा के लिए

थी। ऐण्ड दैट परपज़ वाज़ सर्व्ड। उस घटना की खबर लोगों तक पहुँच गयी। उन्हें पता चल गया कि आदमी की मौत कितनी सस्ती है। अब दुर्घटना की जाँच हो रही है। आप यक़ीन मानिए, कारपोरेशन विल हैव टु पे कॉम्पेन्सेशन।"

वह तैश में आकर बोल रहा था और इसी दौर में वह भावोत्कट बन गया था। उसके शब्दों में आवेश था।

डोसा आ गया। मेरे कुछ कहने से पहले ही उसने खाना शुरू भी कर दिया। डोसा तेज़ी से खत्म होने लगा। उसकी बातें भी अब रुक गयी थीं। डोसा समाप्त होने से पहले ही मैंने उसके लिए चाय और सिगरेट मँगवायी।

डोसा समाप्त होते ही वह चाय के पीछे पड़ गया और उसके बाद सिगरेट के कश···यहाँ तक उसकी बकबक पूर्णतया बन्द रही।

मुझे लगा मानो यह वसूल करने के लिए ही वह यहाँ आता है। लेकिन मैंने मन की बात को इससे आगे नहीं बढ़ने दिया। क्योंकि उसके बारे में अपने मन में मैं ग़लतफ़हमी पैदा नहीं होने देना चाहता था, उल्टा-सीधा सोचने की आज़ादी अपने मन को नहीं देना चाहता था।

"प्रदर्शन के दौरान कहीं चोट-वोट तो नहीं आयी तुम्हें ?"

"आयी मामूली-सी। लेकिन उसमें कोई ख़ास बात नहीं थी। मोर्चा प्रदर्शनों में मैं होऊँ और प्रदर्शनकारियों पर लाठी चार्ज हो जाये तो सामान्यतया मैं उस तोहफ़े से वंचित नहीं रह पाता।"

"अब तक कितनी बार ऐसा हुआ ?"

"कितनी बार ?" ठठाकर हँसते हुए उसने जवाबी सवाल किया और कहने लगा, "संयुक्त महाराष्ट्र के सिलसिले में जो रैली निकली थी, उसी के दौरान पहली बार पुलिस की लाठी खायी थी मैंने। बड़ा मज़ा आया। कॉलेज के दिन थे वे। संयुक्त महाराष्ट्र के पक्ष में बड़े ही जोश-ख़रोश के साथ नारे लगाया करते थे हम लोग। बार-बार रैलियाँ आयोजित होतीं और हर रैली में हम दूने उत्साह से शामिल होते थे। लाठी चार्ज में मेरी पीठ पर कई प्रहार हुए। चार दिन तक तो ज़मीन से पीठ लगाने की स्थिति में भी नहीं था मैं।"

"पहली बार ऐसा हुआ। लेकिन दूसरी बार ?"

"हड़ताल। मिल मज़दूरों की हड़ताल। और हड़ताल के साथ रैली भी··· हम तो पहली पंक्ति में थे। फिर एक बार प्रसाद मिला। लेकिन अब उसकी आदत-सी हो गयी है। लाठी चार्ज, आँसू गैस, हिरासत···इसी में ज़िन्दगी बीतती जा रही है।"

"कहाँ तक पढ़े-लिखे हो ?"

"कोई ख़ास नहीं।"

"फिर भी···"

"एम. ए., एल-एल. बी.…"

"तो वकालत नहीं की ?"

"फ़ुरसत नहीं मिली…"

"फ़ुरसत किसलिए ?"

"वकालत करने के लिए।"

"क्या मतलब ?"

"यानी कि वाकई फ़ुरसत नहीं मिली। एक रैली समाप्त होते ही दूसरी में उलझे रहते हम लोग। एक के बाद दूसरा आन्दोलन। पहली हिरासत से बाहर आते ही दूसरी हिरासत की तैयारी।"

"कितनी जेलयात्राएँ हुईं तुम्हारी ?"

"कितनी ? पन्द्रह-सत्रह तो हुई ही होंगी। लेकिन अशिष्ट काम के लिए एक बार भी नहीं…"

"यानि कि…"

"लूट-मार, चोरी-उठाईगिरी, ख़ून, धोखाधड़ी के आरोप में नहीं। क़ानून का उल्लंघन करने के सिलसिले में ही हर बार हिरासत में जाना पड़ा। और स्साला, इस देश के क़ानून ही ऐसे हैं कि उनका उल्लंघन किये बिना मज़दूरों की, ग़रीबों की बात ही कोई नहीं सुनता, हमने क़ानून का उल्लंघन किया…"

"कोई सात-आठ साल पहले नक्सलवादी आन्दोलन के सिलसिले में पुलिस वालों ने किसी कणेकर को हिरासत में लिया था…" मैंने सकुचाते हुए पूछ ही लिया।

"बेशक़, मैं वही कणेकर हूँ…" उसने गर्व के साथ कहा, "क्यों डर गये मुझसे ?"

"डर ? सो किसलिए ?"

"मैं नक्सलवादी था—एक नक्सलवादी के सामने आप बैठे हैं—उससे आपका परिचय है…पुलिस की हिरासत का हवा खाकर आया हुआ सज़ायाफ़्ता नक्सलवादी…"

"नहीं तो। लेकिन क्या तुम्हें उस समय सज़ा भी हुई थी ?"

"पक्की सज़ा तो नहीं हुई। लेकिन दो साल की कच्ची सज़ा ज़रूर हुई थी यानी दो साल जेल में गुज़ारने के बाद भी उसे सज़ा नहीं कहें ? स्साला, क्या आपके क़ानून…और क्या आपकी न्यायदान पद्धति ! नक्सलवादी, लाल सलाम आदि पोस्टर देखते ही जो सरकार हड़बड़ा जाती है…क्या उसे सरकार कहना उचित होगा ?" कहकर वह खिलखिलाया।

"लेकिन मैंने तो सुना है कि इमरजेन्सी के दौरान अपने पुलिसवालों ने कुछेक नक्सलपन्थियों को भून डाला था…"

"बेशक भून डाला। लेकिन सबूत चाहिए। घोषणा करते थे। एन्काउण्टर में मारे गये हैं। जबकि वे हमारे लोगों को गोलियों से भून डालते थे···"

अब उसकी वाणी में प्रतिशोध जाग रहा था। बात करने का उसका लहजा ही यह था। कभी झुँझलाहट तो कभी खीज, तो कभी प्रतिरोध या भावोर्मि··· कभी-कभार तो गँवारू लेकिन पूरी तरह से अकृत्रिम और सहज।

"लगता है, आपका आन्दोलन भी अब ठण्डा पड़ गया है···क्योंकि सन् सड़सठ-अड़सठ में बंगाल के नक्सलपन्थी आन्दोलन के बारे में जितना धड़ल्ले से छपता था, वह सैलाब अब थम गया है।" मैंने कहा।

"ठीक कह रहे हैं आप। जब आपकी सरकार हमारे लोगों पर क़त्लेआम का प्रयोग करे तो हमारे आन्दोलन का हश्र और क्या हो सकता है? और फिर आपके अख़बार भी तो पूँजीपति मालिकों की औलाद हैं। उसमें छपते हैं सत्तासीनों के ऊल-जलूल भाषण···पूँजीवाद प्रणीत तथाकथित जनतान्त्रिक सत्तान्तरों की बेमतलबी उखाड़-पछाड़, फ़िल्मी कलाकारों के अन्तरंग क़िस्से और आपकी विज्ञापनबाज़ी···इनकी आड़ में मेहनतकश जनता की रोज़ी-रोटी के सवाल को जनता की आँखों से बचाने, उसे नपुंसक बनाने के उद्देश्य से पूँजीवाद प्रणीत ब्रेन वॉशिंग है यह···"

"तुम कहते हो तो ब्रेन-वॉशिंग ही समझ लो···" नरम रुख़ अपनाते हुए मैंने कहा। क्योंकि वह आक्रामक होता जा रहा था। और मैं होटल में बैठकर उसके मुँह से साम्यवादी प्रवचन और अधिक सुनना नहीं चाहता था।

"हम कह रहे हैं इसलिए नहीं, हक़ीक़त है यह। ब्रेन-वॉशिंग के धन्धे में आप अपनी झोली भर लेते हैं···" वह अभी भी पूरे तैश में था।

"झोली भरते रहे हैं और आगे भी भरते रहेंगे, बस!" कहकर मैं उठ खड़ा हुआ और वह भी।

"मेहनतकश जनता की ओर से जूझते हुए हम अपनी उम्र गँवाते रहें और उसी जनता को भूल-भुलैया में डालकर आप अपनी झोली भरें···"

उसके आक्रोश का रुख़ मैं समझ रहा था। विज्ञापन लोगों को सम्मोहन के ज़रिये गुमराह करने का नुस्खा नहीं है, यह तथ्य मैं उससे मनवा सकता था। लेकिन फिलवक़्त वह अपने तर्कों और मुद्दों का दामन छोड़ने की स्थिति में नहीं था: इसीलिए उससे बहस करना अनुपयुक्त समझकर मैंने उससे विदा ली।

तथापि उसकी बातें मेरे जेहन में बसी हुई थीं—मेहनतकश जनता की ओर से जूझते हुए अपनी उम्र गँवाते रहें और उसी जनता को भूल-भुलैया में डालकर आप अपनी झोली भरते रहें···मैंने तय कर लिया कि मैं ज़रूर पता लगाऊँगा कि उसने ऐसे कितने क़िले फतह किये हैं···कितने मोर्चों पर जूझता रहा है आदि। अब तो वह अक्सर मिलने ही वाला था। आगामी मुलाक़ात में उसे

थोड़ा-सा उकसाने का निर्णय मैंने ले लिया।

तुरन्त तो नहीं, लेकिन दो-एक महीने बाद उससे मुलाक़ात हुई। यानी कि सदा की तरह वही आ धमका। उससे मिलने के लिए मेरे जाने का तो सवाल ही नहीं उठता था। क्योंकि चार-पाँच बार उससे मिलने के बावजूद मैंने उससे मकान या आजीविका के उसके अन्य साधन आदि के बारे में कुछ भी तो नहीं पूछा था।

इस समय वह मेरे ही दफ़्तर में है। उसने कहा, "पिछले हफ़्ते दो-एक बार आया था।"

"अच्छा? मैं नहीं रहा हूँगा शायद। दौरे पर गया था···"

"मुझे बताया था आपके लोगों ने।" कुर्सी अपनी ओर खींचकर उस पर बैठते हुए उसने कहा, "कोई विशेष काम रहा होगा। क्यों?"

"कारोबार।" थोड़ा-सा रौब जतलाते हुए मैंने कहा, "सिर्फ़ यहाँ मिलने वाले कारोबार से भला कैसे गुज़ारा होगा? और जगह जा-जाकर काम लाना पड़ता है और हमें मिलता भी है।"

"अबकी कौन-सी पार्टी को फाँसा आपने?"

"एक फ़िल्म कैम्पेन का काम मिला है।"

"क्या मतलब?"

"चीनी मिल वाले लोग एक फ़िल्म बना रहे हैं। मसाला वही है – नौटंकी, छुरेबाजी, ढिशुम्-ढिशुम् और नवीनता लाने की दृष्टि से मिल, मोटरसाइकिलें आदि। उसी फ़िल्म का पूरा पब्लिसिटी कैम्पेन। वैसे तो यह काम कबाड़ने में काफ़ी प्रतियोगिता थी लेकिन आख़िरकार सफलता हमें ही मिली। आफ़कोर्स, इसके लिए हमें एड़ी-चोटी का ज़ोर लगाना पड़ा यानी कि यह काम हमें प्राप्त हुआ नहीं, हमने प्राप्त किया।"

"कितने में?"

"दो लाख में।"

"दो लाख में?"

"जी नहीं।" उसकी ग़लतफ़हमी दूर करते हुए मैंने कहा, "कुल दो लाख में यह कैम्पेन पूरा करना है। दो लाख के इस बजट में से पाँच-सात हज़ार तो यूँ ही बाँटने पड़ेंगे। फिर भी बीस-पच्चीस हज़ार तो मिल ही जायेंगे। और फिर जॉब भी तो बड़ा है। मुनाफ़ा भले ही कुछ न हो, एक फ़िल्म का पूरा कैम्पेन हमें मिला, यह भी अपने-आप में एक महत्त्वपूर्ण उपलब्धि है···"

"कंग्रॅच्युलेशन्स।"

मुझे उम्मीद नहीं थी कि वह हमें बधाई देगा। दान-दक्षिणा देकर मैंने यह काम प्राप्त किया था और वह भी एक लचर फ़िल्म की पब्लिसिटी का। एक

ऐसी फ़िल्म जो मेहनतकश जनता को अपने संघर्षमय रास्ते से गुमराह करने वाली···

"फ़िल्म की कहानी यदि कहूँ तो हँसी आ जायेगी तुम्हें, मि. कणेकर···"

"अधिकांश फ़िल्मों की कहानियाँ ऐसी ही तो होती हैं।" कहकर उठ खड़े होकर उसने पूछा, "आज आप चाय नहीं पिलायेंगे? वहीं सुनाइए आप कहानी।"

"चाय क्यों नहीं पिलायेंगे? ज़रूर पिलायेंगे! लेकिन···"

"काम बहुत पड़े हैं···पता है मुझे चलिए।"

दस मिनट में लौट आने का निश्चय कर मैं उसके साथ चल दिया।

"डोसा लाओ।" आज उसी ने ऑर्डर दिया और मुझसे कहा, "बताइए क्या कहानी है उस फ़िल्म की?"

"कहानी एकदम लचर है। अकालपीड़ित गाँव। उसके आसपास भी सन्नाटा और वीरान भाग। वहाँ कैनाल का पानी आ गया। गन्ने की फ़सल आने लगी। चीनी मिल शुरू हुई। उस पर एक भ्रष्ट आदमी का कब्ज़ा हो जाता है। धोखा-धड़ी, फर्ज़ी हिसाब-किताब, रुपये-पैसों की हेरा-फेरी, चुनाव, शराब और शबाब, नाच-गाना, ऐसी स्थिति में वहाँ का एक लड़का शहर में जाकर उच्च शिक्षा प्राप्त करने के बाद अपने गाँव में लौट आता है। वह गाँव में सुधार लाने का प्रयास करता है। स्कूल शुरू करता है। वह ज़मींदार भी है और मिल का सदस्य भी। चीनी मिल के प्रशासन में सुधार लाने और लेन-देन सुचारु रूप से चलाने का निर्णय वह लेता है। वह चुनावी उम्मीदार होने के साथ ही अपना एक पैनल बनाता और चुनाव जीतता भी है। नये प्रबन्धक-मण्डल के हाथ में सत्ता आने पर पुराने प्रबन्धक-मण्डल के काले कारनामों का भण्डाफोड़ करता है। सार्वजनिक धन का दुरुपयोग आदि आरोप लगाकर उन्हें हवालात में बन्द करवाता है। मिल का पैसा स्कूल, औषधालय, ग़रीबों की सहायता, अध्यापकों को पेंशन, साहित्यकारों को मानदेय, छात्रवृत्तियाँ, सड़कें, पेय जल की व्यवस्था, कृषि-सुधार आदि में ही खर्च होता है। अन्ततः फ़िल्म के हीरो को मैगसेसे पुरस्कार देने की घोषणा होती है। पुराने प्रबन्धक अपने किये-कराये पर पछताते हैं। ग़लत तरीक़े से कमाया हुआ धन गाने-बाजे के साथ लाकर उसे वे गाँव के सार्वजनिक ट्रस्ट को सौंप देते हैं। इस प्रकार उनके सम्मान में एक रैली आयोजित की जाती है। और यहीं फ़िल्म समाप्त होती है।"

मेरे कहानी बयान करने के दौरान डोसा खत्म कर उसने चाय का ऑर्डर दे दिया था।

"कैसी लगी कहानी तुम्हें?" मैंने पूछा।

"आदर्शवाद! आदर्शवाद! आख़िरकार आदर्शवाद भी एक तरह का स्वप्न-

रंजन ही तो है। और निहित स्वार्थ में उलझे हुए लोग उस स्वप्नरंजन को मेहनतकश जनता के मत्थे मढ़ते हैं।"

इसी बीच चाय आ गयी तो चाय की चुस्कियों के साथ वह कहने लगा, "इस कहानी का सन्देश यही है कि जनता की समस्याओं को हल करने के लिए किसी महापुरुष को अवतार लेना पड़ता है। जनता का काम उस महापुरुष के नाम से केवल तालियाँ पीटना भर होता है। नो, ऐसा नहीं होता। प्रस्थापितों का प्रयास सदा यही रहता है कि मेहनतकश जनता कभी संघर्ष में न उतरे। और फिर, इस फ़िल्म में ज़मींदार किसानों की समस्या उठायी गयी है। लेकिन जिनके पास ज़मीन ही नहीं है उनका क्या होगा?"

उसकी आपत्ति और उसके साँचाबद्ध दृष्टिकोण का पूर्वानुमान मुझे था और मैं उसे कहने वाला भी था। इतने में उसने कहा, "और ऐसी लचर, क्रान्तिविरोधी फ़िल्म की ओर जनता को आकृष्ट करने, उसे जनता के मत्थे मढ़ने के लिए आप उसकी विज्ञापनबाज़ी में जुटेंगे···"

"बेशक़ जुटेंगे और अच्छी-खासी कमाई भी करेंगे।" मुझे फ़िल्म क़तई पसन्द नहीं थी और उसकी कहानी तो बिलकुल ही लचर थी। लेकिन उसके पब्लिसिटी कैंम्पेन को एक चुनौती के रूप में हमने स्वीकार किया था। जबकि कणेकर द्वारा उठायी गयी आपत्तियाँ पूर्वाग्रह युक्त थीं। उसकी चुस्की लेने के इरादे से ही मैंने कहा था, "बेशक़ जुटेंगे और अच्छी-खासी कमाई भी करेंगे।"

मैं काफ़ी जल्दी में था और यहाँ दस के बजाय पन्द्रह मिनट हो चुके थे।

"चलो।" कहकर मैं उठ खड़ा हुआ।

मेरे साथ ही वह दफ़्तर तक आया और ज़ीना चढ़ते हुए उसने कहा, "आपकी ज़ेब में कितने रुपये हैं?"

"होंगे चार-पाँच सौ।"

"मुझे पच्चीस-एक रुपयों की आवश्यकता थी।"

इस आवश्यकता की वजह पूछने को दिल कर रहा था। लेकिन दूसरे ही क्षण मुझे लगा, इससे शायद वह सोचेगा कि मैं अविश्वास जतला रहा हूँ। मैंने जेब से पच्चीस रुपये निकालकर चुपचाप उसे दे दिये।

"और दस-एक दे सकते हैं?"

मैंने दे दिये। उसने नोट करीने से जमा कर रखे और मुड़ते हुए कहा, "और पाँच प्लीज़।"

मैंने दे दिये। उसने जेब में रखे और फुर्ती से चले जाने के अन्दाज़ में कहा, "ठर्रे के लिए पाँच रुपये बस···"

मैंने कोई प्रतिक्रिया व्यक्त नहीं की। कम-से-कम पाँच रुपये के लिए मैं ठगा गया था मानो। उधार के रुपयों से ठर्रा···

जीने की बाक़ी सीढ़ियाँ चढ़ते हुए मुझे याद आया कि जिन आन्दोलनों में उसका सक्रिय सहभाग था, उन आन्दोलनों का ब्यौरा लेना तो मैं भूल ही गया !

उससे हुई अगली मुलाक़ात में मैंने वह प्राप्त किया। उसने बड़े-बड़े आन्दोलनों का नेतृत्व स्वतन्त्र रूप से नहीं किया था। तथापि यह बात तो सही है कि वह कई आन्दोलनों में सहभागी हुआ था। उसकी अधिकांश ज़िन्दगी बम्बई में ही गुज़रती रही। वहाँ साम्यवादी, वामपन्थी आदि पार्टियों द्वारा भी हड़तालें की गयीं। उन सब में वह था। द्वार-सभा, हड़ताल, रैलियाँ, आन्दोलन आदि के लिए कामगारों को प्रेरित करना, यदि कोई छोटी-मोटी वारदातें होती हैं तो उनमें शामिल होना आदि के रूप में वह सहभागी हुआ था। मिल मज़दूरों के अलावा ठेले वाले, सफ़ाई कामगार, कुली और माथाडी कामगार—आदि सभी की रैलियों में शामिल होने का दावा वह करता था। कुछ साल उसने आदिवासी इलाक़े में आदिवासियों को संगठित करने के काम में भी बिताये। वहीं से नक्सलवादी आन्दोलन की ओर आकृष्ट हुआ। उसी आन्दोलन के समर्थन में पोस्टर चिपकाने आदि के जुर्म में गिरफ़्तारी, मुक़दमा, जेल···

जिस दिन उसने यह ब्यौरा सुनाया उस दिन मैंने उसके लिए डोसा के साथ उत्तप्पा भी मँगवाया।

उस दिन वसन्त कणेकर को सपरिवार एक सार्वजनिक बाग़ में देखकर मुझे बड़ा ही आश्चर्य हुआ। मैं एक लम्बे अर्से बाद अपनी पत्नी और बच्चों के साथ सैर करने गया था। यानी कि चार माह के अन्तराल के बाद। इस बीच मुझे फ़ुरसत ही नहीं मिली थी। व्यस्तता की वजह से रविवार को भी ग्राहकों के पीछे भागना पड़ता था। मेरे साथ मेरा पार्टनर भी··

बीवी-बच्चों के साथ तफ़रीह के लिए आने के बाद भी वसन्त कणेकर को आवाज़ देना उचित होगा भी या नहीं, मैं समझ नहीं पा रहा था। इतने में वही मेरी ओर चला आया। हम बग़ीचे की हरियाली पर बैठे भेल-पूरी खा रहे थे।

वह मेरे क़रीब आकर कहने लगा, "हैलो बिजनेसमैन।" मैंने उससे हाथ मिलाते हुए जवाब दिया, "हैलो कॉमरेड।"

मैंने अपनी पत्नी से उसका परिचय करवाया, "आप हैं हमारे मित्र श्री वसन्त कणेकर। कॉमरेड वसन्त कणेकर। मज़दूर आन्दोलन से जुड़े हैं। उस दिन शायद तुमने अख़बार में पढ़ा होगा ' सीवर लाइन के मेनहोल में एक लड़के की मृत्यु आदि···उसका नेतृत्व आपने ही किया था···"

मेरी पत्नी ने मन्द मुस्कान के साथ उसका अभिवादन किया। मन्द-मधुर मुस्कान के साथ किसी का स्वागत करने का यह अन्दाज़ मुझे बहुत पसन्द है और वह अपनी हँसी में बाक़ायदा रस घोलती है। उसकी इसी अदा पर ही तो मैं क़ुर्बान था।

"मैं भी अपनी पत्नी को लिवा लाता हूँ ।" उसने कहा । मेरी पत्नी को यह रास नहीं आ रहा था, लेकिन अब और कोई चारा नहीं था । वह अपनी पत्नी और चार बेटियों के साथ लौट आया ।

"यह मेरी पत्नी और मेरी चार बेटियाँ ।"

"नमस्ते जी ।" उसकी पत्नी का अभिवादन करते हुए हमने कहा, "हम लोग यहीं बैठते हैं । हरियाली पर बड़ा अच्छा लग रहा है ।"

उसके इशारे पर उसकी पत्नी और पुत्रियाँ वहीं बैठ गयीं ।

मैंने अपने बेटे के हाथ में कुछ रुपये थमाकर कहा, "जाओ, छः प्लेट भेल और ले आओ । यानी कि चार और छः—दस ।"

कणेकर की पत्नी को देखकर मुझे लग रहा था कि वह उसकी पत्नी है या माँ ? वह अपने पति से काफ़ी बड़ी लग रही थी । बाल पके हुए, थुलथुल बदन, लेकिन अत्यधिक ग़रीबी और कष्टमय जीवन मुक़द्दर में बदा होने के कारण बुढ़ापे का रूखापन, खिंचाव और कमज़ोरी उसके थुलथुलेपन से भी झाँक रही थी । चेहरे पर छायी मुर्दनी, आँखों में खोयापन और दिल बुझा-बुझा-सा । मानो वह कोई पागल या मन्दबुद्धि महिला हो···

"मिस्टर बिजनेसमैन···" वह बताने लगा, "यह मेरी माँ भले ही लगती हो, लेकिन है मेरी पत्नी ही । उम्र में मुझसे बड़ी होने से अक्सर लोगों को यह ग़लतफ़हमी हो जाती है । और फिर बाल-वाल भी तो पके हुए हैं···" बताते हुए वह कुछ-कुछ मुस्करा रहा था ।

लेकिन इस दौरान उसकी पत्नी के चेहरे पर नाराजगी के भाव स्पष्ट रूप से देखे जा सकते थे ।

"ये मेरी लड़कियाँ हैं— सबसे बड़ी : मनीषा, दो नम्बर की : रोझा, तीन नम्बर की : ज्वाला और चौथे नम्बर की है : योगिता ।" उसने अपनी लड़कियों से परिचय करवाया ।

"सबसे छोटी लड़की नगरपालिका के स्कूल में पाँचवीं कक्षा में पढ़ती है । किसी अच्छे स्कूल में दाख़िला लेने के लिए दान में चन्दा देना पड़ता है । और मैं चन्दा नहीं दे सकता इसलिए नगरपालिका के स्कूल में पढ़ना पड़ता है उसे । तीसरे नम्बर की ज्वाला सातवीं कक्षा में है, उसी स्कूल में । कारण वही है । रोझा कॉलेज जाती है···बी. ए. में है । बड़की की पढ़ाई ख़त्म हो चुकी है और वह घर में ही रहती है···"

वह अत्यन्त सहज भाव से कहता जा रहा था । लेकिन उसकी आवाज़ के मूल में एक गहरा अवसाद छुपा हुआ है ।

"आपके बच्चे···" उसने पूछा ।

"दो हैं । दोनों कान्वेण्ट में पढ़ते हैं । भेल-पूरी लेने गया है, बड़ा अभिजित ।

नौवीं में पढ़ता है। और छोटी है तेजसा। चौथी में पढ़ती है। आई हैव सिलेक्टेड दि बेस्ट स्कूल इन दि सिटी। बच्चे पढ़ने-लिखने में बड़े ही तेज़ हैं। माई सन वाण्ट्स टु बी ऍन एक्सपर्ट इन इलेक्ट्रॉनिक्स। यू सी, इलेक्ट्रॉनिक्स इज़ दि थिंग ···यू सी···"

अभिजित भेल लेकर आ गया। मेरी पत्नी ने कणेकर परिवार के सदस्यों को एक-एक पैकेट दिया। हम सब लोग भेल खाने लगे।

"बहुत दिनों बाद हम यहाँ आये हैं।" बातों का सिलसिला शुरू करते हुए मैंने कहा, "मुझे तो शक़ था कि आज भी हम यहाँ आ पायेंगे या नहीं। लेकिन बच्चे बड़ी ज़िद पकड़ गये।"

"बल्कि मैंने सबसे ज़्यादा ज़िद पकड़ी थी।" मेरी पत्नी ने प्यार भरे लहज़े में कहा।

"सो तो है ही। और कॉमरेड कणेकर, यू नो कि प्यारी बीवी की ज़िद भला कैसे टाली जा सकती है!"

उसने अब मेरी पत्नी की ओर देखा। मेरी टिप्पणी से उसके बदन में जैसे गुदगुदी-सी हुई।

लेकिन मैंने महसूस किया कि कॉमरेड कणेकर मेरी पत्नी के चेहरे पर व्याप्त खुशी अपनी आँखों से पी रहा था।

हम सब लोग भेल खाने में फिर से जुट गये। कुछ देर तक बातों का सिलसिला बन्द रहा। लेकिन उतनी-सी निःशब्दता भी खटकने लगी। इसलिए मैंने ही कहा, "काफ़ी दिनों से यहाँ आने का कार्यक्रम बनता-बिगड़ता जा रहा था। बिजनेस, बिजनेस एण्ड बिजनेस। पिछले हफ़्ते काफ़ी भागदौड़ रही।"

"कैसी भागदौड़?"

"शिफ़्टिंग की।"

"क्या आपने दफ़्तर की जगह बदल ली?"

"दफ़्तर नहीं, मकान। पिछले महीने फ़्लैट का कब्जा मिला। फ़र्नीचर वग़ैरह बनाने में दो-एक हफ़्ते बीत गये। मैंने तय कर रखा था कि फ़र्नीचर आदि से सुसज्जित होने के बाद ही फ़्लैट में क़दम रखेंगे। श्रीमती जी की सूची तो बड़ी लम्बी-चौड़ी थी। और फिर उनकी फ़र्माइश थी कि यहाँ अलमारी चाहिए, यहाँ पॉइण्ट चाहिए, यहाँ वार्डरोब चाहिए आदि···"

मुझे लगा कि मैं कुछ ज़्यादा उत्साह दिखा रहा हूँ। इसलिए मैंने अपनी ज़ुबान को नियन्त्रित किया।

"कितने में पड़ा?"

"वास्तविक क़ीमत बताऊँ या काग़ज़ों पर लिखी?"

"मेरा मतलब वास्तविक रक़म से ही है।"

"एक साठ। यानी एक लाख साठ हज़ार। इनमें से एक लाख वैध है और साठ हज़ार बेहिसाबी। इसके अलावा फ़र्नीचर, इण्टीरियर डेकोरेशन आदि पर बीस हज़ार से अधिक ही लगे होंगे।"

मैं अत्यन्त सहजता से बकबक करता जा रहा था और वह भौंचक-सा सब सुन रहा था। ज़िन्दगी के एक सबसे महत्त्वपूर्ण उपलब्धि की सन्तुष्टि से सराबोर होने के कारण भी यह सहजता आयी हो सकती है।

मेरे मुँह से ये बातें सुनकर उसकी लड़कियाँ थोड़ी-सी चिहुँक गयीं और कुछ सहम भी गयीं। लेकिन पत्नी तो पूरी तरह से मायूस-सी दिखाई पड़ रही थी।

"आप लोग रहते कहाँ हैं?" मेरी पत्नी ने पूछा। दरअसल जानकारी के तौर पर मेरी पत्नी ने पूछा। उसमें किसी को नीचा दिखाने का भाव निहित नहीं था। लेकिन सवाल का जवाब देने से पहले ही वह फूट पड़ी और फफक-फफककर रोने लगी।

पलभर में ही पूरा माहौल बदल गया। हम बड़े ही असमंजस में पड़ गये।

"क्या बात है? क्या हो गया?" मैंने सतही तौर पर पूछा। लेकिन न कणेकर ने कुछ बताया, न उसकी लड़कियों ने।

दो-एक मिनट पत्नी को विलाप करने की छूट उसने दे दी। लेकिन उसके बाद वह उठ खड़ा हुआ। और उसके बाद उसकी लड़कियाँ भी। उन सबने मिलकर उसे पकड़ लिया और वे लोग चुपचाप वहाँ से चल पड़े।

हमें बड़ा अज़ीब-सा महसूस हो रहा था। आख़िरकार सैर-सपाटे की हमारी ख़ुशियों पर पानी फिर गया और भेल-पूरी का मज़ा भी किरकिरा हो गया। हम भी वहाँ से लौट पड़े।

दूसरे दिन वह आया। उसकी पत्नी की कल की उस स्थिति के बारे में पूछने की इच्छा तो हुई लेकिन मैं टाल गया। उसने भी उस सिलसिले में कुछ नहीं कहा। केबिन में मेरे सामने की कुर्सी पर वह गुमसुम-सा बैठा रहा काफ़ी देर तक।

मैं भी मुँह सिलकर अपना काम निपटाता रहा। इसी बीच यक़ायक वह उठ खड़ा हुआ और कहने लगा, "मैं चलता हूँ। आपके पास पचास रुपये हों तो दीजिए।'

पलभर ठिठक कर मैंने पचास का एक नोट उसके हाथ में थमा दिया।

"और बोनस?"

मैंने पाँच-एक और नोट उसे दे दिया। वहाँ उसके रुकने का अब कोई कारण नहीं था। वह जाने लगा तो उसे टोककर मैंने पूछा, "रुपये किसलिए चाहिए थे?" मुझे घूरते हुए उसने कहा, "आपके पूँजीवादी समाज में ज़िन्दा रहने के लिए रुपयों की आवश्यकता होती है। पत्नी का इलाज करवाना है। शॉक

ट्रीटमेण्ट।"

इससे अधिक कुछ जानने-पूछने की हिम्मत नहीं हुई मेरी। मैंने उसे विदा किया और अपने काम में उलझ गया।

वह बीच-बीच में आता रहा। लेकिन उसके साथ चाय पीने के लिए होटल जाने का सिलसिला मैंने बन्द कर दिया। काम अधिक होने का बहाना कर उसे यहीं से विदा करने लगा। कार्य की व्याप्ति दिनों-दिन बढ़ती ही जा रही थी और फ़िल्म का पब्लिसिटी कैम्पेन पूरी तरह से सफल हो गया था। इसके कारण कई नये काम हमारी छोटी-सी फ़र्म को बैठे-बिठाये मिलते जा रहे थे। दिन-रात उसमें लगे होने के बावजूद वह निपटता न था।

हर बार तो नहीं, लेकिन एकान्तर मुलाक़ात में वह ज़रूर रुपये माँगता। और मैं भी अपनी सुविधानुसार दस-बीस-पच्चीस देता ही था उसे।

लेकिन अपने इस दातृत्व के बारे में मैं सोचने लगा कि आख़िर क्यों देता हूँ उसे मैं रुपये ? हर बार न सही, लेकिन महीने में पचास रुपये तो हो ही जाते थे। पिछले साल-दो साल में सात-आठ सौ तो हो ही गये होंगे। आख़िरकार मेरी कमाई इतनी ज़्यादा तो नहीं थी कि मैं उसे मुफ़्त में ही रुपये बाँटता रहूँ। उसे रुपये देकर कहीं विपरीत सन्तोष का धनी तो नहीं हो रहा हूँ···यह अहसास मुझे कचोटने लगा। कॉलेज में हम तीन-चार मित्र कम्यूनिस्ट बन गये थे। लेकिन हमारे उस कम्यूनिस्ट होने की कोई अहमियत नहीं थी। हममें से एक ने भी साम्यवाद का अध्ययन नहीं किया था, न ही 'दास कैपिटल' पढ़ा था। तथापि हमें लगता था कि देश में साम्यवाद आना चाहिए। कम्यूनिज़्म की हमारी कल्पनाएँ बहुत ही सतही थीं, लेकिन जो थीं उन्हीं को हम उत्कटता से अपनाये हुए थे। कॉलेज की पढ़ाई के बाद सक्रिय राजनीति में क़दम रखने का निर्णय हमने लिया था। ज़ाहिर है कि हमारी यह सक्रियता साम्यवादी राजनीति के ही पक्ष में होती। लेकिन हममें से किसी को भी यह सम्भव नहीं हुआ। हम लोग रोज़ी-रोटी के पीछे नौकरीपेशा बन गये। बीवी, बच्चे, भविष्य, बैंक बैलेंस, फ़्लैट आदि की चिन्ता करने लगे। समाज में अन्याय, अत्याचार, विषमता, दारिद्र्य आदि सब-कुछ देखते हुए भी हम अकर्मण्य बन गये थे। जबकि बसन्त कणेकर जी-जान से उस काम में जुटा हुआ था। हो सकता है, इसीलिए उसके···

ऐसा कुछ महसूस होते ही मैंने निर्णय ले लिया कि झूठी सन्तुष्टि के लिए अब दिखावा नहीं करना है। एक बार जो रास्ता छूट गया सो छूट गया। ज़िन्दगी के इस मोड़ पर आने के बाद फिर से उस डगर पर जाना सम्भव नहीं। न सही। लेकिन झूठी सन्तुष्टि के पीछे अब दौड़ना नहीं।

उस दिन की मुलाक़ात के बाद से जब भी मैं उसे रुपये-पैसे देने लगूँ, मुझे उसकी बिलखती हुई पत्नी की आहें याद आ जाती हैं। एक दिन मेरी पत्नी ने ही

मुझे सलाह दी, "अपने उस कम्यूनिस्ट दोस्त को सपरिवार बुलाइए न एक बार।"

नये फ़्लैट में आने के बाद अपने परिचितों-रिश्तेदारों को आमन्त्रित करने का नया सिलसिला ही शुरू हो गया। बढ़िया सजावट और आधुनिक सुख-सुविधाओं से युक्त नये फ़्लैट में अगवानी कर उनसे उसकी तारीफ़ में दो शब्द सुनने के बाद ही दिल को तसल्ली मिलती। अभ्यागत मन मसोसकर रह जाते कि इतना बढ़िया मकान उनके पास क्यों नहीं है। उनके अफ़सोस को अपने ज़ेहन में उतार कर मन-ही-मन तृप्त होने का मज़ा ही कुछ और होता है?

मैंने पत्नी को कहा, "कोई ज़रूरत नहीं उन्हें बुलाने की।"

"क्यों नहीं है ज़रूरत! उस दिन तो यक़ायक..."

"इसीलिए तो मना कर रहा हूँ।"

किसी दिन अख़बार में एक छोटी-सी ख़बर पढ़ने में आयी—सीवर लाइन के मेनहोल में दम घुटकर जिस लड़के की मृत्यु हुई थी उसके बदले माँ-बाप को मुआवज़ा प्राप्त होने से सम्बन्धित अपील नामंज़ूर की गयी है। वह लड़का नगर निगम में न तो नियमित कर्मचारी था न ही आकस्मिक दिहाड़ी पर। इसीलिए नगर निगम को मुआवज़ा देने के लिए बाध्य नहीं किया जा सकता। जिस ठेकेदार के अधीन वह काम करता था; वह ठेकेदार भी असलियत को स्वीकार करने से मुकर गया। बल्कि उसने तो यह बयान दिया कि मृतक का एक मित्र ज़रूर उसकी सेवा में था। मृतक तो यूँ ही उस मेनहोल में उतरा था, बस। उससे किसी ने भी अनुरोध नहीं किया था।

अखबार के एक छोटे-से कॉलम में, एक कोने में यह खबर छपी थी। वैसे तो आम तौर पर इतनी छोटी ख़बरों पर शायद ही किसी का ध्यान जाता हो। इस ख़बर को प्रकाशित करने में भी पूरा एहतियात बरता गया था कि...

फिर भी मेरा ध्यान उस ख़बर की ओर इसलिए गया क्योंकि ठीक उसी की बगल में एक विज्ञापन छपा था और वह विज्ञापन हमारी एजेंसी ने रिलीज़ किया था। एक नये होटल का था वह विज्ञापन। होटल मालिक एक कॉर्पोरेटर था। मद्धिम रोशनी के धुँधलके में जिस्मानी खेल खेलने वाले नव-दम्पतियों को उस होटल की ओर आकर्षित कराने के लिए वह विज्ञापन था। हमारे विज्ञापन का डिज़ाइन, उसका ले-आउट, और कॉपी मैटर में इतनी प्रभावोत्पादकता यक़ीनन थी। अख़बार में प्रकाशित उस विज्ञापन का निष्पक्ष रूप से जायज़ा लेने के बाद भी मैं इसी निष्कर्ष पर पहुँचा था, बल्कि आर्टवर्क के एक कोने में, हमारी एजेंसी के छपे हुए 'ॲडइम्प्रेस' नाम को देखकर गौरवान्वित महसूस कर रहा था।

उस दिन काफ़ी देर तक मैं दफ़्तर में काम करता रहा था। बाक़ी सब सहयोगी जा चुके थे। सिर्फ़ एक चपरासी को मैंने रोक लिया था, बस। बिलों और भुगतानों का हिसाब-किताब देख रहा था। अब हमारी एजेंसी में सात-आठ लोग काम

करने लगे थे। उनके माहवार की तारीख़ नज़दीक आ रही थी। इस बीच बिलों की वसूली और भुगतान में तालमेल बिठाते हुए कल से वसूली के काम में तेज़ी लाना ज़रूरी हो गया था। वरना तनख़्वाह बाँटना मुश्किल हो सकता था।

इतने में चपरासी ने कणेकर के आने की सूचना दी। उसकी आवभगत करें अथवा वहीं से उसे भगा दें—इस बात का निर्णय करने से पहले ही वह केबिन में आकर कुर्सी पर धम् से बैठ गया।

उसके भीतर घुसते ही तीव्र गन्ध का एहसास मुझे हुआ। देशी ठर्रे की बदबू पूरे केबिन में फैल गयी थी।

मुझे मितली-सी आने लगी और नसें भी तन गयीं। दारू के नशे में आज पहली बार वह मुझसे मिलने आया था।

"क्यों बिज़नेसमैन ?" उसने आवाज़ दी, लेकिन मैंने कोई प्रतिक्रिया व्यक्त नहीं की। न ही उसकी ओर देखा।

कुछ देर बाद उसने मुझे फिर से आवाज़ दी, "अजी बिज़नेसमैन साहब।" फिर भी मैंने कोई ध्यान नहीं दिया। नशे में धुत् होकर उसका यहाँ आना मुझे रास नहीं आया। उसके अशिष्ट रवैये के प्रति अपनी नाराज़गी व्यक्त करने की दृष्टि से ही मैं उसकी ओर अनदेखी करता जा रहा था।

उस स्थिति में भी वह मेरे दिल की बात समझ गया। लड़खड़ाती हुई ज़ुबान से उसने कहा, "सॉरी, मुझे इस स्थिति में यहाँ नहीं आना चाहिए था, लेकिन मैं अपने आपको रोक नहीं सका। अपने रोज़ के अड्डे से होकर रास्ता गुज़रता था। यार-दोस्त भी मिले। मुफ़्त में मिल रही थी तो एक अद्धा चढ़ा लिया। आपको हुई असुविधा के लिए मुझे सख़्त अफ़सोस है, बिज़नेसमैन साहब।"

उससे बात करने तक वह इसी तरह से बक-बक करता रहेगा और मेरा ध्यान बँटा रहेगा तथा हिसाब-किताब में गड़बड़ी हो सकती है—इस तथ्य को मैं समझ गया। इसीलिए काम-धाम बन्द कर मैं हाथ पर हाथ धरे बैठा रहा।

"आपने तो पढ़ा ही होगा कि हमें मात खानी पड़ी···"

"सो कैसे ?"

"मुआवज़ा। उस लड़के की माँ को मुआवज़ा नहीं दिया गया और हमारी सारी मेहनत बेकार चली गयी।" हमेशा की तरह भावोत्कट शब्दों में वह कहने लगा, "रैली का आयोजन निष्फल सिद्ध हुआ। डण्डों की मार रँग नहीं ला सकी। कामग़ारों को संगठित करने के सारे प्रयास निरर्थक साबित हुए। उसकी माँ के आँसू और रक्त-पुष्प की सुर्ख़ी कोई भी नया गुल नहीं खिला सकी।"

थोड़ा-सा रुककर वे ही शब्द उसने चिल्लाकर कहे, "कोई गुल नहीं खिला सके, बिज़नेसमैन···उसकी माँ के आँसू···"

मैं सवेरे ही वह ख़बर पढ़ चुका था, लेकिन मुझे मालूम नहीं था कि यह

पराजय उसके दिल पर इस क़दर गहरा घाव करेगी।

मैं भी चुपचाप सुनता रहा। बीच-बीच में उसकी ओर भी मैं निगाह फेर लेता।

"आपका समाज ऐसा ही संवेदनाहीन हो गया है, स्साला। दूसरों का खून चूसकर, श्रमिकों की गर्दन मरोड़कर ऐशो आराम की ज़िन्दगी जीने वाला कृतघ्न समाज। आप अपने घरों में गन्दगी करते हैं, उसे बहाने के लिए सीवर लाइन की ज़रूरत है लेकिन उसमें दम घुटकर मरने वाले कामगार को आपका समाज न्याय नहीं दिला सकता। इस समूची व्यवस्था को हम बदल डालेंगे···"

कुछ देर वह चुप रहा।

"मुझसे क्या उम्मीद करते हो तुम ?"

"उम्मीद ? जोड़-तोड़कर कमाये गये धन के आधार पर चलने वाले उद्योगों के विज्ञापन बनाना मेहरबानी करके बन्द कीजिए। इस दायरे से बाहर आ जाइए। मेरे साथ हो लीजिए, हम लोग आन्दोलन शुरू करेंगे।"

हल्की-सी, मन्द मुस्कान के साथ मैंने पूछा, "चाय मँगाऊँ ?"

"मंगाइए, लेकिन पहले पानी।"

चपरासी ने पानी का गिलास उसे पेश किया और चाय का ऑर्डर देने के लिए वह चला गया। पानी पीने के बाद कणेकर कुछ ठण्डा पड़ गया। उसकी बक-बक से पिण्ड छूटने के कारण मैं दुबारा छेड़ने के पक्ष से नहीं था। इसलिए मैं भी चुप रहा। लेकिन मेरे दिमाग़ में हिसाब के आँकड़े उथल-पुथल मचा रहे थे।

कणेकर अपने ही ख़्यालों में खोया हुआ था। इसी बीच चाय आ गयी तो मैंने कणेकर से कहा, "लो, पी लो। 'इसके' बाद चाय तो चलती है न ?"

"मुझे तो 'किसी' के बाद भी चाय चलती है।" उसके साथ-साथ मैं भी चाय की चुस्की लेने लगा। बातों का रुख़ बदलते हुए मैंने कहा, "तुम्हें सपरिवार आमन्त्रित करने के लिए मेरी पत्नी कह रही थी। किसी दिन समय निकालकर आ जाओ।"

मेरी सूचना पर उसने कोई विशेष ध्यान नहीं दिया, न ही कोई अनुकूल प्रतिक्रिया व्यक्त की।

मैंने चाय पी ली। वह भी चाय समाप्त कर चुपचाप बैठा रहा।

"कुछ रुपये मिल सकेंगे ?" काफ़ी देर बाद उसने पूछा। न तो मैंने उसे तुरन्त रुपये दिये, न हाँ-ना में कोई जवाब दिया। लेकिन मन-ही-मन मैंने सोच लिया था कि यह ख़ैराती रेवड़ी बाँटना अब बन्द कर देना चाहिए। परिचय होने के बाद कई बार मुझसे रुपये ले चुका था···नो। अब और नहीं। दान-धर्म की भी कोई सीमा होती है। मेरा मुँह न खुलते देखकर उसने कहा, "प्लीज़, सख़्त ज़रूरत है।" फिर भी मैंने कोई जवाब नहीं दिया। मुझे मालूम था कि रुपया जेब में

आते ही वह ठर्रे की दुकान में चला जायेगा। आज तक 'सख़्त ज़रूरत है' की दुहाई देकर जो रुपये उसने मुझसे लिये थे, उनमें से लगभग आधी रक़म तो उसने दारू में ही ख़र्च की होगी।

"वैसे भी झूठी चापलूसी और अनुपयोगी क़समों से जुटाया हुआ पैसा··· दीजिए न।"

मेरे धन्धे के प्रति उसकी उपर्युक्त टिप्पणी से मेरा ख़ून खौलने लगा। इससे पहले भी वह कई बार इसी आशय की टिप्पणी कर चुका था, मैंने उसे गम्भीरता से नहीं लिया। लेकिन इस बार उसकी टिप्पणी मुझे उकसा गयी। पहले ही मैं इस चिन्ता में था कि आठ-दस दिन बाद अपने कर्मचारियों के वेतन-वितरण के लिए निधियाँ कहाँ से और कैसे जुटायी जायें। कुछेक ग्राहकों से पैसा आना बाक़ी था और उनसे प्यार-मुहब्बत से पैसा वसूल किया जाये अथवा लड़ाई-झगड़े के रौब से वह वसूल किया जाये—इस सम्बन्ध में मैं सोच रहा था। कारोबार की व्याप्ति बढ़ती जा रही थी और उसी के साथ तनाव भी। ऐसी स्थिति में उसकी टिप्पणी कि झूठी चापलूसी और अनुपयोगी···

उस फ़िल्मी कैम्पेन के अलावा हमने कारोबार प्राप्त करने के लिए न किसी को घूस दी, न ग़ैर क़ानूनी तरीक़े से कमीशन दिया, न किसी की चापलूसी की। यह सही है कि विज्ञापन के क्षेत्र में इस तरह के व्यवहार आम हो गये हैं; लेकिन 'ऊँचाई' तक पहुँचने के लिए अभी हम बहुत ही बौने थे।

इसीलिए तो उसकी व्यंग्योक्ति मूलक टिप्पणी और अनपेक्षित रूप से, बिना पूर्वानुमति के, केबिन में घुसकर काम में बाधा डालना और शराब की उग्र गन्ध।

"कॉमरेड कणेकर, तुमने कैसे अनुमान लगाया कि हमारी फ़र्म ग़ैर-क़ानूनी तरीक़े से पैसा कमाती है?" मैंने झुँझलाकर पूछा।

"तो क्या आप लोग दूध के धुले और सदाचारी हैं? आप सब लोग आला दर्जे के चोर हैं और भ्रष्टाचारी भी। क्या धन्धे वाले, क्या व्यापारी, क्या मिल वाले, क्या कारख़ाना मालिक, क्या राजनीतिज्ञ, क्या व्यापारी, क्या स्मगलर—यू ऑल—श्रमजीवी और ग़रीब जनता का शोषण कर, जनता की आँखों में धूल झोंककर, उसे गुमराह कर···"

"विल यू प्लीज़ शटप?" मैंने चिल्लाकर उसे कहा। क्योंकि उसका मुँह बन्द करने के लिए उससे अधिक ऊँची आवाज़ में बोलना आवश्यक हो गया था।

"नो" उसने और भी ऊँचे स्वर में कहा, "आई विल नॉट शटप। नेवर, ह्वाय शुड आइ? मैं चिल्लाऊँगा और ज़रूर चिल्लाऊँगा। आप जैसे लुटेरों के खिलाफ़ और भी बुलन्द आवाज़ में कहूँगा।"

लग रहा था कि अब वह ग़ुस्से के मारे काँपने लगेगा। इसलिए मैंने ही समझदारी दिखाना मुनासिब समझा। उस पर नशा सवार था शायद हिंसा पर

भी आमादा हो सकता था वह। इसी दौर में मुझ पर यदि धावा बोल देता तो किशोर-वय चपरासी के अलावा मेरी जान बचाने के लिए वहाँ कोई था नहीं। उस मंजिल पर अन्य दफ़्तर थे, वहाँ के लोग भी कभी के जा चुके थे।

अपनी आक्रामकता को घटाते हुए लेकिन दृढ़ता के साथ मैंने कहा, "दारू में बहाने के लिए मेरे पास रुपये नहीं हैं।"

"और आप जो गुलछर्रे उड़ाते हैं सो··· । ग्राहकों को खुश करने के लिए···" तीव्र भर्त्सना के स्वर में उसने कहा।

"अपने कमाई के रुपये ख़र्च करते हैं···" न कि भीख माँग कर लिये हुए— ये शब्द ज़ुबान पर आ गये थे लेकिन मैंने बड़े संयम से काम लिया। फिर से मैं तैश में आ गया।

"प्लीज़ बिज़नेसमैन।" वह बड़ी मायूसी और घुटने टेकने के-से अन्दाज़ में कहने लगा, "ज़्यादा न सही, पचास-एक···"

"जी नहीं।"

"पच्चीस ही सही।"

"नहीं, नहीं।"

"पन्द्रह···"

"अँ हँ।"

"दस।"

"···।"

"पाँच।"

"···"

"दो रुपये···" वह बिलकुल भीख माँगने के-से अन्दाज़ में ही कह रहा था। अब भी उसका अनुरोध स्वीकार न करना यानी उसके साथ ज़्यादती हो जाती।

"क्या करोगे? ठर्रा ही पीओगे न?" मैंने खीज और निषेध व्यक्त करते हुए कहा।

उसने इत्मीनान से आँखें मेरी ओर फेरते हुए कहा, "घर में हम छः लोग हैं। मेरी बात छोड़िए, लेकिन बाक़ी पाँच लोग भी तो हैं—चार लड़कियाँ और बीवी। दो रुपये की पालक—मेथी कुछ ले जाऊँगा। उसे उबालकर···" बोलते-बोलते उसका गला रुँध गया···और वह फूट पड़ा। मैंने उसका साहस बँधाने की पूरी कोशिश की लेकिन वह अपने भावावेग को रोक नहीं पाया। अन्ततः इसका असर हल्का पड़ जाने पर कहने लगा, "मैं इतना लाचार और हेल्पलेस हरगिज़ नहीं था। मेरी बच्चियाँ तो दो दिन से बिलकुल ही भूखी हैं। फिर क्या ख़ाक पढ़ाई करेंगी और क्लास में चमकेंगी वे? उस दिन बाग़ में मेरी पत्नी अचानक फूट पड़ी थी···यस, शी हैज बिकम हिस्टेरिक···आइ डोंट हैव फ़ैमिली लाइफ़।

मैंने अपने हाथों से उसे नष्ट कर दिया है। मेरी ज़िन्दगी तो बरबाद हो ही गयी लेकिन उससे अधिक ग़म मुझे इस बात का है कि मैंने उन्हें भी बरबादी की खाई में धकेल दिया। एण्ड दैट इज़ क्रिमिनल। मैं गुनहगार हूँ। मैंने ज़िन्दगी में कुछ नहीं कमाया, कोई भी ऐसी ठोस उपलब्धि मेरी नहीं रही जिस पर नाज़ करता या इठलाता। उस दिन आपकी पत्नी ने पूछा कि हम लोग कहाँ रहते हैं। उनका पूछना अत्यन्त स्वाभाविक था। लेकिन उन दिनों हम अपने एक रिश्तेदार के घर में टिके हुए थे और उसके दूसरे ही दिन हमें वह मकान खाली करना था; सो हमने कर दिया। और अब एक पुराना, खण्डहरनुमा मन्दिर हमारी शरणस्थली बना हुआ है। फिर भला हम बँगले या फ़्लैट की क्या ख़ाक कल्पना करेंगे? पिछले दो दिनों से मेरी बेटियाँ यक़ीनन भूखी हैं···"

अब वह पहले से अधिक भावुक बन गया और बुक्का फाड़ कर रोने लगा। दफ़्तर सुनसान हो जाने से उस सन्नाटे की पृष्ठभूमि पर उसके रोने की आवाज़ कुछ ज़्यादा ही तेज़ लगने लगी थी।

वह यकायक उठ खड़ा हुआ और बिना कुछ कहे-सुने ही फ़ुर्ती से बाहर चला गया।

मेरे बुलाने तक वह सीढ़ियाँ उतरने लगा था। मैंने चपरासी को बुलाया और पचास का एक नोट उसके हाथ में थमाते हुए कहा, "अभी-अभी जो साहब सीढ़ियों से नीचे उतरकर चले गये हैं न···मिस्टर कर्णेकर···उन्हें ये रुपये दे दो। वे अभी नीचे ही होंगे। देखो जल्दी करो।"

पाँच-सात मिनट बाद चपरासी लौट आया तो मैंने उससे पूछा, "क्या हुआ? दे दिये रुपये तुमने उन्हें?"

"जी नहीं, मेरे नीचे पहुँचने तक वे जा चुके थे···" कहकर पचास का नोट मेरी टेबुल पर रखा और बाहर चला गया।

मैंने फटाफट फ़ाइलें-वाइलें समेट लीं, चपरासी को दफ़्तर बन्द करने के लिए कहा और चाबियाँ लेकर फुर्ती से चल पड़ा।

सबसे पहले, मैंने होटल में झाँककर देखा। वहाँ वह नहीं था। इधर-उधर चक्कर मारकर उसकी टोह ली। लेकिन वह कहीं भी नहीं मिला।

फिर मैंने स्कूटर लिया। उस चौराहे के चारों रास्तों पर काफ़ी आगे तक जाकर उसे पाने की नाक़ाम कोशिशें कीं। वह कहीं भी दिखाई नहीं पड़ा।

ठर्रे के अड्डे पर शायद वह मिल सकता था लेकिन मुझे उसका ठिकाना मालूम नहीं था। खण्डहरनुमा मन्दिर की ख़ाक छानने के लिए जायें तो उसका भी पता मालूम नहीं था।

आधा-पौन घण्टा उसे तलाशने के बाद मैं फिर दफ़्तर लौटा और अपनी केबिन में घुस गया। बड़ी मुश्किल से फ़ाइलें-वाइलें खोलकर अपना काम निपटाने

की पूरी कोशिश मैं करता रहा लेकिन काम में मेरा ध्यान केन्द्रित नहीं हो पा रहा था। मुझे लगने लगा कि कहीं कुछ ग़लत हो गया है। उसे डाँट-फटकार सुनाने की अपेक्षा उसके प्रति सहानुभूति जतलायी जानी चाहिए थी, उसकी कुछ सहायता की जानी चाहिए थी। महज़ पचास-एक रुपयों की ही तो बात थी। जहाँ इतने सारे रुपये मैंने दिये थे वहाँ कुछ और भी चले जाते तो कोई ख़ास फ़र्क नहीं पड़ता था।

मुझे लगा कि आज न सही लेकिन कल-परसों वह ज़रूर आयेगा। आज तुनक कर भले ही चला गया हो, लेकिन कल तो वह आयेगा ही···या फिर··· उस समय उसे रुपये देकर स्पष्ट चेतावनी दे दूंगा कि यह सिलसिला अब इससे आगे नहीं चलेगा; नो क्रेडिट, नो चैरिटी। समाज कार्य करना हो, क्रान्ति लानी हो तो अपने बूते पर लाओ, दूसरों के बल पर नहीं। वरना उसका पीछा छोड़ दो और कोई छोटा-मोटा कारोबार देखो···बीवी-बच्चों की रोज़ी-रोटी का कोई इन्तज़ाम करो।"

लेकिन वह नहीं आया तो नहीं ही आया। चार-पाँच दिन इन्तज़ार करने के बावजूद नहीं आया।

इससे पहले मैं उसके लिए इतना अधिक चिन्तित कभी नहीं रहा; न ही मैंने इस क़दर बेसब्री से उसकी प्रतीक्षा ही की। लेकिन पिछले कुछ दिनों से मुझे अनायास ही उस दौर से गुज़रना पड़ रहा था।

पाँचवें या छठे दिन मैं अपने नये फ़्लैट की गैलरी में खड़ा, अख़बार के पन्ने पलट रहा था। सुबह के ख़ुशनुमा माहौल में अख़बार की सुर्ख़ियाँ पढ़ने के अलावा दिन में ख़ाली समय मिलता ही कहाँ है? ख़ैर···ख़बर छपी थी कि मराठवाड़ा विद्यापीठ का नामकरण डॉ० बाबा साहब अम्बेडकर विद्यापीठ करने के समर्थन में बम्बई में विधान भवन तक एक विशाल रैली का आयोजन किया गया था। इस तरह के आन्दोलनों को तो मैं पहले से ही मूर्खतापूर्ण और वाहियात कार्रवाई मानता रहा हूँ। इसलिए अत्यन्त ख़ीज और नफ़रत के साथ ही मैं उस ख़बर को पढ़ रहा था। उस विशाल रैली के लिए राज्य के कोने-कोने से हज़ारों प्रदर्शनकारी आये थे। रैली के आयोजन पर सरकार ने पाबन्दी लगा दी थी। उस इलाक़े में निषेधाज्ञा लगा दी गयी थी। इसके बावजूद जुलूस निकला था और विधान भवन से पहले ही रोका जा चुका था। भीड़ को नियन्त्रित करने के लिए पुलिस को लाठीचार्ज करना पड़ा था और आँसू ग़ैस का प्रयोग भी। थोड़ा-बहुत पथराव भी हुआ था। निषेधाज्ञा के उल्लंघन के सिलसिले में हज़ारों प्रदर्शनकारियों को गिरफ़्तार कर लिया गया था। इस प्रकार अन्ततः रैली, नामान्तरवादी सत्याग्रह के रूप में परिवर्तित हो गयी थी। 'जेल भरो' आन्दोलन शुरू हो गया था। और हज़ारों प्रदर्शनकारियों ने स्वेच्छा से गिरफ़्तारियाँ दी थीं। उन्हें पुलिस-वाहनों में

ठूँस-ठूँसकर विभिन्न जेलों में ले जाया गया था।

अख़बार के पहले पन्ने पर तो इतना ही ब्यौरा छपा था। दो-चार चित्र भी छपे थे। हाँ, अख़बार की ऑफसेट छपाई के कारण चित्र कुछ स्पष्ट दिखाई पड़ रहे थे।

मैं उन चित्रों को ग़ौर से देखने लगा। भीड़ के उस चित्र में एक चेहरा कणेकर जैसा ही दिखाई पड़ रहा था। मैंने और भी ग़ौर से देखा। बेशक़ कणेकर ही था वह।

ख़बर का बाक़ी हिस्सा अखबार के पिछले पृष्ठ पर छपा था। मैंने तुरन्त पन्ने पलटकर ख़बर के बाक़ी हिस्से पर नज़र दौड़ायी। 'जेल भरो' आन्दोलन में जिन लोगों ने गिरफ़्तारियाँ दी थीं, उनमें से कुछ लोगों के नाम उसमें छपे थे। उनमें वसन्त कणेकर का नाम भी था।

मुझे तुरन्त उसकी पत्नी का मायूस चेहरा याद आया···उस दिन दफ़्तर में मैंने डटकर काम किया। नये ग्राहकों से सम्पर्क किया। नये डिज़ाइन बनवाये। वसूली भी की। अपने कर्मचारियों को डाँट पिलाते हुए रौब ग़ालिब किया। आर्टिस्ट को भी नहीं बख़्शा, पार्टनर से भी उलझ गया।

मेरे काम का यही स्वरूप था।

···अपने आपको भूलकर ख़ुद को भी और कणेकर को भी···ख़ासकर उसकी पत्नी को भूलकर काम में खो जाना मामूली बात तो नहीं थी।

□ □